KB154164

나를 찾는 밤

나를 찾는 밤 2

초판 1쇄 발행 2020년 6월 17일

지은이 | 비설

발행인 | 김성룡
기획, 편집 | (주)스마트빅(쉼표)
교정 | 김은희
표지디자인 | 우물
출판등록 | 제2014-000017호 (2011년 6월 30일)

펴낸곳 | 도서출판 가연
주 소 | 서울시마포구 월드컵북로 4길 77, 3층 (동교동 ANT빌딩)
전 화 | 02-858-2217
팩 스 | 02-858-2219
ISBN | 978-89-6897-067-2 03810

- 이 책은 도서출판 가연이 저작권자와의 계약에 따라 발행한 것이므로
  본사의 서면 허락 없이는 어떠한 형태나 수단으로도 이 책의 내용을 이용할 수 없습니다.
- 잘못된 책은 구입하신 서점에서 교환해 드립니다.
- 정가는 뒷표지에 있습니다.
- 작가만의 글맛과 표현을 살리는 쪽으로 문장을 편집했습니다.

나를 찾는 밤
The night he comes to me

2

비설 장편소설

차 례

10. 우주의 미아

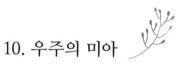

5월도 훌쩍 지나 초여름으로 접어들고 있었다. 계절이 바뀌기까지 TF의 프로젝트 S도 활발하게 진행되는 중이었다.

비록 아직 대형 프로젝트의 수주를 성공한 것은 아니었으나 그간 이루어진 계약들이 있었다. 이제 진출하기 시작한 유럽이라는 점에서 JN의 행보는 유의미했다. 그래서 이대로는 장기적으로 팀이 유지될 전망이 농후했다. 그리고 이 팀 내에서 수영은 제 몫 이상의 일을 해내고 있어서 동료들의 그녀에 대한 평가도 좋았다.

원래 팀이 구성될 때부터 예상은 했지만 일은 어렵고 막막했다.

그러나 그녀가 즐길 수 있는 종류의 업무도 많아서 스트레스만큼 성취감도 컸다. 덕분에 그럭저럭 무사하고 평온한 나날들이었다. 회사에선 주로 무탈했지만, 예외일 때가 있다면 그건 바로 누군가가 출현할 때였다.

퇴근 시간이 얼마 남지 않았을 무렵 수영은 잠시 스트레칭을 하고 있었다. 너무 집중을 했는지 머리가 지끈지끈했다. 오늘은 왜인지 종일 눈도 좀 뻑뻑하고 몸도 꽤 노곤했다. 그때 불현듯 내선 전화가 울렸다.

"네, 차수영입니다."

-납니다.

회사 생활의 평화를 깨는 바로 그 누군가에게 오는 전화였다. 얼굴을 굳히던 수영은 곧 표정을 가다듬었다.

"네, 이사님."

-올라올래요?

받자마자 불쑥 들어오는 한마디에 수영은 수화기를 귀에 바짝 붙였다. 그러나 올라오라는 지시가 아니라 올라오겠느냐는 질문이었다. 의사를 묻는 건가. 그럼 안 가도 되는 건가. 그래서 수영은 약간 머뭇거렸다.

"왜요? 업무랑 관련된 건가요?"

-솔직히 그건 아니지만 업무 때문인 척 올라왔으면 좋겠네요.

설마 또 그러려고 부르는 건가. 사실 지난번엔 번역 때문에 부른 거긴 했다. 비록 딴짓도 하긴 했지만. 그런데 지금은 아예 대놓고 업무는 아니라고 하다니. 망설이던 수영은 조심스레 입을 뗐다. 누군가 듣지 않게 작아진 목소리였다.

"저……. 아무리 생각해도 그건 아닌 거 같아요."

지난번엔 얼떨결에 끝까지 가긴 했지만 나와서 엄청 후회했다. 지금 또다시 신음을 억누르며 그 시간을 보낼 생각을 하니 아찔했다.

-뭐가 아닌데요?

하지만 유안은 천연덕스럽게 내뱉었다.

"그런 거요."

주위를 두리번거리며 대답하던 수영은 얼굴이 붉어질 것 같았다.

-그런 게 뭔데요.

유안이 거듭 집요하게 물고 늘어지자 수영은 끝내 말문이 막혔다. 그녀가 침묵하자 이윽고 전화기 너머에서 남자의 낮은 웃음소리가 들렸다.

-오늘은 안 잡아먹을 테니까 와요.

"왜……요?"

수영은 의심스러운 목소리로 물었다.

-차수영 씨가 싫어하는 커피 심부름입니다. 모카 프라푸치노, 콜드브루, 핫초코 오늘은 세 잔이에요.

"알겠습니다."

-빨리 와요.

유안은 채근을 마지막으로 전화를 끊었다. 수영은 작게 숨을 내쉬며 자리에서 일어났다.

"실장님, 저 이사실 좀 다녀오겠습니다."

"그러세요."

권 이사가 스페인 출장 이후로 어쩌다 가끔 수영을 호출했지만 주로 언어적인 업무가 이유였고 그다지 자주도 아니었기에 유 실장은 별로 꼬치꼬치 묻지도 않았다.

수영은 서둘러 본사 사옥 안에 있는 1층 카페에 들러 음료 세 잔을 사서 23층으로 올라갔다. 권유안의 집무실로 들어가자 모니터를 응시하고 있는 유안이 보였다. 그는 바쁜지 타이핑을 하느라 수영을 보지 않은 채 첫말을 뗐다.

"어서 와요. 핫초코는 임 차장님 드리고 오세요."

"아……. 네."

그래서 세 잔이었구나. 눈도 못 맞추고 말하던 남자를 뒤로하고 수영은 임 차장에게 핫초코를 주었다. 다시 집무실로 돌아와 문을 닫자 유안은 무언가를 딸깍 클릭하더니 그제야 수영에게 눈길을 돌렸다. 음료 캐리어를 들고 그를 물끄러미 바라보는 여자를 향해 그가 싱긋 웃었다.

"커피 심부름인데 오늘은 표정이 나쁘지 않네요."

"그때랑 지금은 상황이 다르니까요. 뭘 시키셔도 해야죠."

수영은 유독 그의 앞에서만 나오는 예의 딱딱한 얼굴로 대꾸했다.

"지금 전 이사님 거잖아요."

말의 내용만 보면 연인이나 할 법한데 수영은 그 말을 시큰둥한 어조로 했다. 그런데도 그 말에 유안의 입술은 호선을 그리고 있었다.

"그 말 왜 이렇게 좋죠?"

"이사님이 자주 하시는 말이잖아요. 내 거라고……."

멋쩍게 웃던 수영은 눈동자를 옆으로 내리며 중얼거렸다.

"그래도 차수영 입으로 말하니까 더 좋아요."

유안은 그녀를 보고 능글맞게 웃으며 자리에서 일어났다. 그가 일어나자 수영은 괜히 긴장해서 다시 눈동자를 흘끗 올려 그를 보았다.

"앉아요."

유안은 살며시 그녀의 어깨를 감싸며 소파로 향했다.

커피만 주고 금방 내려갈 줄 알았던 수영은 조금은 걱정스러운 얼굴로 푹신한 소파에 앉았다.

"표정이 왜 그래요, 안 잡아먹는다니까."

왜인지 소파에 앉지 않고 서 있던 유안은 음료 캐리어에서 모카 프라푸치노를 꺼내들었다. 수영은 그가 음료를 혼동하여 잘못 꺼냈나 생각했는데 그는 빨대를 꽂은 뒤 다시 모카 프라푸치노를 그녀에게 내밀었다.

"앉아서 커피나 한잔하면서 좀 쉬라고 불렀어요."

음료를 받아 들던 수영은 동그래진 눈으로 그를 올려다보았다. 그녀를 소파에 앉히고 커피를 쥐여 주며 쉬라고까지 말한 남자는 그제야 자신의 콜드브루를 가지고 놀랍게도 그의 책상으로 돌아갔다.

"난 아직 마무리해야 할 일이 있어서 일 좀 할게요. 차수영 씨는 편히 쉬어요."

아직 편하게 등을 기대지 못하고 있던 수영은 정말 이래도 되나 싶어 유안을 물끄러미 바라보았다. 그러자 유안이 자리에 앉으며 옅은 미소를 보냈다.

"내가 오늘은 회사에서 점심을 먹어서 아까 구내식당에서 차수영 씨를 봤거든요. 그때 보니까 왠지 피곤해 보여서…….”

잔잔하게 비화를 들려주는 남자의 말에 수영은 커다란 눈을 깜짝이며 입을 작게 벌렸다.

“아……. 그러셨구나.”

“진작 부르고 싶었는데 나도 오후에 미팅이 있어서 좀 전에 들어왔어요.”

어안이 벙벙해져 있던 그녀는 그런 모습을 보인 것에 대해 조금은 민망한 기분이 들었다. 어제 그제 연달아 야근하는 바람에 자신도 모르게 피로가 누적되었었나 보다. 그렇게 티가 날 정도였다니.

“눈치 보지 말고 쉬어요. 어차피 곧 퇴근 시간이니까.”

“감사합니다.”

이런 챙김을 받게 된 게 왠지 민망하긴 했지만 그의 말대로 곧 퇴근 시간이니까 오래는 아니었다.

오늘은 어제처럼 혼자서 야근하지는 말아야지.

잠시 쉬다가 퇴근할 생각에 수영은 그제야 등을 좀 편하게 기대며 음료를 입에 물었다. 머리도 무거웠던 차에 얼떨결에 휴식을 취하게는 되었다. 권유안의 집무실이 직원 휴게실같이 편한 건 아니었지만 그래도 커피 한 잔의 여유 정도는 못 즐길 것도 없었다. 말없이 모카 프라푸치노만 몇 모금 삼키던 수영은 눈동자를 슬쩍 돌려 남자가 앉아 있는 곳을 보았다. 어둡고 커다란 책상은 그가 하는 방대한 일의 무게만큼이나 육중해 보였다.

그는 과연 할 일로 바빴는지 분주해 보였다. 저의 눈길을 눈치채지 못하고 있을 만큼. 엄숙한 이사실에서의 휴식 시간은 느린 듯 빠른 듯 흘러갔다. 수영은 프라푸치노를 삼키면서도 유안 몰래 그를 꽤 자주 훔쳐보았다. 이렇게 보니 새삼 오늘은 그가 더 멋져 보였다. 저 남자는 별거 아닌 손짓 하나로도 매력적인 연출을 하는 사람이었다.

명하게 보고 있던 수영은 갑자기 억울하단 생각이 들었다. 내가 왜 저 남자를 보며 이런 생각을 하고 있지. 권유안에게 매력까지 느끼면 너무 자존심도 없는 게 아닌가. 하지만 어떻게 생각을 하고 봐도 어떤 각오를 하고 봐도 그의 존재감을 부정할 순 없었다. 그의 자태는 원망스러울 만큼 아름다웠고 그가 근사한 건 사실이었다. 솔직히 왜 여자들이 환호하는지 아주 잘 이해가 될 만큼. 그런 생각을 하자 허탈했다. 굳이 그 매력을 부정하려고 애쓰는 스스로가 어찌 보면 더 청승맞은 것 같았다. 그리고 그런 결론에 도달할 때쯤 결국에 드는 생각은 자신이 요즘 권유안 생각을 너무 많이 한다는 것이었다.

어느새 6시가 넘어 있었다. 유안도 마무리를 했는지 손을 떼고 의자에 등을 기대던 참이었다.

"그럼, 이사님. 저는 이만 내려가 보겠습니다."

자리에서 일어난 수영은 반듯하게 서서 그에게 고했다. 너무 늦게 가면 아무리 유 실장이라도 무슨 일을 하다 왔냐고 질문을 던질지 모른다. 그런데 유안이 갑자기 자리에서 일어나더니 저벅저벅 그녀에게 다가왔다. 너무 가까이 다가오자 수영은 한 걸음 뒤로 물러나려 했지만, 그의 손이 잽싸게 그녀의 허리를 감았다. 빙긋 웃는 남자의 얼굴을 올려다보던 수영은 지레 선을 그었다.

"이제 회사에선 이러지 마세요."

썩 엄격한 그녀의 말투에 유안은 작게 너털웃음을 지었다.

"지금 나 혼내는 거예요?"

그의 능청스러운 질문에 수영은 얼굴을 살짝 붉혔다.

"……"

말문이 막힌 채 저를 올려다보는 수영을 유안이 흥미롭게 바라보았다. 그러더니 그녀에게 얼굴을 가까이 했다. 여자의 홍조를 띤 고운 얼굴이 코앞에 아른댔다.

"나 갑자기 궁금해지네요."

그대로 유안의 입이 열렸다.

"차수영 씨는 나 무서워하는 거 맞아요?"

수영은 뭐라 말하지 못했다. 크게 뜨인 눈에 남자의 우월한 얼굴만이 가까이 들어차고 있었다. 남자는 그녀의 허리를 놓아주며 작게 속삭였다.

"왜 난 맨날 내가 혼나는 거 같지."

그녀가 쏘아붙여서인지, 무엇 때문인지는 모르겠지만, 그는 아무 짓도 하지 않고 떨어졌다. 그러나 그렇다고 그대로 끝은 아니었다.

"내려가서 짐 챙겨 와요. 내 차 타고 퇴근해요."

"네?"

"왜요, 오늘 바빠요? 야근?"

"아니요, 그건 아니지만……"

"약속이라도 있나요?"

"없어요."

저녁 시간을 같이 보낼 거라고는 예상하지 못했기 때문에 그냥 좀 마음의 준비가 안 된 것뿐이다. 하긴, 마음의 준비를 했다고 해서 뭐가 얼마나 달라지겠느냐마는.

"나 출장이 있어서 내일 출국해요. 2주간 내내 못 볼 거예요."

그래서인지 유안이 잔잔한 목소리로 설득했다. 그의 출장에 관한 건 회의 시간에 언급되어서 이미 알고 있었다.

"네. 알아요."

"알면 아쉬운 척이라도 해 주면 안 돼요?"

수영의 눈동자가 언뜻 흔들렸다. 연신 능글맞게 저에게 몰두하는 남자를 보며 그녀는 잠시 고민했다. 이 남자에게 아쉬운 척을 하려면 뭘 어떻게 해야 하지? 막상 그와 멀리 떨어져 있게 되면 정말 아쉬우려나?

"암튼 한동안 못 볼 거니까 오늘은 같이 나가요."

유안이 부드럽게 채근하자 수영은 급기야 고개를 끄덕였다.

"네. 그럼 어디서 뵐까요?"

"차수영 씨 편한 대로 해요. 어디서 보는 게 좋을까요."

앞서 생각해 두지는 않았던 부분이었는지 그가 되물었다. 그는 예전에 함께 퇴근했던 때와 달리 올라오라는 말은 하지 않았다. 요즘엔 그 역시 사내에서 신중한 모습을 보이는 듯했다. 물론 문 잠근 집무실 안에서는 예외였지만.

"그럼 지난번 기다렸던 그 도로에서 기다리겠습니다."

최근 야근을 적지 않게 했던 탓에 유 실장도 늦지 않은 퇴근을 종용하며 먼저 일어났다. 덕분에 수영도 일찍 유안과 만날 수 있었다.

이제는 그의 차를 제법 잘 알아볼 수가 있어서 차가 도로에 멈추자마자 수영이 서둘러 탔다. 그는 지체 없이 출발했다. 수영은 앞만 보고 운전을 하는 유안의 모습을 흘끗 보았다. 이어 그녀는 눈을 돌려 차 안의 모니터를 흘끔 보았다. 안내되고 있는 길의 목적지는 자신이 살고 있는 논현동 오피스텔이었다. 바로 집으로 가는 건가? 그럼 가서 저녁은 뭘 먹어야 하지? 도우미 아주머니가 만들어 둔 반찬이 냉장고에 있긴 하지만 즉석에서 만든 게 아니라 맛이 떨어지는데 그걸 이 사람에게 줘야 하나. 수영은 잠시 고민하다 그만두었다. 어떻게든 되겠지, 라고 생각하며. 대신 그의 출장에 대해 이야기를 꺼냈다.

"이사님, 이번엔 꽤 여러 나라에서 스케줄이 있으시죠?"

"그렇네요. 이번엔 러시아 행사까지 참가할 예정이라 일정이 좀 길어졌어요."

이번엔 스페인에 집중된 일이 아니었기에 수영은 동행에 포함되지 않았다. 이번엔 과장 한 명과 대리 한 명이 함께하게 되었다.

"이번엔 수영 씨가 안 가서 아쉽네요."

마침 같은 생각을 하고 있었는지 유안이 불쑥 말했다.

"하하……. 네. 전 회사를 지키고 있을게요. 잘 다녀오세요."

수영은 뜨끔해서 어색하게 웃으며 아무 말이나 나오는 대로 했다.

"그래요, 잘 지내고 있어요."

유안은 복잡한 퇴근 시간의 도로를 바라보며 입가를 올렸다. 앞을 보느라 그녀의 얼굴을 보지는 못한 채 그가 중얼댔다.

"뭐 차수영 씨는 나 없이도 잘만 지내겠지만……."

"……."

수영은 그 말엔 어쩐지 아무 대꾸도 할 수가 없었다.

멀지 않은 거리인데도 차가 많은 시간이라 거리 대비 시간이 꽤 걸리고 있었다. 어찌 보면 지하철을 타는 게 더 빠르다는 생각이 들 만큼. 그런데도 둘 다 딱히 이 정체되는 상황에 대해 짜증도 불만도 없었다. 시간이 얼마나 걸리고 있는지에 대해선 둘 다 상관을 하지 않는 느낌이었다.

차 안에는 잔잔한 재즈가 흐르고 있었다. 지금은 또 대화가 끊겨 있어서 그저 둘의 시간은 조용하게 흘러갔다. 어둑한 차 안이 아늑해서였을까. 재즈의 촉촉한 음색이 감수성을 자극했기 때문이었을까.

"그런데 이사님은……."

자신도 왜 그랬는지 모르겠으나 수영은 꽤 대범해질 수 있었다.

"왜 저에게 다가오신 거예요?"

신호에 걸려 멈춰 있는 차 안에서 수영은 앞차들의 불빛만 쳐다보며 덩그러니 물었다. 왠지 대답이 바로 들려오지 않아 옆을 살짝 보니 유안이 그녀를 빤히 바라보고 있었다. 모처럼 웃지 않는 얼굴이었다. 수영은 다시 후딱 고개를 정면으로 돌렸다. 이 남자가 진지하면 무섭다.

"혹시 이사님도 막 제가 성실하고 꿋꿋하게 사는 게 좋아 보였다거나 그런 이유를 대실 건가요?"

공연히 민망해서 다시 입이 열렸다. 말도 빠르게 나왔다.

"다른 남자들이 차수영 씨에게 그렇게 말했었나 보죠?"

대답 대신 반문하던 유안은 여전히 물끄러미 그녀의 얼굴을 살피고 있었다. 그가 빤히 보며 그런 걸 묻자 수영은 왠지 쑥스러워졌다. 그녀는 얼굴을 보여 주지 않을 것처럼 고개를 숙이며 작게 대답했다.

"네⋯⋯."

지금껏 그녀에게 고백했던 남자들이 그렇게 말하곤 했기에 혹시 이 사람도 그런 부분에 어필된 건지 궁금했다. 신호가 바뀌었고 유안은 다시 정면을 보며 차를 움직였다. 수영은 여전히 고개를 숙인 채였다.

그래서 대답은 왜 안 하지.

그런 생각을 하며 초조해지고 있을 때쯤 옆에서 중저음의 목소리가 들렸다.

"그 인간들도 참⋯⋯. 예쁘다는 말을 길게도 하네요. 예뻐서 좋았으면서."

수영은 문득 간지러운 기분에 가만히 있다가 눈을 돌려 그의 옆모습을 보았다.

"내 대답을 하자면, 아니요. 세상에 성실하고 꿋꿋하게 사는 사람이 차수영 씨 하나뿐일까요? 나도 그렇게 사는데요."

"네, 그렇죠. 맞아요."

수영은 조금 부끄러워져선 얼른 대꾸했다. 세 번이나 동의를 해버렸다. 사실 그의 인생은 저보다 더 바빠 보였다. 후계자의 삶이란 저렇게 피곤한 거였나 싶을 정도로. 그때 잠시간 침음에 젖어 있던 유안이 내뱉었다.

"그래도⋯⋯ 확실히 눈에 띄긴 했어요. 솔직히 많이."

그는 조금 달라진 톤으로 나직하게 읊조렸다.

"이상해 보였거든요."

의외의 말에 수영은 눈을 깜빡였다. 왜 다가왔냐는 질문에 이어진 말치고는 이상하다는 표현은 칭찬과 거리가 멀었다. 이상했다고? 무슨 말이지.

"신발도 벗어 던지고 도시 한복판에서 맨발로 추운 땅을 밟을 정도로 열정을 불태우던 모습이 솔직히 애사심으로 느껴지진 않더라고요. 그냥 평범하게 성실한 거랑은 다른 느낌이었어요."

돌연 수영의 눈이 휘둥그렇게 뜨였다.

아……. 차수영. 그 부끄러운 모습까지 보였었구나. 박 과장에게 카악푸치노를 선사하던 것도 들켰었는데 그 꼴까지 봤다니. 왜 하필 이 남자에게…….

수영은 뒤늦게 민망해서 참을 수가 없었다. 그런데 왜 그는 자신의 질문에 이런 얘기를 꺼내는 걸까.

"치열하다 못해 불안해 보였어요, 차수영 씨가."

그러나 수영이 부끄러워 어쩔 줄을 몰라 하는 사이에도 유안은 담담하게 실토를 계속했다.

"그래서 더 궁금했어요. 아직 이름도 모르던 때였는데……."

한동안 창피함에 고개를 못 들고 있던 수영은 그의 마지막 말에 고개를 들었다.

"그때부터 저 여자에 대해 들여다보고 싶단 생각이 들었던 것 같네요."

유안이 운전을 하던 와중에 잠깐 고개를 돌렸고 그녀와 눈동자가 부딪치자 희미하게 웃었다. 그는 다시 앞을 보며 꽤나 감미로운 목소리로 덧붙였다.

"단순히 호기심인 줄 알았는데……."

유안은 아직 저 자신도 자신의 속을 뚜렷이 알 수는 없다고 생각하고 있었지만, 그래도 이 순간 할 수 있는 솔직한 대답을 하고 있었다.

"그러기엔 내가 차수영 씨에 대해 알고 싶어 하는 마음이 굉장히 컸던 것 같네요."

저 여자가 왜 저럴까, 단지 한시적 강한 인상으로 남았다기엔 자꾸 신경이 쓰였다. 우주는 넓고 세상은 온통 시시하고 하찮은 것 투성이인데 왜 그녀의 모습이 크고 뚜렷하게 박혀 들었는지 모르겠다. 저와는 전혀 다른 삶이었지만 눈에 들어왔다. 이 혼란한 세상을 살아 내기 위해 처절하도록 버둥대는 모습이 말이다. 그 모습은 자신의 감정에 묘하게 공감을 불러일으켰다. 제 세상만큼이나 그녀의 세상도 불안해 보였던 걸까. 수영은 멍한 표정으로 남자의 옆모습을 응시했다. 그의 나른한 자백에 뭉근하게 가슴이 뛰었다.

"그날 그 구두 선물…… 이사님 맞죠."

그를 본격적으로 알게 되면서 그가 준 것 같다는 생각은 했지만, 혹시라도 아니라면 무안할까 봐 그동안 묻지는 못했었다. 그런데 그날 엘리베이터 안에서 마주치기 전까지의 모습까지 다 지켜보았다면, 그 고급 브랜드의 구두를 선물한 사람은 이 사람뿐인 게 당연했다.

"마음에 들었어요? 임 차장님 안목이었어요."

역시 그랬던 것이다.

"아, 너무 늦었지만 감사합니다. 바쁜 날이었는데 덕분에 잘 모면할 수 있었어요."

감사와 사과는 반드시 표현하고 살려는 수영은 그녀답게 인사를 전했다. 차분하고 공손한 말투로 건네고 있었지만, 기분만큼은 들뜬 상태였다. 수영은 오는 내내 그 기분을 가라앉히려 애썼다.

주차장으로 들어간 유안의 차가 멈추자 수영은 안전띠를 풀고 차에서 내렸다. 문을 닫자 방금까지 그녀가 앉았던 조수석의 창문이 내려갔다. 시동도 꺼지지 않은 채 유안은 운전석에 그대로 앉아 창밖으로 그녀를 보고 있었다. 주차를 하지 않는 건가 의아히 여기는데 그가 말했다.

"들어가요, 그럼."

"……."

"갈게요."

예상치 못한 전개에 수영은 더욱 의아한 눈으로 그를 바라볼 뿐이었다. 인사도 못 하고 눈만 동그랗게 뜨고 있자 유안이 씩 웃었다.

"왜요. 혹시 안 올라가서 아쉬워?"

"네? 아니요."

찌르듯 날아드는 질문에 수영은 금세 덤덤한 말투로 대답했고 유안은 그런 그녀를 유심히 살폈다. 그러다 그가 나직한 목소리로 말해 주었다.

"오늘은 약속이 있어요."

"아……. 네. 그러신 거였군요."

수영이 고개를 반사적으로 끄덕였다. 머릿속에서 혼자 생각이 맴돌았다. 퇴근만 같이 하는 거였구나. 그럼 이대로 2주 뒤에 보는 거구나. 어쩐지 금방 발을 떼지 않고 있자 그가 느릿하게 눈웃음을 걸었다. 그러더니 얄궂게 묻는 것이었다.

"약속 취소하고 올라갈까?"

"안녕히 가세요."

수영은 곧장 휙 돌아서서 건물 안으로 통하는 출입구를 향해 또 박또박 걸어갔다. 행여나 질척여 보였을까. 그러나 출장으로 곧 떨어질 테니 그전에 그럴싸한 작별 인사라도 했어야 하나 싶어 뒤를 슬쩍 돌아보았다. 남자는 떠나지 않고 계속 그녀를 보고 있었다. 빙긋 웃어 보이던 남자는 그녀가 들어가는 모습을 끝까지 보고 떠나려는 것 같았다. 오래 눈을 맞추지 못하던 수영은 그를 향해 공손하게 고개를 숙이고는 안으로 들어갔다.

* * *

희정은 귀에 대고 있던 전화기를 내리고 책상 위에 던졌다. 요새 유안은 제 전화를 아예 받지 않는다. 오직 그의 비서 임지선을 통해서만 말을 전할 수 있을 뿐이었다. 그래서 자꾸 그의 집무실로 쳐들어가게 되고 권호찬 회장에게 안부 연락을 하는 척 유안의 근황을 묻곤 했다.

자신의 아버지 강 회장도 엊그제 제게 물었었다. 둘이 잘 지내고 있는 거냐고, 이제 그 역시 유안을 만나 봐야겠다고 말이다. 아버지에겐 다 된 것처럼 입을 털어놔서 둘이서 잘 사귀고 있는 줄로만 알고 있었다. 강 회장은 얼마 전 그녀의 비리가 고발당해 경찰 조사까지 받고 과징금을 냈던 일이 권유안 때문이라고는 상상도 하지 못했던 것이다.

권유안이 저를 떼 내려고 한다고는 자신의 집안사람들 누구도 생각지 못했다. 게다가 강 회장을 우연히 만났던 자리에서 유안은 여우처럼 대응했다.

'따님을 너무 잘 키우셔서 저에겐 과분하죠.'

어른들 앞에서 얼굴 붉히는 일은 만들지 않으려고 정색도 안 하면서 저만 교묘하게 약 올리는 남자. 네가 벌였으니 네가 잡음 없이 접으라 이거였다.

강 회장에겐 유안 오빠가 일이 바빠서 금방 결혼 생각이 없는 것 같다고 둘러댔지만 이대로는 영 불안한 기분이 들었다. 권호찬 회장 구워삶기도 성공했고 양가 부모님이 다 환영하는 혼담인데 권유안 혼자서만 튀고 있었다. 어릴 땐 제게 제법 친근한 오빠였는데 결혼 얘기를 넣은 뒤로 오히려 더 멀어졌다. 이렇게 마음대로 되지 않는 남자였다니. 실리에 밝은 남자라 이 혼사를 거절할 리가 없다고 생각했다. 어차피 자신들의 인생에선 결혼도 비즈니스였으니 권 회장이 강하게 밀면 유안이 저를 결혼 상대로 보지 못할 이유가 없다고 생각했다. 혼사가 언급되기 전까지만 해도 딱히 자신과 사이가 나쁘다거나 자신을 싫어하는 사람도 아니었기에 어려울 게 없다고 생각했던 것이다.

그리웠던 그가 미국에서 공부를 마치고 돌아와 JN에 입사했을 무렵 희정은 그에게 자신의 마음을 전했다. 그리고 그는 일에만 전념하고 싶다는 핑계로 정중하게 거절했다. 갓 입사한 외아들이 자신의 능력을 보이고 사내에서의 입지를 다지기 시작할 때였으니 그 말을 곧이듣고 한발 물러섰다. 아무나도 아니고 온강그룹 자녀였던 저와의 연애를 쉽게 시작하기엔 부담스러울 것도 같아서 이해했다.

2년을 더 기다리며 이제는 정식으로 혼담을 넣어 그를 얻을 궁리를 하기까지 이르렀다. 그의 부모님을 공략하고 그의 친구들에게까지 잘하려 애썼다. 이렇게 집안 간의 문제가 되어 버리자 권유안 역시 섣부르게 행동하지는 못했다. 그러나 그는 늘 에둘러 저를 밀어냈다.

다가갈수록 좌절감이 쌓였지만 그래도 결정적으로 저에겐 권호찬 회장이 있었다. 그는 자신의 아버지인 강 회장만큼이나 야심가였다. 우리 며늘아기 너무 걱정하지 말라며 조만간 양가 가족들 모두 모일 자리를 마련하겠다고 했다. 지금은 아들이 유럽 프로젝트로 출장도 잦고 바쁘지만 그 일이 안정되면 약혼 날짜부터 잡자고 했다.

그래. 그 집안에 자신만 한 신부 후보는 또 없었다. 권유안이 제 가족과 JN을 버릴 게 아닌 이상 부모님 간에 정해진 이 결혼에서 빠져나갈 재간은 없을 것이다. 당장엔 껍데기뿐이라도 좋았다. 그가 지금은 자신에게 마음이 없는 게 확실했지만 결혼만 무사히 할 수 있다면 그 후에 더 노력할 것이다. 그리고 그와 정말 잘 살 자신이 있었다.

8시가 다 되어 갔는데 저녁도 먹지 않고 퇴근도 하지 않고 있던 희정은 침울한 얼굴로 생각에 잠겨 있었다. 유안의 출장 소식에 잘 다녀오라는 인사나 건네 보려고 전화를 했었건만. 결국 통화도 실패하자 메시지나 끄적끄적 적고 있었다. 초라한 기분으로 메시지 전송 버튼을 막 누르고 있는데 문득 머릿속에 전구가 반짝했다. 뭐라도 해 보려 치면 뭘들 못 할까. 희정은 곧바로 키폰을 눌렀다.

-예, 부사장님.

지난번에 한 번 취소했던 경제지 인터뷰가 떠올랐다.

"오 비서. 저번에 연락 왔던 그 최 기자 있지?"

-예. 그 인터뷰 진행하려다 말았던 그 YPBC요?

"그래, 거기. 다시 연락 넣어 봐."

그가 그렇게도 대외적 이미지를 중요시한다면······.

권유안 때문에 한없이 유치해지는 자신이 싫었지만 그를 놓치는 건 더더욱 싫었다. 그의 나이 서른. 혼기에 접어든 그를 눈독 들이는 여자들과 집안들이 많다는 소문은 자자했다. 거기서 빼앗기지 않으려면 어쩌겠는가. 무어라도 해 볼 수밖에. 다른 여자에게 빼앗기는 꼴을 죽어도 못 보겠는걸.

* * *

밤이 깊어 있었다. 차에 탄 유안은 몇 시간 동안 확인하지 않았던 전화기를 꺼냈다. 희정에게서 온 메시지가 있었다. 요약하면 전화 왜 안 받느냐는 말로 시작해서 출장 잘 다녀오라는 말로 끝나는 내용이었다. 답장은 하지 않고 앱을 닫았다.

시간을 보니 어느새 11시가 넘어 있었다. 불현듯 그는 누군가에게 충동적으로 전화를 걸었다. 잠이 든 건지 상대는 받지 않았다. 하는 수 없이 전화기를 거치대에 올려놓고 시동을 걸었다.

수영은 오랜만에 욕조에 몸을 담갔다. 요샌 운동도 하고 책도 읽고 자기계발도 하는데 여전히 시간이 남는 것 같은 기분이 들었다. 권유안이 빚의 늪에서 꺼내 준 덕분에 시간이 남는다. 그리고 권유안이 오지 않은 덕분에 시간이 남는다. 생각보다 그 남자는 바빴고 많은 시간을 함께 보내게 될 거라고 생각했던 이 집도 주로 그녀 혼자였다. 많아진 시간이 좋으면서도 한편으로는 이상하게 적적했다.

혼자라서 그런가. 그렇지만 혼자 살았던 적이야 대학 시절에도 있었는데…….

문득 혼자 있기엔 집이 너무 크다는 생각이 들었다. 집이 너무 크고 적막해서 그런가. 이런저런 생각을 하며 욕조에 앉아 있던 지도 한참이 지났다. 이제 몸도 춥게 느껴졌다. 어느새 물이 많이 식어 있는 줄도 모르고 있었다. 수영은 곧바로 물 밖으로 나와 더운물로 몸을 헹궜다.

욕실 밖으로 나온 뒤에 화장대에 올려 둔 전화기를 보았다. 화면에 새 알림 하나가 보였다.

[권유안. 1통의 부재중 전화.]

그 이름을 보는 순간 몸이 굳는 듯했다. 설핏 반짝이는 눈으로 내려다보다가 이끌리듯 손을 움직였다. 하지만 전화를 걸려던 순간 돌이켜 그만두었다. 시간도 확인하지 않고 반사적으로 전화를 걸 뻔했다.

확인해 보니 그의 전화는 한 시간 전에 온 것이었다. 망설이던 수영은 결국 전화를 걸지 않기로 했다. 그러기엔 너무 늦었다. 욕실에서 너무 오래 있었구나. 왜 걸었는지 궁금하긴 했지만 결국 포기하곤 손에 들고 있던 전화기를 충전기에 연결하며 수영은 생각했다. 늦었다는 건 핑계일지도 모른다. 어쩌면 밤에 그의 목소리를 들은 뒤에 잠이 들기가 두려운 것인지도. 아마도 잠이 들 수 없을까 봐.

수영은 전화기를 충전기에 연결해두고 돌아섰다. 하지만 그때 돌연 진동이 울렸다. 이 시간에 올 만한 알림이 달리 없어 가슴이 지레 철렁 내려앉았다. 빠르게 확인해 보니 메시지가 떠 있었다.

[자요?]

정말 그였다. 권유안.

[아니요.]

수영은 곧장 답장을 보냈다. 그러자 그 짧은 대답 한마디에 바로 전화가 왔다.

"예, 이사님."

-안 자는 줄 알았으면 들를 걸 그랬네요.

그의 목소리는 조곤조곤했지만 졸린 기색은 하나 없이 쌩쌩했다. 야밤에 듣자 역시나 가슴이 선득거렸다.

-볼일 마치고 오는 길에 들러 볼까 해서 전화했는데 안 받길래 자는 줄 알았어요.

"아……. 욕실에서 오래 있어서요."

엇갈리지 않았다면 지금쯤 함께 있었겠다는 생각을 했다.

-그랬구나. 아깝네요.

함께 있었다면 분명히 또……. 함께 이 밤에 무얼 했을지를 생각하니, 내일이면 장거리 비행을 하게 될 사람이 너무 무리하려던 건 아닌가 하는 생각도 들었다.

"그래서, 집엔 잘 들어가셨나요?"

수영은 자연스레 그의 말을 넘기며 대화를 돌렸다.

-네. 잘 들어왔습니다.

"네……. 출장 준비는 다 하셨고요?"

-다 했어요. 보통 임 차장님이 목록도 다 적어 주고 준비하는 데 많이 도와줘요. 워낙 꼼꼼한 분이죠.

"정말 그러시죠. 그럼 이사님, 이만 쉬세요. 내일부터 강행군인데 건강히 잘 다녀오세요."

대화가 느리게 이어지자 수영은 어색하지 않게 자신이 주도하는 듯 질문하고 인사하고 통화를 마치기 직전까지 이르렀다.

-…….

하지만 그의 대꾸가 들려오지 않았다. 마치 지금 끊지 않을 듯이.

-키스한 지도 오래된 거 같은 기분이 드네요.

그리고 침묵 끝에 훅 들어오는 그의 말은 또 그녀를 떨리게 만드는 것이었다.

-이럴 줄 알았으면 아까 차 안에서 찐한 키스라도 하고 헤어질 걸. 2주나 못 볼 건데.

"……."

아무 말 못 하고 있는데 그가 또 불쑥 파고들었다.

-지금이라도 갈까요? 키스 하러.

"네?"

-키스만 하게 될지는 모르겠지만.

수영은 혼자 있는데도 얼굴이 살짝 더워지는 걸 느꼈다.

"근데……. 12시가 넘었어요. 이사님 내일 비행도 하시는데 피곤해요."

-내 걱정을 다 하네요. 정말 걱정돼서 못 가게 하는 거예요, 나 보기 싫어서 못 가게 하는 거예요?

"걱정되어서입니다. 정확히는 업무가 걱정이 되어서요. 피곤하면 비즈니스에 집중하기 어렵다고 저번 출장 때 말씀하셨잖아요."

상식적인 말들로만 대응하는데도 왜 이렇게 필사적으로 말하고 있는지 스스로도 모를 일이었다.

-차수영 씨 원래 이렇게 츤데레예요?

그리고 그는 역시 그냥 넘어가질 않았다. 질문하는 그의 목소리에는 웃음기가 섞여 있었다.

츤데레? 그랬나. 그가 묻자 수영 자신도 전에 해 보지 않았던 생각을 해 보았다. 이렇게까지는 안 그랬던 것 같은데. 확실히 이 남자에게 지나치게 방어적인 건 맞았다.

"저도 내일 출근하려면 일찍 일어나야 해요."

-알았어요. 차수영 씨는 잠도 많은 사람인데 밤새 괴롭히면 힘들겠죠.

"다녀와서 뵐게요."

-잘 자요.

수영은 그의 말을 끝으로 더는 대꾸하지 않고 먼저 전화를 끊었다. 길지 않은 통화인데도 절로 탄식이 나왔다. 아, 이러면 또 잠이 잘 안 오는데. 겨우 진정된 가슴이 또다시 붕 떠 있었다.

* * *

그가 없는 2주간의 시간은 생각했던 것보다 느리게 흘러갔다. 역시나 시간이 많아서 그렇게 느껴진다는 생각이 들어서 친구들과의 약속을 많이 잡았다. 오늘같이 화창한 일요일도 마찬가지였다. 수영은 친구와 분위기 좋은 곳에서 점심 식사를 하고 예쁜 디저트를 떠먹고 있었다.

"다예는 새로 썸 타는 거 같더라."

"그래? 누구랑?"

"직장 상사랑."

"……."

직장 상사라는 말에 기시감을 느낀 수영은 잠시 말을 멈추었다. 다른 친구 이야기인데 제가 찔렸다.

"난 딱히 놀라진 않았어. 어쩐지 전부터 그 대리 얘기를 자주 한다 했지."

"그래……. 그랬었지."

자신의 이야기는 이렇게 흔하고 일반적인 케이스가 아니라 수영은 저에 대해 쉽게 떠들 수도 없었다. 자신이 만나는 남자도 대리였다면 다예처럼 친구들에게 자신의 썸의 현황을 이러쿵저러쿵 떠들 수나 있었겠지. 지금 자신이 만나는 남자는 함부로 그 이름조차 말하면 안 되는 사람이었다.

오늘은 이미 권유안이 떠난 지 2주가 다 지나 있던 때였다. 그래서 괜히 싱숭생숭했던 탓에 일부러 더 밖으로 나와 있었다. 조금이나마 그 기분을 떨쳐 보려고.

"근데 수영이 넌 요즘도 바빠? 너도 연애 안 한 지 좀 됐지?"

"어? 응. 근데 난 뭐……. 지금도 괜찮아."

모든 친구들이 저의 채무 전적에 대해 알고 있는 것은 아니었다. 최근까지 함께 살았던 가장 친한 친구 한 명만 속속들이 아는 정도였다. 대부분 친구들은 그저 그녀의 아버지 사업이 부도나서 형편이 궁해졌다고는 알고 있었지만, 빚이 얼마나 있었는지, 삶이 얼마나 암전이었는지는 알지 못했다. 그저 가족을 위해 생활비 정도를 버느라 바쁘게 산다고만 알고 있었던 것이다.

"혹시 소개팅할 마음은 없어?"

"소개팅? 아니야, 난 괜찮아."

나름 마음 써주는 친구가 고마워서 겸연쩍은 얼굴로 거절했다.

마침 곤란했던 차였는데 그때 갑자기 전화기가 울렸다. 무심코 전화기를 들고 화면을 보던 수영은 설핏 얼굴을 굳혔다. 아직 낮이었는데 그에게서 전화가 왔다. 조금 머뭇대던 수영은 친구에게 말하고 잠시 자리를 뜬 뒤에 전화를 받았다.

"네, 이사님. 한국 도착하셨어요?"

-공항에서 이제 나왔어요.

권유안이 출장에서 돌아왔다. 오늘 돌아오는 줄 알고는 있었고 그래서 신경이 쓰였고 그래서 친구를 만났지만, 친구와 있는 동안에도 실은 종종 그가 돌아오는 날이란 사실을 상기하고 있었다.

"아, 도착하셨네요. 고생하셨어요. 일은 잘 마쳤나요?"

-그런대로 괜찮았어요. 이런저런 일도 많았고요. 해 주고 싶은 얘기가 많네요.

"기대하겠습니다."

형식적인 몇 마디가 오갔다. 그리고 갑작스레.

-보고 싶네요.

그가 간결하게 말했다.

"……."

그 말을 뱉는 목소리를 듣는 순간 그 특유의 나직한 음성이 익숙하게 저장된 기억으로 어딘가를 자극했다. 달디 단 말을 속살거릴 때에 들려주는 음색. 언제부터 그의 나른한 듯 다정한 목소리가 이렇게 스미듯 자신의 삶에 저장되고 있었던가.

-이따 저녁때 갈게요.

그가 이어 말했다. 수영은 그의 도착 시각은 알지 못했었기 때문에 사실 만남을 갖게 될지도 예상하지 못했다. 그가 생각보다 일찍 도착한 것이다.

"네. 그럼 몇 시쯤 오실 건가요? 제가 지금 밖인데 시간 말씀해주시면 그전에 가 있을게요."

그와의 시간은 염두에 두지 않고 친구와 약속을 잡긴 했지만, 저녁쯤이면 헤어지고 들어갈 만은 했다.

-어딘데요?

"이태원이요. 친구 만나고 있어요."

-이태원이면 우리 집이랑 더 가깝네요. 그럼 친구 만나고 우리 집으로 올래요? 차 보낼게요.

"아, 네. 그럼 이사님 댁으로 갈게요. 제가 찾아가면 되니까 차 보내실 필요는 없어요."

-지금 기사님이랑 같이 있어요. 차수영 씨에게 연락하라고 할테니까 알아서 시간 정해서 타고 와요.

너무 당당하게 기사를 보낸다고 하는 남자의 태도에 더 거절이 나오질 않았다.

-본가에서 어머니 수행하는 기사님이세요. 회사분 아니시고 믿을 만한 분이니까 걱정 안 해도 돼요.

"아……."

-회장님 모르게 주로 나랑 어머니를 위해 일해 주시는 분이에요.

남자는 그녀가 이런 걱정을 하느라 망설이는 줄 알았는지 묻지 않은 말을 설명했다. 그녀가 평소에 워낙 올곧아서 그렇겠지만.

"네, 그럼 이따 뵙겠습니다."

얼마 후 그의 말대로 기사에게 연락이 왔고 시간과 약속을 잡았다.

그냥 저녁까지 있을 생각을 접어 두고 예상보다 이르게 친구와 헤어지게 되었다. 어차피 오늘은 권유안의 전화를 받기 전부터 친구와의 대화에 영 깊은 몰입이 안 되는 날이었다. 그냥 결국, 신경이 쓰이는 그 존재가 있는 곳으로 빨리 가는 게 나을 것 같았다. 어쩌자고 스스로 이렇게 되어 가는지 모르겠지만 수영은 내키는 대로 하기로 했다.

고급 세단을 몰고 데리러 오는, 남자 친구도 아닌 운전기사의 존재를 보일 수는 없었기에 친구를 먼저 보냈다.

"차수영 씨 되십니까?"

단정한 사내가 차에서 내리더니 다가와 물었다.

"네, 맞습니다. 안녕하세요."

친근하게 웃어 주는 수영을 보며 그는 뒷좌석 문을 열어 주었다. 늘 권유안이 타는 그 자리였다. 일명 상석. 수영은 타기에 앞서 기분이 좀 묘했다.

"감사합니다."

수영은 순순히 그 자리에 올랐고 곧 차는 출발했다. 택시를 타고 가도 되는 거리인지라 조금 유난스럽게 느껴졌지만, 수영은 별

말 없이 차 밖 풍경으로 눈을 돌렸다. 평범한 커플이었다면 남자 친구가 직접 데리러 왔겠지. 그런데 사택 기사를 보내는 남자라니. 살다 보니 별 비범한 연애를 다 해 보고 있다는 생각이 새삼 들었다.

이 연애의 끝은 대체 어딜까.

그에게 가는 길에 보이는 풍경은 보기 좋았다. 하늘은 맑았고 온통 볕을 받은 거리는 눈이 부시게 밝았다. 이렇게 밝은 대낮부터 그와의 은밀한 시간을 위해 약속을 잡은 건 처음이었다. 그가 자신을 찾아오는 걸 기다리는 게 아닌 자신이 그가 있는 집으로 가는 것도 처음이었다. 그 기분이 썩 나쁘지는 않았다.

그의 집은 한남동이어서 오래 걸리지 않아 도착했다. 한 건물 안에 많은 가구가 살고 있지 않은 듯한 고급 빌라였다. 운전기사의 안내를 받으며 그의 집이 있다는 꼭대기로 올라갔다.

"들어가 보세요. 이사님은 아까까지만 해도 위층에서 운동하고 계셨는데……."

"네, 수고 많으셨어요."

기사는 현관문만 열어 주고는 떠나갔다. 이내 수영은 신중한 걸음으로 집 안에 몸을 들였다.

채광이 풍부하여 환한 거실이 보였다. 지대가 높은 곳이라 한강과 도시의 풍경이 내려다보였다. 서울에 이렇게 조용하고 큰 펜트하우스가 있다니. 창밖으로 보이는 한강의 잔물결에 시선이 빼앗겼던 수영은 이내 눈을 돌렸다. 높은 천장, 위층 바닥과 연결된 난간, 계단으로 차례로 시선을 옮기던 그녀는 조심스레 계단을 올라가기 시작했다.

아직도 운동 중인가.

위층도 조용했다. 수영은 난간 앞 복도를 따라 걸음을 옮겼다. 방이 하나 보였고 그곳을 지나치자 작은 소리가 들려왔다. 또 다른 방에서 나는 소리 같았다. 두 번째 방으로 다가간 수영은 그 방 문을 살짝 열고 들여다보았다. 소리가 더 크게 들림과 동시에 두 남자의 모습이 보였다. 복싱 글러브를 낀 권유안과 미트를 잡고 있는 남자와의 트레이닝 현장이었다. 운동 기구가 여러 개 놓여 있는 널따란 그 공간은 운동을 목적으로 꾸며진 짐이었다.

수영은 물끄러미 유안의 움직임을 주시했다. 제법 숙련된 기술을 구사하는 듯한 모습이었다. 퍽퍽 소리와 함께 날카롭게 꽂히는 펀치를 보며 그가 꽤 오랜 시간 단련을 해 온 것 같단 생각이 들었다. 한창 격한 운동을 하는 중이라 그런지 크고 작은 근육들이 침실에서 봤을 때보다 더욱 도드라지게 불거져 보였다.

어느 순간 스텝의 방향이 바뀐 유안이 문득 벌어진 문틈으로 눈을 돌렸다. 수영을 발견한 그는 움직임을 멈추고 씩 웃더니 트레이너에게 먼저 말했다.

"오늘은 여기까지만 하죠."

트레이너는 유안이 방금 두었던 시선을 따라 뒤를 돌아 수영을 보고는 고개를 꾸벅 숙이더니 유안에게 대답했다.

"예, 수고하셨습니다."

트레이너가 문밖으로 다가오자 수영은 길을 터 주었다. 물러난 채 문 뒤에 숨어서 쭈뼛대는데 곧바로 유안도 나왔다.

"더 하셔도 되는데……."

자신이 방해를 한 것 같아서 괜히 미안해진 수영이 다가오는 그를 어색하게 올려다보며 중얼댔다. 그러나 바짝 다가온 유안은 한 손으로 그녀의 턱을 들어 올리는 동시에 입을 맞췄다. 빠르게 닿은 몰캉한 입술이 그녀의 입술을 부드럽게 눌렀다. 2주 넘게 하지 못했던 키스였다. 짧은 키스 후 떨어진 유안은 그녀의 턱을 놓으며 말했다.

"생각보다 일찍 왔네요. 저녁에 올 줄 알고 운동만 하고 있었는데."

"네. 좀 일찍 오게 되었어요. 근데 저 때문에 하다 마신 거 아니에요?"

"괜찮아요. 차수영 씨랑 다른 운동하면 되죠."

그가 천연덕스럽게 말했다.

"나 빨리 보고 싶어서 지금 온 거 아니에요?"

오랜만에 듣는 그의 음흉한 말투에 수영은 어정쩡하게 웃고 말았다.

"안아 주고 싶은데 땀이 좀 나서. 샤워 좀 하고 올게요."

유안은 그 말을 하며 수영을 지나쳐 근처에 있는 욕실로 향했다.

"거실에서 기다릴래요?"

그가 욕실로 들어가며 크지 않게 외치자 수영은 혼자서 고개를 끄덕이며 대답했다.

"네."

아래층으로 다시 내려간 수영은 소파에 앉아서 핸드폰을 들여다보며 조금은 무료한 시간을 보냈다. 그러나 본다고 보는데도 왠지 화면이 눈에 잘 들어오지 않는 것 같아 어느 순간 전화기를 내려놓았다. 고개를 든 수영은 커다란 전면 유리창으로 눈을 돌렸다. 잠시 경치를 바라보던 그녀는 소파에서 일어나 창가로 다가갔다. 유리 앞에 서서 시원하게 트인 풍경을 굽어보고 있자 어느새 생각에 잠겨 들게 되었다.

하염없이 바라보고 있느라 넋이 나가 있었나 보다. 그래서 아무 기척을 느끼지 못한 건지, 남자가 조용히 다가온 건지 뒤에서 남자의 두 팔이 제 몸에 감기고 나서야 그가 다가온 걸 깨달았다.

"살이 더 빠진 것 같네요."

나지막하게 속삭이던 유안은 힘센 팔로 그녀를 더욱 감싸며 그 품에 푹 넣었다. 단단하고 따뜻한 몸속에 파묻히게 된 수영은 대답 없이 눈만 깜빡였다.

"왜 더 마른 것 같지?"

"그래요? 안 재 봤어요."

마침내 수영이 고요하게 대꾸했지만 유안은 뒤에서 연신 그녀의 팔을 쓰다듬으며 귓가에 속삭였다.

"요즘 힘든 일 있어요?"

"모르겠어요."

"있는 것도 없는 것도 아니고 모르는 건 뭐예요."

그가 되물었지만, 수영은 그게 솔직한 답을 한 거였다. 모르겠어서 모르겠다고 했다.

"자기가 힘든지 안 힘든지도 모르는 거예요?"

수영의 귓가에 머물던 유안의 입술이 그녀의 귓불을 잘근 물었다. 수영은 귀와 같은 방향의 한 쪽 눈을 순간적으로 깜빡 감았다.

"설마 내가 보고 싶어서 힘들었을 리는 없겠고. 나 없는 사이 누가 괴롭혔어요?"

"……."

"그랬으면 말해 봐요. 내가 배로 갚아 줄게요."

수영은 그 말에 대답은 하지 않았지만 생각나는 대답은 있었다. 나를 괴롭히는 사람도, 힘들게 하는 사람도 한 사람뿐인걸요. 그 남자에게 안긴 채 수영은 적막한 눈을 내리깔았다.

"막내 비서가 출장 내내 붙어 있어서 전화도 잘 못 했네요."

그때 유안이 불쑥 생각났다는 듯 속삭였다.

"시차 맞추기도 어려웠고. 임 차장님 휴가 주느라 막내 놈 데려갔더니 어찌나 살뜰하게 붙어서 챙기는지 열심히 하는 애 말릴 수도 없고."

"네. 그 친구가 워낙 성실하죠."

그는 나가 있는 동안 딱 한 번 전화를 했다. 사실 그런 것 따위 기다리지 않으려고 했는데 핸드폰 화면에 뜬 발신자를 보는 순간 자신이 그의 전화를 기다리고 있었던 것 같은 기분이 물씬 들었었다. 그 후로 그는 짧은 메시지는 몇 번 보냈었지만, 전화는 하지 않았다.

"오늘은 오래 같이 있어요. 자고 갈래요?"

"내일 출근인데요."

"그런 건 걱정하지 마요. 무리 없이 출근 준비하게 해 줄 테니까. 오늘은 우리 집에서 자고 내일 나랑 같이 출근해요."

수영은 잠깐 고민하다가 고개를 작게 끄덕였다. 굳이 거절은 하지 않았다. 그러자 그녀의 몸을 견고하게 두르고 있던 남자의 강한 팔에 더욱 힘이 들어갔다. 떨리는 동시에 안락한 그의 품. 심장에 그렇게 편하지만은 않았다.

남자의 팔에 힘이 조금 풀렸다. 뒤에서 안고 있던 남자는 조금 더 고개를 앞으로 기울여 그녀의 얼굴을 들여다보았다. 그는 왼손으로 그녀의 턱을 살며시 잡더니 그를 마주 보도록 돌렸다. 그가 이끄는 대로 고개를 돌려 올려다보자 남자의 잘난 얼굴이 눈에 가득 들어찼다. 잔잔하게 미소 짓고 있던 남자는 어딘가 그윽한 시선을 내리꽂고 있었다. 그는 늘 짓궂은 듯 진중한 듯 오묘한 느낌을 풍기는 사람이었다.

긴장에 젖은 그녀의 얼굴을 새기듯 빤히 보던 남자는 이내 고개를 숙여 그녀의 입술에 입을 맞춰왔다. 그에게 턱이 잡혀 있던 수영은 그가 닿자 서서히 눈을 감았다. 출장 가기 전날에도 못 했다고 그가 아쉬워했던 진하고 깊은 키스가 시작되었다. 자근자근 무는 남자의 부드러운 점막에 수영은 찬찬히 삼켜져 갔다.

얼굴을 못 본 지는 2주였지만 키스를 못 한 지는 몇 주더라. 가슴이 이상하리만큼 세차게 뛰었다. 순간순간 덜컥 심장이 멎을 것 같았다. 아까 밖에서 전화로 그의 목소리를 들었을 때와 같은 기분이 또 들었다. 기억 어딘가에 저장되어 있던 이 남자의 느낌. 그것은 심장이 아찔하게 떨어질 것 같은 느낌이기도 했으며 울컥 아련하게 차오르는 그리움인 것도 같았다.

서로의 혀가 하나처럼 깊이 옭아 들어갔다. 서로의 더운 숨결이 섞여 들고 있었다. 뭐가 뭔지는 모르겠지만 이 순간 이 남자 외에 다른 것은 아무것도 생각나지 않았다.

어느 순간 남자의 손이 그녀의 얇은 티셔츠 속을 침범했다. 미끄러져 들어온 손은 옷 속에 감춰진 그녀의 찰진 살덩이를 불끈 움켜잡았다. 질척이는 입맞춤과 함께 그의 손바닥이 움키는 대로 말랑한 가슴이 뭉개져 갔다.

잠시 후 수영에게서 느릿하게 떨어진 유안은 그녀의 티셔츠를 끝까지 잡아 올렸다. 루즈한 티셔츠는 쉽게 벗겨졌다. 브래지어만 입은 여자의 뒷모습을 가만히 내려다보던 유안은 고개를 숙여 그녀의 어깨에 자잘하게 입을 맞췄다. 입을 맞추는 동시에 손으로는 그녀의 속옷 후크를 풀어냈다. 속옷을 바닥으로 떨어뜨린 그의 손은 여자의 매끈한 등을 느릿하게 쓸어내렸다. 곧 그가 수영의 몸을 돌려 마주 세우자 초조한 그녀의 얼굴이 내려다 보였다. 가림막이 사라진 두 개의 곡선도 보였다.

유안은 그녀의 얼굴을 감싸며 달래듯 살짝 입을 맞추었다. 몇 발자국 뒤로 그녀를 이끌어 가까이 있던 벽면에 그녀의 등을 붙였다. 그는 무릎을 땅에 대고 자세를 낮추더니 그녀를 입으로 머금었다. 민감한 그녀의 몸이 더럭 떨리는 게 느껴졌다.

수영은 자신의 몸에서 손과 입을 놀리고 있는 남자를 내려다보았다. 그 모습이 실로 자극적이었다. 그녀는 옴짝대던 손을 올리려다 말았다. 정적이 내려앉은 가운데 남자의 입술 사이에서 묘한 소리가 났다. 움찔움찔 고이는 날 선 감각과 함께 수영은 하얀 이마를 구깃거렸다. 내가 원래 이렇게까지 민감했던가. 오랜만이라서 그런 걸까. 등을 기대고 있는 벽이 없었다면 버티지 못하고 허물어졌을지도 모르겠다. 수영은 결국 망설이던 손을 올렸다.

그녀의 손이 찬찬히 남자의 머리를 감쌌다. 손가락에 감기는 남자의 머리칼이 부드럽고 간지러웠다. 그동안은 어쩐지 어려워서 만질 수가 없었던 남자의 몸을 처음으로 자의적으로 만졌다. 묘하게 벽차서 더욱 심장이 거세게 날뛰었다.

제 몸을 애무 중인 남자의 머리를 다정하게 쓰다듬자 그 역시 평소와 다름을 느꼈는지 고개를 들었다. 웃지 않는 남자의 조용한 얼굴이 내려다보였다. 이런 행동이 이 남자에겐 어떤 제스처로 보일까. 지금의 자신은 그에게 기꺼이 안기고 싶어 하는 여자로 보일까. 부정할 순 없었다. 이렇게 될 줄 알았으면서도 친구와 일찍 헤어지고 이 사람에게 왔으니까. 제 몸에 홀린 듯 탐닉하고 있는 남자에게 자극을 받게 되자 확신할 수 있는 부분이 있었다. 솔직히 그렇다. 솔직히 이 순간 자신도 이 남자와 하고 싶은 것이다.

그녀가 처음으로 기꺼운 심중을 표현하자 남자의 눈동자에는 더욱 짙은 열망이 서려 갔다. 곧 남자의 망설임 없는 손길이 그녀의 허리춤으로 향했다. 단추를 풀고 지퍼를 내리고 그녀가 입고 있던 짧은 반바지를 내렸다. 그는 무릎을 굽혀 몸을 더 낮추었고 그녀가 내려간 옷에서 스스로 발목을 빼낼 틈도 없이 먼저 그녀의 다리를 들고 그 사이에 얼굴을 묻었다. 좀 전까지 그녀의 상체에서 머물던 그의 짓궂은 사위는 하체로 옮겨왔다.

"하······."

안 그래도 오늘따라 민감한 상태여서 수영은 받은 숨을 훅 들이켰다. 남자는 애타는 곳을 정확히 찾아 살살 간질이기도 했다가, 갑자기 강하게 당기기도 했다.

"흐응······."

순식간에 흥분이 고여 들었다. 저도 모르는 사이 다리를 휘청거리고 말았다. 그러나 다리를 고정해주던 남자의 힘이 견고해서 무너지지는 않았다.

"하아, 아······."

이윽고 바닥에서 일어난 유안은 더 늦추지 않았다. 수영은 다시 높아진 그의 눈높이를 따라 고개를 들었다. 그의 불안정한 표정이 올려다보였다. 방금까지 그녀의 몸에 숙이고 있던 남자의 얼굴은 미묘하게 흐트러져 있었다. 이렇게 여유가 없는 그의 모습은 처음 보는 것 같았다. 심장이 걷잡을 수 없이 방망이질 쳤다. 한쪽 다리로 서 있던 수영은 순간 힘이 풀릴 뻔하여 중심을 잡기 위해 반사적으로 그의 목에 두 팔을 둘렀다.

그녀의 얼굴을 빤히 내려다보고 있던 유안은 왜인지 바로 들어서질 않고 있었다. 그녀의 다리를 잡고 어정쩡한 자세를 취한 채 유안은 들어서기 전에 그녀에게 질문했다.

"나랑 섹스하는 거, 싫진 않아요?"

수영은 그의 노골적인 질문에 놀라서 얼굴이 더욱 뜨겁게 달아오를 거 같았다. 그게 다른 때가 아닌 오늘이어서 더 제 심중을 찌르는 기분을 느끼는 것인지도 모르겠다. 어찌 대답해야 할지 순간 고민했지만 그녀는 이내 홍조가 가득 핀 얼굴로 대답했다.

"싫지 않아요."

답을 듣고 난 유안은 진지한 얼굴로 잠시 그녀를 내려다보았다. 그러다 갑자기 그녀의 다리를 잡은 팔에 힘을 주며 빠르게 그녀에게 진입했다.

"하읏!"

일순 수영의 몸이 낭창하게 흔들렸다. 유안은 그녀의 다리를 걸고 있지 않은 나머지 팔로 그녀 뒤쪽의 벽을 짚으며 균형을 잡았다. 그 자세 그대로 허리를 움직이기 시작했다.

"아! 아흑!"

남자의 움직임에서 그 역시 오늘따라 유난히 흥분했음이 느껴졌다. 오늘은 저뿐만 아니라 남자도 마찬가지였다. 제 몸이 오늘 유독 열성적이라는 걸 그도 알아보고선 그의 욕망도 더욱더 거세진 것 같았다. 남자의 미간이 얼핏 구겨졌다.

"하, 오늘따라 왜 이렇게 조이는 건데요."

그가 흥분에 탁해진 목소리로 읊조렸다.

"아웃, 닥쳐요!"

외설적인 말에 크게 당황한 수영은 그의 목에 매달린 채 외쳤다. 그녀가 벌컥 화를 내자 유안은 바람이 빠지듯 웃고 말았다.

"하으……. 죄송합니다."

스스로의 행동에 괜히 혼자 무안해진 수영은 신음하는 와중에도 재깍 사과했다.

"뭐가요."

"방금 제가…… 아홋, 좀 무례했던 거 같아요."

"괜찮아요. 섹스할 땐 무례해도 돼요."

그러나 아무렇지도 않은 얼굴로 유안은 운동을 멈추지 않으며 대답했다.

"더 무례했으면 좋겠어요."

그는 오히려 한술 더 떠 태연하게 그런 말까지 했다.

"차수영 씨는 솔직해서 맘에 들어요."

"하아……."

"당당할 때도, 비굴할 때도 참 솔직해."

신음하던 수영은 얼굴을 붉혔다.

"그게 참 매력적인 거 알아요?"

그 말을 끝으로 유안은 그녀의 나머지 다리마저 들어 올렸다. 몸이 공중에 뜨자 수영은 순간적으로 떨어지지 않게 두 팔로 남자의 목을 더욱 꼭 껴안았다. 오로지 남자의 힘으로 그녀는 허공에 떠 있게 되었다. 등을 벽에 누르고 있긴 하지만 남자가 무겁지 않을까 걱정하는 것도 잠시 그가 매섭게 허릿짓을 하기 시작했다.

"앗! 아웅!"

권유안의 집에서 하는 첫 섹스에서 수영은 내내 간드러진 교성으로 울었다. 남자의 개인 공간에서 갖는 섹스는 온통 그로 가득 찼다.

거실 벽에서 일을 치른 뒤에도 침대로 와서 2차전을 치렀다. 좀 전까지 들썩이던 침대가 조용해지고 그 위에는 두 남녀의 나신이 누워 있었다. 유안은 수영의 식어 가는 몸에 하얗고 포근한 이불을 덮어 주었다. 그리고 자신도 이불 안으로 들어가 그녀의 차가워진 몸을 끌어안았다. 수영의 몸이 그의 품에서 녹아 갈 때쯤 별안간 초인종 소리가 울렸다. 헉, 하고 놀라던 수영은 아연실색하여 본능적으로 이불을 끌어 올렸다.

"누구죠?"

하지만 혼비백산한 수영과는 달리 유안은 픽 웃으며 수영의 놀란 얼굴을 쓰다듬었다. 그는 이불을 잡고는 수영의 머리 위까지 가리도록 덮어 주며 말했다.

"이불 밖으로 나오지 마요."

유안은 주섬주섬 바닥에 떨어진 옷을 챙겨 입고는 방을 나갔다. 수영은 불안한 눈을 깜빡였다. 지금 제 시야에는 뒤집어쓰고 있는 새하얀 이불밖에는 보이지 않았다. 잠시 후 유안이 돌아왔다.

“내일 차수영 씨 출근용 옷이랑 구두예요. 임 차장님한테 부탁해서 사 왔어요.”

수영은 그의 목소리가 들리자 이불 밖으로 고개를 빼꼼 내밀었다.

“아…… 정말요? 임 차장님이셨구나.”

“그러니까 자고 길 수 있죠?”

“네.”

끝내 확실하게 얻어 낸 그녀의 대답에 유안은 흡족한 얼굴을 했다. 하지만 그런 그를 보던 수영에게서 약간은 깐깐한 목소리가 나왔다.

“근데 이사님, 정말 너무하신 거 같아요.”

“또 뭐가요.”

“원래 이렇게 주말에도 임 차장님 부려 먹고 이러세요?”

수영이 염려스러운 얼굴로 내뱉었다. 유안은 자신에게 잔소리를 하는 수영을 잠시 흥미로운 눈초리로 바라보았다.

“사실 이런 일은 거의 없어요. 내가 직접 차수영 씨랑 같이 나가서 사 주려고 해도 안 받을 거 같아서 그랬어요. 차수영 씨는 뭐 하나 주기도 어려운 사람이잖아요.”

무슨 이유건 수영은 곤란했다.

“그래도 임 차장님께 너무 죄송해요.”

더구나 이 남자와 동물같이 야한 짓을 하는 동안에 임 차장이 제 옷과 구두를 골라 주고 있었다고 생각하니 더 미안하고 창피해지는 것이었다.

“임 차장님이 업무 외 일을 해 줄 땐 내가 성의를 표현하고 있어요. 회삿돈이 아닌 개인적인 보너스죠."

"아……. 그러셨군요."

수영은 그제야 고개를 끄덕였다. 사실 그런 것들을 떠나서도 이 남자와 임지선 차장 사이엔 단순히 회사에서의 상하 관계를 넘어선 끈끈한 무언가가 느껴졌다. 마침내 수긍하는 수영을 보며 유안은 씩 웃더니 갑자기 그녀를 가리고 있던 이불을 확 걷어 냈다. 수영은 깜짝 놀라 괜히 제 몸을 가리려고 하는데 유안이 그녀를 번쩍 안아 제 무릎에 앉혔다.

"우리 저녁은 뭐 먹을까요."

수영은 운동을 너무 열심히 해서 진이 다 빠져 있었다. 배도 상당히 고팠다.

"전 지금 뭐든지 다 먹을 수 있을 거 같아요. 이사님이 좋아하시는 데로 가요."

오늘 유안이 고른 레스토랑도 썩 훌륭했다. 그는 돈만 많을 뿐 아니라 미식가이기도 했으니.

"맛 어때요?"

"맛있어요. 최근에 먹어 본 메뉴들 중에 여기가 제일 맛있네요."

오늘따라 더할 나위 없이 근사한 메뉴여서 수영도 즐겁게 음미할 수 있는 시간이었다.

"그래요? 난 좀 오늘은 음식 맛이 다른 날보다 못한 거 같아서 마음에 안 들까 봐 염려했는데 다행이네요."

"이게 못한 날이었어요? 전 너무 맛있는데요."

수영은 의아하다는 듯 되물었다. 유난히 제 배가 고팠던 건지, 아니면 오늘따라 기분이 그런 건지 수영은 꽤 만족스러웠던 것이다.

저녁 식사를 한 뒤엔 그의 집에서 자고 가기로 약속한 대로 다시 한남동 빌라로 향했다. 깜깜해진 평일 전날 밤에 자신의 집으로 귀가하는 것이 아닌 남자의 집으로 가는 기분은 꽤 생소했다.

달리는 차 안에서 왠지 수영은 내일이 직장인들에게 그 끔찍한 월요일이란 사실이 별로 실감되지 않았다. 늦은 시간에도 헤어지지 않고 더 이어서 시간을 함께 보내게 되는 상황이 묘하게도 안도감을 주고 있었다. 금요일 밤도 아닌데 쉴 생각도 없이 왜 이러고 있는 걸까.

"차수영 씨랑 다시 내 집으로 가니까 좋네요."

수영은 그의 말에 뜨끔 놀랐다. 제 생각이 읽힌 것도 아닌데.

"난 미국에서 고등학교 다닐 때부터 혼자 살기 시작했어요. 십수 년째 혼자 살아와서 혼자인 게 익숙하고 편하다고만 생각했었는데, 오늘은 좀 다른 생각도 드네요."

유안의 목소리는 차분했지만 묘하게 사람을 들뜨게 했다. 밤에 듣는 그의 목소리는 꼭 꿈결 같았다.

"익숙해지셨던 게…… 외로움이 아니었을까요? 외로움은 익숙해질 순 있지만, 그 자체가 좋아질 순 없는 거니까요."

수영은 다소 조심스럽게 자신의 생각을 조곤조곤 전했다. 약간 주제넘을 수도 있을 만큼 한 개인의 심리를 파고드는 말일지 모르지만 말이다.

"외롭죠."

하지만 의외로 그는 순순하게 인정했다.

"사람이 외로운 건 당연한 게 아닌가요. 난 내 기억이 존재하기 시작하던 시절부터 굉장히 고독했어요."

　수영은 커다래진 눈동자로 운전 중인 그의 옆모습을 슬쩍 보았다. 그의 언어가 솔직하다는 건 알고 있었지만, 지금은 듣고 있는 사람을 두렵게 할 정도로 솔직했다.

　"지구에 발을 붙이고는 있지만 사실 그때부터 우주의 미아가 된 기분으로 살아왔던 것 같아요. 아마 계속 이런 기분으로 살다 이대로 죽겠죠."

　그는 마치 오늘 먹은 메뉴를 들려주듯 평범하고 주저 없는 어조로 그런 말을 했다. 담담하고 담백하게.

　"아……."

　수영은 어떤 말도 할 수가 없었다. 여기서 말하는 건 정말 주제넘은 일 같았다. 먼저 외로움 운운하던 저의 입을 다물게 하려고 이러는 건가 싶을 만큼 그의 말이 혹독하게 느껴졌다. 그러다 한순간, 혹시 정말 더욱 주제넘게 선을 넘어 주길 바라서 그가 일부러 저러는 걸까, 하는 생각이 스쳤다.

　불쑥, 예전에 그가 했던 말이 떠올랐다. 그는 종종 지구 밖 머나먼 우주에서 자신을 내려다본다고 말했었다. 빛조차 수억의 시간을 여행해야 하는 그 먼 곳에서, 인간의 속도로는 절대 다시 돌아올 수 없을 영원 같은 거리에서 그는 길을 잃고 헤매고 있었던 건 아닐까. 그렇게 그는 까마득한 우주의 미아가 되어 먼지처럼 작은 지구 위에서 버둥대는 하찮은 자신을 떠올리고 있었을까. 그 심중을 헤아리며 무슨 말을 할지 고민하는 사이 차는 목적지에 거의 도착해 버렸다.

　다시 그의 집에 들어섰을 때 어느새 완전히 깜깜해진 창밖으로 한강의 검은 물결이 보였다. 서울의 땅들을 잇는 다리들에 장식된 은은한 조명들과 가로등 불빛들이 아름답게 굽어보였다.

"집 구경해도 돼요?"

수영은 호기심 어린 아이 같은 얼굴로 유안에게 물었다.

"그럼요."

유안은 대답하는 동시에 수영의 손을 꾹 붙잡았다. 그리고 그녀와 함께 자신의 집을 배회하기 시작했다. 어딘가 심각한 느낌이 가득한 그의 서재부터 미니 정원 같은 테라스 등 아래층을 먼저 빙 돌았다. 부엌을 지나 벽으로 가려진 다이닝 룸을 들여다보니 한쪽 벽면 전체가 다 와인 저장고였다.

"역시 이사님 집엔 와인이 많네요."

그녀가 사는 오피스텔에도 와인을 많이 사다 둔다는 생각을 했었지만 역시 그의 집은 비교도 할 수 없을 많은 와인들이 쌓여 있었다.

"오늘 밤 아껴 둔 거 한 병 깔게요. 차수영 씨 방문 기념으로."

유안이 달콤하게 속삭였고 수영은 입가를 살짝 올리며 옅게 웃었다.

"그럼 맛있는 거로 부탁드려요."

과연 유안은 신중하게 와인을 골랐다. 이내 맛을 보게 된 수영은 감탄해 마지않았다. 그가 왜 아껴 두었었는지 알 수 있을 만큼 와인의 맛은 탁월했다.

출장 후 재회한 날의 밤도 어느덧 깊어져 갔다. 내일의 출근을 위해 두 사람은 늦지 않게 잠자리에 들었다. 그리고 깊은 밤이 되었을 무렵 두 사람은 또 한 번 뜨겁게 안았다. 한동안 갖지 못했던 만큼 그 갈증을 메우기라도 하려는 건지 반복하여 가져도 질리지가 않았다. 과한 쾌감에 허우적대던 수영은 오래도록 권유안의 몸 아래서 울었다. 어쩐지 더욱더 철저하게 그에게 잠식되어 갈 것만 같은 밤이었다.

11. 나 때문인가

　강남 어딘가의 이자카야 한 모퉁이에서 최 실장은 며칠 만에 만난 JN 건설 기계 중장비 팀의 오 과장과 잔을 부딪치고 있었다. 중국에 다녀온 이후로 서울에 들를 때마다 오 과장에게 미리 연락하곤 했고 그 역시 시간이 맞으면 흔쾌히 만나 주었다. 이미 그러기가 여러 번이었고 이제 서로 꽤 친해지기에 이르렀다.

　"오 과장님, 요즘도 많이 바쁘시죠?"

　"뭐, 맨날 그렇죠. 할 일이 많네요. 이제 곧 하청 업계 계약도 해야 하고⋯⋯."

"어느 사업입니까?"

"부산 공장 하청 업체예요."

그 말에 최 실장의 눈이 반짝 빛났다.

"아, 부산 공장이라면……."

"왜요, 관심 있어요? 마침 부품이에요. 근데 지금 운신으로선 솔직히 쉽진 않겠네요."

꽤 친해졌다 생각했는데 일 얘기가 나오자 바로 튕기고 드는 것 같아서 최 실장은 진땀이 흘렀다.

"왜요, 저희도 할 수 있습니다! 이제 저희가 다루는 사업도 확장되었고 큰 물량도 감당할 자신이 있습니다."

"정말이에요?"

오 과장은 웃고는 있었지만 말투는 어딘가 모르게 고고했다. 거래를 위해 대화를 시도하니 금세 장벽이 느껴졌다.

"하하, 그럼요!"

JN 부산 공장의 생산 라인에 대해선 그 역시 어느 정도 알고 있었다.

"이미 물망에 오른 업체가 두어 군데 있긴 해요. 근데 사실 저도 좀 아깝단 생각은 합니다. 운신이 감당할 수만 있다면 저도 최 실장님이랑 일하고 싶죠."

그런데 문득 오 과장이 목소리를 낮추었다. 기대하지 않았는데 그가 먼저 경계를 푸는 것이었다. 그동안 그에게 들인 공이 헛되지는 않았던 모양이다. 최 실장은 잔뜩 들떠서는 고개를 좀 더 그에게 기울였다.

"오 과장님, 아시잖아요. 저희 운신이 지금 얼마나 빠르게 크고 있는지. 뭐든지 말씀만 해 보세요.”

“이번에 저희가 오더 넣을 물건이 말이죠…….”

“예!”

한동안 오 과장의 자세한 설명이 이어졌다. 최 실장은 심각한 표정으로 그의 말에 경청했다. 이야기를 들어 보니 과연 왜 그가 운신에게 무리라고 했는지 이해가 갔다.

대화가 오갈수록 최 실장의 마음은 점점 더 복잡해졌다. 자신들이 준비할 계획은 가지고 있었지만 아직은 시기상조라 시작하지 않은 사업이었던 것이다.

“저희도 지금 그쪽 사업 확장하려고 투자 준비 중에 있습니다.”

솔직히 당장엔 무리였지만 JN과의 거래를 위해서라면 강수를 두고 싶어서 큰소리부터 쳤다.

“그래요? 그럼 좀 서두르셔야겠네요. 어찌 되었든 생산이 어느 정도 들어가 있어야 저도 운신을 밀어 볼 만하니까요. 초기 필요 물량이 많게 책정되어 있어요.”

“그렇죠! 조만간 샘플부터 보여 드릴 수 있도록 잘 만들어 보겠습니다.”

“그럼 저도 최 실장님을 믿고 일단 위에 말은 한번 넣어보겠습니다.”

“예예! 감사합니다, 오 과장님. 잘 부탁합니다!”

최 실장은 잔뜩 상기된 얼굴을 감추지 못했다.

* * *

요즘엔 날이 꽤 더워서 오후에는 사무실에 에어컨이 가동되었다. 비록 한 주간의 근무로 지쳤겠지만, 주말이 머지않아 모두에게 생기가 도는 금요일 오후였다. 업무 중이던 수영은 잠시 집중이 흐트러지던 순간에 불현듯 그를 떠올렸다. 이번 주말에도 그를 만날 수 있을까. 그는 주말과 평일 대중없이 바쁜 사람이어서 정해진 패턴이 없었다. 주말 전에 미리 약속을 잡을 때도 있었지만 어느 날엔 즉흥적으로 만나자는 연락을 하기도 했으니까.

그래서 그는 마치 언제 올지 모르는 서프라이즈 이벤트와도 같은 사람이었다. 하지만 예상하지 못하다가 갑자기 오는 연락에 놀라기가 여러 번이 되다 보니 이제는 언제 그에게 연락이 오게 될까 자주 생각하게 되었다. 5월 출장에서 돌아온 그와 그의 집에서 시간을 보낸 이후 더욱 그러했다.

이것은 기대감일까. 기대감이 맞다면 이어지는 건 기다림이다. 기대하는 무언가를 결국엔 기다리게 되는 것이다. 그렇다면 지금 저는 그를 기다리고 있는 걸까.

정신없이 업무에 집중 중이라 시간 확인도 못 하고 있었다. 시계를 볼 겸 전화기를 눌렀다. 그에게서 온 연락을 미처 못 보았다거나 한 건 없었다. 아쉬워할 필요도 없었다. 어차피 오늘은 와도 곤란한 날이어서 그의 시간이 된다 해도 피할 생각이었다. 그렇지 않다고 해도 이럴 때면 평범한 주말을 보내면 되는 것이다. 가족이나 친구들을 만나도 충분히 즐거운 시간을 보낼 수 있으니까.

그런 생각으로 전화기를 막 내려놓으려던 찰나였다. 진동이 울렸고 발신자에는 정말 그가 떴다. 기대감과 기다림은 그 대상을 마주했을 때 지나치게 사람을 붕 뜨게 할 수는 있었지만, 거기에

마냥 휘둘려서는 안 됐다. 더구나 여긴 회사니까. 업무를 이유로
오는 연락일 수도 있었고.

"네, 이사님."

빠르게 복도로 나가서 차분한 목소리로 전화를 받았다.

―같이 저녁 먹을까요?

그의 부드러운 목소리가 들렸다. 그가 들려준 말은 들뜨지 않으
러 애쓰는 자신을 부색하게 만든다. 그의 용건은 업무도 아닌, 바
로 기대에 부응하는 것이었으니까.

그의 의중을 알았으니 어쩐지 안심은 되었다. 그러나 그것과 별
개로 오늘 그를 보기는 곤란했다. 주변에 아무도 듣지 않는 걸 확
인한 수영은 조그만 목소리로 대답했다.

"저…… 오늘 생리해요."

그녀의 대답에 몇 초의 공백 후 그가 되물었다.

―생리하면 저녁 안 먹습니까?

"아니 그건……. 아니지만……."

막상 그가 모른 척하자 갑자기 자신이 바보 같았다. 저 혼자 그
생각 위주로만 말했나 싶고. 문득 전화기 너머에서 그의 낮은 웃
음소리가 짧게 들렸다. 이윽고 그가 대놓고 물었다.

―내가 너무 섹스만 했나 보죠?

노골적인 질문을 받은 수영은 얼굴이 홧홧해질 것 같았지만 그
녀 역시 대놓고 대답했다.

"네."

솔직한 대꾸에 유안은 잠시 말이 없었다. 무슨 생각을 하고 있
는지 모르게 침묵이 짧게 흐른 후 그의 태연한 목소리가 들렸다.

－난 섹스 안 할 때도 차수영 씨랑 같이 있으면 좋아요.

돌연 수영의 눈이 휘둥그레졌다. 그녀의 눈동자가 한껏 흔들렸다. 그랬구나. 그 말이 진짜일까. 그의 언어로 확신시켜 주니까 그렇게 믿고 싶었다. 솔직히 그가 거짓말을 하고 있지는 않은 것 같기도 하고. 그런데 할 말을 잃은 그녀에게 그가 더욱 뻔뻔한 말투로 덧붙였다.

－물론 섹스할 땐 더 좋아요.

"아, 예."

수영은 알겠다는 듯이 호응했다. 그러자 그가 작게 웃으며 통화를 마무리했다.

－그럼 이따 퇴근하는 대로 전에 만났던 그 도로에서 봐요.

* * *

재하는 깎아지를 듯한 JN의 본사를 올려다보았다. 정문으로 들어온 그는 조심스레 주위를 둘러보다가 로비로 향했다.

1층에는 내부로 들어가는 입구가 따로 있었다. 출입증 없이는 열리지 않는 통제가 삼엄한 보안 게이트였다. 저 안에 수영이 있다고 생각하니 더욱 초조해졌다. 풀리지 않는 의문을 어찌지 못해 결국 이곳까지 찾아오게 되었다. 수영은 두 달 넘게 수신 거부 중이었고 그녀의 어머니와 동생 나은에게 자초지종을 물어도 모른다는 대답뿐이었다.

아무리 생각해도 미심쩍었다. 드물게 행운이 그녀를 따랐다 할지라도 그것이 단지 순수한 행운이었다면 왜 그녀가 기뻐 보이지 않았단 말인가. 저를 이렇게까지 피하는 것도 이상했다. 그러고 싶지 않은데 자꾸 불길한 기분이 들었다.

수영과의 소통이 완전히 끊기자 그녀를 만나서 물어야만 했다. 가족들에게 수영이 어디에 사는지 물었지만, 전에 함께 살던 친구 집에서 나갔다는 것만 알 수 있었을 뿐 새로운 거처는 그녀가 와 볼 필요 없다며 알려주지 않아 어머니도 아직 모른다고 했다. 연락처에 있는 그녀의 친구 몇에게 물어도 마찬가지였다. 의심하기 시작하니 끝이 없었다. 세상이 그리 호락호락할 리가 없지 않은가.

좋은 분이 해결해 주었다는 그 말. 도무지 그냥 믿을 수가 없었다. 그 순수한 행운이 거짓이라면 무언가 불순한 게 연루되어 있는 게 당연한 거였다. 불길했다. 그러나 섣불리 어떤 추측도 하지 않았다. 직접 확인하기 전까지는 미리부터 속단하지 않을 것이다.

퇴근 시간에 접어들었다. 로비의 한구석에 박힌 채 많은 사람들이 본사 건물을 떠나는 모습을 지켜보았다. 기약도 없이 기다린 지 생각보다 오래 지나지 않았을 때였다. 드디어 저편에서 그립던 여자의 모습이 나타났다. 수영이었다. 차수영. 몇 달 만에 보는 그녀의 모습 앞에선 어떤 상황에서도 반가움이 앞섰다.

수영은 로비에 있는 자신을 보지 못했다. 워낙 넓은 공간이기도 했고 이쪽으로는 눈길도 주지 않고 서둘러 건물을 나가고 있었다. 뭐가 그리 급한지, 어딜 가는 건지 안 그래도 빠릿빠릿한 그녀가 평소보다도 더 빠른 걸음으로 사라져 갔다. 하마터면 큰 소리로 그녀의 이름을 부를 뻔했지만, 사람이 많아서 참았다.

재하는 수영이 사라진 방향으로 급하게 다가왔다. 그녀가 보이지 않았다. 그곳은 정문과 반대편이었는데 정문보다 좀 더 작은 후문이 보였다. 서둘러 그 문밖으로 나갔다. 그러자 멀찍이 수영의 모습이 보였다. 놓치지 않아 다행이었다. 혹여 그녀가 곤란할까 봐 여전히 소리쳐 부르진 않고 그녀를 향해 달려갔다. 그녀는 다음 블록의 코너를 돌고 있었다. 큰 소리가 아니어도 들릴 만한 거리에 그녀가 들어오자 드디어 이름을 불렀다.

"수영아!"

주춤, 발을 멈추는 수영의 뒷모습이 보였다. 휙 돌아보는 그녀의 동그란 눈동자가 목소리의 주인을 찾아 약간 두리번거리다 이윽고 한곳에서 멈추었다. 눈동자가 맞부딪치는 순간 그녀의 눈빛이 아연함으로 물드는 게 보였다.

"수영아."

재하는 빠른 걸음으로 수영에게 다가갔다.

"오빠가 여긴 웬일이야."

희게 놀란 수영이 목소리를 낮추어 물었다. 갑작스러운 조우긴 하나 그녀답지 않을 만큼 그의 앞에서 당황하는 모습이었다.

"얘기 좀 하자, 수영아."

"지금은 곤란해. 나, 가 봐야 해."

말을 하는 와중에 그녀는 왜인지 고개를 돌려 도로를 살폈다.

"그럼 언제 만날 수 있는데? 한 번만 시간 좀 내 줘."

재하는 애가 타서 그녀에게 한 걸음 더 다가갔다. 그런데 또 수영의 눈길이 도로를 향했다. 무심하게 지나쳐 가는 차들 외엔 아무것도 없는 도로는 뭐 하러 쳐다보는 것인지. 다시 재하에게 눈을 둔 수영은 곤란한 표정으로 그를 보았다.

"난 이제 할 말 없다고 했잖아, 오빠."

솔직히 재하 자신도 그녀와 마지막 통화를 했을 땐 그녀가 말한 대로 믿고 싶은 마음이 먼저였다. 하지만 이후에 차분하게 생각할수록 점점 의심이 들었다. 그녀의 어머니와 나은을 만나고 나선 더욱 이상하단 생각만 들었다.

"수영아, 너……. 지금 네 상황 괜찮은 거 맞아?"

재하는 그녀와 어디 조용한 곳에 가서 대화를 해 보기도 어렵다고 판단되자 더 참지 못하고 본론을 던졌다. 그러자 일순 수영의 눈이 덜컥 굳어지는 게 보였다.

"내가 너를 몰라? 너 지금 되게 수상해."

수영은 그를 더 보지 못하고 눈동자를 내렸다. 갈 곳 잃은 눈동자가 이리저리 움직였다.

"그런 거 없어, 오빠. 그러니까 이만 가 봐. 나 지금 중요한 미팅 있어."

당황한 게 뻔히 보이는 수영을 보자 재하는 더욱 가슴이 불안하게 뛰어 댔다. 수상하게 느껴지기 시작한 이후로는 별의별 생각이 다 들기 시작했다. 정말 최악의 생각까지 떠올라서 벌컥 두려워지기도 했다.

"수영아. 솔직히 말해 봐."

그녀에게 조금 더 다가간 재하는 소리를 줄이며 속삭였다.

"하루아침에 그 많은 걸 청산해줄 만한 사람이 내가 아는 한 네 주변엔 없었잖아. 너 도와준 그 사람이 대체 누구야?"

수영의 눈이 겁먹은 듯 커졌다. 그녀는 늘 속내를 숨기는 데 서툴렀다. 더구나 의심하는 게 직업인 자신을 속이긴 어려웠다.

“도대체 지금 너한테 무슨 일이 일어나고 있는 거야.”

“오빠 왜 이래. 혼자서 무슨 추측을 하는 건지 모르겠네.”

단호한 대답의 내용과는 달리 눈을 맞추지 못하는 그녀의 눈동자가 방황했다.

“난 지금 잘 지내고 있는데 갑자기 나타나서 무슨 소릴 하는 거야.”

아무리 태연하게 말하고 있어도 그녀는 위태로워 보였다. 재하는 자신을 보고 있지 않은 그녀를 향해 호소했다.

“수영아. 괜찮으니까 얘기해 봐. 네가 만약 곤란한 일을 겪고 있다면 난 아직도 너를 도와주고 싶어.”

무엇보다 빚이 해결되었다는 데도 오히려 그녀는 더욱 멀어져 버렸다는 게 충격이었다. 아버지 회사의 부도 후부터 그녀가 꾸준히 저를 피하긴 했지만 그때와 지금은 또 묘하게 달랐다. 왜 이런 기분이 드는지 모르겠으나 그녀가 낯설었다. 이제는 정말 닿을 수 없는 곳까지 멀어져 버린 것 같았다.

“어떡해, 오빠……. 그렇게까지 말해 줘서 정말 고맙고 미안한데 오빠가 도울 일 정말 없어.”

이제 정말 자신에 대한 일말의 마음조차 사라진 것 같아 크나큰 상실감이 몰아쳤다.

“그리고 앞으로 살면서 도울 일도 생긴다고 해도 오빠 도움은 절대 안 받을 거야. 그러니까 이제 이렇게 찾아오지 마.”

그전에는 비록 헤어져 있었어도, 아무리 그녀가 매몰차게 저를 밀어냈어도 어딘가 한편으로 마음이 연결되어 있다고 느꼈었는데 이제는 그마저 끝난 것이면 어떡하나. 그녀가 기다리지 말라고 했지만 기다리고 있었다. 언젠가 그녀를 진창에서 구해 내려고 궁리만 하던 나날을 보냈다. 그런데 이미 누군가가 그녀를 구해 냈다. 그렇게 자신이 노력할 필요가 없어졌다. 이제 자신은 더 이상 그녀를 위해 아무것도 할 수 없게 된 것이다. 그것 때문에 스스로 그녀를 더 멀게 느끼고 있는 것인지도 모른다. 그래서 근무가 없는 날 작정을 하고 올라왔다.

"이제 그만 나 보내 줘."

이렇게 끝인 건가. 이대로…….

"오빠는 할 만큼 했어. 이제는 그만할 때도 되었잖아."

이렇게 밀어낼 줄 알았지만 이런 차수영이라도 봐야 했다. 그녀에게 무언가 두려운 일이 벌어지고 있는 건 아닌지 어떻게든 알아내야 했다. 재하는 수영에게 좀 더 가까이 다가가 그녀의 손을 조심스레 잡았다.

"수영아……."

그러나 멈칫 놀란 수영은 얼른 손을 빼내며 뒤로 물러났다. 재하는 잠시 모든 것을 멈춘 채 그녀를 빤히 보았다. 자신에게 지나치게 방어적인 그녀의 모습에 가슴이 시렸다.

그가 당황하는 걸 느꼈는지 수영도 미안해하는 표정으로 그의 얼굴을 살폈다. 잠깐의 시간 동안 둘의 눈동자가 서로를 마주했다. 마주 보는 눈빛이 서로와 달랐다. 재하는 오늘 그녀를 실제로 보고 확실히 느낄 수 있었다. 그녀에게서 저와 같은 교감을 찾을 수가 없다는 것을. 허탈한 눈 맞춤이 의미 없이 지속되고 있을 때쯤 한순간 주위가 조용해졌다. 하필 조용했던 그 순간이었다.

"차수영 씨."

불쑥 제삼자의 목소리가 끼어들었다. 낯선 남자 목소리로 듣는 익숙한 여자 이름에 재하의 눈이 번쩍 뜨였고 마주 보고 있던 수영의 눈동자도 움찔 놀랐다. 두 사람은 동시에 고개를 돌렸다. 가까운 도로에 반짝반짝 광이 나는 흰색 세단이 세워져 있었다. 언제부터 보고 있었는지 운전석에 앉은 남자가 조수석 창문을 열고 물끄러미 그들을 쳐다보고 있었다. 젊은 남자였고 단번에 눈에 띌 만큼 수려한 얼굴을 가진 남자였다. 차수영 씨라고 호칭한 데다 직장 근처인 걸 생각하면 같은 직장 사람인 듯했다.

"누구야?"

그 남자가 표정도 없이 단도직입적으로 물었다. 재하의 미간이 불끈 움직댔다. 마주 서 있는 수영에게 시선을 흘긋 돌려보니 그녀가 얼어 있는 게 보였다. 그 남자의 눈치를 살피던 수영은 재하를 한 번 쓱 보더니 이내 그 남자에게 대답해 주었다.

"제 지인입니다."

재하는 수영의 무난한 대답에 긍정도 부정도 하지 않았다. 그녀 역시 다나까체를 쓰는 걸 보니 아무래도 직장 상사가 맞는 것 같았다. 중요한 미팅을 간다더니 이 사람과 가는 것인가. 재하는 차 안에 있는 남자를 좀 더 자세히 보기 위해 고개를 기울였다. 가로등이 밝아 남자의 얼굴이 제법 잘 보였다. 자세히 보니 남자의 잘난 얼굴과 강렬한 인상에 더욱 눈길이 사로잡힐 듯했다. 그런데 묘하게도 기시감이 들었다.

아는 얼굴이던가? 그럴 리는 없는데.

그런데 그 남자는 수영의 대답이 못마땅했는지 이어서 질문을 던졌다.

"지인도 여러 가지가 있죠. 어떤 지인입니까?"

일순 재하는 그를 보던 눈을 치뜨며 허, 하고 허탈한 웃음을 지었다. 상사면 상사지 제가 뭔데 깐깐한 말투로 그런 것까지 캐묻는 것인가. 차에서는 내리지도 않고 말이다.

자신이 지인이라는 말에도 저에겐 형식적인 인사조차 생략하고 수영하고만 얘기하는 그 남자가 정말 이상하기 짝이 없었다. 수영과 하고 있는 질문도 바로 자신에 관한 것이어서 더 어이가 없었다. 차라리 저와 간단하게 소개를 나누며 직접 수영이를 어떻게 아느냐고 묻고 말지, 사람을 면전에 세워 놓고 이 무슨 무례한 시추에이션인지.

당연히 당황한 수영은 금방 답을 하지 못하고 머뭇거리고 있었다. 그래서 재하는 그녀를 대신하여 적당한 대답을 던지려 했다. 그러나 막 입을 열던 그보다 수영이 조금 빨랐다.

"아는 오빠입니다.."

재하는 벌어진 입을 도로 다물지 못했다. 아는 오빠. 이제 남자 친구가 아니라면 아는 오빠가 맞지.

"친구 오빠의 친구로 알게 된 오빠예요."

수영이 자연스러운 척 애쓰며 덧붙였다. 둘의 대화를 구경밖에 할 수 없던 재하는 영 기분이 이상했다. 남자는 자신을 무심한 눈으로 보고 있었는데도 왠지 그가 노려보는 것 같은 기분을 느꼈다. 그때 남자가 시선을 다시 수영에게 향하더니 차가운 중저음의 목소리로 더욱 이상한 질문을 내뱉었다.

"나보다 중요한 사람인가?"

남자는 웃지도 않고 있어서 농담도 아니었다. 순간 재하는 싸한 기분에 휩싸이며 소름이 돋았다. 이건 뭐지? 순식간에 혼란이 그를 감쌌다. 일반적으로 그냥 상사가 할 표현은 아닌데. 아니면, 진짜 저 인간이 뭐 대단히 높은 놈이라도 되는 건가.

"아닙니다."

당혹스러운 질문에 벙해져 있던 수영이 이내 딱딱한 목소리로 대답했다. 재하의 얼굴이 굳어졌다. 그녀는 아마도 저에게 일부러 혹독한 것이겠지. 이 미련한 남자를 떼어 내려면 독하지 못한 그녀가 독해져야 하는 거겠지. 이해할 수 있었다. 하지만 그걸 알고도 부정당하는 건 썩 쓸쓸한 일이었다. 이어 확인 사살이라도 하는 듯이 수영은 다시 한 번 단호하게 못을 박았다.

"아닙니다, 이사님."

그런데 그녀가 방금 뱉은 끝 단어에서 재하는 멈칫할 수밖에 없었다. 이사님이라니. 그럼 저렇게 젊은 나이에 JN의 임원이란 말인가. 총수가의 낙하산인가. 그렇다면 비범한 자임이 틀림없었다. 뒤늦게 그가 타고 있던 세단이 매우 고가인 것도 눈에 들어왔다. 그럼 대단히 높으신 놈은 맞긴 하는데 그래서 나를 이따위로 대하는 건가.

"길 가다 우연히 만나서 잠깐 대화 중이었습니다."

그 와중에도 수영은 태연을 가장한 얼굴로 그걸 또 조곤조곤 대답하고 있었다. 그러자 그녀를 내내 쏘아보던 남자가 엄격한 어조로 말했다.

"그럼 빨리 좀 타지. 나 기다리는 거 정말 싫어하는데."

하는 말마다 신기할 정도로 재수 없었다. 저딴 놈이랑 일하는 수영이 힘들 것 같다는 생각에까지 미칠 정도로.

"네!"

저딴 놈에게 수영이 내내 퍽 깍듯한 태도여서 그게 더 열 받았다. 재하는 이미 험할 대로 험하게 구겨진 인상으로 유안의 모습을 지켜보고 있었다. 정말 끝까지 무례한 남자였다.

"정말 미안해, 오빠. 난 미팅이 있어서."

난처한 눈빛을 하던 수영은 재하에게만 들릴 만한 작은 목소리로 말하고선 곧장 뒤돌아섰다. 그러고는 곧장 빠른 길음으로 이사의 차로 다가가 조수석에 올랐다.

차는 그대로 출발해 버렸다. 지나치는 동시에 수영의 안타까운 눈동자가 얼핏 재하를 향했을 뿐이었다. 덩그러니 남은 재하는 심란한 눈으로 차가 사라질 때까지 쏘아보았다. 그녀에게 일어난 의문의 일에 대해선 아무것도 풀지 못한 채 좌절감과 상실감만 깊어지고 있었다. 그러면서 이상하게 찜찜했다. 저를 등지고서 이사라는 남자와 떠나가 버린 수영을 보며 묘하게 알 수 없는 기분이 들었다.

설마. 저 남자.

순간적으로 오싹하게 스며드는 망상이 있었다. 그것은 너무나도 두렵고 큰일이었다. 그러나 아직 아무것도 확인하지 못한 재하는 함부로 판단하지 않기로 했다. 그런 일은 절대 수영에게 있어서는 안 되었으므로. 재하는 어쩔 수 없이 무거운 발걸음을 옮겼다. 또다시 눈앞에서 그녀를 보내자 가슴에는 한없이 서늘한 바람만이 불어왔다.

여름의 더위에도 무뎌지는 냉한 가슴이 시리고 시렸다. 오늘 그녀와의 짧은 만남에서 남은 것이라곤 이제 더는 교감할 수 없는 여자의 눈빛뿐이었다. 자신을 향한 그녀의 눈빛에는 오로지 미안함과 안쓰러움뿐이었다.

* * *

차에 탄 이후에도 수영은 미칠 듯이 뛰는 가슴을 쉬이 진정시킬 수가 없었다. 그나마 옆에 있는 권유안은 말없이 차를 출발시켰고 더는 재하에 관해 묻지 않았다.

떨리는 기분을 들키지 않으려고 두 손을 모아 꾹 잡았다. 눈동자만 돌려 사이드미러를 보았지만 시야에 재하가 들어오진 않았다. 수영은 눈을 한 번 꾹 감았다 떴다. 한 번도 상상해 보지 못한 그림이 조금 전까지 펼쳐져 있었다. 말도 안 돼. 권유안과 한재하를 한자리에서 보다니. 가뜩이나 다른 사람에게도 보여 주기 곤란한 권유안을 한재하가 보았다. 철저히 숨겨 온 자신의 비밀 남자를. 재하가 유안과 저와의 관계를 알게 되면 어떻게 나올지는 상상도 할 수가 없었다.

그런데 좀 기분이 이상하기도 했다. 재하가 유안을 알게 되는 것이 제일 문제겠지만 유안이 재하를 알게 되는 것도 좀 곤란하게 느껴졌다. 그냥 자신은 전 남자 친구의 존재를 유안에게 보여 주고 싶지가 않은 것 같았다. 요즘 그와의 관계는 순항인 듯했으니까. 이 분위기를 지키고 싶은 마음이 제게 있었나 보다.

가슴이 혼란스러웠다. 어느새 현실을 외면하고 싶었는지도 모른다. 그러나 아까 재하를 본 이후 갑자기 자신은 현실로 돌아와 버렸다. 재하와 한군데에 두고 보니 새삼 권유안이라는 남자가 얼마나 자신이 닿을 수 없는 비범한 곳에 올라서 있는 사람인지가 한눈에 들어왔던 것이다. 예전에 만났던 평범하고 편안했던 남자, 한재하. 그가 보는 앞에서 권유안을 이사님이라고 부르며 깍듯이 예우를 갖추는데 문득 자신의 현주소가 보였다.

사실 이렇게 재하가 눈치챌까 봐 떨고 있었지만 정작 재하는 JN의 이사라는 남자와 저와의 관계가 특별할 거라곤 의심조차 하지 않는 눈으로 지켜보고 있었던 것이다. 그렇게 한재하를 본 이후부터 번쩍 정신이 차려진 기분이었다. 권유안이 누군지. 그리고 자신이 누군지.

난 이런 남자와 무슨 짓을 하고 있는 거지. 불현듯 그와의 끝이 적나라하게 들여다보이는 듯했다. 그건 너무도 빤한 게 당연했다. 불안하고 가슴이 어지러웠다.

수영은 상념에 빠진 채 창밖으로 휙휙 지나는 불빛들만 하염없이 바라보고 있었다. 그러다 문득 움찔 눈을 깜빡였다. 무릎 위에 모아 둔 두 손을 커다란 온기가 덮었다. 그가 손가락을 얽으며 깍지를 껴왔다.

창밖을 보던 시선을 옆에 앉은 남자에게로 찬찬히 돌렸다. 그는 앞만 보고 운전만 하고 있었다. 자신이 그를 쳐다보는 걸 알고도 눈길을 주진 않은 채 손만 조용히 꾹 잡고 있었다. 무거운 공기가 차 안에 가득했다. 결국, 목적지에 도착하기까지 둘 사이엔 대화가 없었다.

잠시 후 도착한 곳은 한옥으로 지어진 커다란 한정식집이었다. 나무 대문으로 들어가니 너른 잔디밭이 나왔다. 직원이 안내하는 대로 내부로 들어가자 개별적으로 독립된 방들이 여러 개 보였다. 모두 문은 굳게 닫혀 있어서 누가 있는지 전혀 보이지 않았다.

예약한 한 룸에 들어가자 유안이 늘 그렇듯 의자를 빼 주었다. 수영은 이제 꽤 자연스럽게 그의 에스코트를 받았다. 건너편에 앉은 유안은 메뉴판을 열어 수영에게 내밀었다.

"끌리는 메뉴 있어요?"

아까부터 줄곧 가라앉아 있던 수영은 메뉴판을 받으며 앞에 있는 남자의 얼굴을 흘끔 보았다. 남자는 아까보다 부드러워진 얼굴로 저를 보고 있었다.

수영은 눈을 내려 메뉴를 보았다. 메뉴가 적힌 하얀 한지는 가격도 쓰여 있지 않아 여백이 많고 심플했다. 몇 가지의 정식이 다여서 종류도 많지 않았다.

"다 맛있어 보이네요."

"그래요? 왠지 얼굴이 별로 배고파 보이지 않아서 식욕이 없는 줄 알았어요. 그럼 제일 다양하게 나오는 거로 먹어요."

유안은 오늘따라 의욕적으로 권하는 듯 보였다. 수영은 그를 물끄러미 보다가 고개를 끄덕였다.

"네."

얼마 후 한 상 가득 요리들이 차려졌다. 전복, 장어, 백숙, 갈비찜 등이 푸짐하게 담겨 나왔다.

"요즘 차수영 씨가 좀 힘들어 보여서 보양식 좀 먹여야겠다고 생각했어요. 요즘 살도 좀 빠진 것 같고."

수영은 그의 말이 놀라웠다. 그래서 오늘 저녁을 먹자고 했던 거구나. 사실 요즘 그는 회사 일로 꽤 바빴는데 일부러 시간을 낸 것인가.

"많이 들어요."

예의 친절한 미소를 짓는 그를 보며 수영은 어쩐지 가슴이 먹먹했다.

"잘 먹을게요."

아까 메뉴판을 볼 때는 그냥 예의상 다 맛있어 보인다고 했을 뿐 사실 요즘 그의 말대로 식욕이 별로 없었다. 어제 재 보니 체중도 좀 빠져 있다. 여름인 데다 좀 덜 챙겨 먹어서 그런가 보다 생각하고 말았는데.

수영은 젓가락을 들고 음식을 먹기 시작했다. 오늘이 아무리 당황스러웠어도 여기에서 식사는 제대로 마쳐야겠다고 다짐했다. 이건 이 남자의 성의였다.

* * *

음식점에서 나와 차를 타고 집에 가는 길에 유안이 말했다.

"그래도 잘 먹어서 다행이네요."

유안은 그게 꽤 흐뭇했던 모양이다. 가만 보면 그는 전부터 그녀를 먹이는 데 신경을 꽤 쓰는 편이었다.

"맛있었어요."

"같이 자주 와요."

"저 살 너무 많이 찌우시면 안 돼요."

"힘없어 보이는 거보단 나아요."

아까보단 분위기가 많이 부드러워져 있었다. 수영은 왠지 이 남자가 이제 자신에게 정말 애인처럼 굴고 있다고 느껴졌다.

얼마 후 차는 어딘가에서 멈추었다. 분명 논현동으로 주소를 찍는 걸 보았는데 여긴 집이 아니었다. 수영이 눈을 동그랗게 뜨자 유안이 먼저 내리더니 그녀가 앉아 있던 조수석 문을 열어 주었다.

"여긴 어디예요?"

수영이 묻자 유안이 그녀에게 손을 내밀며 답했다.

"잠깐만 더 같이 있어요. 커피 한잔하면서."

"아……. 네."

수영은 그의 손을 잡고 차에서 내렸다. 따뜻한 그의 손을 잡고 카페로 들어서는데 마음은 계속 무거웠다 하지만 이대로 혼자 집에 있는 것도 싫은 날이었다. 마침 그가 집이 아닌 이곳으로 방향을 틀어 주었으니 약간은 미묘하게 안심이 되었다.

"집으로 가서 쉬게 하려다가 왠지 울적해 보여서 당 보충 좀 시키려고 데려왔어요."

왜 이렇게 이 남자는 오늘따라 달콤하게 구는 건지. 수영은 그를 보며 희미하게 웃어 보였다.

"신경 써 주셔서 감사해요, 정말……."

웃는데도 자꾸 가슴 한편이 아릿해져 왔다. 이 남자가 이러는 게 저에겐 꿀일까, 독일까.

"오늘은 뭐 마실 거예요? 모카 프라푸치노?"

"네, 그렇죠."

자리를 잡아 앉게 한 뒤에 그가 물었고 수영은 아무런 망설임 없이 대답했다. 잠시 뒤 유안이 커피 두 잔을 받아 가지고 와서 앉았다.

"차수영 씨는 커피 취향 참 한결같네요."

"네. 제가 달콤 쌉싸름한 걸 좋아해요."

유안은 싱긋 웃더니 수영의 모카 프라푸치노에 빨대를 꽂아서 건넸다.

"나한테도 한결같을 거예요?"

음료를 받아서 빨대를 물던 수영은 눈을 설핏 올려 떴다. 입 안으로 흘러들어 온 차갑고 달콤한 모카 프라푸치노가 꿀꺽 넘어갔다.

"네?"

유안은 잔잔한 미소를 지우지 않은 채 그녀를 반듯하게 보고 있었다.

"한결같이 지금처럼 딱딱할 거냐고요."

그의 눈동자가 짓궂게 반짝였다.

"아하하……."

어찌 보면 그는 참 모카 프라푸치노 같은 사람이었다. 달콤하고 또 쌉싸름하고.

유안은 자신의 커피를 마시면서도 계속 수영을 빤히 보았다. 그녀가 프라푸치노를 마시는 모습을 유심히 보더니 그는 돌연 간지러운 말을 툭 내뱉었다.

"단걸 많이 먹어서 차수영 씨 몸이 그렇게 단 건가?"

벌컥, 수영은 급하게 커피를 목 뒤로 넘겼다. 그는 한결 더 능청스레 말했다.

"달고 맛있는데 오늘은 확인할 수가 없네요."

"저, 이사님, 제발……."

능글맞은 남자의 시선을 피해 수영은 어색하게 입가를 올렸다. 괜히 빨대 끝을 손으로 만지며 딴청을 부렸다.

"그런데 차수영 씨."

방금까지 농담을 건네던 유안의 목소리가 갑자기 진지해졌다. 다시 눈을 돌려 보니 그가 슬쩍 고개를 기울인 채 그녀의 얼굴을 살피고 있었다.

"네."

"원래 생리 중엔 이렇게 울적해 보여요?"

수영의 눈동자가 미비하게 떨렸다. 왜 매번 이 남자에게 제 심리 상태를 들키고 마는 건지. 또 자신이 표정을 숨기지 못한 걸까, 아니면 이 남자가 그만큼 자신을 섬세하게 살피는 걸까.

"아닙니다. 저는 별로 그런 영향 없어요."

수영은 애써 얼굴에 미소를 담아 담담하게 대꾸했다. 그런데 유안은 그녀를 관찰하기를 멈추지 않고 여전히 골몰하였다.

"그럼 왜 슬퍼 보이지?"

"……."

수영의 얼굴에 서려있던 얕은 미소마저 금세 사라지고 말았다.

유안도 더는 웃지 않고 가만한 눈빛으로 수영을 바라보기만 했다. 이내 그는 테이블 위로 느릿하게 손을 뻗어 그녀의 손을 살포시 쥐었다. 잠시 그녀의 손을 내려다보던 유안은 자신의 엄지손가락으로 그녀의 손등을 몇 번 만지작댔다. 왜인지 말이 없던 그는 다시 눈동자를 슬며시 들어 그녀를 보았다. 그러더니 나지막하게 읊조렸다.

"나 때문인가?"

수영은 순간 숨을 들이켰다. 유안의 얼굴 위에서 멈춰 있던 눈동자가 바짝 경직되었다. 그녀를 빤히 보고 있는 남자의 눈빛은 잠잠했지만 다른 때보다 더욱 묘하게 빛나고 있었다. 그의 까만 눈동자는 깊은 못처럼 무거웠다. 두 시선이 얽혀 든 채 침묵이 흘렀다. 눈앞이 막막해지며 숨이 막힐 것 같았다. 작게 아름대던 수영의 입술이 들릴락 말락 하게 속삭였다.

"이사님…… 때문일까요."

카페 안은 적당히 소란스러웠지만 아마 유안은 들었을 것이다. 그는 알 수 없는 눈빛을 했다. 하지만 수영은 곧장 다시 말을 고쳤다.

"슬프지 않아요."

말의 내용과 모순되게도 쓸쓸한 목소리가 흘러나왔다. 수영은 어딘가 황망한 눈으로 유안을 보았다. 가슴이 저릿하게 뛰고 있었다.

촛불처럼 유약하게 흔들리던 수영의 눈동자가 이윽고 그에게서 떨어졌다. 그녀는 유안에게 잡혀 있는 손을 살며시 빼내고는 앞에 있는 커피를 다시 들고 마셨다. 단맛을 즐기기가 어려운 날이었다. 한재하에 대한 안타까움 때문인지 권유안에게 느끼는 저의 상실감 때문인지 자꾸만 복잡해지는 마음은 진정될 길이 없었다. 앞에 있는 남자의 시선이 느껴졌지만, 그렇다고 그가 더는 말을 하는 건 아니었다. 결국 수영이 화제를 돌렸다.

"이사님 요즘 많이 바쁘시죠."

"좀 그렇죠, 요즘 일들이 많이 겹쳐서. 다음 주엔 방조제 공사 현장 보러 지방 출장도 있어요."

"그래서 요즘 저희 팀에선 자주 못 뵀었네요."

요즘엔 회의 시간에서 그를 좀처럼 볼 수가 없었다. 유 실장이 보고만 올리는 듯했다.

"요즘엔 다른 회의가 많아요. 그쪽 일은 유 실장이 다행히 잘하고 있죠."

"맞아요. 유 실장님 존경스러운 분이시죠……."

"혹시 나 자주 못 봐서 아쉬워?"

남자는 금세 또 잔망스럽게 입꼬리를 올렸다. 수영은 가만히 미소 지으며 대답 대신 말했다.

"그렇게 바쁘시면…… 이사님도 스트레스가 참 많으시겠어요."

"없는 게 이상할 지경이죠. 내 기억이 존재하던 시절부터 고독과 함께 공존했던 게 스트레스였던 것 같네요."

"그러셨군요."

그게 당연했겠지만 그래도 이렇게까지 말하는 걸 듣자 수영은 적잖이 놀랐다. 그는 주로 여유롭게 웃는 모습이었고 개인적인 고충에 대해 내색을 하지 않아서 자세히는 모르고 있었다.

"괜찮습니다. 이 중압감이 없는 게 더 이상한 자리니까요."

하지만 그는 곧 아무렇지도 않은 어조로 선선하게 뱉어 냈다. 수영은 어딘가 초조한 표정으로 그를 보았다. 그녀는 어쩐지 다음 말을 하기를 망설이다가 마침내 신중하게 물었다.

"그럼 그 중압감을…… 내려놓고 싶으셨던 적은 없었나요?"

이런 걸 물으면 안 될 것 같았지만 그래도 묻고 싶었다. 기대 없이 그냥 던져 보는 질문이었다.

"글쎄요. 내려놓는다는 건 한 번도 생각해 본 적이 없네요. 이제는 없는 게 더 어색할 것 같아요.”

수영은 어렵게 물었지만 그는 쉽게 대꾸했다. 기대가 없었는데도 그 대답을 듣는 순간 수영의 눈빛이 그가 보지 못한 사이 얼어붙었다. 한 번도 생각해 본 적이 없다니. 그만큼 그게 그에게는 당연한 삶이라는 것이다. 아무리 그녀가 현실을 모른 척하려 해도 이렇게 그에게서 전에 모르던 또 다른 낯선 느낌을 가끔씩은 새롭게 받을 수밖에 없었다. 이렇게 종종 밀접하게 저를 찾는 남자가 까마득히 멀게 느껴질 때마다 그 괴리에서 오는 허탈감이 어쩔 수 없이 함께했다.

“그래요. 바쁘신 게 좋은 거죠.”

실은 이 남자보다 이 남자를 낯설어하는 자신에게 더 당황스러운 건지도 모른다.

“그래도 건강은…… 꼭 잘 챙기세요.”

수영은 그저 초연하게 차분한 반응으로 넘겼다.

“요즘 왜 차수영 씨가 자꾸 나를 걱정하는 거 같죠? 설레게…….”

그녀의 속내를 미처 알지 못한 유안은 능글맞게 눈을 접을 뿐이었다.

“이사님이 건재하셔야 저희 팀도 건재하죠.”

복잡한 눈으로 그를 보던 수영이 에둘러 말하자 유안이 씩 웃었다.

커피를 다 비우지 못하고 카페를 나왔다. 다시 출발한 유안의 차는 얼마 후 수영이 사는 오피스텔 주차장에 멈췄다. 바로 갈 줄 알았던 유안은 왜인지 시동을 껐다. 수영이 의아하게 바라보는 사이 차에서 내린 유안이 그녀의 문을 열어 주었다. 그는 집까지 함께 올라가 직접 현관문도 열어 주며 수영을 먼저 들여보냈다. 느린 걸음으로 같이 집 안으로 들어서서 거실 근처쯤 왔을 때 유안이 한 손으로 수영의 어깨를 감싸며 말했다.

"난 이만 가 볼게요."

둘의 걸음이 천천히 멈추며 수영이 그를 올려다보았다.

"아……. 바로 갈 건데 올라오신 거였어요?"

조용하게 밀폐된 둘만의 공간이라서 그런지 마주 보는 남자의 눈빛이 조금 더 짙어 보였다. 마침 유안은 그녀의 어깨를 그대로 끌어당겨 제 품에 넣었다.

"이렇게 안아 보고 가려고 들어왔어요."

힘을 꾹 주어 수영을 안으며 유안이 속삭였다.

"여긴 지나치게 보안이 좋아서 사각지대가 없거든요."

그의 품에서 눈을 깜빡이던 수영은 남자의 향을 고스란히 느끼고 있었다. 익숙해졌던 그의 향. 한동안 느끼지 못하다가도 어렴풋해질 만하면 꼭 이렇게 다시 느끼게 되었다. 그리고 이럴 때면 예상치 못한 감정이 그녀를 덮치곤 한다. 마치 오래 그리던 것을 되찾은 것처럼 뭉클한 기분에 허우적대게 되는 것이었다. 내가 이 향을 그토록 기다렸던가. 왠지 모르게 숨이 막혔다. 남자가 그렇게까지 세게 안고 있는 것도 아니었는데도. 수영은 숨을 제대로 쉴 수가 없을 것 같은 기분에 그를 슬쩍 밀어내며 뒤로 반걸음 물러났다. 그러자 유안은 제 품에서 빠져나간 여자를 물끄러미 내려다보았다.

"오늘 왜 자꾸 내가 만질 때마다 도망가는 거 같죠?"

그의 말투는 평이한 듯했으나 그의 얼굴엔 표정이 없었다. 수영은 당황하여 말문이 막힌 채 눈동자를 떨구었다. 유안은 그녀가 물러난 만큼보다 더 많이 다가오며 거리를 좁혔다. 동시에 그가 허리에 팔을 둘러서 수영은 더 뒤로 물러날 수가 없었다.

눈을 들어 코앞에서 눈이 마주치는 순간 그가 빠르게 입술을 맞부딪쳐 왔다. 곧바로 그 자신을 급하게 밀어 넣은 격한 키스로 이어졌다. 깊게 침범하여 샅샅이 훑는 농밀한 입맞춤에 안 그래도 숨이 막혔던 수영은 정신을 차릴 수가 없었다. 눈앞이 새하얘지며 몸도 가슴도 권유안으로 가득 찼다. 키스가 진득해질수록 뒷머리를 감싸던 그의 손길이 그녀의 머리칼을 점점 더 거칠게 잡아채고 있는 것 같았다. 눌린 신음이 새어 나왔다.

"흣……."

그녀가 조금 괴로운 걸 느꼈는지 그제야 유안이 입술을 뗐다. 그는 상기된 수영의 얼굴을 코앞에서 내려다보더니 낮은 목소리로 속삭였다. 격한 키스 뒤라 그런지 그의 목소리는 마치 짐승이 으르렁대는 것 같았다.

"나는 사실 네가 생리할 때도 괜찮은데……."

"괜찮지 마세요. 안 돼요."

심장이 터질 것 같았던 수영은 희게 아연하여 만류했다. 그녀의 단호한 대답에 유안은 작게 소리 내어 웃더니 이내 놓아주었다.

"서 있는 것도 힘들어 보이네. 들어가 쉬어요."

거절하는 그녀에게 유안은 더 질척이지 않고 절도 있게 뒤돌아섰다. 낮이 창백해진 수영은 그의 뒷모습을 고요한 눈으로 좇았다. 간담이 서늘해지는 키스만 남겨 놓고는 그는 떠나갔다. 이 밤이 또 길고 길 것만 같았다.

12. 응징

입이 떡 벌어진 최 실장은 한동안 말을 잇지 못했다.

"제가 지금 무슨 말을 들은 건지 믿을 수가 없네요."

그는 사색이 되어 벌벌 떨며 오 과장에게 되물었다.

"농담이시죠? 없었던 일로 하신다니요?"

오 과장이 급작스레 대전 공장을 방문하겠다고 했을 때만 해도 경과를 보러 오는 줄로만 알았다.

"안타깝게도 일이 그렇게 됐습니다."

"오 과장님! 아니, 이게 무슨 황당한 소리입니까!"

얼굴이 벌게진 최 실장은 벌떡 일어나며 고함을 쳤다. 취소라니. 이게 무슨 청천벽력인가.

"그게…… 저도 너무 황당하지만, 위에서 내려온 지시라서……."

"이게 이런 식으로 빠지신다고 될 일이예요?"

운신의 다른 임직원들이 아직은 감당하기에 역부족이라고 말리고 드는 걸 억지로 추진했다. 거기에 투자한 게 얼만데.

"저 개인적으론 최 실장님께 참 면목이 없지만 저야 다 운신 잘되길 바라서 밀어 드린 것뿐이죠. 최 실장님이 워낙 간절히 바라시기도 했고요."

오 과장은 푹 숙인 고개를 설레설레 흔들었다.

"아니, 무슨 사유라도 있을 것 아닙니까! 도대체 이게 무슨 일입니까!"

"정확히 말씀을 안 해 주셔서 저도 무엇 때문인지 이유까지는 모르겠습니다."

"아니, 이제 와서 이러시면 저희더러 어쩌란 말입니까?"

제자리에서 발을 동동 구르던 최 실장이 눈을 희번덕이며 따졌다.

"저도 지금 곤란해서 어쩔 줄을 모르겠습니다."

"그래서, 없었던 일로 하자고 하면 다예요? 이게 이런 식으로 간단히 끝낼 수 있는 일입니까?"

최 실장이 얼굴이 붉으락푸르락해져선 길길이 뛰었지만 오 과장은 연신 한숨만 푹푹 쉬어 댔다.

"제가 해 드릴 수 있는 일이 없네요. 저도 안타까운 마음에 이렇게 얼굴 뵙고 전해 드리려고 대전까지 내려왔습니다. 전 이만 올라가 봐야겠어요."

"오 과장님! 이러고 가시면 어떡하십니까! JN이 이럴 수가 있어요? 갑질도 정도가 있어야지, 이런 식으로 거래를 취소하는 게 경우에 맞는 일이에요? 이러면 나중에 위약금 몇 배를……."

고함치던 최 실장은 위약금을 운운하려던 순간 덜컥 말을 멈추고 말았다. 동시에 그의 얼굴이 점점 파랗게 질려 갔다. 아직 계약서가 발급되지 않았다.

"……."

등골이 오싹했다. 다리가 후들후들 떨렸다. JN 본사에 찾아가 미팅을 한 뒤 주문이 성사가 되기까지 여러 절차들이 있었다. 추진하던 사업이었던 터라 조금 더 서둘러서 시작했다. 샘플을 보였고 테스트 결과 이상이 없었고 곧바로 긍정적인 반응과 함께 미팅으로 이어졌다. 당연히 다 된 거라고 생각했고 급하게 진행하느라 형식적인 계약서를 굳이 서둘러 챙기지는 않았었다.

대기업에서 대략적 날짜와 물량까지 언급하며 가능하겠냐고 물으니 할 수 있다고 큰소리쳐 놓고 곧바로 생산에 들어갔다. 그 과정이 너무나 당연하게 흘러갔던 것이다. 분명 그들은 물건의 품질에도 상당히 만족을 보였었다. 그런데 갑자기! 대기업의 일 처리라 너무 믿었던 게 화근이었나. 정황상 위약금을 제대로 받아 내기는 어려워 보였다. 소송을 진행해도 너무나 불리한 상황이었다. 최 실장은 얼빠진 얼굴로 멀뚱히 서 있었다. 그를 바라보며 한숨을 쉬던 오 과장은 천천히 자리에서 일어났다.

"최 실장님, 저도 마음이 안 좋네요. 오늘은 일단 돌아가고 나중에 연락드리겠습니다."

"잠깐만요, 오 과장님!"

혼비백산한 최 실장은 허둥지둥 오 과장의 손을 부여잡았다. 몸을 돌리려던 오 과장은 곤란한 얼굴로 그를 돌아보았다.

"제발 저희 좀 도와주세요! 저희 지금 당장 이대로는 큰일 납니다. 이미 비싼 새 기계들 다 들여 놓고 인원도 보충해서 24시간 교대로 풀가동 중인데 이거 어떡합니까!"

명망 높은 대기업의 이름을 감히 의심조차 해 보지 않았었다. JN 진출에 눈이 어두워 신중하지 못했던가.

"운신에서 지금껏 이런 규모로 일을 벌인 적이 없었어요. 창립 이래 사상 최대의 투자란 말입니다!"

공연히 오 과장에게도 원망스러운 마음이 들었다.

"저한테 말씀하셔도 소용이 없으니까 문제죠."

"그럼 전 어떻게 하면 좋습니까!"

"그야 저도 모르죠. 결정 내린 분들에게 직접 가서 하소연해 보시든지요."

당혹스러워하던 오 과장은 힘주어 그의 손을 떼어 내고는 서둘러 그 자리를 떠났다. 허탈한 얼굴로 그를 쳐다보던 최 실장은 그 자리에 철퍼덕 주저앉고 말았다.

* * *

한 주가 시작된 지 며칠이 지나도록 권유안을 보지 못했다. 그리고 오늘은 그가 지방으로 출장을 떠나는 날이었다. 언제 가는지는 정확히 듣지 못했지만 아마도 이미 가 있을 거라는 추측이 되었다. 잘 도착했는지 궁금하기도 했지만 물을 생각은 하지는 못했다. 아직 한 번도 그에게 먼저 사적인 연락을 한 적이 없었다. 공적인 용건이 있을 때나 혹은 무언가를 물어야 할 때나 따져야 할 때를 제외하고는 일상적인 대화는 먼저 시도한 적이 없었던 것이다. 오로지 친숙한 소통을 위한 연락 말이다.

처음 그와 이런 사이가 되었을 무렵엔 그러면 안 된다고 생각해서 엄두도 내지 못했었고 이제는 조금 복잡해진 이유로 그러지 못하고 있다. 워낙 바쁜 사람이라 방해가 될까 봐 그러기도 했고, 바빠서 답이 늦으면 괜히 저도 의기소침해질 것 같아서도 그랬다. 안 그래도 그와의 관계가 깊어질수록 막연한 초조함도 쌓여 가고 있었으니 그를 대하는 데에 있어서 더 많이 망설이게 되는 것이었다. 우스운 건 그럼에도 그를 마음에서 멀리하지도 못하고 있다는 것이다.

어쩌면 걱정과는 반비례하게 자꾸 심적으로는 그와 가까워지고 있다고 해야 할까. 오히려 불안해서 더 궁금해지는 것일까. 나른한 오후 사무실 한편에 앉아 스트레칭을 하던 수영은 잠시 머뭇댔지만, 끝내 전화기를 들었다. 그래도 잘 안부 정도는 물어도 되지 않을까. 그 남자가 요즘 자신을 대해 주는 것을 보면 자신이 먼저 연락을 보냈을 때 그 역시 반가워하지 않을까 하는 생각도 내심 들었다.

[이사님, 현장에는 잘 도착하셨어요? 궁금해서 연락드려 봤어요.]

바쁘면 나중에라도 답장이 오겠지. 괜히 가슴이 두근거렸다. 처음으로 먼저 그에게 순수한 안부를 위한 연락을 하니까 생각보다 기분이 들떴다. 이제야 그와 제대로 소통이라는 걸 하는 사이처럼 느껴졌다. 무엇보다 자신이 자발적으로 굴고 있었으니까.

초조함 반 설렘 반으로 답장을 기다리고 있는데 늦지 않게 답장이 왔다. 문장이 아닌 사진이 먼저였다. 방조제 공사가 막 시작된 현장 사진이었다. 아직은 제대로 형태가 갖추어지지 않은 모습이었다. 해안가에는 많은 중장비들이 보였고 그 뒤로 바닷물이 보였다.

[잘 도착했습니다.]

이어서 그의 메시지가 왔다. 빙긋 웃던 수영은 곧바로 답장을 적으려 했다. 그런데 그 찰나 그의 다음 메시지가 먼저 도착했다.

[아, 차수영 씨가 궁금하다는 게 현장이 아니었으려나요?]

그리고 바로 이어서 하나가 더 왔다.

[혹시 나인가?]

활자로 보는 문장인데도 그의 목소리와 말투가 생생하게 느껴졌다. 수영은 뭐라고 답장을 보낼지 잠깐 고민하다가 손가락을 움직였다.

[둘 다요.]

그러자 잠시 조용하더니 이내 사진 한 장이 더 전송되었다. 순간 수영은 흠칫 놀라 자신의 뒤를 살폈다. 근접 촬영된 유안의 사진이었다. 뒤에 아무도 없자 수영은 사진을 눌렀다. 곧 전화기 화면이 그의 얼굴로 가득 찼다. 바다를 배경으로 서 있는 그의 모습은 셀프 모드로 찍은 게 분명한 포즈였다. 수영은 혼자서 입가를 쓱 올렸다. 궁금하다고 했다고 사진을 보낼 줄이야. 엷은 미소를 지은 당당한 남자의 얼굴은 햇살을 받아 더욱 빛나고 있었다. 아무

데서나 대충 찍은 사진인데도 새삼 잘생겼다는 생각을 하며 저도
모르게 멍하게 감상했다. .

　카메라를 응시하고 있는 남자를 바라보자 꼭 그와 눈을 맞추
고 있는 기분이 들어서 가슴이 두근거렸다. 수영은 손을 내려 조
용히 저장 버튼을 터치했다. 실물이 아닌 사진은 대놓고 편하게
쳐다보는 것도 가능했다. 그 점이 참 좋았다. 쉽사리 눈을 뗄 수
가 없어서 계속 바라보고 있는데 갑자기 화면이 바뀌었다. 화들
짝 놀라서 보니 전화가 오고 있었다. 모르는 번호가 발신자로 찍
혀 있었고 번호의 형태를 보니 해외인 듯했다. 받지 말까 망설이
다가 복도로 나갔다.

　"여보세요."

　-…….

　차분하게 받았지만 상대는 조용했다.

　"여보세요?"

　한결 더 또박또박 내뱉어보는데 기분이 묘했다.

　-우리 딸…….

　곧 전화기 밖으로 흘러나온 힘에 겨운 목소리에 왈칵 수영의 눈
이 화등잔만 해졌다.

　"아빠……."

　오랜만에 그 말을 내뱉자 금세 눈시울이 뜨거워졌다.

　-우리 수영이 어떻게 지내니.

　"아빠, 왜 이제 연락했어요. 아빠 지금 어디예요?"

　다급해진 수영은 저도 모르게 목소리를 높였다. 유안이 갚아 준
돈에는 자신의 채무보다 아버지의 것이 훨씬 더 많이 포함되어 있

었다. 변제가 된 것을 알았을 아버지가 돌아오지 않자 가족들은 그의 신변에 무슨 일이라도 생긴 건 아닌지 걱정했다. 연락할 유일한 방법이었던 이메일도 보냈었고 오래 걸리지 않아 그가 읽었다는 것도 알 수 있었다. 하지만 어떻게 된 일인지 그 후로도 연락이 없었다.

─수영아……. 네 엄마랑 오늘 연락해서 자세한 얘기 다 들었다. 권 회장님 아드님인 이사님이 도와주셨다고…….

수영의 촉촉한 눈동자가 흔들렸다. 메일에도 권유안의 얘기까진 기록하지 않았었다.

"네……."

─어떻게 해결된 건지 그동안 너무 궁금했지만, 아빠가 면목이 없어서 연락을 못 했어.

아버지의 쇠약해진 목소리엔 떨림이 가득했다. 늘 긍정적이고 호탕했던 아버지였는데 이제는 자신감이 바닥나 버린 초라한 사람만이 남아 있었다.

"아빠, 몸은 건강하신 거예요?"

가진 것도 거의 없이 떠도는 생활을 하기가 1년이 훌쩍 넘었다. 수영은 무엇보다 그게 걱정되었다.

─아빠는 몸도, 마음도 건강하지 못해.

"어디가 어떻게…… 안 좋으신데요."

수영은 불쑥 덮쳐 오는 불안감에 천천히 입을 뗐다. 아버지는 약간 망설이다가 그간 자신이 어떻게 망가져 갔는지를 담담하게 말해 주었다. 가족을 떠나 타지 생활을 하며 건강을 망쳤고 덤으로 얻은 건 극심한 우울증이었다고 한다.

-그래서 아빠는 돌아갈 수가 없어, 수영아. 가 봐야 짐만 될 텐데…….

"아빠. 그런 말이 어디 있어요. 우리 다 아빠 걱정하느라 죽겠는데 이러는 게 더 우릴 위하는 게 아닌 거 몰라요?"

이제 빚에 쫓기는 신세도 아닌데 돌아오지 못한다니 이게 무슨 말도 안 되는 고집인가. 내가 아빠 살리려고 그 사람 돈을 받았단 말이에요. 수영은 밖으로 내지 못하는 말을 저절로 가슴속으로 외치고 있었다.

-아빠는 이제 가진 거도 다 잃고, 무능하고 늙었는데.

"우린 알잖아요, 아빠. 우리 잘못 아닌 거. 제발 본인 탓 그만하고 빨리 돌아와요."

수영은 속이 타서 아버지를 설득하기에 바빴다.

"가족이 힘을 잃었다고 가족이 아닌 게 아니잖아요. 엄마가 많이 보고 싶어 한다고요."

아버지는 한동안 말을 하지 못했다. 전화기 너머에서는 작은 한숨 소리만 들릴 뿐이었다.

-아빠도 우리 가족 많이 보고 싶어.

그는 조금 목이 메는 듯했다.

-그래도 우리 딸 목소리 들으니까 마음이 놓인다. 나중에 다시 연락할게.

"당장 돌아와서 얼굴 좀 보여 줘요, 아빠."

그러나 수영은 그 말을 끝까지 전하지 못했다. 말끝에서 울먹이던 아버지가 전화를 끊어 버린 탓이었다. 발신 번호로 다시 서둘러 걸어 보았지만, 수신이 되지 않는 번호였다. 수영은 힘없이 전화기를 내리고는 사무실로 다시 들어섰다. 그때 갑자기 손 안에서 짧은 진동이 울렸다. 화면을 보니 유안에게서 메시지가 하나 더 와 있었다.

[돌아가면 차수영 씨에게 보여 줄 놈이 있습니다.]

아리송한 말에 수영은 눈이 반짝 뜨였다. 그녀는 답장을 보냈다.

[네? 누군데요?]

[가서 보면 알아요. 놀라지 말아요.]

보여 줄 놈이라니. 놈이라고 부를 만한 인물이 도대체 누구인지 수영은 추측해 보았다. 그의 친구? 친구라면 편하게 그리 부를 수는 있지만 자신들의 관계는 비밀일 터인데 과연 친구일까. 수영은 골똘히 생각해 보았지만 도무지 답을 얻을 수가 없었다. 와 보면 안다니 곧 알 수 있겠지. 그는 내일이면 돌아오니까.

* * *

권유안이 돌아오고 난 다음 날 마침 수영은 그의 집무실로 호출되었다. 집무실로 들어가자 유안이 진지한 얼굴로 그녀를 맞아 주었다.

"잘 다녀오셨나요."

유안은 대답 대신 일어나 수영에게 다가왔다. 이내 수영은 그의 품에 폭 안기게 되었다. 코에 물씬 스미는 그의 향에 그녀의 눈빛이 하늘거렸다.

"앉아요."

"네."

수영은 유안과 함께 소파로 가서 앉았다. 아직도 영문을 모르는 그녀는 사뭇 긴장을 했다. 그래도 유안의 모습이 평소와 크게 다르지 않았으므로 저에게 크게 나쁜 일은 일어나지 않겠거니 생각했다.

"대체 누구를 보여 주신다는 거죠?"

이틀 전 그의 문자를 받은 이후 내내 그 생각뿐이었다. 유안은 웬일로 웃지도 않고 의미심장한 눈으로 그녀를 바라보았다.

"올 때가 다 됐어요."

그의 말이 끝나기가 무섭게 똑똑, 하고 노크 소리가 들렸다.

"네."

유안의 허락 하에 문이 열렸고 수영은 긴장 어린 눈으로 그 문으로 들어오는 사람을 응시했다. 그 인물은 놀랍게도 그녀가 매우 잘 아는 사내였다. 어리둥절해진 수영의 입이 열렸다.

"김 과장님?"

고개를 푹 숙인 채 착잡한 표정으로 들어오던 김 과장은 그녀의 부름에 눈을 들었고 눈이 마주치는 순간 기함을 했다.

"어, 어, 차 대리가 여긴 어떻게……."

그는 두 눈이 휘둥그레진 채 수영의 예전 호칭을 어물거렸다. 안절부절못하던 그는 수영과 유안의 얼굴을 번갈아 가며 살폈다.

수영도 대관절 이게 무슨 상황인지를 몰라 유안에게 시선을 돌렸다. 지금 눈앞에 있는 김 과장은 아버지 아래서 오랫동안 일해 왔던 측근이었다. 부도 후 연락이 끊겨서 소식을 알 수가 없었는데 왜 여기에 와 있단 말인가. 김 과장을 향한 유안의 눈빛이 매우 싸늘해서 수영은 더욱 놀랐다.

"그 추잡한 얘기를 전해 주기에는 내 입이 아프니까 본인이 직접 실토하시죠."

유안의 입이 무겁게 떨어지자 김 과장은 아연실색한 낯빛을 감추지 못하고 수영을 멍하게 바라보았다.

얼마 전 JN의 비서로부터 연락을 받고 권유안이라는 남자를 찾아온 적이 있었다. 처음엔 그의 정체가 믿어지지 않아서 긴가민가한 심정으로 JN을 방문했지만 정말 그의 집무실까지 안내가 되었다. 그렇게 권유안 이사라는 명패를 보고 나서야 정말 JN 회장의 아들이 자신을 찾았다는 사실을 확인할 수 있었다. 도대체 왜 이 사람이 자신의 과거의 행적을 캐냈는지 알 수 없었으나 그는 자신의 수상쩍은 과거에 대해 추궁했다. 그는 자신이 예전에 몸담았던 차 사장의 작은 공장에서 나가 잠적한 뒤 얼마 후 운신에 입사했다는 사실까지 알고 있었다. 차 사장의 몰락이 고의로 짜여진 판이라는 것에 의심을 품고 있었고 그 주동자로 자신을 의심할 만한 몇 개의 증거들을 내밀고 있었다.

들킨 것도 혼비백산인데, 그걸 추궁하는 사람이 다른 사람도 아닌 JN 권 회장의 아들이라니. 그것만으로도 꼼짝없이 압도되어 달리 임기응변조차 떠오르지 않았다. JN 총수가에 자신의 인생이 찍혔다니 달아날 곳이란 없이 궁지에 몰린 것처럼 거대한 공포가 자신을 덮쳤던 것이다. 그가 고발하여 경찰 수사가 들어오면 더 확실한 물증들이 나올지도 모르는 일이었다.

자신의 저지른 짓을 꿰고 있는 권력자 앞에서 자신의 인생도 여기서 끝이라고 생각했다. 저만 의지하는 가족들의 얼굴이 떠올랐다. 그런데 그때 그가 제안했다. 그의 앞에서 최 실장이 작당한 모든 것을 솔직히 실토하고 그가 원하는 대로 협조하면 지금 당장은 신고하지 않겠다고 했다. 최 실장에게 덫을 놓고 이후에 자백하여 법적 심판을 받게 되면 처벌이 완화될 수 있게 도와주겠다는 것이다.

어차피 신고가 들어가면 최 실장과 저 둘 다 끝인데 그 와중에 이 남자의 제의를 받아들이면 최소한 처벌이 줄어들 수는 있을지도 모른다. 더불어 이 남자는 뒷조사를 통해 알고 있었는지 최근 암 판정을 받고 몸이 안 좋으신 자신의 어머니의 존재를 알고 있었고 그 치료를 돕겠다고 했다. 주는 것이 있는 대신 자백을 얻어내겠다는 것이었다. 그래서 모든 정황을 실토한 뒤 운신에는 건강을 핑계로 사표를 던졌다. 그리고 이 남자의 지시에 따라 오늘 다시 그의 집무실에 오기에 이른 것이다.

그런데 차수영이 이 자리에 앉아 있다니. 이제야 왜 JN의 이사씩이나 되는 사람이 자신처럼 평범한 사람의 행적을 쫓았는지 알 것도 같았다. 차수영이 이 사람과 아는 사이일 줄이야. 그의 집무실에 그녀를 먼저 불러 놓고 저를 호출했던 건 이 만남을 만들기 위해서였던 것이다. 그의 말대로 추잡스러운 저의 죄를 그녀의 앞에서 낱낱이 고하게 하도록 말이다.

"차 대리……. 차 대리 앞에선 내가 입이 백 개라도 할 말이 없어."

거기까지 말한 김 과장은 더 말을 잇지 못하고 주저앉아 눈물을 흘리기 시작했다. 수영은 벌컥 불길한 기운에 휩싸여 안색이 변해 갔다.

"김 과장님……. 지금 무슨 말씀을 하시는 거예요?"

수영은 소파에서 일어나 천천히 그를 향해 발을 옮겼다. 제삼자인 유안은 그녀의 모습을 가만히 지켜보았다. 김 과장은 수영의 두 발이 자신의 앞에 서자 죄인처럼 그녀를 올려다보았다.

"으흑……. 차 사장님께는 내가 정말 죽일 놈이야."

그가 오열을 하느라 말을 이어 가지 못하자 곁에 서 있던 임 차장이 하는 수 없이 대신 이야기해 주었다.

"운신의 사주를 받고 물건의 결함을 만든 장본인이에요. 그 대가로 일부의 돈을 받고 몇 달 뒤에 운신의 영업 팀장으로 입사해서 일해 오고 있었고요."

쉽게 믿어지지 않는 말을 들은 수영은 몸을 잘게 떨고 있었다.

"그게 김 과장님이 한 짓이라고요?"

운신이 아버지에게 품목을 확장하도록 바람을 잔뜩 넣어 무리한 투자를 했는데 물건이 잘못되었다 한들 너무 쉽게 발을 빼서 수상했었다. 결함 제품은 반품하더라도 다시 생산해서 주문을 맞추려고 부단히 설득을 했는데도 너무도 냉담했던 것이다. 혹시나 이것이 자신의 대한 복수일까 의구심이 들었지만 CCTV와 기계를 확인해 보아도 운신 관련자들은 연관이 없었다. 아버지는 가족처럼 지내던 직원들이 실수는 할 수 있다고 여겼어도 그게 고의일 거라는 의심은 하지 않았다. 그런데 정말 내부에서 저지른 일이었을 줄이야.

임 차장은 황망한 얼굴로 서 있는 수영을 안타깝게 바라보았다. 그녀가 모르는 또 한 가지 얘기를 전해야 했기 때문이다.

"더불어 전 회사에서의 비밀 자료를 운신에 넘겨 기술까지 탈취했습니다."

뜻밖의 타격까지 더해져 수영의 안색은 잿빛이 되어 있었다. 이 모든 일들이 꼭 자신에게 일어난 일이 아닌 듯 그저 거짓 같았다.

"우리 아빠가 김 과장님을 얼마나 믿었는데……."

아버지와 10년 가까이 함께한 사람이었다. 10년 동안 숱하게 공장이 어려워질 때마다 그는 아버지의 곁을 떠나지 않고 늘 그 위기를 함께 극복했었다. 공장 사정에 대해선 사장이었던 아버지보다도 더욱 속속들이 다 알던 사람이었다. 그러니 그런 김 과장이 작정하고 결함을 만들려고 했다면 얼마든지 치밀할 수 있었을 것이다.

"내가 미쳤었나 봐. 그때 우리 아버지가 사고를 쳐서 집안 사정이 너무 어려워지는 바람에……."

김 과장은 고개를 들지 못하고 연신 눈물만 훔치고 있었다.

"기밀 유출까지 할 생각은 없었어. 그건 최 실장이 내가 한 짓을 약점 잡아 나중에 날 협박해서 어쩔 수 없이……."

수영은 처량하게 눈물을 빼는 김 과장을 식은 눈빛으로 내려다보았다.

"입 다물어. 어쭙잖은 변명하지 마……. 당신들 다 가만히 안 둘 거야."

* * *

최 실장은 비장한 얼굴로 JN의 상호가 적힌 거대한 간판을 바라보았다. 대기업의 행패에 당한 연약한 피해자가 되어 그는 이제 깡으로 밀어붙일 방법밖에는 가지고 있질 않았다. 더는 눈에 뵈는 것도 없었다. 악밖에 남지 않은 그는 눈을 희게 뜨고는 JN 본사 건물 안으로 성큼성큼 들어섰다.

"오 과장님, 저 지금 1층에 와 있습니다. 좀 만나 주시죠. 안 그러면 여기서 시위라도 벌일 겁니다."

잠시 후 오 과장이 내려왔다. 그는 떨떠름한 얼굴이었지만 그를 순순히 안내했다.

"올라오세요. 일단 본부장님께서 보자고 하시니까."

험상궂게 표정을 굳힌 최 실장은 오 과장을 따라 본사의 내부로 발을 들였다.

잠시 후 중장비 사업 본부 사무실로 들어선 뒤 본부장실에 들어가게 된 최 실장은 엄한 얼굴의 본부장과 마주하게 되었다. 상대도 안 해 줄 줄 알았는데 막상 쉽게 들여보내 주자 조금 긴장이 되었다.

"정확한 취소 사유를 말씀해 주셨으면 좋겠습니다. 부족한 부분이 있다면 저희가 어떻게든 맞춰 드릴 수 있으니까 제발 이유라도 좀 말씀해 주셨으면 좋겠습니다."

"그럼 잠깐만 기다리세요."

본부장은 깐깐한 어조로 내뱉고는 어딘가로 전화를 걸었다. 최 실장은 바짝 몸을 세운 채 그를 기다렸다. 누군가와 짧게 통화를 마친 본부장은 곧 최 실장에게 말했다.

"지금 바로 권유안 이사님 집무실로 올라가 보세요. 오 과장이 안내해."

"예."

한 방에 있던 오 과장은 지시대로 최 실장을 이끌고 23층으로 올라갔다. 비서실에서 대기하고 있던 비서가 기다렸다는 듯이 그를 안내했다.

"운신 최 실장님?"

"예……."

최 실장은 1층에서와는 달리 점점 목소리가 작아지고 있었다. 돌아가는 상황에 그는 왠지 조금 불길함을 느꼈다. 취소를 지시했다는 윗분에게 따지라는 오 과장의 말대로 다짜고짜 찾아왔건만 진짜 여기까지 올려 보낼 줄이야. 더구나 권유안 이사라면 이 기업 총수의 후계자인 거 같은데.

안내해 주던 오 과장은 말도 없이 어느새 슬그머니 빠졌고 최 실장 혼자만 권 이사의 집무실로 들어가게 되었다. 이사의 비서는 문을 열어 주며 의미심장한 표정으로 말했다.

"들어가 보세요. 때마침 얼굴 아시는 분들도 안에 계시니까요. 타이밍 참 기가 막히네요."

돌연 알 수 없는 소리에 최 실장은 어리둥절해졌다.

"네?"

비서는 대답 대신 문을 열어 주었고 괜스레 얼어붙은 최 실장은 열린 문틈으로 발을 들였다. 순간 그곳에 벌어져 있는 광경에 그는 소스라치게 놀라고 말았다. 이사라는 사람의 얼굴을 보기도 전에 아는 여자의 얼굴이 먼저 눈에 들어왔다.

"엇."

저 여자는 차수영 아닌가?

수영 역시 그를 알아보고는 두 눈을 크게 떴다. 그리고 그런 차수영 앞에는 바닥에 망연자실 주저앉아 울고 있는 한 남자가 있었다. 따라 들어온 임 차장은 집무실 문을 탁 하고 닫았다. 그 소리에 바닥에 너부러진 남자가 뒤를 돌아보았고 남자와 최 실장은 동시에 화들짝 놀랐다.

"어?"

어안이 벙벙해져 있던 최 실장은 희뜩 고개를 젖혔다. 김 과장은 얼굴을 종잇장처럼 구기며 피하듯 고개를 휙 돌렸다. 김 과장의 표정에서 설망감이 읽혔다. 순식간에 상황 파악이 된 최 실장은 가슴이 철렁 내려앉았다. 사색이 된 그는 그제야 1인용 소파에 고고하게 앉아 있는 한 남자에게 시선을 두었다. 그 남자는 냉랭한 눈빛으로 그를 노려보더니 나른하게 입을 뗐다.

"삼자대면이네요."

사색이 된 최 실장은 수영과 김 과장이 대치 중인 모습을 바라보았다. 그 일을……. 들켜 버린 건가. 망치로 머리를 세게 두들겨 맞은 것처럼 정신이 나갔다. 그러니까 자신이 뒤통수를 맞은 일의 배후에 차수영이 연관되어 있었단 말인가. 대관절 차수영이 여기 회장 아들과 어떻게 엮여 있는 사이인지는 알 수 없었다. 그러나 벌어진 상황을 보건대 그녀에 대한 복수를 위해 지금 자신이 당했다는 것은 확실히 알 수 있었다.

최 실장의 모습을 담은 수영의 눈동자는 주체할 수 없는 노기로 타오르고 있었다. 몸을 떨던 수영은 멀뚱히 서 있는 최 실장을 향해 자분자분 다가갔다.

"당신이 우릴 엿 먹이려고 벌인 일이었어?"

가까이 서서 입을 연 그녀의 목소리가 가늘게 떨렸다.

"지금 무슨 말을 하는 건지 모르겠네, 차 대리."

식은땀을 흘리던 최 실장은 어색한 표정을 감추지도 못하고 잡아뗐다. 그러자 임 차장이 고개를 설레설레 저으며 나섰다.

"이미 모든 자백을 받아 냈습니다. 모든 과정이 저분의 동의하에 녹취되어 있고요."

최 실장은 입만 떡 벌어진 채 아무 대답도 하지 못했다. 그의 시선이 곧 김 과장에게 원망스레 꽂혔다. 분노로 하얗게 질린 수영은 눈을 치켜뜨며 그를 쏘아보았다. 떨리는 입술이 그에게 천천히 물었다.

"어째서? 왜 그런 거야? 설마…… 나 때문에?"

"미, 미안합니다."

철썩, 순간 날카로운 마찰음과 함께 최 실장의 고개가 돌아갔다.

"어떻게 인간이 그럴 수가 있어!"

수영은 두 손으로 그의 멱살을 아무렇게나 쥐고 마구 흔들어 댔다. 그녀는 분에 겨워 눈물을 흘리며 울분을 터뜨렸다.

"당신 때문에 우리가……. 우리 가족 인생이 어떻게 되었는지 알아?"

그의 와이셔츠와 넥타이가 사납게 흔드는 수영의 손길로 험하게 흐트러져 갔다. 화를 제어하지 못하는 그녀의 충동적인 힘에 셔츠 단추 하나가 뚝 소리와 함께 팅기며 떨어졌다. 뺨이 벌겋게 부은 채 허탈한 얼굴로 서 있던 최 실장은 천천히 무릎을 굽혀 땅에 댔다. 놀라 눈이 반짝 커진 수영의 앞에서 그는 무릎을 꿇고는 고개를 깊이 숙였다.

"죄송합니다. 정말 죄송합니다."

수영은 자신의 눈높이보다 낮아진 그의 얼굴을 내려다보며 기가 찼다. 본의 아니게 권유안이라는 권력을 등에 입은 자신의 앞에서 그의 무릎은 참으로 쉬운 것이었다.

유안은 수영이 하고 싶은 대로 하도록 둔 채 말없이 지켜만 보고 있었다. 자신은 어릴 적부터 숱하게 보았다. 권 회장 앞에서 무릎을 꿇는 자들을. 그리고 자신이 이 자리에 앉은 이후론 자신의 앞에서 무릎을 꿇는 자들도 가끔 보았다. 그런데 이렇게 약자의 앞에서 무릎을 꿇는 악인의 모습을 구경하는 건 처음이었다.

수영은 주먹을 작게 말아 쥐며 그 모습을 한참 동안 노려보았다.

"우리 아빠도 새파랗게 젊은 네 놈 앞에서 무릎을 꿇으셨어. 그때 넌 어땠더라."

그날의 굴욕을 기억하며 부르르 떠는 수영 앞에서 최 실장은 마른침만 꿀꺽 삼켰다.

"돌아가신 최 사장님 아들이랑 얼굴 붉히지 않으려고 우리 아빠가 참았던 순간들이 얼마나 많았는지 알아?"

최 실장은 제 부친 이야기가 나오자 더욱 난처한 얼굴이 되었다.

"근데 그거 아니? 네놈 아버지도 내 앞에서 무릎 꿇으신 적 있다는 거."

불쑥 최 실장의 낯빛이 창백하게 변했다. 처음 듣는 이야기였다.

"네놈이 나한테 몹쓸 짓 하려고 했을 때 우리 아빠는 10년 우정도 버리고 운신이랑 거래 끊으려고 하셨어. 그때 최 사장님이 나한테 간절하게 사과하시지 않았다면 우리 아빠는 돌아보지 않으셨을 거야."

언젠가 제 아버지가 그랬던 것처럼 최 실장은 땅바닥에 주저앉아 고개를 쳐들고 차수영을 보았다.

"관절도 안 좋은 최 사장님이 나랑 우리 아버지 앞에서 힘겹게 무릎 꿇으시면서 뭐라고 하신 줄 아니?"

이제 세상에 없는 아버지 이야기에 최 실장은 먹먹한 눈을 끔뻑이며 귀를 기울였다.

"본인께서 세상을 뜨셔도 운신과의 거래는 끊지 않았으면 좋겠다고, 망나니 같은 아들놈이랑 오랫동안 일해 줄 분은 차 사장님밖에 없을 것 같다……."

수영은 그동안의 설움에 북받쳐 목이 메어 왔다.

"그 말씀을 받아들여서 운신과 함께하려고 우리 시설까지 증설했는데, 그 결과가……."

말을 더 잇지 못하던 그녀의 눈엔 그렁그렁 눈물이 맺혀 있었다.

"죄송합니다. 차 대리에게, 차 사장님께 너무나 죄송합니다……."

차마 더 듣지 못한 최 실장은 급기야 머리를 땅에 대고 납작한 자세가 되어 사과를 연거푸 퍼부었다. 하지만 그때 잠자코 보고만 있던 JN의 이사라는 남자가 마침내 실소 어린 한마디를 내뱉었다.

"이거 어디서 많이 본 각본 같지 않나요? 운신 최 실장님."

뜨끔한 최 실장은 고개를 슬며시 들어 유안을 쳐다보았다. 유안의 회의적인 눈동자와 마주치며 아찔해진 그는 대답 없이 입만 우물쭈물했다. 그러고 보니 정말 차 사장이 당했던 것과 비슷한 패턴이었다. 지금 저의 운명을 쥐고 있는 절대자 앞에서 심장이 옥죄여 들었다. 이미 남은 건 절망뿐인 것 같았지만 조심스레 그에게 구걸의 손길을 구했다.

"이사님. 제, 제가 뭘 어떻게 하면 되겠습니까."

만약 이들이 말을 바꾸고 자신이 이 일을 어떻게든 구두 계약이었다고 우긴다 한들 증명하지 못하면 아무것도 건질 수가 없을지도 모른다. 당시엔 들떠서 얼빠진 놈처럼 확실한 증거도 남기지 못했다.

"염치없지만 제발 저희 좀 살려 주십시오."

이미 함정을 만들어 놓은 자에게 낚여 들었고 그게 누군가의 억울한 사연에 대한 복수 같은데 어쩌겠는가. 최대한 불쌍하게 싹싹 비는 것 말곤 해 볼 수 있는 일이 없었다.

"난 누구처럼 양아치 짓 하고 싶진 않습니다. 운신에 정식으로 발주는 진행하겠습니다."

유안은 차가운 얼굴로 그를 내려다보며 선심을 베풀고 있었다. 그의 말에 최 실장은 눈을 번쩍 뜨고 머리를 조아렸다.

"가, 감사합니다. 정말 감사합니다."

일단 눈앞에 벌여 놓은 일을 허무맹랑하게 날리는 일은 막았다는 안도감에 최 실장은 고개를 꾸벅꾸벅 숙였다.

"거기엔 조건이 있습니다."

하지만 이어진 이사의 말에 최 실장은 숨을 벌컥 들이켰다.

"예예."

최 실장은 어차피 다 무너진 폐허에서 뭐 하나라도 건진 심정이었으니 앞뒤 가릴 처지가 아니었다. 그는 권유안 이사의 입에서 나오는 말이 무엇인지 긴장 속에 기다렸다.

"두 분은 법정에서 솔직하게 자백을 하셔야겠습니다. 저지른 일에 대한 죗값을 받고, 여기 있는 차수영 씨의 부친인 차 사장님께

적절한 손해 배상을 하는 게 내 조건입니다.”

최 실장의 얼굴이 금세 어둡게 물들었다. 이 방에 들어와 상황 파악을 하는 순간 이미 피할 곳은 없는 거였다.

“만약 스스로 먼저 자백하지 않을 경우 차수영 씨가 손해 배상을 청구하도록 내가 소송을 도울 것입니다. 그렇게 되면 JN 역시 운신 제품을 납품받지 않을 테니 운신도 소송을 통해 진행하시든지요.”

권유안 이사는 거침없었다. 멍청하게 낚인 건 저인데 거래 계약서도 없이 대기업 변호단을 상대로 무얼 얼마나 해 보겠는가.

“잘 생각해 보시고 합리적인 행동 취하시길 기다리고 있겠습니다.”

답은 정해진 것이나 다름없었다.

“그리고 어느 선택을 하더라도 다시는 운신이 이 업계에 발붙이긴 어려울 겁니다.”

무엇보다 그 말에 파랗게 질린 최 실장은 몸을 부들부들 떨었다. 그의 조건대로 이행한다 해도 생산한 물건까진 받아 주지만, 그 이후는 암흑이라는 것이다.

“이, 이사님 그건…….”

그는 제대로 울상이 되어 갔다. 당장에 배상이나 처벌이 문제가 아니라 그를 정말 두렵게 하는 건 기업체의 흥망이었다.

“너무 억울해하지 마세요. 차 사장님께 했던 일을 그대로 겪으시는 것뿐이니까. 인생은 실전이잖아요, 최현수 실장님.”

수영은 그 말을 들으며 어금니를 사리물었다. 운신과의 재계약이 모두 실패한 뒤 이상하게도 다른 곳과의 거래도 모두 끊겼고 새로운 거래처를 찾을 수가 없었다. 무슨 악질적인 소문을 내놓은 건지 1차 부도 이후 아버지는 끝내 일어설 수가 없었던 것이다.

최 실장은 두 손으로 얼굴을 가리며 무너졌다. 내내 무표정이던 유안은 끝에 가서 옅은 비소를 지었다.

* * *

축 늘어진 최 실장과 오열을 멈추지 못하던 김 과장이 보안 직원들과 함께 집무실을 나갔다. 두 사람은 보안 직원들에 이끌려 그 길로 경찰서로 보내졌다.

유안과 수영 둘만 남은 집무실의 분위기는 차분하게 내려앉아 있었다. 허탈한 얼굴로 앉아 있던 수영은 아직도 눈가가 약간 젖어 있었다.

"곧 출국 금지 조치가 되겠죠. 어차피 JN에서 수금할 금액이 손해 배상액보다 적지는 않을 테니 도망은 못 가겠지만."

폭풍이 휩쓸고 지나간 뒤 힘없이 늘어져 있던 수영은 조용히 고개를 끄덕였다.

"김 과장 그 사람은 어머니가 암 투병 중이라 더더욱 달아나지 못할 거예요. 내가 자백을 조건으로 치료를 약속했으니까."

수영은 그의 말에 조금 놀라 주춤했다. 어쩐지 순순히 인정하게 했다 싶었는데 그런 딜이 있었던 거구나. 역시 이 사람은 무서운 사람이었다. 새삼 권력이라는 것이 얼마나 두려운 것인지 또 한 번 깨닫고 있었다. 그 앞에서 얼마나 사람이 무력해질 수 있는지도. 권력이란 게 이렇게 좋은데 그가 절대로 그걸 놓을 일은 없겠지.

"고맙습니다."

수영은 그래도 아까보다 많이 진정된 모습으로 유안을 바라보았다.

"이사님 안 그래도 요즘 많이 바쁘신데 언제 이런 일까지 신경써 주셨어요."

그가 자신의 가족이 지고 있던 채무를 갚아 준 것만 보아도 이미 운신과의 일을 알 수도 있다고는 생각했다. 그런데 이렇게까지 샅샅이 파고들었을 줄이야. 자신도 몰랐던 그 배후에 있던 사건까지 접근하고 있었을 줄은 상상도 하지 못했다. 기껏 투자했더니 거래를 모두 취소해 버린 운신이 아무리 싸게 느껴졌어도 그들이 직접 해를 끼쳤다는 증거도 없었으니 당시 자신과 아버지로서는 할 수 있는 일이 없었다.

"생각지도 못했던 사건을 수면 위로 끌어올려 주셨네요. 덕분에 억울함을 벗을 수 있었어요."

적어도 그때 불발된 거래 건에 대해선 배상을 받게 될 가능성이 높았다. 자신과 아버지를 덮쳤던 빚더미에 비해선 극히 일부였지만. 그래도 죄질이 나빠 만약 세 배 이상의 손해 배상이 판결로 나온다면 꽤 많은 돈을 지급해야 할 것이다. 그중 얼마나 지급될지, 또 언제 지급될지는 알 수 없지만, 그 정도 액수만 받을 수 있다면 엄마가 원하는 디저트 카페 창업도 가능했다.

"다행히 저 사람들이 좀 멍청해서 꼬리를 잡을 수 있었어요."

유안은 별 대수롭지 않게 담담한 어조로 말했다. 그는 1인용 소파가 아닌 수영의 옆에 붙어 앉아 있었다.

"엄마가 너무 보고 싶네요. 오늘은 청주에 내려가 봐야겠어요."

"그래요."

수영은 금세 가슴이 사무치도록 벅찼다. 엄마가 이 소식을 알면 얼마나 놀라실까. 전화 말고 얼굴 보고 말해 줘야지. 벌써부터 가족들의 모습이 눈에 선했다. 마침 금요일이었으니 오늘 당장 표를 예매해야겠다.

수영은 좀 전까지 분노에 사로잡힌 감정을 다스릴 수가 없었지만, 이제 앞으로 있게 될 긍정적인 일들을 생각하며 애써 심호흡을 했다. 좀처럼 침착해지기는 어려웠지만.

"그건 그렇고 오늘 제가 본의 아니게…… 이사님 앞에서 꼴사나운 모습을 보이고 말았네요."

최 실장 뺨을 후려치고 울부짖고. 엄숙한 집무실에서 너무 발악을 한 것 같아 이제야 민망함이 몰려들었다.

"더 하지 그랬어요."

유안은 수영을 내려다보며 그녀의 흐트러진 머리칼을 손가락으로 넘겨주었다. 수영은 그를 올려다보며 어색하게 입가를 올렸다. 이상하게……. 정말 이상하게도 자꾸 이 남자의 마음이 보이는 것 같았다. 기대하면 안 되는데.

"전 이만 내려가 볼게요. 가서 일해야죠."

가슴이 일렁일 것만 같아서 얼른 자리를 떠야겠다고 생각한 수영은 젖은 눈가를 정돈했다. 그때 유안의 팔이 부드럽게 수영의 어깨를 감았다. 그가 끌어당기자 이내 수영의 얼굴이 그의 가슴팍에 묻히게 되었다.

"아직도 이렇게 떨면서 내려가려고요?"

품에 넣은 수영의 어깨에서 자잘한 떨림을 느끼고는 유안이 속삭였다. 그는 긴 손으로 수영의 등을 찬찬히 쓸어내렸다. 수영은 유안의 품속에서 가만히 눈을 깜빡였다. 따뜻한 온기, 매력적인 향기. 분명 좋은 것들인데 가슴이 아팠다. 그런데도 이제는 그를 밀어낼 수가 없다.

나한테 너무 잘하지 말지. 어쩌려고 이래요.

이 모든 느낌이 슬픈 추억으로 남을까 봐 두려웠다. 느릿하게 손을 올려 그의 가슴 위에 올렸다. 이 남자의 일정한 심장 박동이 손바닥 위로 은근하게 전해졌다. 수영은 고요하게 눈을 감았다.

* * *

청주로 내려가는 차에 몸을 실었다. 굉장히 오랜만인 것 같은 기분이 들었다. 몇 달 동안 엄마와 나은이 얼굴을 본 건 세 번뿐이었다. 사실 유안과의 관계가 시작된 이후 그렇게 가족들을 자주 보진 못했다. 솔직히 그와의 비밀 연애 때문에 가족을 만나기가 좀 꺼려지기도 했고 주말에 유안과 약속이 있을 때면 내려갈 시간이 없기도 했다.

고속도로를 벗어난 차는 청주시로 진입하고 있었다. 여름밤의 야경이 눈에 들어왔다. 가족을 만나러 가는 길의 기분은 어느 때보다도 복잡다단했다. 수많은 감정들이 얽혀 들었다. 가족의 삶이 박살났던 원인이 악의로 인한 것이었다는 것, 잃은 것 중 일부는 되찾을 수 있게 되었다는 것. 그로 인한 분노가 있었고 그 와중에 안도가 있었다.

그들의 음모를 진작 알았더라면 일어나지 않았을 과거에 대해서는 미련이 한없이 남았다. 그랬다면 지금쯤 아버지의 사업도 건재했을 거고 건강한 아버지의 모습을 아무렇지도 않게 보고 있었을 테니. 원통함을 참을 수 없었지만 이미 1년도 더 전에 아버지의 사업은 끝나 버린 것이다. 이제 그 일은 돌이킬 수가 없었다. 그나마 다행인 것은 이 일을 알게 됨과 동시에 이 일이 이미 해결이 되어 있었다는 점이었다. 오랜 싸움을 하지 않도록 이미 패배자가 되어 버린 그들을 마주한 것이다. 그 누군가가 애써 덫을 쳐 놓은 덕분에 쉽게 그들이 제압되었다는 것이다.

많은 상념과 함께 터미널까지 도착이 얼마 남지 않았을 무렵 엄마에게서 전화가 왔다.

"네, 엄마."

–어, 수영아, 어디쯤이니?

"거의 다 왔어요. 금방 갈게요."

엄마의 목소리가 상기되어 있었다. 딸을 오랜만에 볼 생각에 기분이 들떠 있는 것 같아서 괜히 더 미안한 마음이 들었다. 터미널에서 내린 뒤엔 한시라도 빨리 엄마를 만나고 싶은 마음에 택시를 탔다. 10분 남짓 달렸을 때 어느 골목길에 택시가 섰다. 엄마와 나은이 살고 있는 작은 빌라 앞이었다. 엄청난 소식을 전하기에 앞서 심장이 빠르게 방망이질 쳤다. 그리고 마침내 현관문을 열고 들어가는 순간이었다.

"수영이 왔네!"

엄마가 외치는 소리와 함께 수영은 그 자리에 돌처럼 우뚝 멈추어 섰다.

"우리 딸 왔어?"

"어, 아빠……."

머리칼이 희끗희끗한 아버지가 환하게 웃으며 그녀를 맞아 주었다. 놀라서 눈이 동그래진 수영의 곁에서 엄마가 생글거리며 말해 주었다.

"너 온다는 연락 받고 얼마 안 있다가 아빠한테도 연락 왔어. 청주에 와 있다고."

"언니한테 전화하려고 했는데 아빠가 놀라게 해 준다고 하지 말라고 해서 안 했어. 목을 빼고 기다렸는데 왜 이렇게 늦었어?"

짓궂게 웃는 나은의 또랑또랑한 목소리가 귓가에 꽂혀 들었다.

"도로가 좀 막혀서……."

수영은 터벅터벅 안으로 발을 들였다.

"우리 큰딸 고생 많았지?"

다가와 덥석 안아 주는 아빠의 품속에서 수영은 어린아이처럼 녹아들었다.

"지난번 우리 큰딸 전화 받고 나서…… 아빠가 맘먹고 돌아왔다."

먹먹한 마음에 그저 아빠의 품속으로 파고들자 아빠는 그녀의 등을 토닥여 주었다. 시름 많던 부녀의 재회를 옆에서 바라보던 엄마는 조용히 눈물을 훔쳤다. 아빠는 그새 많이 야위었고 피부도 까칠해져 있었다. 아빠가 이렇게 고생을 한 것도 다 그놈들 때문이었다.

"아빠, 저 오늘 정말 큰일이 있었어요."

고개를 든 수영은 촉촉해진 눈으로 아빠의 야윈 얼굴을 바라보았다.

"무슨 일?"

아빠는 금세 놀라 염려스러운 얼굴로 물어 왔다.

"지금부터 제가 드리는 얘기, 놀라지 말고 들으세요."

* * *

청주에서의 주말은 혼돈의 도가니였다. 소식을 들은 직후 아버지는 당연히 길길이 뛰셨다.

"이 두 놈들 지금 당장 면상 좀 봐야겠어!"

"여보, 나중에요!"

자리를 박차고 나가려는 아버지를 어머니가 말렸다. 아버지는 최 실장과 김 과장 두 놈 다 죽여 버리겠다며 뛰쳐나가려 했다.

"이 은혜도 모르는 새끼……. 내가 저한테 어떻게 했는데!"

연락이 끊긴 김 과장을 걱정했던 시간이 무색했던 아버지는 특히 그에 대한 분노를 삭일 줄을 몰랐다.

"아무래도 안 되겠어. 최 실장 이 새끼라도 만나러 가 봐야지."

김 과장의 새 거처는 당장에 알 수가 없었으니 최 실장이 사는 대전 집에 당장에라도 쳐들어갈 기세여서 식구들이 겨우 말려야 했다.

"여보, 지금은 괜히 긁어 부스럼 만들지 말자고요."

한참을 혈압을 올리던 아버지는 날이 밝자 조금 침착해진 태도로 상황을 받아들이는 듯했다. 그러더니 불쑥 큰딸에게 이런 말을 했다.

"수영아."

"네."

"이 일을 밝혀 주신 이사님, 내가 한번 만나 볼 수 있니?"

진지하게 묻는 아버지의 얼굴을 보며 수영은 난처한 눈을 했다.

"더구나 큰돈까지 빌려주신 분이니 더더욱 뵙고 감사를 전하고 싶은데."

"지금은 많이 바쁘시고요. 나중에 기회가 된다면요, 아빠."

"어어, 그래. 만나고 싶다고 쉽게 만날 수 있는 분은 아니지, 그분이."

"네……."

수영은 짧게 대답하며 눈동자를 내리깔았다. 쉽게 만날 수 없는 사람. 그게 그였다. 자신조차도 그에게 만나자는 말은 먼저 하지 않으니까.

자신이 처음으로 먼저, 그것도 겨우 일상적 안부를 물었던 것도 불과 며칠 전 일이었다. 그에게 시간을 내달라는 말은 아직 쉽게 나올 수가 없었다. 자신이 그를 찾는 게 아니라 늘 그가 자신을 찾는 것이었다. 그가 너무 바쁜 사람인 게 가장 큰 이유였고 또 아직은 자신이 스스로 정의하는 그와의 관계에서는 지나치게 선을 넘지 않으려고 하기 때문이었다. 그와의 관계에서 자꾸 기대를 해서는 안 되는데 하나둘 선을 넘기 시작하면 자신도 스스로가 어떻게 될지 알 수가 없었다.

* * *

청주에서의 여러모로 극적이었던 시간을 보낸 뒤 일요일 밤엔 논현동 집에 돌아왔다. 샤워를 마치고 노곤한 몸을 막 침대에 뉘었을 때 채팅 메시지가 왔다는 알림이 울렸다.

[아직 청주예요?]

권유안이었다.

[아니요. 서울이에요.]

그 대답 후엔 답장 대신 전화벨이 울렸다. 돌연 화면을 보던 수영은 순간 헉 하고 입을 벌렸다. 놀랍게도 영상 통화가 걸려 오고 있었다. 불을 끄고 누워 있던 수영은 당황했지만 그냥 통화 버튼을 눌렀다. 곧 화면에는 유안의 얼굴이 떴다. 그 역시 자신의 침실에 있었고 씻고 난 뒤인지 앞머리가 이마를 덮고 있었다. 그의 고개가 약간 갸웃했다.

─왜 안 보이죠? 까맣네요.

"불 껐으니까요."

─그럼 불 좀 켜 봐요.

"지금 제 차림이 좀⋯⋯."

수영이 좀처럼 불을 켜지 않고 망설이자 남자의 얼굴이 화면 속에서 씩 웃었다.

─왜요, 벗고 있어요?

"거의요."

─벗었으면 또 어때요. 볼 거 다 본 사이인데. 내가 차수영 씨 몸에서 안 본 데가 있던가요.

수영은 어둠 속에서도 얼굴이 홧홧해질 거 같았다. 유안은 포기하지 않고 채근했다.

-안 보여 주니까 더 궁금하잖아요.

수영은 할 수 없이 곁에 두었던 리모컨으로 불을 켰다. 그녀는 누워 있는 자세 그대로 화면에 잡혔다.

-누웠네요.

"네."

-차림이 어때서요. 잠옷 차림인데.

"잠옷이니까요."

수영은 왜인지 수줍은 기분이 들었다. 그의 말대로 모든 걸 다 보여 준 사이인데도 말이다. 이상하게 그의 앞에서 늘 그런 기분이었다.

-예쁘기만 한데 왜 그러죠. 슬립이네요.

"네……. 더워서요. 에어컨을 틀만큼 더운 건 아니고 해서 그냥 옷만 얇게 입었어요."

괜히 부끄러워서 그런지 변명 같은 말을 담담하게 내뱉었다. 그러자 유안이 짓궂은 눈빛을 했다.

-내가 다음에 갔을 때도 더웠으면 좋겠네요.

수영은 푸스스 웃고 말았다.

"그땐 안 입을래요."

수영이 고민 없이 거절하자 유안은 흥미롭다는 듯 미소 지었다.

-너무하네요. 왜 내 앞에선 섹시한 옷 안 입어요?

"아직 이사님이 많이 어색해요."

수영은 배시시 웃으며 솔직하게 말했다. 유안은 그 말에 싱긋 미소만 짓다가 다시 입을 뗐다.

-청주는 잘 다녀왔나요?

"네, 마침 아버지도 돌아오셔서 오랜만에 가족이 다 모였어요."

수영은 고개를 끄덕이며 잔잔한 미소를 띠었다. 지금으로선 그것만도 만족했다.

-잘됐네요.

아버지가 돌아왔지만, 다시 일하실 수 있을지는 모르겠다. 엄마와 소소한 창업을 하실지 예전처럼 다시 같은 사업을 하실지. 운신 소식이 업계에 퍼지는 거야 시간문제였으니 그 기회에 아버지가 오명을 벗게 되면 재기도 가능할지 모른다. 그전에 건강 먼저 회복해야 하겠지만.

"아버지가 이사님께 감사하다고 전해 드리래요."

-응원하겠다고 전해 드려요.

화면 속에서 유안이 나지막하게 대답했다. 그의 얼굴을 보며 수영은 잠시 머뭇대다 물었다.

"이사님은…… 주말 잘 보내셨어요?"

-차수영 씨가 없어서 외로웠어요.

그는 예의 뻔뻔한 얼굴로 휴대폰 카메라를 응시하며 대꾸했다.

"저 없이도 바쁘셨던 거 다 알아요."

그래도 수영은 웃음이 나왔다.

-돌아오는 주말엔 꼭 시간을 내야겠어요. 토요일쯤 차수영 씨 보러 갈게요. 혹시 또 청주 내려가야 하는 건 아니죠?

"계획은 아직 없어요. 이사님이 오신다고 하면 토요일은 비워 둘게요."

수영의 선선한 말에 유안은 흡족한 표정을 보였다.

-그전에도 볼 수 있으면 봐요. 쉬고 싶으면 또 집무실 올라오

든지.

"왜 자꾸 저의 근무 태만을 조장하세요……. 그리고 저 요즘 너무 자주 올라가서 안 돼요. 이젠 다른 직원들도 제가 이사님이랑 꽤 친하다고 생각하는 거 같아요."

유 실장도 권유안 이사가 확실하게 컨펌해 주지 않는 애매한 안건에 대해 전에 한번 농담조로 차수영 씨가 이사님 좀 설득해 보라는 식의 말을 한 적이 있었다. 아직 남녀의 특별한 관계로 의심하는 것은 아닌 듯했지만 그래도 수영은 부담을 느꼈다. 그들이 볼 때 저는 아직 직급도 변변찮은 계약직 사원 나부랭이가 아닌가.

유안은 잠시 생각하는 듯 골몰한 눈빛을 했다. 그러다가 이윽고 물었다.

ㅡ나랑 친하게 보이는 게 싫은가요?

"싫은 건 아닌데 걱정은 되죠."

수영이 얼른 대답했다.

ㅡ그렇군요.

"솔직히 괜한 소문이라도 나면 곤란한 건 저보다 이사님이잖아요."

그 말을 하며 수영은 조금 의기소침한 기분이 들었다. 문제는 사실 자신이 아니라 그라는 것이 더 쓸쓸한 거였다. 문득 그의 얼굴에서 표정이 사라졌다. 영상이 없는 통화였다면 표정을 상상하며 들었을 텐데 지금은 그의 의미심장한 얼굴이 고스란히 다 보였다. 그는 그녀의 말을 금방 부정하지 않았다.

ㅡ아직은 그렇죠.

오히려 긍정이었다. 순간 수영은 가슴이 쿡 쑤시는 기분을 피할
수가 없었다. 그의 대답마저 애매했다. 그 역시 이 관계에 대해선
명확한 정답을 찾지 못하는 것일까. 아직은 권호찬 회장이 건재
하고 회사 내에서의 권유안의 입지가 아버지에 비할 데는 못 되었
으니 그는 집안 눈치를 안 볼 수가 없을 것이다.

ㅡ내일 아침 몇 시에 집에서 나가요?

그가 별안간 화제를 돌려 물었다.

"전 7시 50분쯤이요."

ㅡ그래요. 피곤해 보이는데 잘 자요.

"이사님도요."

ㅡ내일 아침 팀 회의에는 나도 참석할 거예요. 내일 봐요.

"네."

수영은 끊기 전에 잠시 유안의 얼굴을 살폈다. 기기 안의 작은
화면 속에서 남자는 물끄러미 그녀를 쳐다보고 있었다. 그녀가 먼
저 끊을 때까지 기다리려는 듯 가만히 응시하는 그를 보며 수영
역시 선뜻 빨간 버튼에 손이 가지 않았다. 잔잔하고 여유로운 그
의 미소에서 쉽게 눈이 떼어지지 않았다. 전화를 끊는 순간 화면
에서 사라질 모습이니까. 그러고 싶지 않은데 요즘은 그와의 단
절에 자꾸 의미를 두게 되는 것 같았다.

수영은 기분이 더 묘해지기 전에 통화를 종료했다. 그의 얼굴이
순식간에 화면에서 사라졌다. 좀 전까지 함께 있는 것처럼 느껴
졌던 그가 신기루처럼 사라지자 또다시 방 안에는 저 혼자였다.
수영은 리모컨을 들어 불을 껐다. 눈앞을 덮은 암전 속에서도 그
남자의 얼굴이 아른거렸다.

* * *

환기를 위해 열어 둔 창에서 바람이 들어왔다. 이제는 이른 아침의 공기에도 서늘함이 없었다. 완연한 여름이었다.

수영은 창문을 닫고 출근길에 나섰다. 비교적 발이 편한 디자인의 미들 힐 로퍼를 신은 그녀는 가볍게 걸음을 떼었다. 오피스텔 엘리베이터가 막 1층에 도착했을 때였다. 수영은 상상도 못 했던 상황에 눈이 반짝 뜨였다.

"같이해요, 출근."

1층 현관 앞에 유안이 싱그럽게 웃으며 서 있었다.

"이사님. 언제 오셨어요?"

그러고 보니 어제 그가 출근 시간을 물었던 기억이 났다. 이러기 위해서였나.

"10분 전쯤."

수영은 퍽 놀라서 조금 미안한 기색을 비추었다.

"전화하시지 그랬어요."

그는 올라올 수도 있었는데 생각해 보니.

"모른 척 기다리는 것도 나름 재밌었어요. 갑시다."

유안은 수영의 손을 잡고 주차장으로 향했다. 그가 밖에서 손을 잡을 때마다 늘 그렇듯 수영은 주위를 슬쩍 살폈다. 곤란하다면서 소문나면 어쩌려고. 아무리 언론에 노출이 덜 되었다고 해도 그렇지. 그래도 잡힌 손에 느껴지는 부드러운 감촉이 싫지 않아 손을 빼고 싶진 않았다. 수영은 차에 도착하기까지 그대로 있었다.

"타요."

"네."

지하에 주차되었던 차는 곧 건물을 빠져나가 서울 시내를 달리기 시작했다. 교통 체증이 심한 피크 타임이라 생각보다 시간이 걸렸다. 결국 회사 근처에 도착했을 땐 평소 지하철로 출근하던 날이나 비슷한 시각이 되어 있었다.

"이사님. 서 오늘도 거기서 내릴게요."

수영은 그가 별생각 없이 임원 주차장으로 들어갈까 봐 미리 얼른 말했다.

"그럴래요?"

유안은 담담하게 그 말에 따랐다. 잠시 후 지하철이나 정류장과는 반대 방향의 비교적 한적한 작은 도로에서 차가 서행하다 멈추었다.

"이따 봴게요."

"잠깐만."

수영이 막 안전띠를 풀고 있는데 유안이 몸을 쭉 빼며 다가와 수영의 뺨에 입을 맞추었다.

"들어가요."

"네."

수영은 주변을 한 번 둘러보더니 차 문을 열고 내렸다. 그리고 태연하게 걸음을 옮겼다. 앞을 향해 걸어가는 수영의 시야에 이내 그녀를 앞서가는 유안의 고급 세단이 보였다.

"하……."

어쩐지 낮은 탄식이 나왔다. 달고 짜고가 무한 반복이었다. 저 남자와 가깝게 지낸다는 건. 이렇게 감정의 롤러코스터가 심한 적이 일생에 또 있었던가. 금세 낯선 타인처럼 멀어져 가는 그의 뒷모습을 보며 수영은 제아무리 걸음을 빨리해도 그를 따라갈 수가 없었다.

13. 상실

회의 시간에는 의도적으로 무심한 눈길로 그를 보았다. 예전보다 팀 내 직원들이 의식되었기 때문이었다.

오랜만에 이 팀의 회의에 들어온 유안은 안건에 집중하느라 그저 바빠 보였다. 오늘 그는 회의가 너무 길어지지 않게 적당히 끊어 내고 나갔다. 운신 일로 받았던 충격으로 혼란이 다 사라지지 않은 채 업무에 복귀하게 된 월요일 아침이었지만, 생각보다 수영은 변함없이 일에 잘 집중을 하고 있었다. 일상은 순조롭게 흘러가는 듯했다. 늦은 오후, 그 시간이 다가오기는 전까지 말이다.

"어, 대박!"

옆자리에 앉은 안 대리가 낮게 외쳤다. 수영은 무심코 그를 흘끔 바라보았다.

"왜요?"

호기심 어린 눈으로 그를 보며 수영이 순진하게 물었다. 그녀 외에 안 대리가 외치는 소리를 들었던 다른 직원들도 모두 그에게 주목하고 있었다.

"왜 그러는데?"

"우리 이사님요……."

안 대리의 입에서 나온 '이사님'이라는 말에 수영은 조건 반사처럼 눈을 깜빡였다.

"곧 결혼하시나 봐요. 온강 강희정 부사장님이랑."

그리고 안 대리의 말이 이어지던 찰나, 끝이 첨예한 비수가 가슴을 폭 찌르고 들어왔다.

"아, 진짜? 대박!"

"그 강민식 회장님 딸?"

순식간에 사무실은 소란스러워졌다.

"어디 나왔는데? 찌라시 아니야?"

누군가 의심을 던지던 그 짧은 순간에 수영은 정말 이 소식이 찌라시 따위에서 떠드는 뜬소문이기를 바라는 헛된 희망을 품었지만 1초도 되지 않아 깨져 버렸다.

"아니에요, 강희정 부사장님이 인터뷰하셨어요."

"아, 정말? 그럼 진짜네."

눈을 깜빡거리며 전율하던 수영의 눈동자는 곧 무너지듯 내리깔렸다.

"야, 완전 거물급 혼사인데?"

"어찌 보면 되게 잘 어울리는데요?"

큰 이슈를 맞은 사람들은 흥미로 가득 차서는 저마다 한마디씩 던져 댔다. 사람들이 웅성거리는 소리를 들으며 수영은 떨리는 눈동자를 감추기 위해 고개를 푹 숙이고 있었다.

"인터뷰가 어디 나왔는데?"

어느새 직원들은 안 대리의 자리로 하나둘 몰려들었다.

"여기요. 인터뷰 끝 부분에."

안 대리는 모니터를 가리키며 친절하게도 그 대목을 읊어 주었다.

"앞으로도 종횡무진 하는 사업 응원하겠다. 일만 하기에도 바쁠 것 같은데 실례지만 아직 결혼 계획은 없나."

모두가 숨을 죽이고 안 대리의 모니터로 목을 빼고 있는데 수영 혼자서만 제자리에 앉아 그의 말에 귀를 기울였다.

"실은 약혼식을 앞두고 있다. 어차피 곧 아시게 될 테니, 쑥스럽지만 여기서 최초 공개를 해 보겠다. 약혼할 사람은 JN 건설의 권 이사님이다."

수영은 거기까지 들었을 때 의자를 죽 빼며 자리에서 일어났다. 직원들이 몰려 있는 안 대리의 책상 뒤편에서 그녀는 사람들 틈새로 보이는 안 대리의 모니터를 응시했다. 전 국민이 다 아는 유명한 포털에 실린 포스트였다. 거기에는 정말 안 대리가 읊은 그대로의 내용이 적혀 있었다. 그중 'JN 건설의 권 이사님'이라는 글자가 분명하게 눈동자에 박혀 들어왔다. 자신의 눈을 믿고 싶

지 않았지만 믿지 않을 수가 없는 확실한 정보를 이미 확인하고
말았다.

"야, 근데 강희정 부사장님이 어떻게 생겼더라? 사진도 나왔
지?"

"네, 나왔어요!"

뒤에서 과장이 묻자 안 대리는 마우스 휠을 위로 스크롤하며 화
면을 거슬러 올라갔다. 거기에는 한 미인의 사진이 커다랗게 실
려 있었다.

"오, 미인이다!"

"선남선녀 커플이네! 잘 어울린다."

수영은 무리의 맨 뒤에 서서 그녀의 사진을 초조하게 바라보았
다. 이상하게 조금 낯이 익는 것도 같았지만 재벌 자제 중엔 워낙
유명한 인물들이 많았고 종종 매스컴에 오르는 경우도 있었으니
어디선가 본 적이 있겠거니 생각했다.

"이야, 우리 권 이사님 누가 데려갈까 진짜 궁금했는데……. 이
렇게 품절남이 되시나."

수영 혼자만 조용했을 뿐 사람들은 연신 떠들어 댔다.

"난 어째 좀 안 어울리는 거 같은데? 온강은 너무 부담스럽지 않
나. 우리 이사님, 누구한테 잡혀 살 스타일은 아니잖아."

다들 잘 어울린다고 호들갑을 떨고 있을 때 유 실장 혼자서 시큰
둥한 반응을 보일 뿐이었다. 수영은 온몸에 힘이 다 **빠져나갈** 것
같았지만 풀리려는 다리를 천천히 움직여 그 자리를 **빠져나왔다.**

모두들 떠드느라 경황이 없어서 그녀가 나가는 걸 아무도 신경
쓰지 않았다. 사무실을 나온 수영은 화장실을 향해 저벅저벅 걸

음을 옮겼다. 아무도 보지 못하게 숨을 수 있는 곳이 거기뿐이었다. 비어 있는 칸에 들어가 문을 잠갔다. 비로소 아무도 자신의 침울한 표정을 볼 수 없게 되었다. 자신을 가로막은 문짝을 보며 수영은 한동안 멍하게 서 있었다. 왜 몰랐을까. 난 왜 이렇게 바보 같을까. JN 회장의 외아들이야. 그의 나이가 서른이야. 약혼녀……. 없는 게 더 이상하잖아.

그럼에도 그에게서 전혀 비가 나지 않아 몰랐다. 그가 먼저 티를 낼 리가 없는 게 당연했지만. 자신 역시 그에게 한 번도 묻지를 않았다. 그의 결혼에 대해서, 그의 가족에 대해서, 그런 지극히 개인적인 질문은 그에게 한 적이 없었으니 알 기회가 없었을 수밖에. 물었더라면 그는 솔직한 사람이니 사실대로 대답해 주었을까. 약혼녀의 존재에 대해 미리 알고 있었더라면 이렇게 놀라지는 않았을까. 아니, 애초에 그에게 기대란 것을 하지 않았을까.

왜 기대한 거야. 왜 또 믿은 거야. 왜 자꾸 그에게 기대하고 실망하기를 반복하는 거야.

생각해 보면 그 남자는 처음부터 아리송하게 굴었다. 저에게 마음이 있는 건지 저를 가지고 노는 건지 알 수 없게 굴었다. 그런데 이제는 그 모든 게 부질없었다. 마음이 있든지 말든지 그런 게 뭐가 중요하단 말인가. 어느 게 진실이든 그는 다른 여자의 남편이 될 사람이다. 다른 사람과 결혼하게 될 그가 자신에겐 마음도 없으면서 달콤하게 굴었던 거라면 그냥 재미와 욕정의 충족을 위해 저를 농락한 것뿐이다. 하지만 반대로 그가 저에게 마음이 있는데 다른 사람과 결혼을 한다면 그건 그거대로 더 큰 배반이 아닌가. 어느 쪽도 자신이 절망하지 않을 길은 없어 보였다.

그런 생각을 하다 보니 그 남자보다 자신이 더 미웠다. 절망하고 있는 자신에게 더 모멸감을 느꼈다. 애초에 계약으로 시작된 관계였다. 서로의 진심이 아닌 필요로 인해 시작된 것이었다. 그 남자의 필요라는 게 우주의 미아 같은 그의 고독을 달래 주기 위한 장난감이었든, 섹스를 위한 여자의 몸이었든 그 무엇이라도 감안할 생각으로 제의를 받아들이지 않았던가. 그러니까 멋대로 그에게 기대하고 실망한 건 자신의 불찰인 것이다.

* * *

지선은 빨리 들어와 보라는 지시를 키폰으로 받고 유안의 집무실로 향했다. 그는 누군가와 통화 중이었다.

"아무튼, 아니니까 괜히 이상한 소문 내지 마."

말투를 보건대 상대는 친구쯤 되는 사이 같았다. 전화를 끊은 그는 왜인지 무겁게 깔린 목소리로 그녀를 불렀다.

"임 차장님."

"네."

"강희정이 일을 냈네요."

엄한 표정의 유안이 지선에게 태블릿 PC를 내밀었다. 친구 녀석이 보내 준 링크를 띄워 놓은 화면이었다.

"기사 빨리 내려야 할 거 같아요."

태블릿 PC 화면을 확인한 지선의 낯빛이 금세 어두워졌다.

"네, 바로 홍보실에 전하겠습니다."

지선은 볼 것도 없이 바로 집무실을 나갔다. 그녀가 나가기가 무섭게 유안은 희정에게 전화를 걸었다.

-웬일이야, 오빠가 먼저 전화를 다 하고.

"강희정, 너 뭐 하자는 거야."

언성도 높이지 않은 저음이 흘러나왔다.

-왜? 난 오빠한테 배운 건데. 오빠가 먼저 기사로 장난질 하길래 나도 따라 해 봤어.

희정 역시 여유롭게 받아쳤다.

"이런 식으로 우리가 바로 기사 내리면 너만 우스워지는 거 몰라?"

-오빠, 검색 창에서 내 이름 검색해 봤어? 오빠 이름이 연관 검색어에 있어.

희정이 흥미롭다는 듯 명랑한 목소리로 그를 도발했다.

-오빠도 내 덕분에 좀 더 유명해졌다. 이미 오빠 사진 구해서 내 사진이랑 나란히 포스팅하는 사람들도 있어. 오빠의 빼어난 외모 얘기가 벌써부터 핫하던데? 기사 하나 내린다고 크게 달라지는 거 없을 거야. 이제 부모님들뿐 아니라 온 국민이 다 우리가 정혼한 사이란 걸 알고 있어.

"그런다고 결혼이 성사될까?"

유안은 별로 자극받지도 않은 듯 조곤조곤 대응했다.

-오늘 권 회장님이 소식 안 전해 주셨어? 우리 주류 사업 인수하고 계열사 하나 넘기실 거 같아.

하지만 그 부분에선 유안도 멈칫했다. 아직 그런 얘기는 전해 듣지 못했었다.

-회장님들끼리 조금 전에 얘기 나누신 부분이야.

희정이나 권 회장이나 자신이 모르게 저를 몰아가는 건 매한가
지였다.

"전화 끊을게."

유안은 더 들을 것도 없이 통화를 종료했다. 희정의 이런 장난
도 그를 짜증나게 하기엔 충분했다. 조용히 끝내려고 작정했던 자
신의 계획이 틀어진 건 사실이었으니 말이다. 집안 어른들만 알
고 있는 일조차 서로 얼굴을 붉히는 일은 피해 보려고 신중을 기
하고 있었는데 이제 세상이 다 알아 버렸으니. 이 시점에서 파투
가 나면 강민식 회장과 희정의 성격상 온강과 JN은 완전히 틀어
지게 될 것이다.

본래 희정은 극강의 자존심을 지닌 사람이었다. 예전부터 어떤
경우에도 절대 자신이 먼저 차였다는 말은 하지 않았다. 만났던
애인에게 이별을 통보받은 입장이었을 때도 항상 자신이 버렸다
고만 말하고 다녔다. 이번에도 그런 수순을 예상했다. 그런데 이
렇게까지 포기 안 하고 집요하게 굴 줄이야.

유안은 급하게 다시 전화기를 들었다. 그는 성마른 손으로 익숙
하게 번호를 검색하여 발신을 했다. 그러나 한참을 귀에 붙이고
있어도 신호음만 길게 갈 뿐 응답이 들리지 않았다. 유안은 통화
를 종료하고 다시 걸어 보았다. 그러나 이번에도 마찬가지였다. 벌
써 본 건가. 전화를 끊으며 미간을 설핏 구기던 유안은 다시 지선
을 호출했다.

"차수영이 전화를 안 받네요."

지선은 언뜻 눈동자를 굳히더니 이내 침착한 어조로 대꾸했다.

"제가 내선 전화로 연결해 보겠습니다."

지선은 문밖으로 나갔고 유안은 미동 없이 기다렸다. 잠시 후 그녀가 다시 돌아왔다.

"이사님, 차수영 씨는 방금 조퇴했다는데요."

답변을 들은 후 유안은 잠시 정지된 듯 멈춰 있었다. 곧 표정 없는 눈을 내리까는 그를 보며 지선이 대신 수심 어린 얼굴을 했다.

"기사를 본 게 아닐까요?"

"그런 거 같네요."

유안이 담담하게 읊조렸다. 하지만 그는 잠시 상념에 잠긴 듯 침묵했다. 지선은 그와 함께 소리 없는 고민을 나누듯 그 앞에 잠자코 서 있었다. 그사이 유안이 다시 입을 열었다.

"오늘 저녁 일정 좀 취소해 주세요."

"네, 알았습니다. 기사는 곧 내려갈 겁니다."

"벌써 볼 사람은 다 본 거 같네요."

유안은 짜증 섞인 투로 내뱉으며 몸을 등받이에 기댔다.

"네……. 그러니까 차수영 씨까지 봤겠죠."

"당분간…… 좀 피곤할 것 같네요."

그 말이 끝나기가 무섭게 유안의 전화기가 울렸다. 발신자는 '어머니'였다. 본가에서 미경이 걸고 있는 전화였다.

"예, 어머니."

유안은 예의 친절한 목소리로 미경의 전화를 받았다.

"아니에요, 어머니. 저한테 상의 없이 그런 거예요. 기사는 내릴 거예요."

오늘은 유안이 이런 전화를 수도 없이 받을 것만 같아서 그를 보는 지선의 눈빛도 안타까움으로 물들고 있었다.

＊ ＊ ＊

　퇴근을 두 시간 남기고 수영은 회사 밖으로 나왔다. 그녀는 정말 안색이 창백했으므로 오늘 그녀가 몸이 안 좋아서 조퇴를 한다는 데에는 의심하는 자가 없었다. 수영은 아무런 계획도 없이 터덜터덜 나와 지하철역으로 갔다. 이런 기분으로 만날 수 있는 사람도 없었다.

　누구에게 밝힐 수도 없는 자신의 고민을 혼자서 안고 수영은 지하철에 탔다. 습관적으로 집으로 가는 방향에 몸을 실었다. 그러나 혼자 빈집에 들어가기도 싫은 날이었다. 무엇보다 그 집은 그 남자의 집이 아닌가. 정확히는 자신과 그 남자 둘만의 시간을 위한 집이었다.

　그는 언젠가 온강의 강희정 부사장과의 집도 갖게 되겠지. 이런 생각을 하는 스스로가 우스운 줄 알고는 있지만, 아는 데도 수영은 그 남자가 다른 여자와 둘만의 신혼집을 갖는다는 건 상상하기가 어려운 것이었다. 이런 생각을 하니까 지금은 더욱 그 집에 들어가기가 어려웠다. 수영은 불현듯 다음에 정차할 역을 확인했다.

　저기에 뭐가 있더라.

　그 역은 쇼핑몰과 통하는 곳이었다. 열차가 멈추었을 때 수영은 충동적으로 그 역에서 내렸다. 평일 오후의 쇼핑몰은 그리 많이 붐비진 않았다. 수영은 자신의 눈에 차는 스타일의 옷들이 진열된 가게로 무심코 발을 옮겼다.

　여러 종류의 여름옷들이 걸려 있었다. 얇고 산뜻한 옷들은 보기에도 예쁜 디자인이 많았다. 수영은 그중 눈에 띄는 옷들을 골라서 거울 앞에서 대 보기도 하고 피팅룸에 들어가 입어 보기도 했다. 맘먹고 하는 쇼핑은 참으로 오랜만이었다. 필요해서 사는 것이 아닌, 그냥 내키는 대로 사는 행위는 얼마 만인지 모른다.

"319,000원입니다."

마음에 들면 되는 대로 샀다. 어떤 건 가격도 제대로 확인하지 않았다. 두 시간 동안 쇼핑몰 이곳저곳 유유히 누비고 다녔다. 정신없이 산 것 같은데도 생각보다 시간이 느리게 흘러가는 것 같았다.

두 손 안에 쇼핑백들이 가득했다. 문득 그만 사야겠다는 생각이 들었다. 이제 여기서 더 사면 대중교통으로 들고 가기도 불편할 것 같단 핑계를 댔다. 솔직히 별로 재미가 없었다. 몰입이 안 되니 지치는 기분만 들었다. 중간에 내려 소비라는 일탈을 벌였지만, 결국 다시 원래의 목적지로 향했다. 결국, 돌아가야 할 곳은 그 집뿐이었다.

집에 도착한 수영은 한 팔에 가득 쇼핑백을 몰아 쥐고선 현관문을 열었다. 빈집은 매우 조용했다. 오늘은 그 고요가 아늑하기보다는 두려웠다.

쇼핑백을 든 채 느릿하게 집 안으로 발을 들이던 수영은 거실 어디쯤에서 풀썩 주저앉았다. 바스락대는 소리와 함께 종이 백들이 바닥에 나뒹굴었다. 그녀는 그대로 일어나지 않았다. 그 자리에 박힌 듯 움직일 의지가 없었다. 사 온 물건들에 관심을 두지도, 정리할 생각도 하지 않았다.

수영은 자신이 오늘 사 온 것들을 물끄러미 바라보았다. 약간의 우울감이나 스트레스였다면 이런 쇼핑으로도 조금 풀릴 수가 있었을까. 그러나 지금은 달랐다. 애초에 물건을 사서 충족될 상실감 따위가 아닌 것이다. 아까부터 자신은 조금도 그 생각에서 벗어나질 못하고 있으니까. 그는 온강으로부터 무엇을 얻을까. 온강의 힘이 더해지면 그의 입지가 더 넓어질까.

"하……."

힘없이 긴 숨이 흘러나왔다. 당연히 그가 사는 곳은 다른 세상이다. 거대하고 높은 탑처럼 아무리 고개를 꺾어도 꼭대기가 보이지 않는 그들만의 세상. 그와 같은 침대에서 잠들고, 그와 마주 앉아 같은 것을 먹고, 그와 섹스를 했다고 해서 결코 자신이 그와 같은 세상에서 살고 있는 건 아닌 게 당연했다.

* * *

유안은 운전을 하던 중 마지막으로 한 번 더 전화를 걸어 보았다. 역시나 무응답이었다. 얼마 지나지 않아 차는 주차장에 진입했다. 그는 주차를 마친 뒤 익숙하게 보안을 풀고 고속 엘리베이터에 올랐다.

해가 지기 시작하는 어슴푸레한 저녁이었다. 두꺼운 현관문을 열고 들어가자 푸르스름한 저녁 빛이 집 안에도 비치고 있었다. 불이 켜져 있지 않았다. 그리고 거실로 가는 길목에 그 여자의 앉아 있는 뒷모습이 보였다. 언제부터 그러고 있었는지 모를 모습으로 어정쩡한 공간에 철퍼덕 앉아 있었다.

유안의 검은 눈동자가 눈앞에 펼쳐진 광경을 따라 짧게 움직였다. 그녀의 주위엔 여러 브랜드 로고들이 그려진 종이 가방들이 너부러져 있었다. 유안은 서서히 수영을 향해 걸음을 옮겼다. 그를 돌아보지도 않은 채로 수영의 목소리가 들렸다.

"토요일에 오신다면서요."

유안은 발을 멈췄다.

"전화를 안 받길래……."

그녀의 뒷모습에다 대고 유안이 답했다. 그의 눈은 여자의 앞에서 뒹굴고 있는 핸드폰을 보고 있었다.

"……."

거기에 말이 없던 수영은 주섬주섬 느리게 일어섰다. 유안은 여전히 자신을 돌아보지 않는 여자의 뒷모습을 응시했다. 고개가 살짝 아래를 향해 떨어져 있었다. 이윽고 그녀의 고요한 목소리가 들렸다.

"정혼자가 있으신 몸이었네요."

그녀가 이러고 있는 원인을 확신하는 순간이었다. 역시 소문은 이미 사내에 퍼질 대로 퍼진 모양이다. 어떤 대꾸를 하기도 전에 그녀가 먼저 말했다.

"그러실 만도 하죠."

힘없이 이어지는 음성에 유안이 끼어들었다.

"그럴 만은 하지만…… 난 안 할 거야."

"그 말을 제가 믿어야 하나요……."

여자의 목소리에 조금 힘이 들어갔다.

"이 순간에도 저를 가지고 놀고 싶으세요?"

"……."

그러나 그녀는 곧 다시 차분해진 어조로 읊조렸다.

"생각해 보면 별일도 아니에요. 정혼자가 없으신 게 더 이상한 거죠."

유안은 가만히 서서 그녀의 뒷모습에만 시선을 고정하고 있었다.

"이해는 하지만……."

그녀의 말끝이 조금 떨렸다.

"그래도 오늘은…… 이사님이 좀 미워요."

그럼에도 그녀는 말을 멈추지 않았다.

"이사님이 전에 그러셨죠. 세상을 너무 심각하게 살면 가슴이 아프다고. 제가 아직 너무 고지식했나 봐요. 앞으로는 심각하게 살지 않을게요."

돌아보지 않은 채 초연하게 뱉어 내는 말들이 바스러질 듯 건조하게 흩어졌다. 커다란 창으로 들이치는 여름 노을빛 사이에서 여자의 모습이 아스라이 멀게 느껴졌다.

"오늘까지만 이러려고요. 그러니까 오늘은…… 돌아가 주세요."

절대 돌아보지 않는 여자의 뒷모습에서 그를 보고 싶지 않아 하는 의지가 느껴졌다.

"내일은 이러지 않겠습니다."

유안은 멈추었던 걸음을 다시 떼고 수영에게 다가갔다. 그리고 그녀가 그토록 보여 주지 않던 앞모습을 마주했다. 그가 앞에 서자 수영의 내리깔린 속눈썹이 잘게 움직였다.

"차수영."

낮아진 목소리로 그녀를 부른 유안은 망설임 없이 입을 뗐다.

"우리한테 달라지는 건 없을 거야."

수영의 내리뜬 눈동자는 잠시 둘 곳 없이 떠돌다가 마침내 그를 향했다. 그가 집 안에 들어온 이후 처음 그의 얼굴을 쳐다보는 것이었다. 헤아릴 수 없을 만큼 혼잡한 감정이 밀려들었다.

"어떻게요?"

남자의 말은 잔잔해 보이려 안간힘을 쓰는 그녀의 감정에 파동을 일으켰다.

"결혼하셔도 저를 놔주지 않겠나는 건가요?"

달리 해석할 수 있는 여지가 없었다. 그가 약혼자라고 세상에 떳떳하게 발표하는 정혼자가 버젓이 있는데 달라지는 게 없을 거라니. 그러나 울컥 차오르는 감정을 누르고 있는 수영과 달리 유안은 침착했다.

"난 희정이랑 결혼 안 해."

그가 담담하게 대꾸했다.

"결혼 자체에 생각이 없으니까."

의외의 말이었다. 수영은 조금 놀란 듯 그를 올려다보았다. 그런가……. 그는 비혼을 선호하는 사람이었나. 그러나 수영은 그저 허무한 눈으로 그를 올려다보았다.

"그러실 수가 있을까요?"

총수 후계자가 결혼도 안 하고 자녀도 갖지 않겠다니. 부모의 뜻을 꺾고 그럴 수 있을까, 그가. 그런데 유안은 느른한 미소를 지으며 수영을 내려다보았다.

"아마 난 평생 비혼이겠지만……."

그리고는 수영이 상상도 하지 못한 말을 내뱉었다.

"내가 만약 결혼이란 걸 한다면 그 상대로는 차수영이 어울릴 것 같긴 해."

불쑥 수영의 눈빛이 사늘하게 얼어붙었다. 하지만 유안의 입가는 좀 더 올라갔다. 그러면서 희미했던 그의 미소가 한결 더 또렷해지는 것이었다. 수영은 말문을 잃은 채 병한 얼굴을 했다. 가뜩이나 애써 감정을 눌러왔건만.

"뭐…… 너라면 꼰대 같은 우리 친척 어르신들도 잘 상대할 수 있을 거 같고."

그러나 유안은 그런 그녀를 보면서도 유유히 뱉어 냈다.

"좀 당황스러운 상황을 만나도 똑 부러지게 대응할 수 있을 것 같고, 사업 센스도 좀 있고……."

"야, 권유안!"

그러나 수영이 버럭 내지르는 격앙된 음성이 그의 말을 뚝 잘랐다.

"장난 그만해."

그간의 비참함이 그의 앞에서 한꺼번에 터져 버리는 순간이었다. 이 상황에서 어떻게 그런 말이 나올 수가 있단 말인가. 오늘 이미 스펙터클하게 온강 회장 딸과의 약혼 소식을 들은 자신을 두고 어떻게 결혼 상대 운운을 한다는 말인가.

"사람 가지고 노는 것도 적당히 하라고."

말을 멈춘 유안은 자신을 향해 눈을 치뜬 수영을 잠자코 바라보았다.

"네가 아무리 나를 장난감 취급해도 이건 아니지 않니?"

서러움으로 점철된 수영의 목소리가 폭발음처럼 터져 나왔다. 그녀는 남자의 여유로운 표정에 오늘따라 소름이 돋았다. 이럴 때마저 능청스러운 모습이라니. 권호찬 회장 앞에서 자신을 모른 척하던 그가 아닌가. 그의 대단한 집안에 자신이라는 여자를 숨기고 있으면서.

"너는 결혼이 농담거리처럼 가볍지?"

재미를 위해 거액을 주고 시작한 관계가 아닌가. 그런 여자의 기분을 풀어 주기 위해 남들 앞에서도 아닌, 고작 저 하나 앞에서 거침없이 던지지 못할 이유가 없겠지. 이건 온강 강희정 부사장의 고백처럼 세상에 다 알려지는 인터뷰도 아니지 않은가. 큰돈을 들인 여자였으니 정성껏 비위를 맞춰 주려 하겠지. 늘 입 안의 혀처럼 달콤하게 굴던 그였으니 무슨 말인들 못 할까. 늘 아무렇게나 던져도 그만인 것을.

"너한텐 나 같은 여자가 참 쉽지?"

온종일 참아 왔던 눈물이 눈가에 차오르기 시작했다. 잘 참아 왔는데 하필 꼴사납게 이 남자와 마주 보고 있을 때 눈물이 삐져나왔다. 그런데도 눈물이 그렁그렁 맺힌 눈으로 그를 노려보기를 멈출 수가 없었다.

눈앞의 남자는 진지한 얼굴로 입을 다물고 있었다. 조금은 놀란 건지 어떤 건지도 모를 만큼 미동 없이 내려다보고 있었다. 그의 의연함이 못내 신기했다. 그야말로 다 가진 자의 여유인가. 이 남자를 어디까지 믿어야 할지 몰라 더욱 오리무중에 빠지는 기분이 들었다. 자신의 마음이 피를 흘려도 어쩌면 이 남자는 가렵지도 않은 게 아닐까.

수영은 뺨 위로 눈물이 주룩주룩 흘러내린 볼썽사나운 모습으로 남자를 올려다보았다. 한번 높인 언성은 좀처럼 줄어들지가 않았다.

"너 같은 게 누구랑 결혼을 하든 말든 관심도 없지만 나를 두고 다시는 그딴 농담 하지 말아 줄래?"

그 말을 듣고 무슨 생각을 하는지는 몰라도 권유안은 약간 침묵에 빠진 듯했다. 잠시 그녀를 물끄러미 바라보기만 하다가 그가 다시 입을 열었다.

"차수영."

그리고 제법 심각한 목소리로 묻는 것이었다.

"너, 나 좋아해?"

더럭 수영의 눈동자가 경직되었다. 순간 아연하여 입이 벌어졌다. 이유 없이 세게 얻어맞은 사람처럼 수영은 당혹스러움을 숨기지 못했다. 이 남자 앞에서 울면서 쏟아 내다가 별안간 되돌아온 게 이런 질문이라니. 수치스러울 정도로 당황스러운 것이었다. 수영은 안색이 하얗게 질려서는 조그맣게 중얼거렸다.

"권유안……. 너 진짜 재수 없어."

그 말을 끝으로 몸을 돌려 그에게서 멀어졌다. 유안은 붙잡지 않았고 그녀는 그길로 집 밖으로 나가 버렸다. 수영이 나가는 모습을 눈으로 좇던 유안은 잠시 그 자리에 박힌 듯 서 있었다. 집 안은 아까보다 조금 더 어둑해져 있었다. 그는 눈을 내려 발밑에 있는 수영의 핸드폰을 보았다.

"고맙다, 강희정……."

피곤한 듯 한숨을 내쉬던 유안은 허탈한 시선을 돌려 창밖을 보았다. 하늘이 온통 붉은 노을로 물들어 있었다. 그는 무심코 발을 옮겨 창가로 다가갔다. 빈 몸으로 나갔으니 곧 돌아오기야 하겠지만. 그런데도 해가 질 시간에 그녀와의 단절이 시작되니 가슴이 답답해지는 건 사실이었다. 유안은 곧 발길을 돌려 집을 나섰다.

주차장이 아닌 1층으로 내려간 그는 주위를 두리번거렸다. 차수영이 보이지 않자 건물 밖으로 나가 가로수가 줄지어진 길을 따라 조금 걸었다. 주변을 살피던 그는 근처에 있는 작은 공원으로 눈을 돌렸다. 그때 멀찍이 벤치에 앉아 있는 차수영의 모습이 눈에 들어왔다. 아직 멀리 가지는 않았다. 하긴, 그럴 만한 힘도 없어 보였지만.

주저 없이 다가가려다 유안은 걸음을 멈췄다. 지쳐서 멍한 얼굴을 늘어뜨린 수영을 유심히 바라보다가 그는 안쪽 주머니에서 핸드폰을 꺼냈다. 어차피 자신을 피해서 나간 사람이었으니 지금은 다가가도 더 멀리 도망갈지 모른다. 유안은 빠르게 전화를 걸었다.

"임 차장님."

그는 수영이 의식하지 못할 거리에 서서 통화를 했다.

"여기 좀 와 주실 수 있어요?"

지금 당장은 자신에 대한 신뢰를 잃어버린 여자에겐 무슨 말도 들어가지가 않을 것 같았다.

"부탁 좀 드릴게요."

다행히 지선은 당장 올 수 있다고 대답했다. 유안은 수영에게서 끝까지 눈을 떼지 않은 채 전화를 마쳤다.

* * *

해가 다 넘어갔다. 저녁 산책을 하던 사람들도 대부분 들어가자 어두운 소공원에는 적막이 내려앉았다. 수영은 그때까지 꿈쩍 않고 앉아 있었다. 그 공간에 부는 바람과 함께 수많은 상념이 그녀를 스치고 지나갔다. 좋은 것만 생각하면 된다. 자신의 가족을 평생 헤어 나오기 어려운 늪에서 구한 사람이 그 남자. 무거운 짐을 덜어 주었고 억울함도 풀어 주었다. 그것만 생각하며 그를 그저 일생에 없을 은인이라고 여기고 싶었다.

자신의 일생을 저당 잡는 게 조건이었지만 그냥 자신 하나만 눈 감으면 되는 것이다. 그 남자의 곁에 있되 그 남자에 의미를 두지 않으면 된다. 그의 마음속에 뭐가 있든 대체 그게 뭐가 중요하단 말인가. 그런데 제 인생에서 그 남자 하나 지우는 게 이렇게 어려운 거였나.

'너, 나 좋아해?'

그래도 오늘 같은 날 그런 걸 묻다니. 정말 비참함의 끝을 보여 주는 사람이었다.

"정말 어이가 없어서……."

블라우스에 펜슬 스커트 차림으로 컴컴해진 공원에 혼자 앉아 중얼거리자 그 모습이 그리 예사롭게 보이지는 않았나 보다. 개 한 마리를 산책시키던 한 노인이 오지랖 넓은 시선을 힐끔 한 번 보내고 지나갔다. 그렇게 지나가는 사람 중 한 명인 줄 알았다. 그녀의 내리깔린 시야에 여자의 두 다리가 들어왔을 때도.

"차수영 씨."

수영은 화들짝 놀라 고개를 쳐들었다. 임 차장이 애잔한 눈동자로 자신을 내려다보고 있었다. 수영은 이내 탁한 눈빛이 되어 다시 눈을 내렸다. 그러자 지선이 느릿느릿 수영의 옆자리로 와서 앉았다.

"좀 전까지 이사님이 차수영 씨 보고 계셨던 거 아세요?"

수영은 눈을 동그랗게 떴다. 심장이 설핏 반응했다.

"……."

"여태껏 보고 계시다가 제가 오고 나서 가셨어요."

수영은 왠지 좀 민망해져서는 옆에 있는 지선을 흘끗 쳐다보았다.

"이사님이 불러서 오신 거예요?"

"네. 이사님이 걱정하셔서……."

지선의 대답에 수영은 잠깐 머뭇대다 말했다.

"임 차장님께서 괜한 수고를 해 주시네요. 저는 괜찮은데……."

"안 괜찮아 보이니까요."

"걱정하지 말라고 전해 드리세요. 이런 노력 안 보여도 이사님 말대로 달라지는 건 없을 테니까요. 이사님 탓하지 않을 거예요. 이런 거에 의연하지 못한 저를 탓해야죠."

말은 그렇게 나오고 있었지만 솔직히 그 남자가 걱정했다는 말이 삐딱하게 다가왔다. 생각보다 매우 혼연했던 남자의 얼굴도 다시금 떠올랐다.

"걱정을 하시는 건지 걱정하는 모습을 보여 주시는 건지는 모르겠지만요."

수영이 나지막하게 중얼거리자 지선은 잔잔하게 웃더니 강조하듯 또 한 번 말해 주었다.

"걱정하셨습니다. 적어도 저는 알 수 있어요."

"……."

하지만 수영은 이제 그냥 달관한 사람처럼 굴고 싶었다. 그 남자에게 아무것도 휘둘리고 싶지 않았다.

"이제 상관없어요, 뭐든지. 저는 애초에 이사님의 인생에 들어와 있는 사람이 아닌걸요."

이렇게 조용히 그의 그림자처럼 살다가 언젠가는 사라지겠지. 다만 그가 언제 자신을 버려 줄지를 몰라, 그게 한없이 막연할 뿐이었다.

"글쎄요, 제가 볼 때 우리 이사님은 차수영 씨가 예뻐 죽겠는 거 같던데요."

지선은 그 말끝에 씩 웃어 보였다. 적지 않게 놀란 수영은 할 말을 잃고 그녀를 마주 보았다. 제삼자를 통해 그가 자신을 어떻게 보는지를 듣는 건 처음이었다. 마음이 엉망인 상태였던 중에도 기분이 묘했다.

"이사님은 강희정 부사장님과의 정혼을 피하는 중이세요. 권 회장님이 하도 강권하시니 걱정은 되는데 자식 이기는 부모야 있겠나요."

지선은 마치 그를 대신하여 변명이라도 해 주듯 조곤조곤 이야기했다. 그러나 수영은 지선이 왜 이런 얘기를 자신에게 열심히 하는지 영 어색한 기분이 들었다.

"그거야…… 평범한 집안 얘기가 아닐까요. 이사님이 지금 가진 걸 잘 지키려면 권 회장님을 이길 재간이 있을까요."

수영은 다소 무신경한 어조로 남 얘기를 하듯 대응했다. 그러자 지선도 낮은 탄식을 흘리며 먼 곳을 응시했다.

"그러게요⋯⋯. 이사님이 어떻게 대처할 수 있으실지는 저도 아직 잘 모르겠습니다."

그때 마침 지선의 전화기에서 알림이 울렸고 그녀는 곧장 전화기를 꺼내 확인했다.

"이사님한테 온 톡이네요. 차수영 씨가 전화기를 안 가지고 나갔다고 대신 전해 주라는 메시지가 있어요."

애써 무심하던 수영은 그 말에 가슴이 철렁 내려앉았다. 그녀는 저절로 지선이 들려줄 권유안의 전언에 귀를 기울이게 되었다.

"꼴 보기 싫은 놈은 오늘 오피스텔에 들이닥치지 않을 테니 들어가서 편히 쉬시랍니다."

지선이 읊어 주는데 그의 말투가 귀에 들리는 듯했다.

"연락은 계속 할 테니 씹고 싶을 때까지 씹다가 받고 싶을 때 받으라네요. 연락을 받든 안 받든 토요일엔 약속대로 오신대요."

그 탓에 수영은 얼굴이 조금 붉어져서는 하는 수 없이 벤치에서 일어났다.

"네, 전해 주셔서 감사합니다. 전 그럼 들어가 보겠습니다. 임 차장님도 안녕히 들어가세요."

그녀는 지선을 향해 공손하게 고개를 숙이고는 금세 그 자리를 떴다. 지선은 떠나가는 수영을 바라보다가 유안에게 문자로 그녀가 들어갔다고 보고했다.

* * *

아침 일찍 유안이 출근하자 따라 들어온 지선이 곧바로 그날 일정 브리핑을 했다. 스케줄 표를 보며 고개를 끄덕이던 유안은 주간 계획도 쓱 훑어보았다.

"조만간 강민식 회장님 좀 만나 봐야겠네요."

사실 혼담이야 거절하려고 들면 집안 관계 고려할 것 없이 거절하면 그만이다.

"독대하시려고요?"

냉랭한 얼굴로 유안이 대뜸 말하자 지선이 놀라서 물었다. 유안은 어쩔 수 없다는 듯 인상을 살짝 구겼다.

"아무도 제 말을 듣지 않으니까요."

하지만 지선은 금세 유안을 향해 염려스러운 눈빛을 보냈다.

"이사님, 일단 진정하시는 게 좋을 것 같아요. 어른들 사이에서 거론된 이야기니 아무래도 권 회장님을 통하시는 게 좋죠."

"제 뜻을 제일 무시하는 사람이 회장님이세요. 요즘 누가 이런식으로 결혼을 하나요. 중세 시대도 아니고."

유안은 매우 회의적인 눈빛이 되어 짓씹었다.

"중세 시대 귀족들이랑 크게 다를 것도 없죠. 이사님만의 고민도 아니잖아요."

지선은 특유의 온화한 미소를 입에 걸며 적당히 객관적인 태도를 보였다. 재벌 3세의 고충을 너무 감정적이지 않게 공감해 주는 것도 그녀의 일이었다. 그것은 일찍이 2세였던 권호찬 회장의 비서였던 시절부터 이골이 난 일이기도 했고.

"괜히 미운털 박히지 말고 다르게 궁리를 해 보시죠, 이사님."

지선이 계속 지지 않고 그를 말리고 들자 유안은 거기에 대해서 더 말하지 않았다. 그는 이내 태블릿 PC의 화면을 잠그고 한편

에 밀어 두었다. 하지만 그는 여전히 눈을 내리뜬 채 골몰하게 생
각에 잠겨 있는 듯했다. 무슨 말이 더 나올 것만 같아 지선도 그
자리에 서서 기다렸다. 마침내 작게 한숨을 쉬며 유안이 다시 말
을 뗐다.

"아무래도 내가 잘못을 한 거 같아요."

뜬금없는 말에 지선은 눈썹을 살짝 올렸다.

"차수영 씨한테요?"

"네. 나 실수했나 봐요."

유안이 무언가를 회상하는 듯 나지막하게 말하자 지선이 알 만
하다는 듯 빙긋 미소 지었다.

"역시 어제 차수영 씨가 괜히 집 밖으로 뛰쳐나간 게 아니었네
요."

유안은 그 말에 픽 웃었다.

"나보고 농담하지 말라네요. 난 농담 아닌데."

"그래도 잘못하셨습니다."

지선이 단호한 어조로 못 박자 유안은 눈동자를 쓱 올렸다. 그
는 수영과의 대화를 아직 자신의 비서에게 말하지 않았는데 그녀
가 어느새 자초지종을 알게 된 건가 물었다.

"어제 차수영한테 들었어요?"

"아니요. 안 들었어도 뻔하죠."

"진짜 너무하네요, 임 차장님."

유안이 말끝에 조용히 웃었다. 거기에 함께 웃던 지선은 차분한
얼굴로 눈을 맞추며 상냥하게 말했다.

"비슷한 환경에서 살아왔어도 종종 부딪치는 게 인간인데 사는

세계가 다른 이사님이 어떻게 차수영 씨의 마음을 다 헤아릴 수
가 있겠어요."

"하나부터 열까지 쉽지가 않네요. 처음부터 그러더니……."

"그러게 처음부터 진심 어린 모습으로 다가가셨어야죠."

지선이 예고도 없이 뼈 있는 말을 던졌다. 유안은 부정하지 않
고 그녀를 응시했다. 진심. 그 말이 아득하게 멀었다. 진심이 무
엇인지 알려고 한 적이 없었다. 그는 어쩐지 망연한 미소를 보이
며 중얼거렸다.

"처음부터 신경이 쓰이고 무시가 안 되던 여자긴 했죠……."

"그래서 아직까지 자꾸만 심술부리시는 거 아닙니까."

연신 또박또박 쏘아붙이는 지선을 보며 유안은 바람이 새듯 피
식 웃어 버리고 말았다.

"오늘따라 우리 임 차장님 촌철살인 심하시네요. 늘 자애롭게
보내 버리시는……."

"부디 성의 있는 사과에 성공하시길 바랄게요."

지선은 그 말대로 자애롭게 부스스 웃었다.

"성의 있는 사과의 표시로 간단한 선물을 하나 해 주셔도 괜찮
지 않을까요."

성의의 표시라는 말에 무득 유안이 얼굴이 조금 진시해지는 듯
했다.

"차수영한텐 그런 거 별로 안 통할 거 같은데……."

"그렇긴 하지만, 그래도 뭐 하나라도 더 정성을 보여 주실 수 있
다면 좋죠."

유안은 곧 지선의 말에 동조하며 고개를 작게 끄덕였다.

"그래요. 그럼 선물 하나만 사다 주세요. 차수영한테 어울릴 만한 거로. 토요일에 만나면 주게요."

"알겠습니다."

그런데 지선이 의욕적으로 대답하기가 무섭게 유안이 바로 고개를 갸웃댔다.

"아니다, 이번엔 내가 직접 고를게요."

"그러세요. 그게 한결 더 싱의 있죠."

"그걸로 차수영이 화를 풀 리는 없겠지만……."

유안은 그리 확신하지 못하고 있었지만 지선은 혼자 흡족한 표정이 되어 있었다. 유안은 어제 보았던 수영의 모습을 아직도 생생하게 그릴 수 있었다. 특히 그녀의 울던 얼굴을.

"근데 이상하게……. 화내도 좋은 거 같아요."

지선은 눈꺼풀을 들어 올리며 그 말에 주목했다.

"난 왜 그 여자가 그런 표현을 해 주는 게 좋죠?"

허공을 향하고 있던 유안의 눈에는 자신에게 살벌한 말들을 터뜨리던 차수영의 모습이 선했다.

"그 여자가 자꾸 내 감정을 건드리는 게, 꼭 나를 살아 있는 것처럼 느끼게 해요."

지선은 그저 잠자코 귀를 기울였다. 그녀도 이러는 유안을 보는 게 처음이었으므로.

"근데……. 그런 걸 내가 너무 좋아하면 안 되는 거 같아요."

유안은 다소 초연한 어조로 말했다. 그 모습을 보던 지선의 눈빛에 자못 난처함이 스쳤다. 그러나 지선은 침착하게 그에게 말을 더했다.

"글쎄요, 그렇다면 저는 차수영 씨에게 고맙습니다."

유안은 허공에 두었던 눈을 다시 지선에게 향했다. 그녀는 약하게 웃고 있었지만, 왜인지 웃는 것 같지 않아 보였다.

"이사님의 감정을 건드리는 게 누군가에게 가능한 일이긴 했나요?"

지선의 표정은 퍽 서글프게 변해 있었다. 그게 그렇게 서글픈 얼굴로 말해야 할 일인가 싶을 만큼.

* * *

"재하야, 배 안 고프니?"

"네, 괜찮아요! 고플 때 제가 차려 먹을게요."

나이도 적지 않은 어머니가 거실에서 아들의 끼니를 걱정하자 재하는 다정하고도 우렁찬 목소리로 방 밖을 향해 외쳤다. 오늘은 휴무에 약속도 없어서 부모님이 계신 집에서 쉬고 있었다. 어제 무리를 했던 터라 피로해진 몸을 침대에 누이고 있었다. 수영이 청주에 있던 시절만 해도 피곤한 날 아닌 날 할 거 없이 휴일이면 꼭 그녀를 만났었는데. 휴일이 평일이면 그녀의 퇴근 시간에 맞춰 데리러 갔고 주말이면 그녀와 휴일이 일치하는 그 기회를 놓치지 않고 종일 붙어 있곤 했다.

이제는 휴일이 참 지루했다. 종종 친구들을 만나기도 했지만, 한 구석은 늘 허전할 수밖에 없었다. 이제 꽤 많은 친구들이 저에게 새로운 연애를 하라고 설득한다. 솔로인 상태로 있으니 다가오는 여자들도 그동안 없진 않았다. 그러나 내키지 않았다. 마음이 끝나서 종료된 연애가 아니었으니 미련이 끊이지 않았다. 1년 반이 지나 버린 시간이었지만 자신에겐 수영과 헤어졌던 때가 어제와도 같은데 모두에겐 그렇지 않은가 보다. 심지어 수영에게조차도.

그는 아직도 수영이 자신을 피하고 있는 상황을 납득하기가 어려웠다. 오만 정이 떨어져서 헤어진 커플도 아닌데 다시 기회를 주는 것조차 이토록 매섭게 거부하는 이유가 뭘까. 걱정되어 가 보았지만, 딱히 이상한 점도 보이지 않았다. 혹여 그녀가 이상한 곳에 가 있을까 봐 두려운 망상도 했었지만 그녀는 다니던 회사에 멀쩡하게 잘 다니고 있었다. 다른 남자라도 생긴 게 아니라면 자신에게 절대 오지 못할 이유가 대관절 무엇이란 말인가.

이런저런 생각을 하던 재하는 불끈 미간을 움직였다. 혹시 정말 다른 남자라도 생긴 건가? 저에게 미안해서 말하지 못하고 있기라도 한 걸까. 아니다, 정말 그랬다면 수영의 성격상 솔직하게 자신에게 소식을 전했을 것이다. 가뜩이나 지금도 철벽을 치고 있는 그녀가 새 애인까지 만나고 있는 거였다면 자신을 더욱 확실하게 끊어 내기 위해서라도 그 사실을 밝혔을 것이다. 굳이 만나서는 안 되는 남자를 만나는 게 아닌 이상은 말이다.

재하는 조각처럼 굳은 채 움직이지 않았다. 깊은 사색에 잠겨 있느라 눈만 깜빡이기를 반복하고 있었다. 잠깐. 만나서는 안 되는 남자? 그런 생각을 떠올려보는 찰나 등줄기를 타고 오싹한 기운이 솟구쳤다. 만약 평범하지 않은 남자를 만나는 상황이라면 밝힐 수 없었을 수도 있다. 그때 별안간 재하가 용수철처럼 벌떡 일어나 앉았다. 동시에 그의 눈썹이 샐쭉 추켜 올라갔다.

"하아……."

어디서 봤나 했더니! 그래, 그 남자였다! 그때도 강한 인상이어서 한참을 빤히 보았더랬다. 그래서 뇌리에 남아 있던 얼굴. 수영의 어머니가 입원했을 때 병원에서 본 그 남자였다. 그런데 그 남자가 JN의 이사라고? 그럼 그날도 설마 수영이 어머니 문병을 온 거였으려나? 회사 임원이 청주까지 단지 수영 때문에 온 거라면 일반적인 경우는 아닐 가능성이 컸다.

한꺼번에 많은 생각이 찰나의 시간에 머릿속을 헤집었다. 서울에서 보았던 두 사람 사이의 묘한 기류. 남자가 자신을 무시하며 보였던 독특한 적대감. 그리고 무엇보다 싸하게 다가오는 건 금수저로 보였던 젊은 남자와 수영이 변제한 거액의 빚.

"수영아……."

재하의 얼굴은 급작스레 사색이 되어 갔다.

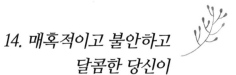

14. 매혹적이고 불안하고
달콤한 당신이

[예전 남친은 나를 많이 좋아하던 사람이었다면, 지금 이 남자는 내가 많이 좋아하는 것 같아.]

TV에서 흘러나오는 어느 드라마 대사였다. 소파에 다리를 웅크리고 앉은 수영은 흐린 표정으로 TV를 응시하고 있었다.

[사랑하지 않으려고 했는데 사랑하게 되고 말았어.]

화면에 클로즈업된 여자의 얼굴이 고통스러워 보였다. 어려운 남자를 목을 매듯 사랑하는 사람의 모습이었다. 시시껄렁하다고 생각했던 드라마에 어느 순간 심각하게 몰입이 되었나 보다.

"난 저렇게 되지 말아야지⋯⋯."

화면을 노려보던 수영이 인상을 구기며 중얼거렸다. 알 수 없는 두려움을 건드리는 기분이었다. 그러나 이 순간에도 그 누군가가 끊임없이 생각났다.

끝없는 채무와 홀로 싸우던 시절, 그 칠흑 같은 어둠 속에서는 아무리 몸을 날려 뛰어도 늘 제자리뿐이었다. 거기엔 이미 차수영은 없었다. 제 안에 있던 꿈도, 인생도, 여자도 잃어버린 나날들이었다. 돌아 버릴 것 같은 하루하루를 보내고 있던 시절, 미친 듯이 바빴지만, 솔직히 그만큼 외로웠다. 죽을 만큼 외로웠지만 죽지도 못하고 있던 시간이었다. 그때, 그런 자신에게 다가왔던 근사한 남자. 지저분한 맨발로 처음 마주했던 그 남자는 그날의 저와는 극단적으로 대조될 만큼 깔끔했다. 일상이 암흑이었던, 그야말로 재투성이 신데렐라가 왕자님을 보았을 때 그런 기분이었을까.

그 남자는 자꾸 진흙탕 같은 제 인생에 끼어들었다. 고독 속에서 죽을 것 같던 자신에게 파고들어 왔다. 당황스럽고 무서웠지만, 솔직히 그 남자에게 설레지 않기는 어려웠다. 자신은 여전히 여자였던 것이다.

수영은 리모컨을 들어 TV를 꺼 버렸다. 드라마 주인공에 쓸데없이 이입하는 것도 여기까지였다. 어차피 쟤들은 해피엔딩이겠지. 하지만 동화처럼 마냥 단순할 수가 없는 건 현실일 뿐. 리모컨을 넣어두고 소파에서 일어났다. 조금 있으면 권유안이 올 시간이었다. 그전에 저녁을 먹고 씻어야겠다고 생각했다.

토요일인데 종일 밖으로 나가지 않았다. 그 남자가 오기로 한 건 밤이었는데 왜인지 오전부터 온종일 아무 계획 없이 하루를 보냈다. 월요일 저녁에 권유안에게 화를 내고 돌아선 뒤로 아직 한 번도 그의 얼굴을 보지 못했다. 그때의 만남을 마지막으로 오늘 다시 그를 볼 생각을 하니 한없이 막막했다. 그날 그 남자에게 자신의 감정을 보였던 것에 대한 후회가 밀려와 수영은 고개를 설레설레 저었다.

샤워실에 너무 오래 있었다. 어쩐지 한참 동안 물을 맞고 서 있었다. 쏟아지는 물줄기에 상념도 흘려보내고 싶은 듯 부스 안에 오랫동안 머물렀다. 물기를 닦고 머리칼을 말리고 얼굴과 몸에 적당히 보습을 마친 뒤 욕실 밖으로 나왔다.

드레스 룸 서랍에서 속옷까지 꺼내 입고 난 수영은 입을 옷을 고르기 위해 짧게 주춤거렸다. 그녀의 손은 곧 행거에 걸려 있는 검은색 슬립을 꺼냈다. 지난번에 권유안과 영상 통화를 할 때 입고 있던 옷이었다. 뭐든지 될 대로 되라는 식이었다. 이러면 어떻고 저러면 어떤가. 뭐든지 그 남자가 원하는 대로 할 것이다. 어디 한번 끝까지 가 보자 싶었다. 어차피 그게 자신의 자리가 아닌가.

그 남자가 원하는 차림을 하고서 거울을 보았다. 웃지 않는 여자가 거울 속에 있었다. 수영은 오래 거울을 보고 싶지 않아 빠른 손놀림으로 머리칼을 정돈하고는 드레스 룸을 나왔다. 그런데 그러던 그녀의 시야에 문득 무언가가 들어왔다. 불 켜진 안방 침대 위에 작은 상자가 있었다. 수영은 고개를 돌려 문밖을 보았다. 그때 마침 주방에서 달그락대는 소리가 들렸다. 벌써 와 있었구나. 그는 아마 와인 렉에서 와인을 꺼내고 있는 모양이었다. 수영은 탄식처럼 낮은 숨을 내쉬었다.

와인을 고르고 잔을 꺼내 둔 유안은 수영이 욕실에서 나왔는지 확인하기 위해 안방으로 걸어갔다. 그리고 안방으로 들어가는 순간 그의 시선이 멈칫하며 한곳에 고정되었다. 검은 슬립을 입은 수영이 침대에 가만히 앉아 있었다. 그녀는 기척을 느끼곤 그를 향해 고개를 돌렸다. 유안의 눈동자에 미묘한 안도감이 비치고 있었다. 그는 옅은 미소를 입에 걸며 말했다.

"고마워, 받아 줘서."

비록 무덤덤해 보이긴 했지만 차수영은 이미 목에 목걸이를 걸고 있었다.

"못 받을 것도 없죠. 우리 사이에 더없이 어울리는 선물인데."

수영이 약간은 냉소적인 목소리로 대꾸했다. 유안은 그녀에게 천천히 다가갔다.

"그게 무슨 뜻이야?"

"지나치게 비싸고 물질적인?"

비아냥거리는 듯 들릴 수도 있었지만, 유안은 별로 신경 쓰지 않고 그녀의 목에서 반짝이는 목걸이만 만족스럽게 보았다. 플래티넘에 영롱한 다이아몬드가 박혀 있는 펜던트들은 수영의 목 위에 있어서 더욱 아름답게 빛나고 있었다.

"역시 잘 어울리네. 내가 해 주려고 했는데……."

그게 아쉬운 듯 유안이 중얼댔다. 수영은 손을 올려 펜던트들을 만지작거리며 눈을 내렸다. 한 체인에 두 개의 펜던트가 걸려 있었는데 하나는 자물쇠였고 하나는 열쇠였다. 자신을 구속하려는 건지 풀어 주려는 건지 모를, 정반대의 의미를 가진 두 가지 펜던트의 믹스 매치였다. 수영은 도통 남자의 의도를 알 수가 없었다.

"맘에 들어요?"

"네, 아주 예쁘네요. 이번에도 임 차장님의 안목이겠죠?"

"내가 직접 골랐어요."

그의 대답에 수영은 펜던트를 만지작거리던 손을 멈추었다. 이내 옆에서 바스락거리는 소리가 났다. 다가와 옆에 앉은 그를 향해 수영이 눈을 올렸다.

"잘 고르셨네요."

약간 놀라 있던 수영이 다시 무심코 펜던트를 향해 눈을 내리며 말했다.

"가능하면 내가 직접 성의를 보여 줄 수 있는 선물을 골라 보려고 했는데. 고민을 해 봐도 잘 모르겠더라고요."

유안이 조곤조곤 들려주는 세세한 이야기가 못내 어색해서 수영은 쭈뼛거리며 듣고 있었다.

"결국, 내 눈에 들어오는 건 이런 거였어요. 차수영 씨 말대로 물질적이죠. 그것도 한정판이에요."

유안은 그 말을 마치고 수영을 향해 씩 웃었다.

"난 결국 이렇게 생겨 먹었나 봐요. 아마 앞으로도 계속 이럴지 몰라요."

남자의 나긋한 고백에 이어 수영은 이해는 한다는 듯 고개를 작게 끄덕였다.

"네……."

그때 옆자리에 앉아 있던 유안이 침대에서 내려와 수영의 발 앞으로 왔다. 그는 한쪽 무릎을 땅에 대고 앉더니 그녀의 두 손을 잡으며 그녀의 얼굴을 올려다보았다. 당황한 수영의 눈이 휘둥그레졌다. 잔잔하게 웃으며 그녀를 살피던 유안은 곧 담박한 어조로 말을 뗐다.

"내가 지난번에 한 말은 장난도 농담도 아니었어. 비혼이라는 말을 전제로 하는 말이라 신빙성이 없다면 할 수 없지만, 결혼이란 건 정말 나에게 어울리지 않는 것뿐이라……."

수영은 저보다 낮은 자리에서 올려다보는 유안을 말없이 내려다보았다.

"근데 그것과 별개로 차수영을 상대로서 상상해 본 말도 거짓은 아니야."

그의 말에 수영은 혼돈에 휩싸이고 있었다.

"언짢았다면 미안해."

이렇게 이 남자를 내려다보며 눈을 맞추고 있으니 확실히 그가 거짓을 말하고 있지 않다는 건 알 것 같았다.

"나한테 결혼은 긍정적인 단어가 못 돼서 그래."

그의 목소리는 썩 진중했다.

"가정을 이루는 일도 맞지 않을 것 같고. 자녀를 낳는 건 더더욱 원치 않아서."

건조함이 느껴지는 그의 말 때문인지 그의 얼굴빛도 어딘가 황망해 보였다. 기분이 이상했다. 그는 지금 어느 때보다도 진중한데, 참 이상하게도 그가 농담처럼 자신을 가지고 노는 줄 알았을 때보다 묘하게 더 쓸쓸한 기분이 밀려들었다. 이런 그의 모습이 어딘가 모르게 애잔하게 느껴지기 때문인가.

"그러실 수도 있죠."

어차피 자신이 닿을 수 없는 그만의 영역이었기에 수영은 그저 힘없이 고개를 주억거렸다. 왠지 모를 쓸쓸한 미소가 입가에 서릴 것만 같았다. 그녀는 그를 말갛게 바라보다가 조심스레 물었다.

"근데…… 이사님의 부모님께서 그걸 이해해 주실까요?"

그게 그에게 가능한 삶일까. 솔직히 그가 더 높은 곳으로 올라가기 위해선 결국 부모님의 뜻을 꺾지 못하지 않을까. 과연 그가 결혼이라는 비즈니스에서 무사히 벗어날 수 있을까.

"못 하시겠지. 그래서 설득 중이야."

그의 삶을 생각하면 그의 말도 그리 현실적으로 와 닿진 않았다. 그런 생각을 하면 어쩐지 머지않은 훗날의 그림도 절로 상상될 것 같았다. 지금은 거부하지만 훗날엔 결국 어울릴 상대와 결혼을 하고 자녀도 낳고 사는 그의 모습이. 그리고 그보다 조금 더 먼 훗날엔 결국 JN의 총수도 되어있을 그의 모습이. 짙어진 눈으로 그를 응시하던 수영은 무겁게 입술을 뗐다.

"유일무이한 후계자가 자녀를 얻지 않으시겠다니……. 역시 이사님은 평범하지가 않으시네요."

어차피 자신과는 상관없는 그들만의 세상이다. 유안은 조금 더 깊어진 눈으로 그녀와 눈을 맞추었지만, 퍽 덤덤한 목소리로 읊조렸다.

"그야 나를 닮은 2세가 태어나면 안 되니까."

그 찰나 그를 바라보던 수영의 눈빛이 굳어졌다. 이어서 그가 그 이유를 말했다.

"나 같은 게 또 이 세상에 있다고 생각하면 너무 끔찍하거든."

흡사 업무 관련된 사항을 말하듯 여상한 말투로 충격적인 말을 내뱉는 모습이었다. 기함할 말에 놀란 수영은 할 말을 잃고 있었다. 가슴에 커다란 파문이 일었다. 그러나 내색을 할 수 없었던 그녀는 막연히 유안의 얼굴만 빤히 보았다. 유안은 그저 또 씩 웃을 뿐이었다. 그의 웃는 얼굴을 보면서도 수영은 머리를 한 대 맞은 것처럼 멍하기만 했다. 방금 무슨 말을 들은 거지. 뭉근한 통증과 함께 가슴이 온통 아릿하게 쿵쿵댔다.

"어쨌든 사과할게."

혼돈에 빠져 있는 그녀에게 그는 다정하게 제 할 말을 전하고 있었다.

"아……. 알았으니까 이제 그만 일어나세요."

충격에 빠진 수영은 그에게 잡힌 손을 쓱 빼내며 빠르게 말했다. 하지만 유안은 일어나는 대신 잔잔한 미소만 보내더니 이내 수영의 빠져나간 손을 다시 잡았다. 그러고는 그녀의 한 손을 들어 손등에 살포시 입을 맞추었다. 이어 그는 그녀의 두 손을 잡아 자신의 목 뒤로 가져가 두르게 했다. 의지와 상관없이 그의 목을 안게 된 수영은 자연스레 친밀한 자세가 되어 그를 물끄러미 내려다보았다.

유안은 이내 손을 뻗어 그녀의 뒷머리를 감싸고 서서히 당겼다. 가까워지던 두 사람의 입술이 찬찬히 마주 닿았다. 몰캉하게 만난 두 입술은 이내 자석처럼 떨어지지 않았다. 예상치 못하게도 서글퍼져 버린 대화 끝에 남자의 입술은 마치 기다렸다는 듯이 깊게 맞물렸다.

키스가 고조되어 가자 수영은 그의 목을 두 팔로 더욱 꼭 안았다. 이상하게도 그녀는 그런 자신을 막을 수가 없었다. 이상하리만치 가슴이 벅찼다. 애타는 입맞춤 속에 혼란함도 상실감도 모두 녹아들어 갔다. 오늘 같은 날에도 꼭 나를 안아야겠냐고 원망하고 싶은 생각이 들면서도 한편으론 오늘 같은 날이니까 안아 달라고 하고 싶은 충동도 동시에 들었다. 감당할 수 없는 이 욕망이 당황스러웠다.

끊길 듯 끊어지지 않던 입맞춤은 오래도록 지속되었다. 골라 둔 와인은 아직 입도 대지 않았는데 그냥 이대로도 취해 버린 것 같았다. 취한 듯 탐닉하던 남자의 입술은 한참 후에야 떨어졌다. 수영은 단단히 홀린 듯이 진정이 되지 않아 겨우 눈을 떴다. 탁한 눈을 가늘게 떴을 때 유안이 침대 아래로 늘어뜨린 그녀의 다리를 들어 위로 올렸다. 그녀의 몸을 살짝 들며 침대 위에 반듯이 눕힌 유안은 양팔 안에 그녀를 가두곤 위에서 내려다보았다.

"아까 이 집에 들어오면서 문을 여는데 잠깐 걱정했었어요."

"왜요?"

"혹시 차수영 씨가 떠났을까 봐."

"……."

선득, 가슴에 파동이 일었다. 잠깐 침묵하던 수영은 고요한 목소리로 말했다.

"제가 이사님에게서 달아날 방법이 있긴 한가요?"

유안은 그녀의 대답에 만족스러운 미소를 보였다. 그는 더는 말을 하지 않고 수영의 목덜미에 얼굴을 묻었다. 수영은 남자의 숨결을 느끼며 눈꺼풀을 사르르 닫았다.

그가 목덜미를 간질이는 짧은 키스를 이어 가는 동안 조용히 눈을 감고 있던 수영은 어느 순간 하얀 이마를 움찔 떨었다. 쇄골에 닿은 그의 입술이 그녀의 살결을 빨아들이고 있었다. 남자는 오늘따라 느리게 자신을 탐하고 있었다. 한순간도 놓치지 않고 저를 모조리 삼키려는 것 같았다. 남자가 쇄골에 입술을 댄 채 속삭이는 목소리가 들렸다.

"고마워. 내 옆에 남아 줘서."

수영은 구겼던 이마를 펴고 눈을 크게 떴다.

어깨 위에 있던 슬립의 끈은 얄궂은 유안의 손가락에 걸려 내려갔고 곧 매혹적인 맨가슴이 드러났다. 슬립은 허리쯤에 걸려 있었다. 벗겨지다 만 그 모습은 퍽이나 선정적이었다. 유안은 또렷해진 눈으로 그 모든 과정을 빠짐없이 바라보았다.

차지고 부드러운 두 개의 구릉이 오늘은 다소 거친 남자의 두 손아귀에 잡혔다. 녹을 듯이 보드라운 살결을 짓이기는 남자의 손끝에선 그녀의 대해 주체할 수 없는 욕망과 집착이 넘실거렸다. 유안은 꼭 갈증 난 사람처럼 수영의 가슴골에 고개를 박았다. 폭신하고 매끈한 살덩이 위에서 그는 무수한 흔적을 남겨 갔다. 둥글고 하얀 가슴 위에 뿌려진 꽃잎처럼 그가 지난 곳을 따라 여기저기 붉은 자국이 새겨졌다. 이내 그가 예민한 정점에 달려들었을 때 수영은 반사적으로 탄식을 흘렸다.

"아⋯⋯."

날카로운 쾌감이 발끝에까지 뻗쳤다. 수영은 입술을 잘근 물었지만, 그는 점점 더 세게 머물고 있었다.

"하아⋯⋯."

놓아주지 않는 남자의 어깨를 부여잡으며 그녀가 자지러졌다. 유안은 수영의 슬립을 발끝까지 내려 허물처럼 빼냈다. 날것의 모습이 된 여자의 몸 위에서 그가 선물한 목걸이만이 오로지 반짝거리고 있었다. 그는 손을 뻗어 목걸이의 고리를 빼냈다.

"이건 빼 두는 게 좋겠어요. 오늘 좀 거칠지도 모르니까."

목걸이를 빼던 그는 고개를 옆으로 돌린 여자의 얼굴이 조금 붉어지는 것을 보았다.

시선을 느낀 수영은 그를 휙 올려다보았다. 그가 다소 짓궂게 웃었다. 남자는 그녀에게 눈을 떼지 않은 채 기껏 직접 골랐다는 값비싼 한정판 목걸이를 아무렇게나 협탁 위에 두었다. 손에서 목걸이가 떨어지기가 무섭게 남자의 손은 다시 바삐 그녀의 몸에 달라붙었다.

아래로 향한 손이 야하게 구는 동안에도 그의 시선은 수영의 얼굴에 고정되어 있었다. 수영은 붉어져 있던 얼굴 그대로 그를 올려다보고 있었다. 그의 손이 정확히 찾아가고 있어서 수영의 붉어진 얼굴은 더 붉어질 것만 같았다. 그녀와 눈을 맞추던 유안의 입꼬리가 설핏 올라가는 순간 그녀의 몸은 그의 손에 빠르게 점령당했다.

"아흐!"

수영의 고개가 뒤로 꺾였다. 찡긋 휘어졌던 눈썹을 펴고 다시 그를 바라보니 그는 남김없이 저를 살피고 있었다.

유안은 제 몸에 걸친 거추장스러운 천 조각들도 모두 벗어 내리기 시작했다. 수영은 다시 눈을 흘끔 돌려 그의 우아한 손에 의해 탈의되는 과정을 지켜보았다. 잠시 뒤 수영은 남자의 거한 존재를 마주하게 되었다. 그 앞에서 막막하게 두려워할 새도 없이 그가 금세 들어왔다.

"하윽!"

자비 없이 몸짓에 비명과도 같은 신음이 쏟아졌다. 오늘은 좀 거

칠 거라는 그의 예고처럼 처음부터 그의 동작은 크고 빨랐다. 그
의 등을 잡고 매달린 수영은 쉴 새 없이 헉헉대며 높은 비음을 토
해 냈다. 격렬한 움직임 속에서 유약하게 흔들리던 수영은 그에게
온몸과 마음이 관통당할 것 같았다.

"아아, 앗!"

맹렬한 그의 몸이 버거웠고, 거기에 터져 버릴 듯한 저 자신의
흥분이 버거웠다. 그러나 그가 저의 힘겨움을 눈치챌까 봐 수영
은 저도 모르게 탁한 음성을 토해 냈다.

"아응, 멈추지 마세요."

그녀의 말에 남자의 움직임은 더욱 거센 폭풍처럼 사나워지기
시작했다.

"아…… 아, 아윽!"

그녀의 몸의 끝을 보고 싶은 사람처럼 그는 맹렬하게 추격했다.
그의 아래서 수영은 이대로 가루가 되어 사라져도 좋을 만큼 온
몸이 부서져라 그를 받아 냈다. 폭발하듯 터뜨린 욕망과 함께 절
정이 다가왔다. 끝없이 그녀에게 몰아붙이던 그의 몸은 어느 순
간 우뚝 서더니 짧게 떨렸다. 그는 몇 번을 더 빠르고 깊게 움직이
더니 마지막 순간에 한동안 정지되었다.

수영도 유안도 둘 다 받은 숨을 내쉬고 있었다. 유안은 그녀에
서 나오지 않은 채 고개를 들어 그녀를 내려다보았다. 수영의 몽
롱해진 눈빛에서 왠지 모를 애틋함이 읽혔다. 유심히 바라보던 유
안이 웃음기를 담은 얼굴로 나지막하게 속삭였다.

"사랑에 빠진 얼굴인데?"

그의 눈동자는 짙어져 있었으나 그의 언어는 능청스러웠다. 그

런 말을 듣고도 수영은 애달픈 눈동자를 거두지도 못한 채 아무 말도 하지 않았다.

"그래서, 사랑은 언제 고백할 건데?"

유안이 다시 다정한 목소리로 속살거렸다. 수영은 더는 자신의 초조한 눈동자를 숨기지 못해 고개를 옆으로 돌렸다. 불협화음. 이 남자는 불협화음과도 같았다. 안 어울릴 듯한 음이 묘하게 조화되어 다시 듣고 싶어지는 아름다운 소리를 만들어 내듯이 권유안의 불안한 느낌은 늘 이상한 균형을 이루고 있었다. 도통 알 수 없는 그게 이상하게도 매력적이었다.

남자가 계속 저를 내려다보고 있는 게 느껴졌으므로 수영은 얼마 안 가 다시 그를 똑바로 보았다. 그 순간 유안이 그녀의 입술을 덮쳤다. 그는 그녀의 몸속에 여전히 머무른 채 밀도 높은 입맞춤을 했다. 끝나지 않는 농밀함에 수영은 온통 정신이 혼미했다.

한참 후 정돈을 하고 유안이 수영의 옆에 풀썩 누웠다. 수영은 습관처럼 벽을 향해 돌아누웠다. 고요한 여름밤이었다. 침대 위엔 말이 없는 두 사람이 누워 있었다. 그러나 적요에 잠긴 공기 속에서도 각자의 감정만은 끊임없이 얽히고 있는 것 같았다.

"수영아……."

호흡을 다 고른 남자의 목소리가 나직하게 귓가를 파고들었다. 그의 부름에 가슴이 두근거려 수영은 눈을 또렷하게 떴다. 보이는 건 벽뿐이었지만 그녀는 잠자코 귀를 기울였다. 이름을 부르는 그의 목소리에 왜인지 눈물이 날 것 같았다.

"너는…… 나 같은 놈 좋아하지 마라."

그러나 무겁고 건조한 저음이 이어졌다. 썩 친밀했던 호칭 뒤에는 버석거리는 모래알처럼 거친 어조가 흘렀다. 금세 커진 수영의 눈에는 순식간에 물기가 서리고 있었다.

"이사님 같은 놈이 어떤 놈인데요."

떨리는 목소리를 감추고 되묻는 순간 눈물이 또르르 떨어졌다. 남자는 잠시 침묵했다가 조용히 답해 주었다.

"재수가 없는 놈."

"……."

수영의 콧잔등 위로, 관자놀이 위로 여러 개의 눈물방울이 주룩주룩 흘러내렸다. 그녀의 촉촉한 눈망울은 멍한 빛으로 흐릿해져 있었다.

"제가 이사님을 좋아하게 되는 일은 없을 테니 걱정하지 마세요."

수영은 울먹이지 않고 똑바른 목소리로 말하려 애썼다. 안간힘을 써서 스스로를 차분하게 진정시키며 냉랭한 대답을 했다.

"제가 이사님을 좋아하기까지 하면 너무 억울하잖아요. 그런 자존심 상하는 짓은 하지 않을 거예요."

단호한 다짐을 쌀쌀맞게 쏘아붙였지만, 그 중간에 흘려버린 미약한 떨림을 그가 알아차렸을지는 모를 일이었다. 그는 벽을 향해 누운 그녀에게 말없이 다가와 그녀의 어깨와 등에 정성스레 입을 맞출 뿐이었다. 수영은 젖어 있던 눈을 감았다.

당신이 밉다. 매혹적이고 불안하고 달콤한 당신이 나는 너무 밉다.

이 남자와 있는 매 순간마다 가슴이 뛰었다. 이 순간 그녀는 살아나고 있었으며 또 죽어 가고 있었다.

* * *

　주말이 지난 평일 집무실에서 막 브리핑을 마친 지선은 금방 자리를 뜨지 않았다. 모니터를 보던 유안은 예사롭지 않은 분위기를 알아채곤 눈을 슬쩍 올려 그의 비서를 보았다.

　"하실 말씀 더 남았어요?"

　지선은 조금 난감한 듯 보였다. 이제는 유인도 그녀가 주로 어떤 이유로 이런 표정을 보이는지 대충 예측할 수 있었다.

　"또 그분 소식이에요?"

　유안은 금세 무거운 눈빛으로 그녀를 응시했다.

　"예……. 요새 마음이 많이 약해지신 거 같아요."

　유안은 불쑥 두 눈을 치켜떴다. 지선은 난처한 눈으로 그를 보며 조금 머뭇대다가 말을 이었다.

　"실은…… 주말에 회장님과 부산에 내려갔었어요. 회장님 시간이 여의치 않으셔서 미루고 미루다, 토요일에 사모님 가게에 다녀왔었는데……. 문전박대 당했어요."

　지선 역시 어지간하면 유안 앞에서 친모 이야기를 꺼내기를 내켜 하지 않았지만 그래도 부산 다녀온 얘기를 숨기기도 뭐했다.

　"원래 사모님께는 저만 내려가는 것처럼 말씀드리고 나서 회장님이 동행하신 건데, 둘 다 같이 쫓겨나 버렸네요."

　"그러셨나요."

　유안이 마지못해 한숨처럼 대꾸했다.

　"좀…… 야위셨더라고요."

　지선이 조심스럽게 그 말을 꺼냈다.

160

"그 모습이 왠지 눈에 밟혀서 지난번 허락 없이 회장님 동행한 거 사과도 드릴 겸 어제 전화했었는데…… 사업을 내놓으셨다고 하더라고요. 아무래도 건강이 좋지 못해서 힘드시다며."

유안은 지선에게서 눈길을 내렸다. 그는 생각을 하는 듯 눈동자를 좌우로 움직이다가 이윽고 물었다.

"어디가 어떻게 안 좋으신 건가요."

"여쭤 봤더니 그냥 나이 들면서 지병이 자꾸 늘어난다고 하시더라고요. 여러모로 심신이 지치셨다고……."

수심 어린 얼굴로 대답하던 지선은 잠깐 말을 멈추었다 덧붙였다.

"그러면서 이사님 안부를 또 물으시더라고요."

"……."

유안은 느른한 몸짓으로 턱을 괴었다. 딴 데를 보는 그를 지선은 아까보다도 한층 더 곤란한 얼굴로 바라보았다.

"서울 한번 오신다네요."

줄곧 담담한 표정이었던 유안의 이마가 그 말을 듣는 순간엔 미세하게 구겨졌다.

"아무래도 이사님이 만나러 내려오실 생각은 없어 보이니까 직접 오시겠다고……."

그의 얼굴엔 모처럼 불편한 심기가 그대로 드러났다. 함께 살지 않았던 세월이 20년이었고 마지막으로 얼굴을 본 날로부터는 거의 10년이 지났다. 10년 전 미국 유학 시절에도 불쑥 미국까지 찾아와 어쩔 수 없이 만났던 거였다. 그때의 만남도 별로 좋은 기억으로 남아 있진 않았다.

어른이 되어 만나도 마찬가지였다. 아니, 오히려 성숙해진 시각으로 보니 그 민낯이 훤히 보여서 더 싫었던 것 같다.

"그분도 늙긴 늙었나 보네요."

유안이 심드렁하게 읊조렸다.

"그러신가 봐요."

지선은 유안에게 무어라 강요하지 못했다. 그녀는 중재자가 아닌 메신저일 뿐 모자산에 관여할 수는 없었다.

"그나저나……."

전할 말을 마친 지선은 화제를 바꾸었다.

"차수영 씨랑은 잘 화해하셨나요?"

"아, 네. 그럭저럭."

유안은 다시 몸을 반듯하게 세우며 지선을 보았다. 그의 애매한 대답에 지선은 엷게 웃으며 의미심장한 눈빛을 보냈다.

"고가의 목걸이 사실 때부터 걱정은 좀 됐는데 부담스럽지 않게 잘 설득하셨나 보네요."

"음……. 살 게 없던데……."

유안이 중얼거렸고 지선은 푸스스 웃고 말았다.

"어쨌든 차수영 씨 잘 붙잡고 계세요."

지선에게서 갑자기 그런 말이 나오자 유안은 조금은 의아한 얼굴을 했다.

"이사님의 마음을 자극하는 게 좋다면서요. 그런 사람을 만나는 건 쉬운 게 아니랍니다."

"임 차장님은 그런 사람 만나 보셨어요?"

"만났었는데 놓쳤어요."

아련한 기억이 스치고 지나가는 듯 지선의 얼굴에 쓸쓸한 기색이 비쳤다. 처음 듣는 이야기에 유안은 자못 진중한 목소리로 대꾸했다.

"그러셨나요. 몰랐네요."

"그러니까 이사님은 놓치지 않으셨으면 좋겠어요."

유안은 사색적인 눈으로 가만히 그녀를 응시하다가 되물었다.

"놓치지 않는 게 뭘까요. 저는 지금도 충분히 그 여자의 숨통을 조이고 있는 것 같은데."

지선은 허탈한 웃음소리를 내며 고개를 끄덕였다. 그 누군가를 떠올리던 유안은 눈동자를 내리며 담담하게 중얼거렸다.

"여기서 더하면 그건 그 사람에게 못 할 짓이죠."

"놓치지 않는 방법이 무엇인지는 이사님이 직접 알아내세요. 저도 예전엔 그걸 몰라서 놓쳤으니까요. 사람 관계에선 뭐든 쉽고 솔직한 게 좋은 거랍니다. 정공법이 진리죠."

지선이 시원스레 던져 주었지만 유안은 잠시 막연해질 뿐이었다. 괜히 침음에 빠지기 전에 그가 말을 돌렸다.

"선물 하니까 생각나는데 조만간 선물을 또 하나 해야 할 거 같아요. 차수영한테 축하할 일이 생길 거 같거든요."

"그래요?"

지선은 좀 더 밝아진 말투로 되물었다.

"무슨 일인데요?"

* * *

또다시 다가온 토요일에도 권유안이 왔다. 오늘은 밤이 아닌 낮에 와서 차로 수영을 픽업해 나갔다.

"점심부터 먹으러 가요."

"네."

바깥으로 나가는 데에 좀 더 조심스러워지긴 했지만, 수영은 거부하지 않았다. 솔직히 그와 오랜만에 바깥 데이트를 하는 것도 좋을 것 같았다. 왠지 요즘은 그런 기분 전환이 필요한 나날이었다.

수영은 그가 바쁜 시기라는 걸 알고 있었기에 이렇게 토요일 하루를 통으로 비우는 게 쉽지 않다는 것도 알고 있었다. 그만큼 그는 강희정의 인터뷰 이후 그녀에게 더 많이 신경 쓰고 있었다. 그녀는 전보다 더 고분고분해졌고 예민하게 굴고 있지도 않았는데 그런 체념한 듯한 모습이 그의 마음에 더 걸리기라도 하는 모양일까. 그가 왜 부쩍 더 친밀하게 구는지는 알 수가 없었다.

얼마간 달린 차는 어느 양식 레스토랑에 도착했다. 유안은 평소처럼 조수석 문을 열어 주며 에스코트했다. 차 문을 닫고 나란히 걷기 시작할 때는 그가 손을 잡았다. 흠칫 놀란 수영은 주위를 살피며 손을 빼내려 했다. 그러나 유안은 더욱 그녀의 손을 견고하게 잡고는 놓아주지를 않았다.

"이사님, 이제는 이러시면 안 될 것 같아요. 누가 보면……."

"보라고 해요."

"이사님 이제 유명해졌어요. 그 인터뷰 이후 온라인에 이사님 얼굴도 많이 돌아다닌다고요."

어쩔 줄을 모르는 수영과 달리 유안은 여유가 넘쳤다.

“차수영 씨도 찾아봤어요?”

“네?”

수영은 조금 쑥스러웠지만 곧 솔직히 대답했다.

“네.”

유안이 작게 웃음을 터뜨렸다.

“내 사진 잘 나왔던가요. 사진이랑 실물이랑 비교해서 어땠어요?”

그는 자신이 유명해졌다는 건 별로 심각하게 받아들이지도 않은 채 엉뚱한 질문만 능청스레 늘어놓았다.

“그거야…… 실물이 더 멋있죠.”

수영이 망설임 없이 답했다.

“다행이네요. 어차피 차수영 씨는 내 사진이 아닌 실물을 보는 사람이니까.”

유안은 빙글빙글 웃으며 그녀의 손을 이끌었다.

“손은 놓고 들어가는 게 낫겠어요. 이러다 들키면…….”

“상관없어요.”

“상관이 왜 없어요.”

“글쎄요, 난 이제 별로 상관없는 것 같아요.”

유안은 그대로 손을 잡고 레스토랑 입구로 향했고 수영은 얼떨결에 그를 따라 들어갔다. 직원은 그들의 모습을 보고도 별 반응 없이 친절하게 룸으로 안내할 뿐이었다.

잠시 후 레스토랑의 주차장에 희정의 차가 섰다. 희정은 오늘 이곳에서 중요한 약속이 있어서 상대보다 먼저 도착하게 되었다. 차에서 내린 그녀는 주차장을 걷다가 갑자기 눈을 또렷이 빛냈다.

낯익은 차가 한 대 보였다. 차 앞으로 가서 유리 안의 전화번호를 본 그녀는 확신을 했고 반가움에 입가를 올렸다.

"진짜 유안 오빠가 와 있네."

평소에 잘 만나 주지 않는 남자와 같은 장소에 있게 된 우연에 기분이 좋았다. 보게 되면 인사라도 해야지. 희정은 가게 안으로 들어가 예약된 룸으로 안내를 받았지만, 아직 시간이 이른 만큼 역시 약속 상대는 도착하지 않았다.

그녀는 성큼성큼 룸 밖으로 나왔다. 오픈된 홀에는 앉아 있는 사람이 거의 없었다. 여러 개의 개별 룸을 가지고 있는 음식점이었으니 아마 유안은 저기 있는 룸 중 하나에 있을 것이다. 조금 짓궂긴 하지만 방마다 열어 그를 찾아보고 싶은 충동이 일었다. 어차피 그의 인맥이라면 저 역시 자연스럽게 인사를 해 둬서 나쁠 것도 없었고 어쩌면 약속 상대가 자신이 아는 사람인지도 모를 일이었다. 희정은 직원의 눈을 피해 조심스레 룸의 문을 열어 보았다. 처음 열었던 방엔 전혀 모르는 얼굴들이 있었다.

"아, 죄송합니다."

그녀는 재빨리 문을 닫았다. 어차피 활짝 열린 빈방을 제외하곤 손님이 차 있는 룸은 몇 개 안 되어 보였다.

복도를 걷던 그녀는 문득 어느 한 룸의 문에 귀를 가까이 대고 거기서 나는 소리에 기울였다. 들어보니 왜인지 유안의 목소리 같았다. 심호흡을 한 뒤 아주 조심스레 문을 몇 센티만 빼꼼 열었다. 문은 아주 조용히 열려서 소리도 나지 않았다. 어느 젊은 여자의 얼굴이 먼저 들어왔다. 그 여자의 앞에 앉아 있는 남자의 뒷모습을 보니 그는 틀림없는 권유안이었다.

희정의 낯빛이 급격하게 어두워졌다. 묘한 불안함이 몰려와 그녀는 선뜻 알은척하지 못하고 잠시 훔쳐만 보고 있었다. 그의 앞에 앉아 있는 여자는 아무래도 그의 사업적 인맥과는 상관이 없어 보였기 때문이었다. 한눈에 보기에도 미인형인 젊은 여자. 아름다운 이목구비를 가진 그녀는 깔끔하고 차분한 분위기를 풍기는 사람이었다. 유안과의 대화 분위기를 보니 이건 그냥 지극히 사적인 만남인 게 틀림없었다.

그때 그 젊은 여자가 문틈을 향해 눈을 흘긋 돌렸다. 이내 똑바로 바라보는 여자의 시선과 마주치자 희정은 황급히 문을 닫았다. 다행히 문소리는 나지 않았고 닫힌 후에도 아무 일 없이 지나갔다. 수영이 문 쪽을 바라보자 유안은 뒤늦게 뒤를 돌아보았다. 닫혀 있는 문을 본 그가 물었다.

"왜요?"

"아니요, 누가 방금 문을 열었었는데 잘못 찾아왔나 봐요."

수영이 대수롭지 않은 듯이 답하자 유안은 이내 화제를 돌렸다.

"음식 맛은 괜찮아요?"

"네. 이사님이 데려와 주시는 데는 다 맛있으니까요."

테이블 위에는 채끝살 스테이크와 양 갈비 스테이크 등 그 집에서 가장 유명하다는 여러 메뉴들이 모두 올라와 있었다.

"나랑 먹어서 더 맛있는 건 아니고요?"

유안이 고개를 기울이며 너스레를 떨었고 수영은 빙긋 웃으며 대답을 대신했다.

"그건 그렇고 조만간 차수영 씨에게 좋은 소식이 있을 거예요."

"좋은 소식이요?"

포크를 움직이려던 수영은 눈을 동그랗게 뜨고 그를 보았다.

"곧 유 실장한테 전해 듣겠지만 지금 차수영 씨 정규직 전환 검토 중이에요."

찰나 수영의 눈동자가 반짝였다.

"생각보다 빠르게 정식 발령될지도 몰라요. 아마 TF도 재정비해서 정식 부서로 추가될 텐데 그때 맞춰 차수영도 정직원으로 발령될 가능성이 클 것 같네요."

수영은 어안이 벙벙했다. 그녀의 얼굴에 모처럼의 화색이 돌았다. 입사 때부터 그토록 염원하던 일이 목전에 와 있었다.

"감사합니다."

그녀는 얼굴에서 설렘을 감추지 못했다. 새삼 예전 구매 팀 시절 변태 사이코 같은 박 과장 놈 아래서 구르던 날들이 머릿속을 스쳐 지나갔다. 그때만 해도 물 건너간 일이라고 생각했었는데.

"나한테 감사할 것 없어요. 본인 능력으로 이룬 일이니까. 객관적인 평가로 가능했던 일이에요."

"그래도 이사님이 기회를 주신 덕분이죠. TF에 뽑힌 것도 그렇고."

"TF에는 아무나 뽑힐 수 있었을 것 같아요? 차수영 씨 이력이 마침 맞아떨어져서 나도 더 쉽게 밀어볼 수 있었던 거죠."

수영은 수줍게 미소 지었다. 솔직히 그가 기회를 준 것을 간과할 수는 없었지만, 권 이사 외에 다른 이들의 평가도 좋았다는 데엔 뿌듯함이 밀려들었다.

요즘엔 참 여러 가지 일들이 많이 일어났는데 개중에 가장 기쁜 일이었다. 가장 작은 일이기도 했지만 이룬 일에 대한 스스로의 성취감이 있었으니 가장 순수하게 기뻤다. 그때 유안이 또 수영을 놀라게 했다.

"그래서, 아직은 좀 이르지만 미리 선물을 주고 싶은데."

그에겐 소소한 일이었지만 수영에겐 꽤 중요한 일이었으므로 축하는 제대로 하고 싶었던 것이다.

"네? 아니요, 전 괜찮아요. 또 무슨 선물이에요. "

수영은 놀라서 눈을 동그랗게 떴다.

"이번에도 내 맘대로 골라 봤어요."

벌써 고르고 사두었다는 건가.

"안 그러셔도 돼요. 이 목걸이 주신 지도 얼마 안 됐는데……."

그러나 유안은 혼연한 얼굴로 당당하게 말했다.

"차수영 씨가 원하는 걸 내가 다 해 줄 수는 없을지도 모르지만, 내가 차수영 씨한테 해 줄 수 있는 건 다 해 주고 싶어요."

그 말에 수영의 눈빛이 속절없이 짙어졌다.

"그래도 요즘 계속 받기만 해서……."

"내 옆에 있는 동안엔 이런 거에 익숙해져도 돼요."

그는 수영이 부담을 느끼기가 무섭게 거절을 거절하는 것이었다.

"이 목걸이도 충분히 과했는데……."

곤란한 듯이 중얼거리는 수영을 보면서도 유안은 개의치 않고 씩 웃었다.

"다음 주쯤 임 차장님이 가져다줄 거예요."

그의 말에 수영의 눈빛에 의아함이 어렸다. 임 차장님이? 대체 무슨 선물이길래.

"이번엔…… 뭔가요?"

수영은 궁금증을 도무지 참지 못하고 묻고 말았다. 그러자 유안은 잠깐 망설이다가 입을 열었다.

"뭔지 알려 줄 테니까 대신 꼭 받아야 해요."

"뭔데 그러세요?"

도통 감이 안 오던 수영이 조심스레 물었다.

"차예요. 차수영 씨가 타 주었으면 하는 차를 봤거든요."

답을 듣는 순간 수영의 입술이 허 하고 벌어지고 말았다.

"차라고요?"

"다음 주에 출고된다는데 임 차장님이 집 앞까지 가져다줄 거예요. 차수영 씨에게 어울리는 예쁜 차예요. 마음에 들었으면 좋겠네요."

"이 정도 일로 그런 선물을……. 정말 안 주셔도 되는데."

수영은 크게 당황하여 입술을 아름거렸다.

"왜요, 혹시 운전 못 해요? 면허 없어요?"

유안은 그러고 보니 그 생각은 미처 못 했다는 듯 물었다.

"아니요. 운전이야 저도 이사님만큼 잘하는데……."

유안은 낮은 소리로 웃음을 터뜨렸다. 그 와중에도 못하냐는 말에는 지지 않는 차수영의 자신감이 인상적이었다. 역시 매력적이야.

"운전도 나만큼 잘하면서 뭐가 문제인가요?"

유안이 천연덕스럽게 물었다.

"전 요새 직장이랑 집밖에 모르고 거리도 가까워서 대중교통만 이용해도 크게 불편하지 않거든요."

주상복합이라 주변에서 모든 게 해결되니 더 멀리 갈 일이 없었다.

"직장이랑 집밖에 모르니까 주는 거예요. 가족들이랑, 친구들이랑 멀리 드라이브도 가고 여행도 가고 그래요. 내가 차수영 씨에게 사슬 채워 놨습니까?"

수영은 벙해진 눈으로 그를 바라보며 굳이 반박하지는 못했다.

"그래도…… 갑자기 제 능력 밖의 비싼 물건들이 늘어나면 제 지인들이 이상하게 생각할 거 같기도 하고요."

그런 소소한 우려도 없지 않아 있었다. 이 남자를 만나다 보니 워낙 스케일이 달라서 별것이 다 고민이 되었다.

"알았어요. 그럼 당분간 돈 지랄은 자중할 테니까 이거까진 받아 줘요."

유안은 계속 유들유들한 말로 그녀를 설득했다.

"이미 취소도 안 돼요. 차수영 씨가 안 받으면 누굴 주나요, 내가."

난감하게 남자를 바라보는 수영을 향해 그는 그저 해사하게 웃을 뿐이었다.

"그만큼 축하하고 싶어서 그래요. 차수영 씨가 나랑 앞으로도 계속 일할 수 있게 된 게 좋아서."

수영은 어쩌면 자신보다 이 남자가 더 자신의 정규직 전환을 기뻐하는 것인지도 모른다는 생각이 들었다.

"이렇게만 일해 주면 아마 내년엔 우수 사원도, 그 후론 빠른 승진도 불가능할 거 같지 않아요."

"그게 어디 쉽나요……. 저 말고도 다들 열심히 하는데요."

"차수영 씨 하기 나름이겠죠. 어쨌든 난 차수영 씨와 오랫동안 같이 일하고 싶어요. 우리의 연애와는 별개로 일터에서의 동료로서 하는 말이에요."

그건 썩 만족스러운 말이어서 수영은 설핏 미소를 지었다. 문에 귀를 대고 서 있던 희정은 그제야 문에서 떨어졌다. 그녀의 손이 속절없이 떨리고 있었다. 우리의 연애? 연애라고?

"부사장님, 괜찮으세요?"

지나가던 레스토랑 매니저가 희정의 이상한 모습을 보곤 물었다.

"아……. 네."

그러자 허둥지둥 대꾸하던 희정은 금세 자신이 예약했던 룸으로 돌아갔다. 그녀는 앉기도 전에 급히 어딘가로 전화부터 걸었다. 초조한 그녀의 입술에서 낮은 목소리가 흘러나왔다.

"이 실장님."

그녀의 집안과 많은 것을 은밀하게 공유하는 비서실장이었다.

"유안 오빠가 진행하는 유럽 프로젝트, 그 팀에 젊은 여자 계약직 직원 있는지 찾아보세요. 어디 사는 누구인지."

일개 계약직 사원 여자에게 차를 선물하고 목걸이를 선물한다니. 보통 특별한 관계가 아니고서야 그럴 리가 있을까.

"그리고 요즘 유안 오빠 사생활이 어떤지도 파악할 수 있으면 좋고요. 요즘 자주 드나드는 곳이 있는지."

무엇보다 유안이 저 여자에게 다정하게 속살거리던 말들이 심상치 않았다. 자신이 아닌 다른 누군가에겐 한없이 달콤할 그 말들이 제 가슴엔 가시처럼 쿡쿡 와 박혔다. 여자가 있었으면서…….

자신을 거절할 때도 여자가 있다는 사실은 절대 티 내지 않았다. 자신이 가만히 보고만 있을 리 없다는 걸 알았을 테니 당연한가.

고작 저런 애를 지키려고 숨겼던 거야?

권유안은 원래 합리적인 사람이었다. 그래서 이 결혼에 긍정적이지 않은 그를 보며 잘 이해가 되지 않았다. 결혼이 내키지 않았어도 강하게 몰아붙이는 주변의 흐름에 따라 안 하기가 어려워지는 상황이 되어 간다면, 못 이기는 척이라도 받아 주지 않을까, 끝없이 희망을 놓지 않았다. 권유안 그 자신만 받아들이면 득이 될 게 많은 비즈니스인데 그가 끝까지 거역할 수가 있을까. 그런 생각을 하며 부디 그가 이 상황을 운명으로 받아들여주기를 기다리고 있었다. 그런데 그가 다른 여자에게 빠져 있는 상황이라면. 그래서 앞뒤 분간 못 하고 그 여자에게 놀아나고 있는 거라면.

그는 본래 친절한 사람이지만 저 여자를 대하는 그의 태도는 그런 성격적인 부분과는 본질적으로 다른 것 같았다. 그 순간 권유안의 목소리엔 행복이 배어 있었다. 이전의 그는 그런 모습을 보여 준 적이 단 한 번도 없었다.

* * *

"여기 있습니다."

지하 주차장에서 임 차장이 건네준 차 키를 얼떨결에 건네받은 수영은 감청색 미니 컨버터블 앞에서 어쩔 줄을 모르고 서 있었다.

"예쁘죠? 너무 크지 않아서 복잡한 서울 시내에서 주차하기도 수월할 거예요.”

“예.”

수영은 얌전히 고개를 끄덕였다.

“부담 갖지 말고, 아끼지 말고 자주 활용하세요. 부자가 돈을 쓰는 건 큰 문제가 아니에요. 안 쓰는 게 더 문제지.”

“아…….”

임 차장은 수영의 심정을 안다는 듯이 선수를 쳤다.

“너무 복잡하게 생각할 거 없다고요. 부자 남자 친구라서 그런가 보다 하면 되죠. 자기 여자의 편의를 위해 차를 제공하는 게 그렇게 불필요한 낭비는 아니잖아요, 그렇죠?”

임 차장은 시원시원하게 내뱉고는 밝게 웃어 보였다.

“부담스러워하고 미안해하기보단 즐겁게 타 주는 게 이사님의 마음을 위한 거예요.”

“알겠습니다.”

수영은 아직은 손에 익지 않아 어색한 차 키를 만지작거리며 대답했다.

“임 차장님, 수고해 주셨는데 제가 커피 한잔 사도 될까요?”

차 키를 주머니에 넣으며 수영이 지선에게 권하자 지선은 서글서글한 표정으로 흔쾌히 응했다.

“좋죠.”

두 사람은 지하 주차장에서 위로 올라갔다. 주상 복합 아래층엔 카페도 다양했다. 그중 조용한 곳에 들어가 자리를 잡았다. 메뉴가 나오자 쟁반을 들고 온 수영은 지선 앞에 그녀의 음료를 놔주었다.

"고마워요."

지선은 부드럽게 웃으며 자신의 음료를 입으로 가져갔다.

"다음엔 임 차장님께서 이런 심부름 하지 마시고 저를 부르세요."

전부터 임 차장의 챙김을 받는 게 미안했던 수영은 이 기회에 말을 꺼냈다.

"저는 개인적으로 두 분 사이에서 하는 일들이 즐겁습니다."

그러나 지선이 진심인 듯한 태도로 말했다.

"남 일 같지 않고요."

그녀는 빙그레 띤 미소를 지우지 않고 수영을 바라보았다.

"아……. 늘 감사합니다."

겸연쩍어하던 수영은 고개를 살짝 숙이며 감사를 표했다. 그런데 그 후 갑자기 뱉어진 지선의 잔잔한 목소리가 귀를 파고들었다.

"제가 이사님을 20년 동안 봤지만 이렇게 빠져 있는 건 처음 봤어요."

"예?"

"차수영 씨한테요."

순식간에 가슴이 요동쳤다. 수영은 애꿎은 빨대만 물었다. 그게 사실일까? 아니면 그냥 저와 권유안의 평화를 위해 해 주는 말일까. 괜히 어색해진 수영은 그녀가 한 말 중 다른 말을 받아서 이어 갔다.

"이사님을 20년이나 보셨군요. 임 차장님은 이사님이랑 정말 오래 알고 지내신 사이네요."

"그랬죠. 저는 원래 권호찬 회장님의 비서로 일해 왔으니까요."

"네. 들어 본 것 같아요."

그 얘기는 사내에서도 직원들 사이에서 익히 들어왔던 이야기였다.

"그런데도 왠지 임 차장님과 이사님 사이에서는 뭔가 돈독한 게 느껴져요."

"돈독하죠."

지선은 1초의 망설임도 없이 그 말에 호응했다. 수영은 그녀의 솔직한 반응에 고개를 살짝 끄덕였다.

"두 분 다 그렇게 보여요."

둘에 관한 이야기를 하는 수영의 얼굴엔 평온한 온기가 서려 있었지만 그녀의 말이 지선에겐 그리 쉽지만은 않게 와 닿았다.

"특히 돈독해진 건 제가 입사하고 1년쯤 지났을 무렵이었어요."

지선은 그 말 뒤에 왜인지 눈을 내리깔았다. 그녀가 무슨 말을 더 해 줄 것만 같아서 수영은 조용히 그녀를 기다렸다.

"저는 그 당시에 권호찬 회장님 비서실에서 일하고 있었어요."

당시를 말하고 있는 지선의 눈빛이 어쩐지 무거워지는 듯했다.

"그땐 회장님이 아닌 사장님이셨고 이사님은 열한 살이었겠네요."

처음 듣게 되는 어린 유안에 관한 언급이었다.

"그때만 해도 친어머니랑 누나도 한집에 살고 있었는데……."

"아……. 이사님에게 누나가 있다는 건 저도 최근에 알게 되었네요."

수영이 조심스레 말을 꺼냈고 지선은 조금 놀랍다는 듯이 수영에게 물었다.

"이사님이 그걸 말씀해 주시던가요?"

"아니요."

수영은 약간 민망해져선 고개를 살짝 저었다.

"사실 구글링을 해 봤어요. 약혼식 소식 듣고 난 이후에……."

"아, 그랬구나."

창피해하는 듯하면서도 솔직하게 자백하는 수영을 지선은 잠잠히 바라보았다.

"네. 그때 좀 찾아봤어요. 이사님에 대해서 찾다가, 회장님에 대해서도 찾아봤는데 물론 회장님에 관한 정보가 훨씬 많이 나오더라고요. 가족에 대해서도……."

"그렇겠죠."

고개를 끄덕이던 지선은 어쩐지 씁쓸한 미소를 흘렸다. 수영은 검색 당시 다시 보게 되었던 한 인물을 잊을 수가 없어서 그녀 앞에서 말을 꺼냈다.

"이사님 친어머님은 결혼 전엔 당대 최고로 유명했던 배우셨더라고요."

"맞아요. 나라가 떠들썩했죠. 세기의 결혼식이라고. 권 회장님도 당시엔 이사님 못지않은 미남이셨어서 정말 잘 어울리는 한 쌍이라고들 했어요."

"전 태어나기 전이라 잘 몰랐었는데 어릴 때 부모님에게 어렴풋이 들었던 기억도 나요."

재벌가에 시집갔던 유명 배우 정가현의 이야기는 언론에서 자주 언급되었었다. 그녀의 연애와 결혼 과정, 그리고 결국 이혼했던 이야기까지.

"세간에 화제가 되었던 결혼이어서 이혼할 때도 많은 사람들이 안타까워했었나 봐요."

수영이 그 말을 할 때 지선은 왜인지 탄식을 깊게 내쉬었다. 그러자 수영은 의아한 눈으로 그녀를 바라보았다.

"왜 이혼했는지 그 이유도 구글에 나오던가요?"

"카더라인지는 모르겠지만…… 이런저런 추측이 나오더라고요. 자유분방한 성격이 엄격한 재벌가의 며느리로 살기엔 안 맞아서 이혼하셨다는 얘기가 제일 흔하게 보였던 것 같아요."

신중하게 입을 연 수영은 자신이 본 그대로 차분하게 대답했다.

"실은……. 진짜 이혼하신 이유를 아는 사람들은 별로 없어요."

문득 지선이 목소리를 낮추었다. 수영은 갑자기 이런 말을 하는 지선에게 놀라 표정을 한결 심각하게 굳혔다. 어째서인지 지선은 다소 괴로운 듯한 표정으로 침음하는 듯했다. 그녀는 느릿하게 잔을 들어 커피를 한 모금 머금었고 왠지 수영은 말을 꺼낼 수가 없어 기다리듯 그녀를 쳐다보기만 했다. 이윽고 커피를 내려놓은 지선이 입술을 열었다.

"그렇지만 적어도 차수영 씨에겐 해 주고 싶은 얘기예요."

반짝 눈을 빛내던 수영은 불쑥 긴장부터 느꼈다. 이유는 알 수 없었으나 미리부터 두려워지는 기분이었다.

* * *

권호찬 사장의 호출을 받고 그의 자택에 방문한 날이었다.

"임 비서님 왔어요?"

마침 앞마당에 있던 사용인 한 명이 지선의 초인종 소리를 듣고 대문을 열어 주었다.

"네, 안녕하셨어요?"

"권 사장님은 집에 안 계시는데 지금 귀가 중이신 거 같아요."

"네, 방금 통화하면서 들었어요. 기다릴게요."

"네네, 안에 들어가서 기다리세요."

사용인은 부리나케 현관문으로 가서 문을 열어 주었다.

"먼저 들어가 있어요. 내가 지금 밖에서 하던 일이 있어서, 얼른 마치고 들어가서 차 한 잔 드릴게. 하필 다른 도우미분도 지금 장 보러 나가서 사람이 없네요."

사용인은 마당의 햇빛 아래 널어 둔 이불을 털다 말았다며 손가락으로 가리켰다.

"저 괜찮으니까 하시던 일 마저 천천히 보세요. 전 아무것도 안 마셔도 돼요."

지선이 사근사근하게 대꾸하며 문 안으로 들어가자 사용인은 배시시 웃으며 현관문을 닫았다. 지선은 조용한 집 안으로 발을 들였다. 그녀는 거실로 향하다가 어느 순간 시선을 멈추었다.

"임 비서 누나, 안녕하세요."

곧 지선은 얼굴에 환한 미소를 담았다.

"유안이, 잘 지냈어?"

"네."

유안은 해사하게 웃으며 그녀에게 다가왔다. 그는 지선을 꽤 잘 따랐고 볼 때마다 항상 웃으면서 반겨 주었다.

"학교는 재밌니?"

지선은 소파로 가서 앉으며 상냥하게 물었다.

"네, 재밌어요. 뭐, 집 밖으로 나가면 다 재밌어요."

유안은 아이답지 않게 천연덕스러운 말투로 내뱉었다. 지선은 어른처럼 능청스러운 그의 말이 우스워 눈을 접어 웃었다.

"집이 심심하구나?"

"그렇죠, 뭐."

유안은 아무렇지도 않게 대답하며 머리를 쓸어 넘겼다. 그는 소파에 앉아 있던 지선을 보며 무슨 생각을 한 건지 발길을 돌리며 말했다.

"누나, 잠깐만요."

지선은 어디론가 사라지는 유안을 보며 저 아이가 왜 그러는지 의아했으나 그대로 두고는 기다렸다. 워낙 엉뚱한 면이 다분한 아이라 이번엔 왜 그러는지 조금 기대가 되기도 했다. 사랑스럽고 친근한 아이였다. 볼 때마다 반가운 건 저 역시 마찬가지였다. 그런데 잠시 후였다.

"으아!"

단말마의 비명과 함께 쨍강하고 무언가 깨지는 소리가 들렸다. 깜짝 놀라 벌떡 일어난 지선은 소리가 나는 쪽으로 달려갔다.

"유안아!"

두리번거리던 그녀는 이내 주방에서 유안을 발견하곤 다급하게 외쳤다. 그의 발 앞에 찻잔이 깨져 있었다.

"괜찮아? 안 다쳤어?"

지선은 조심스레 유안에게 다가갔다.

"내가 치울 때까지 움직이지 말고 그대로 있어, 알았지?"

그러나 얼어붙은 듯 가만히 서서 얼굴을 찌푸리고 있던 유안이 중얼거렸다.

"너무 뜨거워요."

"어?"

그제야 지선은 찻잔에 물이 들어 있었다는 걸 깨달았다. 그리고 그 물이 유안에게도 튀었다는 것을 발견하곤 헉 하고 놀랐다.

"뜨거운 물에 덴 거야? 어디 좀 보자!"

지선은 깨진 도기를 피해 그 사이사이로 발을 뻗으며 조금 더 유안에게 가까이 갔다. 그의 손을 잡고 살펴보니 이미 붉게 화상을 입은 상태였다.

"어머, 이걸 어쩜 좋아. 유안아, 너 왜 뜨거운 물을 혼자 만졌니."

"아주머니들이 안 계셔서 제가 임 비서 누나한테 차 대접하려고……."

"세상에, 그럼 나를 부르지."

"원래 저도 이 정도는 혼자 잘하는데……."

지선은 그의 말에 더욱 안타까운 듯이 얼굴을 일그러뜨렸다. 자신을 대접하려다 이랬다니.

"다른 덴 또 다친 곳 없어?"

황급히 찬물을 틀어 거기에 유안의 손을 가져다 댄 지선은 유심히 유안의 몸을 살폈다. 그러다 그의 티셔츠가 젖어 있는 걸 발견했다. 그녀는 망설이지 않고 티셔츠를 슬쩍 올려 보았다. 배 위에 붉은 기가 있었지만 손보다는 덜했다.

손이나 배나 잘 치료하면 그다지 흉이 남을 만한 수준은 아닌 것 같았다. 그나마 이만하길 다행이라고 안도하며 티셔츠를 내리려던 찰나 지선은 눈을 휘둥그렇게 떴다. 이상하게 얼핏 멍 자국을 본 것 같아서 조심스레 티셔츠를 좀 더 올려 보았다. 순간 그녀는 소스라치게 놀라고 말았다. 그 자리엔 많은 울혈들이 자리 잡고 있었다.

아연실색하여 얼굴이 하얗게 질린 지선은 가까스로 내색하지 않으며 그의 티셔츠를 내려 주었다. 말문을 잃은 채 유안의 얼굴을 살펴보니 그는 그저 화상의 화기 때문에 정신이 없는지 인상만 찌푸리고 있을 뿐이었다.

"유안아……. 일단 병원에 가야 할 거 같아. 화상 흉터 남지 않으려면 지금 빨리 병원부터 가자."

유안은 고개를 끄덕였고 지선은 서늘한 물에 그의 손을 10분 정도 더 식혔다. 그사이 권호찬 사장에게 전화를 걸어 자초지종을 설명하고 자신이 병원에 데려가겠다고 전했다.

"자, 이제 누나랑 병원에 가 보자."

의사에게 아이의 환부를 보이는 동안에도 지선은 한없이 초조했다. 의사는 예사로운 얼굴로 그의 손을 먼저 살폈지만, 그의 상체를 살피기 위해 옷을 걷어 올리는 순간 얼굴을 굳혔다.

"여긴 왜 다쳤니?"

의사가 조심스레, 그러나 편안한 표정으로 유안에게 물었다.

"넘어졌어요."

유안은 제법 태연하게 대답했지만, 누구와도 눈을 맞추지는 않았다. 사뭇 심각해진 의사는 지선을 올려다보았고 지선은 두려움을 무릅쓰고 그에게 물었다.

"넘어져서 생길 수 있는 자국인가요?"

그러자 의사를 고개를 살짝 저어 보였다.

"넘어져서 생기는 멍이랑은 다른데, 왜 넘어졌다고 거짓말하니?"

의사가 차분하게 추궁했지만, 유안은 입을 닫아 버렸다.

"……."

"괜찮으니까 말해 봐. 누가…… 그랬니?"

그가 친절하게 눈을 맞추려 하자 유안은 그를 흘끗 보았을 뿐 대답은 하지 않았다. 의사는 곁에 서 있던 지선을 곤란한 눈으로 흘끗 보았다. 지선도 난처했지만 당장에 더는 할 수 있는 일이 없었다.

다행히 이 정도 물에 덴 화상은 관리만 잘하면 흉터가 남지 않을 거라고 했다. 우선 화상 치료를 했고 화상 연고와 멍든 곳에 바르는 연고까지 처방받아 나왔다. 권 사장의 집으로 돌아가는 길에 지선은 착잡하고 복잡한 마음을 어찌할 수가 없었다. 어떻게 해야 하지. 누굴까. 누구에게 먼저 말해야 할까. 그런데 차를 타고 가는 길에 내내 조용하던 유안이 불쑥 그녀를 불렀다.

"임 비서 누나."

깊은 고민에 젖어 있던 지선은 돌연 눈을 깜빡이며 그에게 주목했다.

"응?"

"아빠한테 말하지 마요."

그 말을 듣는 순간 권 회장이 가해자인가 싶어 가슴이 철렁 내려앉았다.

"왜?"

"……."

조심스레 물었지만 유안은 또 대답하지 않았다. 지선은 아까부터 충격에 진정이 쉽게 되지 않았다. 아니다, 권 사장은.

유안의 어머니는 현재 큰아이와 해외에서 여행 중이었다. 그리고 권 사장은 지선이 유안을 병원에 데려가겠다고 했을 때 걱정스러운 목소리로 부탁한다고 말했었다. 집에 도착한 후엔 권 사장이 서둘러 나와 유안의 붕대 감은 손의 상태부터 살폈다. 그 후 유안을 방으로 들여보내 쉬게 했고 지선은 곧장 권 사장과 서재로 들어갔다.

"사장님, 긴히 드릴 말씀이 있습니다."

그날 유안의 상태에 대해 전해들은 권 사장은 먼저 충격에 입을 다물지 못했고 그 반응에 이어선 당연히 노발대발했다. 누가 그런 건지 당장 찾아내야겠다며 길길이 뛰는 권 사장을 지선이 말리느라 진땀을 뺐다.

"일단 주변엔 함구하는 게 좋을 것 같습니다. 유안이도 지금은 거기에 대해 말을 꺼내지 않으니까 우선은 솔직하게 말을 하도록 유도하는 게 먼저일 듯합니다."

그래서 지선은 다음 날부터 유안을 데리고 아동 심리 센터를 찾기 시작했다. 그곳에서 여러 번에 걸쳐 다양한 검사와 상담을 거친 후에 나온 결과는 듣기에도 두려운 내용이었다.

"가정 안에서 스트레스가 많은 것 같아요."

그 말을 시작으로 이후에 듣게 된 말들은 충격의 연속이었다.

"엄마에 대한 증오가 놀랄 만큼 깊어요. 지금 상태로선 쉽게 회복이 될 수가 없는 수준 같아요."

혹시나 했지만 절대 아니길 바랐던 상대에 관한 의구심. 정말 그녀였나. 지선은 몸이 덜덜 떨렸다. 유안이 함구하고 있어도 누가 가해자인지는 뻔히 드러난 것이었다.

유안의 집안이 워낙 유명했으니 혹여라도 안 좋은 소문이라도 날까 봐 상담사에겐 그가 누구의 자제인지는 티를 내지 않았고, 물론 구타 흔적도 숨긴 채 순수하게 진행한 검사였다.

"안타까운 건 그런데도 동시에 엄마에 대한 의존도가 높아요. 아직 어리니까 그럴 만한 거죠."

지선의 눈가에 절로 물기가 서렸다. 화상 상처로 아팠던 와중에도 아빠에게 학대 흔적에 대해 말하지 말라고 의젓하게 당부하던 열한 살짜리 아이의 얼굴이 떠올랐다. 왜 아빠에게 사실을 폭로하고 엄마로부터 달아나려 하지 않았을까 의아했는데 의존도가 높다니.

그의 엄마는 누가 봐도 여려 보이는 사람이었다. 파리도 못 죽일 것 같은 가녀린 인상에 평소 말투도, 사람을 대하는 태도도 부드럽고 얌전했다. 권 사장의 비서였던 자신에게도 친절했고 큰소리 내는 모습을 한 번도 보인 적이 없었다. 솔직히 상상이 가지 않았다. 그런 사람이 어린 아들을 이렇게 만들었다는 것이.

권 사장의 집안에서 결혼을 반대했었고 그래서 결혼 후에도 친척들의 괄시로 인한 남편과의 불화가 있다는 건 자신 같은 측근들은 암암리에 알고 있었다. 혹시 그 스트레스를 뒤에서 자식에게 분출하기라도 했던 것일까. 지선은 흐르는 눈물을 쓱쓱 닦아내고 스스로를 진정시켰다. 그리고 유안을 보기 위해 상담실을 나갔다.

"유안아, 집에 가자."

집에 가자는 말에 그의 표정이 별로 좋진 않았지만, 그는 순순히 따라나섰다. 지선은 집에 도착한 뒤, 차에서 내리기 전에 진솔한 대화를 시도했다.

"유안아. 나는 누가 너에게 나쁜 행동을 했는지 알고 있어."

그 말에 유안은 놀라서 지선을 빤히 바라보았다.

"엄마가 그런 거…… 맞지?"

이내 유안은 수심 어린 얼굴을 했다.

"아빠한테 말할 거예요?"

"이건 중요한 문제야, 유안아. 아빠가 당연히 아셔야 해."

"아빠랑 엄마가 싸우는 게 싫어요."

그의 말에 멈칫했던 지선은 고개를 기울이며 그에게 질문했다.

"엄마 아빠가 자주 싸우시니?"

유안은 고개를 작게 끄덕였다.

"엄마랑 아빠가 싸우고 나면 엄마가 더 무서워져요……."

이어진 그의 말에 지선은 아연하여서 할 말을 잃고 말았다.

"……."

당황하던 지선은 이내 침착해지려 애쓰며 유안을 설득했다.

"유안아. 엄마 아빠가 이 일로 싸우시더라도 이건 꼭 말해야 해. 왜냐면 너를 지켜 줄 사람은 아빠밖에 없어."

"아빠가 저를요?"

유안은 어딘가 믿어지지 않는 듯 되물었다. 그것 역시 지선에겐 충격으로 다가왔다.

"지금으로선 아빠가 엄마를 막을 수 있는 유일한 사람이야."

그러나 유안의 눈빛엔 여전히 의심이 보였다. 지선은 한없이 안타까워지는 마음을 주체할 수가 없었다.

"이제 더는 힘들지 않을 수 있어, 유안아. 누나 말 믿어, 알았지?"

지선은 유안의 손을 꾹 잡고 간절하게 호소했고 유안은 그제야 조금 그 말을 받아들이는 듯 보였다.

그 후 그 집 안주인인 정가현이 해외에서 돌아왔을 때 당연히 온 집안이 발칵 뒤집혔다. 이미 불화가 심했던 부부는 걷잡을 수가 없는 지경에 이르고 말았다. 권호찬 사장은 금이야 옥이야 키우던 하나뿐인 아들을 학대한 죄에 대해선 아내라도 용서할 수가 없었다. 권 사장뿐 아니라 그의 아버지였던 선대 회장에게도 유안은 극진히 아끼는 손자였다. 그 외에도 유안은 집안 모든 친척에게 사랑받는 아이였다. 그런데 정작 가장 가까운 가족이었던 엄마만 그에게 가학적이었던 것이다.

얼마 후 가현은 지선에게 만남을 청했다. 지선은 최초로 학대의 증거를 발견한 사람이 자신이라는 점에서 그녀를 만나기에 앞서 심경이 참으로 복잡했다. 정가현은 그날도 눈부시게 아름답고 고상한 사모님의 모습으로 앉아 찻잔을 기울이고 있었다.

"사장님한테 들었죠? 우리 이혼하기로 한 거."

"네."

지선은 난처한 표정으로 고개를 끄덕였다. 그녀는 지금 눈앞에서 가현을 보면서도 상상이 가지 않았다. 우아하게 본차이나 도기 티 포트를 기울이고 있는 저 희고 가느다란 손이 그 아이에겐 두려운 흉기가 되었다는 사실이.

"우린 이미 오랫동안 부부가 아니었어요. 오기로 살아 내고 있었을 뿐이죠."

그때 가현 스스로가 먼저 이야기를 꺼냈다.

연예인 출신이라고 해서 여러 가지 편견이 따랐었지만, 그녀는 생각만큼 외향적이지도 않았다. 여행과 자유를 사랑했지만 요란한 사람은 아니었고 성격은 비교적 조용한 편이었다. 결혼 전에 업으로 삼았던 연기 역시 그녀가 심취했던 분야 중 하나였을 뿐 그녀는 예술 전반을 사랑하고 삶을 적극적으로 즐기는 사람이었다. 권호찬 사장이 그녀의 그런 면에 매력을 느껴 구애했다는 이야기를 들은 적이 있었다. 그렇게 세상이 떠들썩하게 연애하던 커플이 어쩌다 이리되어 버린 건지는 지선도 썩 자세히 알 수 없는 부분이었다.

집안 반대를 넘어 결혼에 골인은 했지만, 그 후로 순탄치가 않았다는 건 대충 알고 있었다. 아마도 그렇게 반대하던 집안 어른들이 마냥 고운 눈으로 그녀를 봐 주지만은 않았던 모양이다.

"우리 하린이 태어났을 때 있잖아요……."

한숨처럼 나직하게 흘러나온 가현의 목소리는 유안이 아닌 하린의 이야기를 먼저 꺼내고 있었다. 권하린은 그 부부에게 첫 아이로 태어난 딸아이였다. 유안보다 두 살 누나였던 하린은 선천적으로 한쪽 다리에 장애를 가지고 있었고 목발이 없이는 살 수 없는 아이였다.

"내가 하린이 낳은 지 얼마 안 되어서, 아직 몸도 다 풀지 않았을 때……."

가현은 오른손에 들고 있던 찻잔을 왼손에 있는 잔 받침 위에 살짝 올려 두며 무겁게 입을 열었다.

"그 집구석 사람들이 뭐라고 했는지 알아요?"

지선은 심각한 눈빛으로 그녀의 말에 귀를 기울이고 있었다.

"방 밖에서 하는 말이었지만 문이 다 열려 있었는데, 나한테 들리도록 한 말이었죠."

가현은 떨리는 손을 제어하지 못해 결국 잔을 받침째로 테이블에 올려놓았다.

"그 인간들이 그러더라고요."

그러고도 여전히 몸을 떨던 그녀는 한없이 암울한 얼굴이 되어 읊조렸다.

"저런 여자가 들어오니까 저런 애가 나왔지……."

지선은 하얗게 질린 채 입을 떡 벌렸다. 어떤 말을 꺼내는 것도 어려워 한순간 정적만을 흘리고 있었다.

"그때 우리 권 사장은 나한테 위안이 되어주지 못했어요. 처음엔 날 위로하기도 했지만 내가 계속 자기 가족들이랑 싸우니까 나중엔 그 사람도 지쳐갔어요."

가현의 눈가가 일순 물기로 반짝였다. 그녀의 얼굴은 깊은 서러움으로 가득 점철되어 있었다.

"중간에서 곤란해지니까 결국엔 포기해 버린 거예요. 본인도 하린이 보며 속상해서 힘들었겠지만……. 내가 정말 죽을 만큼 힘들었을 때 그 사람은 내 편이 아니더라고요."

손으로 입을 틀어막고 있던 지선은 한없이 숙연해진 눈으로 그녀를 응시하고 있었다.

"결국엔 나더러 그런 친척들을 이해하라는 거였어요. 그런 줄 알고도 결혼한 게 아니냐 이거죠. 그러니 받아들여라……. 그때부터 권 사장이랑 매일 싸우기만 했네요. 내 편인 줄 믿었던 남편에게 실망하니까 갈등도 더 심할 수밖에 없었죠.”

가현은 말끝에서 원망 깊은 한숨을 내쉬었다. 증오가 섞인 눈동자를 적시던 눈물이 주르륵 흘러내렸다.

“심지어 그 사람은, 장애를 가진 큰애에게 별로 정도 붙이지 않았어요.”

그 말을 할 땐 그녀의 목소리가 크게 울먹거렸다.

“나 말고는 누가 그 애를 사랑해 줄 수 있겠어요, 정말…….”

아내가 하린을 너무 과잉보호한다고 권 사장이 투덜거리던 말을 스치듯 들은 적이 있었다. 그땐 그저 장애가 있는 딸이라 그랬겠거니 생각했었는데, 이렇게 들으니 그녀가 하린을 집착에 가깝게 보살피는 것도 나름의 이유가 있게 여겨졌다.

하린은 엄마의 얼굴을 똑 닮은 딸이었다. 미인에다 선한 성품을 가졌지만 어쩐지 그 집안에선 존재감이 미비한 아이였다. 어쩌면 가현은 그런 딸의 모습에서 괄시받는 자신을 투영하여 본 것은 아닐까. 그녀는 어느새 잔뜩 흘러 있는 눈물을 닦으며 말을 이어 갔다.

“유안이가 태어났을 때……. 그 애는 모두의 축복을 받았어요. 남편이 그렇게 기뻐하는 것도 처음 봤어요. 시부모님은 물론이고, 하린이는 사람 취급도 안 하던 인간들마저 그 애는 예뻐하더라고요.”

회장님과 사장님이 유안을 많이 아낀다는 건 지선도 알 수 있는 부분이었다. 그만큼 그들이 유안을 자주 언급했기 때문이었다.

"하린이에게 상처가 될 만큼 집안사람들 편애가 심했어요. 만날 때마다 무시당하는 건 나랑 하린이뿐이었죠."

권 사장과 권 회장으로부터 유안의 이야기를 자주 들었던 거에 반해 이상할 정도로 하린에 관한 이야기는 들어 본 적이 거의 없었다.

"그때는 남편과 싸우는 게 일이었어요. 이미 한방을 쓰지 않은 지도 오래였던 데다 그냥 남보다 못한 부부였죠."

어느 순간부터 쇼윈도 부부였다는 것은 알고 있었지만 그 정도로 불화가 깊었는지는 알지 못했다.

"JN의 안주인 자리라도 기어코 가지고 말겠다는 오기 하나로 지금껏 버텼네요. 사실 진작 견딜 수 없는 수준에 이르렀던 거였겠지만……."

고통스러워하는 가현의 얼굴을 보며 지선은 먹먹한 눈빛을 감추질 못했다. 그래서, 스트레스가 견딜 수 없는 수준에 이르렀으니 아들에게 해서는 안 될 짓까지 했던 건가요.

"우리 유안이는 남편을 많이 닮았죠. 애가 클수록 남편을 보는 것 같았어요."

하린이 가현을 똑 닮았다면 유안은 권 회장을 좀 더 닮은 편이었다.

"그러면 안 되는데 남편이 너무 미워서 그 애를 미워하고 말았나 봐요. 남편을 닮고, 남편이 절실히 아끼는 그 애에게 삐뚤어진 감정이 생겼던 것 같아요."

드디어 자백을 토해내던 가현은 괴로운 듯 얼굴을 일그러뜨리며 눈물을 흘렸다.

"그런 지가 2년쯤 된 거 같아요."

지선은 가슴이 떨려서 자신의 두 손을 꾹 부여잡고 있었다. 세상에, 그럼 유안이가 아홉 살 때부터? 그 어린 애를……

"처음엔 충동적이었는데, 어느 순간 습관이 되어 버렸어요."

가현은 그 대목을 고하며 통곡에 가까운 울음소리를 냈다. 그러면서 그녀는 평소에 남들 앞에서 잘 하지 않는 이야기를 꺼냈다.

"우리 엄마는 내가 어릴 때 집을 나갔어요. 아버지가 종종 술에 취해서 때렸거든요."

지선의 눈이 놀라 커져 있었다. 불행이 불행을 낳았던 것인가.

"아버지는 엄마가 나간 뒤엔 나를 때렸어요. 그게 그렇게 지옥 같았는데 어느새 내가 똑같은 짓을 하고 있더라고요."

가현은 두 손으로 얼굴을 가리고 엉엉 울었다. 지선은 짙어진 눈을 내리깔았다. 대를 이은 비극 앞에서 표현할 수 없는 슬픔이 밀려들었다.

"나는 아버지랑 다름없는 괴물이었어요."

"사모님……."

지선은 같이 눈시울이 뜨거워져서는 탄식 같은 목소리를 냈다.

"임 비서……. 나 어떡하죠? 애가 울지도 않고 매달리지도 않고 나를 똑바로 꿰뚫어 보기만 해요."

통곡을 쏟아 내는 가현을 보며 지선은 두 눈을 질끈 감았다 떴다. 그러고는 침착하게 가라앉은 어조로 그녀에게 말해 주었다.

"더 혼날까 봐 울지 않은 게 아닐까요. 워낙 의젓한 아이잖아요."

그러나 눈물범벅인 얼굴을 들어 지선을 빤히 보던 가현은 울음

섞인 목소리로 토로했다.

"나한테서 나온 아이 같지가 않게 느껴져요. 그 애는 왜 그런 거죠?"

주체하지 못하고 오열하는 아이 엄마 앞에서 지선은 잠시 머뭇대다 입술을 열었다.

"사모님. 외람된 말씀 죄송하지만, 제가 볼 때 유안이는 그냥 엄마 사랑에 전전긍긍하는 사랑스러운 아이일 뿐이에요."

울음을 좀처럼 멈추지 못하던 가현은 절망적인 눈을 하고선 지선에게 물었다.

"나한테 아직 기회가 있을까요?"

유안은 더 이상 멋모르는 어린 아기가 아니었다. 그는 이미 마음속 깊은 곳에서 제 엄마에 대한 문을 잠가 버린 것 같았다.

"이제라도 노력은 하셔야죠. 그런데……."

더구나 상담사의 말로는 겉모습과 달리 그는 꽤 섬세한 성향을 가진 아이라고 했다.

"이런 말씀 죄송하지만, 지금의 사모님께선 유안이와 떨어져 지내시는 게 더 좋을 것 같아요."

* * *

"얼마 안 가서 두 분은 조용히 합의 이혼하셨어요. 세상에는 성격 차이라는 명분으로 알려져 있죠. 법원에서도, 언론에서도 그렇게만 알고 있었으니까요. 가족들 외엔 그 사연을 아는 사람들은 아무도 없었어요."

반쯤 남은 지선의 커피는 이미 식어 있었다.

"권호찬 회장님이 거액의 위자료를 주셨다고 알고 있어요. 딸은 사모님이 데려가셨고 이사님만 그 집에 남게 되었는데…… 평화는 얻었지만 많이 외로웠겠죠."

거기까지 이야기가 진행되었을 때 테이블 위에는 여러 장의 젖은 냅킨이 널브러져 있었다. 수영은 또 다른 냅킨을 집어서 눈물을 찍어 냈다. 비극 같은 유년기였다. 상상조차 하지 못한 일이었다. 곱게 자란 JN의 왕자님 같은 그가 그런 어린 시절을 가지고 있었을 줄은. 감히 예측조차 하지 못할 그의 상처를 생각하며 목이 메여서 수영은 아무 말도 할 수가 없었다.

"권호찬 회장님은 그 후로도 혼담이 무수하게 들어왔지만, 워낙 사모님에게 받은 충격이 커서 조심스러웠던 건지 선 자리를 전부 거절하시더라고요. 그렇게 한동안 혼자 지내다가 2년 정도 후에 재혼하셨어요. 그분이 지금의 권 회장님 아내분이시죠. 딱히 모난 데가 없고 성품이 따뜻한 분이세요."

수영은 유안이 지금의 어머니에 대해선 가끔 자연스레 언급할 때가 있었다는 걸 기억해 냈다. 그러나 그는 친모에 대해선 단 한 번도 언급한 적이 없었다.

"지금의 사모님과 잡음 없이 잘 지내고 계시다 보니 회장님은 더욱이 정략결혼을 합리적으로 생각하시는 것 같아요. 그래서 이사님에게도 강요를……."

지선이 수영 앞에서 민망한 듯이 말을 흐리자 수영의 눈동자가 깊게 가라앉았다. 이제는 그가 왜 그토록 결혼을 기피하는지 그 이유를 알 것 같았다. 자녀를 갖는 일은 더욱 꺼리는 이유 역시도.

＊ ＊ ＊

오랜만에 본가에서 저녁 식사 자리를 가졌다.

"조만간 양가 식구들끼리 식사 자리 마련해야 하니까 비는 시간 언제인지 임 비서한테 올리라고 해. 그때 강 회장 내외랑 식사라도 하면서 약혼식에 대해 상의도 하고 날짜도 맞춰 보고 할 테니 그렇게 알고 있어."

식사를 마치고 커피와 후식을 들 때쯤 권 회장의 통보가 떨어졌다.

"아버지. 저 희정이랑 결혼 못 해요."

유안 역시 지친 듯이 통보했다. 권 회장은 지지 않고 눈을 희게 번뜩였다.

"대체 뭐가 그렇게 마음에 안 들어! 희정이만 한 배필을 네놈이 어디 가서 만날 수 있을 거 같아!"

숨통을 조이는 답답함을 누르며 유안은 낮은 한숨을 내쉬었다. 그리고 마침내 그간 권 회장 앞에서 숨기던 그녀에 대해 언급하기에 이르렀다.

"저…… 만나는 사람이 생겼어요."

순간 권 회장도 그 곁에 앉아 있는 미경도 두 눈을 휘둥그렇게 떴다. 성격이 급한 권 회장은 잔을 내려놓으며 곧장 단도직입적으로 돌진했다.

"뭐? 누군데."

"누군지는 아버지에게 크게 중요하지 않을 겁니다."

유안이 그녀가 누군지 밝히는 대신 방어적으로 받아치자 권 회장의 눈이 희뜩였다.

"이게 지금 무슨 소리야? 희정이를 거부하고 만난다는 애가 누군지 중요하지 않다니."

"여보, 잠깐만요. 유안이 숨 막히겠어요."

언성을 높이는 권 회장을 미경이 말리고 들었지만 소용은 없었다.

"넌 왜 이렇게 네 멋대로야! 부모도 없는 놈이야? 네가 이러면 내가 강 회장에게 뭐가 돼!"

"그러게 전 예전부터 결혼 생각 없다고 말씀드렸잖아요. 왜 제 인생으로 사업을 하세요. 제 결혼을 장기판의 말처럼 두지 마셨어야죠."

"뭐? 장기판의 말? 이놈이 근데!"

권 회장이 분노를 주체하지 못하자 미경이 황급히 그의 팔을 꾹 붙잡았다. 그녀는 간절한 눈으로 남편을 보며 말했다.

"여보. 진정 좀 하세요. 어차피 정략결혼이야 결혼식 문턱까지 갔다가도 무르는 일이 비일비재하잖아요."

"언론에까지 나간 이후로 미리 축하한다는 사람들한테 내가 얼마나 시달렸는데……."

"그야 희정이가 경솔했던 거죠. 당신도 그렇게 싫다는 애 데리고 왜 그렇게 밀어붙이셨어요."

침묵하는 유안과 씩씩대는 권 회장 사이에서 미경이 애써 중재를 하려 나섰다. 유안은 굳은 얼굴로 입을 다물었다.

분위기가 살벌해지자 주방에 있던 사용인도 눈치를 보고 자리를 물렀다. 권 회장은 견고한 표정으로 아들만 노려보며 고집스러운 입을 뗐다.

"안 돼. 그전에 네가 만난다는 그 애가 도대체 누군지 내 눈앞에 데려와 봐. 희정이랑 견주어서 손색이 없는지 보기 전까진 아무것도 못 물러."

"그럴 필요 없어요. 전 누구랑도 결혼하지 않을 거니까 제가 누굴 만나든 아버지에게 보여 드릴 의무도 없어요."

유안은 단호했고 권 회장은 눈썹을 파르르 떨었다.

"왜, 설마 뭐 내보일 만한 것도 없는 여자인 거야?"

그 말에 유안은 표정을 굳혔다. 그녀의 가치를 따지는 것 자체가 죄악 같았다.

"저야 그 사람을 만나면 마음이 가득 차는 느낌이 들지만, 애초에 바라는 방향이 다른 아버지를 채워 줄 수는 없을 테니까요."

아들의 감성적인 언변에 권 회장은 불편한 얼굴을 했다. 설마 이 녀석이 진심이기라도 한 건가.

"네가 그 여자를 보여 줄 생각도 없다면 상견례는 이대로 진행할 테니 그렇게 알아."

끝내 그는 선전포고를 했다. 맞은편에 있던 유안은 엄하게 눈동자를 빛냈고 동시에 미경은 울상을 지었다.

"여보……."

사늘한 얼굴로 아버지를 보던 유안은 더는 대화에 의지가 없는 듯이 자리를 박차고 일어났다. 요즘 이 문제에 대해선 대화를 제대로 마치는 적이 없었다.

"너 그렇게 멋대로 살면 더 이상 내 아들 아닐 줄 알아!"

"유안아!"

미경마저 그를 따라 나가자 권 회장은 혼자서 이마를 쥐어짜듯이 붙잡았다. 곁에 있는 자식이라곤 하나밖에 없는데 왜 이렇게 속을 썩인단 말인가. 온강과의 혼사가 어디 단지 자신 혼자만의 욕심이던가. 결국엔 그게 다 아들에게 힘이 되고 더 단단해진 JN을 그에게 안겨 주자고 권하는 일일진대 저렇게 부모 마음을 몰라주는 자식에게 서운한 마음이 들었다.

이제 제 곁에 남은 자식이라곤 저놈 하나인데 결혼을 하지 않겠다니. 여기서 자신의 대가 끊기는 꼴을 어찌 보고만 있으란 말인가. 한숨만 푹푹 쉬고 있는 사이 아내가 그의 곁에 돌아왔다. 다시 그의 곁에 앉은 미경이 차분하게 입을 열었다.

"여보……. 유안이, 그냥 좀 두세요."

"이게 다 저 좋으라고 하는 일인데 불효막심한 자식……."

"유안이에게 진짜 좋은 게 뭔지는 유안이 입장에서 생각해 봐야죠."

"어린놈이 뭘 알겠어요. 다 인생 충분히 살아 본 아비가 하는 말을 귓등으로도 듣질 않아."

미경은 거기에 대해 차마 하고 싶은 말을 다 하지 못했다. 그녀가 보기에도 유안은 아버지에 대한 존경심이 없었다. 그런 관계는 권 회장이 오랜 시간에 거쳐 놓친 것이었다.

"설령 잘못 판단하고 실수하더라도 그것조차 유안이의 몫이에요. 거기서 배우면서 터득하는 것도 인생의 한 부분이니까 우리도 너무 꼰대 같이 굴지 말아요."

"당신은 친아들이 아니니 그리 속 편히 말하지……."

그때 저도 모르게 권 회장이 중얼거리고 말았다. 그러자 미경의 얼굴이 대번에 굳어졌다.

"뭐라고요? 당신 지금 그 말 진심이에요?"

"아니, 그런 게 아니라……."

권 회장은 아차 싶어 안절부절못했지만 이미 미경은 눈에 눈물을 채우고 있었다.

"어떻게 나한테 그런 말을 할 수가 있어요? 당신은 내가 유안이를 고작 그렇게밖에 생각 안 하는 줄 알았나 보네요."

"여보, 그렇지 않아요."

"나는 유안이 생각해서 내 핏줄을 갖는 것도 포기했어."

그녀는 혹여 자신이 친자식을 가지게 되면 편애를 할까 봐 출산조차 바라지 않았었다. 그런 저에게 남편의 말은 씻을 수 없는 상처가 되었다.

"미안해요. 내가 말실수를……."

"당신 진심 잘 알았어요."

어쩔 줄을 모르던 권 회장이 뒤늦게 수습하려 사과를 했지만, 미경은 싸늘해진 얼굴로 식탁을 떠났다. 홀로 남은 권 회장은 심란하게 앉아 있다가 앞에 있던 냉수를 들이켰다.

* * *

수영은 집에 온 뒤에도 한참을 우두커니 생각에 잠겨 있었다. 그의 상처에 대해 떠올리며 중간중간 이입이 될 때마다 눈물이 쏟아져 나와서 얼굴도 엉망이었다. 그동안은 세상으로부터 받은 자신의 상처만 생각하느라 그에게 무슨 상처가 있을지는 생각해 보지 못했다. 유년기에 친모가 아버지와 이혼했다는 사실은 공공연히 알고 있었어도 어느 정도 안타까움이 있는 정도였다. 현재의 어머니에 대해 그가 긍정적이었고 주말이면 가족과 꼭 한 번은 시간을 보냈기에 꽤 화목한 가정에서 자란 줄로만 알았다. JN가의 고귀하신 독자로 알려졌던 3세가 그런 일의 피해자였을 줄 누가 상상이나 할 수 있었을까. 밤이 되도록 생각에 잠겨 있던 수영은 10시가 넘었을 때 유안에게 메시지를 보냈다.

[선물 잘 받았어요. 감사합니다.]

화면을 보는 그녀의 눈시울은 여전히 붉어져 있었다.

[이사님 언제 통화 가능하세요?]

두 개를 연달아 보내자 여느 때처럼 빠르게 메시지를 읽은 유안이 답장을 주었다.

[지금 가능합니다.]

수영은 괜스레 심호흡을 한 번 하고 그에게 전화를 걸었다. 그는 전화기를 보고 있었던 듯 곧바로 전화를 받았다.

-차수영 씨.

"이사님. 안 바쁘세요?"

-지금은 집이에요. 본가 갔다가 좀 전에 집에 왔어요.

"부모님 만나고 오셨나 봐요."

-그렇죠.

그의 상처를 알고 나서 그와 대화를 나누게 되니 그의 목소리만 들어도 마음이 아픈 것 같았다. 더구나 그의 목소리는 평소보다 가라앉아 있는 듯했다. 피곤한가?

"회장님은…… 별일 없이 안녕하신가요?"

수영은 처음으로 그의 가족에 관한 질문을 던졌다.

-안녕하시죠. 그래서 참 다행이긴 한데…….

"그런데…… 왜요?"

그가 씁쓸하게 말끝을 내리자 수영이 조심스레 물었다.

-여전히 건재하신데 여전히 무섭도록 강하시거든요. 아직도 젊은 시절처럼 의욕이 넘치시네요.

수영은 눈썹을 내리며 염려스러운 얼굴을 했다.

"아…….”

오늘 본가에서 회장님과 무슨 일이 있었던 건가.

-뭐, 그만큼 건강하셔서 다행이라고 생각하려고요.

들은 바에 의하면 권 회장은 아들을 아끼지만 권위적이어서 그다지 아들을 이해해주진 않았다고 한다. 또 유안이 스스로 고독하게 살아왔다고 고백한 걸 보면 아버지와의 관계가 그리 살갑지 않다는 것도 알 수 있었다.

"맞아요. 건강하게 곁에 계시는 게 어디예요. 이사님께 가장 큰 힘이 되어주실 분들도 부모님이잖아요. 자주 찾아뵙고 부모님 뜻 잘 헤아려 주셔요."

"…….”

그의 가정사는 그저 애잔할 뿐이라 안타까운 마음에 조곤조곤 말했는데 어쩐 일인지 그는 침묵했다. 그가 잠시 조용하자 수영은 자신이 뭔가 잘못 말한 것이 있나 싶어 의아해졌다. 그때 유안의 허탈한 웃음소리가 나직하게 들렸다.

-차수영 씨. 우리 회장님 뜻이 뭔지 알고 그래요. 오늘 회장님이랑 내가 무슨 얘기를 한 줄 아나요?

"무슨 얘기 하셨는데요?"

영문을 모르는 수영이 주춤대며 물었다. 그러자 그는 또 잠시 침묵하다가 입을 뗐다.

-아니에요. 별거 없었어요. 그냥 해 본 말이에요.

확실히 그의 기분은 다른 때보다 많이 저조하게 느껴졌다. 이유를 듣진 못했으나 오늘 그의 사연을 들은 수영으로선 가족을 만나고 온 그의 감정 기복마저 이해할 수 있을 것 같았다.

"선물, 너무 감사드려요. 차가 정말 예쁘고 맘에 꼭 드네요."

수영은 본래 전화를 하게 된 용건으로 돌아왔다.

-그래요? 잘됐네요.

"감사하다는 말 하려고 전화했어요."

-감사해서 목이 메었나요?

갑자기 그가 진지하게 물었다.

"……네?"

-아까부터 목소리가 잠겨 있는 거 같아서요. 울다 전화했어요?

그게 티가 났나 보다. 조금 당황한 수영은 모른 척했다.

"아……. 아니요."

워낙 큰 충격을 받은 그녀는 쉽게 헤어 나오질 못하고 있었다. 그의 얼굴을 보기가 두려울 만큼. 그러나 그의 얼굴을 보기가 두려운 만큼 보고 싶기도 했다. 하마터면 전화기에 대고 보고 싶다는 말이 나올 뻔했다.

-차수영 씨…….

마침 한없이 무거운 어조로 이름이 불렸다.

"네."

수영은 일부러 또렷한 목소리로 대꾸했다.

-…….

그러나 유안은 불러놓고도 말이 없었다. 수영은 그의 숨소리까지 놓치지 않을 것처럼 전화기를 귀에 바짝 대고 있었다. 이내 그가 예의 부드러운 음성으로 말했다.

-아닙니다. 잘 자요.

그 나직한 목소리는 오늘따라 더 슬프게 들렸다. 안 그래도 마음 한구석이 아릿한데 오늘따라 그는 왜 이렇게 착 가라앉아 있는 걸까.

"이사님도요."

이제 그를 떠올릴 때면 전보다 더 가슴이 아플 것만 같다.

15. 대면

희정은 어느 대로변에 차를 정차시키고 있었다. 몇 달 전 유안의 명의로 매매했다는 오피스텔 앞이었다. 분명 그는 여전히 한남동 자택에서 생활하고 있었는데 이 집은 무슨 용도로 산 건지 궁금했다. 그래서 뒷조사를 했더니 역시나 불길한 예감은 틀리지 않았다.

그 여자가 매일 이 오피스텔에서 출퇴근했다. 며칠 사이 유안의 차가 두 번 그 건물로 들어갔는데 한 번은 밤늦게 나왔고 주말엔 다음 날이 되어서야 나왔다고 한다. 그 증거 사진을 이미 보고 왔다. 떨리는 손으로 사진을 파쇄기에 갈아 넣고 오늘은 그 여자를 만나기 위해 대기 중이었다.

"후우……."

차수영이라는 여자였다. 그의 프로젝트를 함께하는 팀의 사원이자 레스토랑에서 보았던 그 여자. 차수영은 유안과 함께 차를 타고 오지 않는 날은 혼자서 지하철로 온다고 했다. 유안이 함께 있으면 오늘은 만나기를 포기해야 할 테니 부디 지하철역에서 나타나길 바라고 있었다.

만나서 잘 설득할 수 있을까. 계약직 사원. 역시 지극히 평범한 여자였다. 돈 많은 남자를 물었으니 쉽게 놓아주려 하진 않을지도 모른다. 혹여 진심으로 권유안을 사랑하는 여자라면 더 골치 아팠다. 그러면 무엇이 그 남자의 인생에 도움 되는 선택인지를 설득하여 볼 생각이다. 하지만 그게 쉽진 않을 것 같아서 부디 돈 보고 쫓아다니는 여자였으면 좋겠다는 생각이 들었다. 그런 부류는 대개 강자에게 약한 자들이니 호되게 망신당하고 싶지 않으면 떠나라고 혹할 만한 돈과 함께 제압하면 될 일이었다. 돈은 좀 들겠지만.

수영은 허둥지둥 열차 밖으로 나왔다. 상념에 젖어 하마터면 역을 놓칠 뻔했다. 유안의 사연을 들은 이후로 상태가 계속 이 모양이었다. 그날 이후 통화와 메신저로 그와 몇 번 연락은 했지만 아직 얼굴은 보지 못했다. 회사에서도 집에서도. 앞으로 자신은 그를 어떻게 대하게 될까. 그에 대해 알면 알수록 자꾸 마음이 약해지는 것만 같다.

그를 알게 된 만큼 그를 조금 더 잘 이해할 수 있었다. 어릴 적부터 우주의 미아처럼 고독했다는 것도 이해가 되었고, 주변의 기대로 인한 중압감과 스트레스도 그 고독감만큼 컸을 거란 사실도 이해가 되었다. 더불어 그것을 견뎌서 올라오게 된 지금의 그의 자리를 그가 쉽게 내려놓을 수 없다는 것도. 그의 곁에 남은 친가족은 권 회장뿐이었으니 아버지를 어려워할 수밖에 없다는 것도. 결혼 문제 등 아버지와 소통이 원활하지 못하면 그로서도 심경이 복잡하고 힘겨울 수밖에 없을 거라는 생각을 했다.

유안에 대해 많은 생각을 하며 걷던 수영은 문득 손을 올려 그가 준 목걸이의 펜던트를 만지작거렸다. 출퇴근 시간의 대중교통은 붐비긴 했지만, 그렇다고 그가 선물해 준 차를 가지고 나가기에는 도로 역시 붐볐으니 여전히 출퇴근은 대중교통을 이용했다. 하지만 며칠간 마음도 계속 심란했었고 오늘은 밤에 혼자서 차를 끌고 야간 드라이브라도 해 볼까 하는 생각을 하며 걸음을 옮겼다.

"차수영 씨?"

거의 다 도착한 오피스텔 건물로 들어가려 할 때였다.

"네?"

멀찍이서 부르는 소리에 돌아보는 순간 눈을 믿을 수가 없었다. 마치 생사를 가르는 엄청난 재난을 마주한 것처럼 절망감이 솟구쳤다. 그러나 수영은 크게 벌어진 눈으로 눈앞에서 걸어오는 사람을 쳐다만 볼 뿐이었다. 그녀였다. 강희정. 권유안의 공식적인 약혼녀. 그녀가 자신의 이름을 알고 있었다. 그리고 자신이 사는 집도. 정확히는 권유안의 집이라는 것까지 알고 있는 걸까. 싸한 기분이 척추를 타고 머리 꼭대기로 뻗치는 기분이었다. 이름을 알기 전에 다른 것을 먼저 알았을 게 뻔했으니.

다가오는 강희정의 표정만 봐도 수영은 확신할 수 있었다. 그녀는 인터뷰 사진과는 판이하게 다른 매서운 얼굴로 자신을 보며 걸어오고 있었다. 순간 수영은 이 찰나와 같은 기분을 전에도 느낀 것 같은 기시감이 들었다. 동시에 유안의 집무실이 있는 23층 복도에서 마주쳤던 여자를 떠올렸다. 아, 그 사람이 강희정이었던 것이다. 자신이 드나들던 권유안의 집무실을 그녀도 드나들었다. 그녀로선 당연한 거겠지. 직원인 자신과 달리 그녀는 약혼녀로서 당당하게 드나들었을 테니.

"차수영 씨. 혹시 내가 누군지 아세요?"

가까이에 선 그녀는 입가를 어정쩡하게 올리며 물어 왔다. 수영은 짧게 고민했지만 지금으로선 자연스러운 대답을 하려 했다.

"온강 강희정 부사장님이시네요."

"그래요. 모를 리가 없겠죠?"

수영은 당혹감을 감추기가 어려웠다. 유안의 집무실 앞에서도 느꼈었지만, 고압적인 분위기가 엄청난 사람이었다.

"네. 워낙 유명하시잖아요."

"나 보면서 드는 생각이 정말 그거밖에 없어요?"

"실물이 더 미인이시네요."

어쩔 줄을 모르던 수영은 애써 태연하게 말했다. 급기야 희정이 실소를 터프렸다.

"그럼 다시 물어볼게요. 권유안 이사랑 무슨 사이예요?"

수영은 예상했던 질문이었는데도 가슴이 철렁 내려앉았다.

"같은 회사에 다니는 사이입니다."

되도록 떨리는 목소리를 내지 않으려 침착하게 대답했다.

"생각보다 뻔뻔하네요. 그럼 내가 권유안 이사랑 무슨 사이인 줄은 알아요?"

그 질문을 하는 희정의 얼굴은 한결 더 차가워져 있었다. 수영은 그 답을 금방 말하지 못했다.

"……."

다 알고 와서 자신을 추궁하는 게 뻔한데 이렇게 꼭 제 입으로 그 답을 말하길 요구하는 사람의 장단에 맞춰 주고 싶지 않았다. 그러나 답을 안 하는 게 더 이상한 일이었으니 담담한 어조로 대답해 주었다.

"약혼자라고…… 인터뷰에서는 말씀하셨더라고요."

유안은 결혼 생각이 없었다고 하니 있는 그대로 말해 주었다. 이렇게 말하는 것조차 비참한 기분이 들었지만.

"하……. 인터뷰에서는 말씀하셨더라고요?"

희정은 수영의 말을 그대로 따라 하며 말끝을 올렸다.

"저, 근데 부사장님. 제가 지금 좀 바빠서 이만 가 봐야겠습니다."

분위기가 점점 심상치 않아지자 피하는 게 상책인 것 같았다.

"잠깐만요. 내 얘기 아직 안 끝났어요. 그쪽은 권 이사 뭐 보고 만나는 거예요?"

"무슨 말씀을 하시는 건지 모르겠습니다. 거기에 대해선 저는 할 말이 없어서 이만……."

수영은 빠르게 내뱉고 곧바로 그녀를 지나쳐 가려 했다.

"이봐요, 차수영 씨."

하지만 희정에게 금세 다시 앞을 가로막히고 말았다.

"어떻게 해 주면 권유안 이사랑 헤어져 줄래요?"

대놓고 도발적인 언성에 수영은 더욱 당혹스러운 눈으로 그녀를 보았다.

"아무래도 오해가 있으신 것 같습니다. 저랑 이사님은 그런 사이가 아닙니다."

수영은 다시 그녀를 피하려 걸음을 한 발 뗐다.

"야! 내 말 안 끝났다고!"

그러나 격앙되게 외친 희정에게 팔뚝을 잡혀 버렸다.

"이게 누굴 바보로 아나……."

언성이 조금씩 높아지자 주변을 지나는 사람들 한둘이 흘끗거렸다. 혼비백산한 수영은 이런 경험은 처음이라 속절없이 얼굴이 붉어지고 있었다. 큰일이었다. 강희정의 이런 말을 사람들이 듣고 그녀의 얼굴까지 알아본다면 누가 봐도 자신이 죄인인 것이다. 이제 어떡하면 좋을까.

"부사장님. 팔 좀 놓으시죠."

수영은 이 여자가 직접 자신들을 눈으로 본 게 아닌 이상 우길 수밖에 없다고 생각했다.

"주말이면 밤새 한집에서 나오지 않는 사이가 아무 사이가 아니라고?"

하지만 그 말을 듣는 순간 수영은 덜컥 간담이 서늘해졌다. 그런 것까지 관찰했단 말인가.

"천박하게 남의 남자랑 뒹구는 주제에 뻔뻔하기까지 하네? 하긴 그 정도의 뻔뻔함은 있어야 감히 내 남자를 건드릴 수가 있겠지.”

　희정은 하얗게 질린 수영을 위아래로 훑고 있었다. 그러다 그녀의 시선이 수영의 목걸이에서 멈추었다. 저 목걸이가 그때 레스토랑 룸에서 유안과 말했던 그 물건이라는 건 말 안 해도 희정 역시 알 수 있었다. 자신에게도 똑같은 한정판 목걸이가 있기 때문이었다. 꽤 맘에 들던 목걸이였는데 이제는 싫어져버렸다. 희소성 높은 한정판을 이 여자랑 동시에 가진 것만도 싫은데 그게 권유안이 준 거라니 좋아할 수 있을 리가.

　“너 그 목걸이가 얼마짜린 줄이나 아니?”

　“그런 걸 제가 대답할 의무는 없습니다.”

　“왜 대답을 못 하는데? 몰라서 못 하는 건 아니고?”

　난생 이렇게 당혹스러운 적은 처음이라 수영의 얼굴은 잔뜩 창백해져 있었다.

　“권유안이랑 아무 사이도 아니라면 네가 그걸 샀을 거 아니야?”

　희정은 얼굴이 터질 듯 붉으락푸르락해져선 큰 소리를 내지르고 있었다. 주위를 지나가던 한두 사람이 흘끗 시선을 던졌다. 수영은 더 말을 섞어 봐야 자신에게 불리할 뿐이라 빠르게 피하고 봐야겠다고 판단했다.

　“이렇게 무례한 분과는 더더욱 대화할 생각이 들질 않네요.”

　수영은 희정에게 잡힌 팔을 강하게 뿌리치며 발을 떼려 했다. 그러나 수영이 몸을 돌리기도 전에 그녀의 목걸이를 향해 희정의 손이 달려들었다. 툭 하는 소리와 함께 순식간에 목걸이가 공중으로 날아갔다. 헉 하고 놀란 수영은 목걸이가 떨어진 곳으로 달려갔다. 그게 얼마짜리인 줄은 몰라도 그 남자가 성의껏 직접 골라 준 선물이었다. 그의 성의가 바닥으로 곤두박질쳐졌다.

바닥에 흐트러져 있는 그의 선물을 보며 그의 소중한 마음이 내동댕이쳐진 것처럼 마음이 아팠다. 허리를 구부려 목걸이를 집어 드는데 눈가가 촉촉해져왔다. 끊어져 버린 체인을 잠깐 바라보던 수영은 목걸이를 가방에 넣었다.

"비싸니까 아깝니? 그 남자한테 떨어지는 콩고물이 많아서 못 놔주겠어?"

금세 또 희정이 가까이 다가와 비아냥거렸다. 참을 수 없는 화가 울컥 치솟아서 수영은 그녀를 노려보았다.

"너, 네가 그 남자랑 자니까 그 남자를 가진 것 같지?"

수영은 부모간 정혼자인 강희정의 입장에서 자신의 존재가 꼴 보기 싫을 만도 하다는 것까진 이해했다. 그러나 아무리 태생부터가 갑이었고, 아무리 하늘 높은 줄 모르고 살아온 삶이라지만 기본적으로 남을 깔아보는 게 당연한 사람이라니. 계속 무례하게 구는 그녀에게 수영은 목소리를 낮춰 한마디를 던졌다.

"정말 무례하네. 인터뷰는 가식이었나 봐?"

순간 희정이 어이가 없는 듯 입을 허 벌렸다.

"뭐?"

"초면인데 먼저 반말하길래."

수영의 반응에 기가 찬 지 희정의 치뜬 눈이 희번덕였다. 수영은 고요하게 한마디를 더 내뱉었다.

"그렇게 의심이 되면 권 이사님에게 직접 물어봐. 그럼 난 이만."

그때였다. 순간 머리칼이 뽑힐 듯한 고통이 두피에 느껴지며 수영의 목이 뒤로 꺾이고 말았다. 희정에게 머리채를 잡힌 것이었다.

"아아!"

반사적으로 수영은 물리적 고통을 떼어 내 보려고 희정의 손을 부여잡았다. 그러나 고통보다 더 견디기 어려운 건 굴욕감이었다.

"아앗, 놔! 너 당장 안 놔!"

수영은 제 머리칼을 놓지 않는 희정의 팔을 붙잡고 절박하게 외쳤다. 신체적 고통과 심적 굴욕감이 뒤섞여 눈물이 나왔다. 주변 사람들이 이 광경을 구경하며 웅성거렸다. 하지만 있는 대로 눈이 뒤집힌 희정은 이미 보이는 게 없는 모양이었다. 그녀는 더 격해진 음성으로 외쳤다.

"뭐? 누구한테 물어보라고?"

그러자 수영이 그 순간에도 지지 않고 대꾸했다.

"권유안한테 가서 따지라고! 둘이서 해결할 일을 왜 나한테 와서 이래!"

목소리를 높이자 희정의 손에 힘이 일순 풀렸고 수영은 그 손을 가까스로 떼어 낼 수 있었다. 머리가 산발이 된 채 희정을 똑바로 마주한 수영은 억울한 듯 씩씩대며 토로했다.

"보나 마나 권유안한테 따지기 전에 만만한 나한테 먼저 온 거겠지. 너 이러는 거 정말 비열하고 비겁해!"

하고 싶은 말을 날카롭게 외치는 순간이었다. 수영은 타인의 손이 제 얼굴로 날아오는 걸 보았다. 찰싹 소리와 함께 돌아간 얼굴에 쓰라림이 전해졌다.

"너 지금 뭐라고 했냐?"

넋 나간 표정으로 수영이 다시 강희정을 쳐다봤을 때 막을 새도 없이 또다시 날카로운 마찰음이 귓가를 울렸다. 같은 자리에 얼얼함이 더해졌다.

"네가 권유안이랑 자니까 뵈는 게 없지? 기세가 등등하지? 그래서 넌 내가 우습지? 약혼자 앞에서 눈 하나 깜짝 안 하고 쫄지도 않는 거 봐."

그런데 또다시 희정의 손이 올라가려는 순간 누군가가 그녀의 팔을 가로막았다.

"잠시 저 좀 보실까요? 그쪽을 폭행 현행범으로 체포합니다."

그 사람을 보는 순간 수영은 아연실색하여 입을 떡 벌렸다. 그 사람은 놀랍게도 한재하였다. 재하 오빠가 언제 여기에? 날 만나러 온 건가.

"뭐야, 당신은?"

희정이 재하를 올려다보며 짜증스럽게 물었다. 수영은 재하가 머리끝까지 화가 나 있다는 것을 대번에 알 수 있었다.

"경찰입니다. 지금 그쪽을 연행하려고 하는 경찰이요."

"이거 안 놔?"

그러나 희정은 눈 하나 깜짝하지 않았다. 그녀가 팔을 뒤틀며 격렬하게 저항하자 재하는 망설임 없이 수갑을 꺼내 그녀의 손목에 채웠다.

"야! 이거 뭐야! 당장 안 풀어? 내가 알아서 따라갈 테니까 당장 풀어."

재하는 경찰차를 불렀고 희정은 계속 난동을 부리며 소리를 쳤다.

"너 지금 큰 실수 하는 거야. 내가 누군지 알아?"

"누군지 잘 알죠. 범죄자 아닙니까. 폭행범."

재하가 엄한 얼굴로 대답하자 희정의 얼굴이 붉으락푸르락해졌다.

"나 강희정이야. 권유안 약혼녀라고! 근데 이 여자가 내 남자랑 붙어먹었단 말이야!"

재하의 얼굴이 그 말에 불쑥 경직되었다. 그 역시 다 알고서 왔다. JN의 최연소 이사에 대해 조사를 하는 과정에서 그가 권호찬 회장의 아들이라는 것과 온강 강 회장 딸의 약혼자라는 것 모두 알 수 있었다. 수영과의 대화가 절실해서 퇴근하는 그녀의 뒤를 밟다 보니 이렇게 희정의 행패까지 발견하게 된 것이다. 멀찍이서 지켜보고 있다가 분위기가 심상치 않아 더럭 우려했는데 급기야 강희정이 수영의 머리채를 잡는 걸 보고 피가 거꾸로 솟아서 달려왔다. 그러나 그사이에 이미 강희정이 수영의 얼굴에 손찌검을 가하고 말았다. 그는 제어하기 어려운 분노에 휩싸였지만, 힘을 다해 자중하고 있었다.

재하는 수영의 성격을 잘 알고 있었다. 아마 보는 눈이 없는 둘만 있는 상황이었다면 맞고만 있진 않았을 것이다. 지금은 그 남자의 약혼자가 바람 현장을 잡은 듯 난동을 부리고 있으니 제 편에서 이해해 줄 사람 없어 함부로 행동하지 않는 게 분명했다.

상대는 온강에 회장 딸에 권유안 약혼자라는 포지션인데 여기서 쌍방 폭행까지 더해지면 수영이 무슨 수로 그녀를 이기겠는가. 수영이 신중한 건 알지만 그래도 재하는 분통함에 가슴이 터질 것 같았다. 머리칼이 쥐어뜯긴 채 멍한 얼굴로 자신을 쳐다보는 수영을 보니 견딜 수 없이 억장이 무너졌다. 그러나 그는 일부러

희정 앞에서 수영을 알은체하지 않았다. 주위에 보는 눈들이 많아서 말 한마디가 조심스러웠다. 수영의 벌게진 뺨을 보며 울분을 삼킬 뿐 수영에게 불리한 어떤 행동도 하지 않았다.

잠시 후 세 사람은 가까운 경찰서로 자리를 옮기게 되었다. 재하는 그의 소속인 경찰서가 아니어서 넘겨두고 옆에서 지켜만 보고 있었다. 수영은 말없이 진술서를 쓰고 있었고 희정은 변호사를 부른 뒤 말하겠다며 진술은 뒤로한 채 계속 뭐라고 분만 내고 있었다.

"이거 풀지 못해?"

"얌전해지시면 풀어 드릴게요."

관할 경찰서에 있던 다른 경찰이 말했다. 경찰서에 와서도 하도 경찰들에게 수갑 찬 손을 휘둘러서 차마 수갑을 풀어 주지 못한 채 수영과도 멀찍이 떨어뜨려 놓았다.

"내가 누군지 알고도 이렇게 나온다 이거지?"

희정이 씨근덕대자 옆에서 지켜보던 재하가 보다 못해 쏘아붙였다.

"그걸 지금 자랑이라고 말하는 겁니까? 그렇게 훌륭하신 굴지의 기업 총수가 아버지시면 누를 끼치지 말아야죠. 딸이라는 사람이 아버지 망신을 이렇게 시킵니까? 쪽팔린 줄 아세요!"

재하는 눈을 부릅뜨고 희정에게 언성을 높였다. 분을 참지 못한 희정은 씩씩대며 눈을 부라렸다. 그러나 재하는 거침없이 퍼부어댔다.

"돈 많다고 막 사람 때려도 됩니까? 온강이 그렇게 자랑스러우면 이미지 더 망치지 말고 가만히 좀 계시죠. 정말 꼴불견이니까."

희정은 자신이 생각해도 제 꼴이 한심해서 결국 눈물을 찔끔 보이고 말았다. 이렇게 경찰서까지 온 건 처음이어서 너무 수치스러웠다.

"처음부터 이럴 생각은 아니었어요."

그녀는 억울하다는 듯 흐느끼기 시작했다. 처음에야 만나서 침착하게 대화를 하려고 했지만, 화를 참지 못하고 일을 내고 밀었던 것이다.

"저 여자가 내 남자를 꼬셨어."

저 여자가 아니었다면 자신과의 결혼이 긍정적으로 진행되었을 거라고 믿고 싶었다. 중간에 껴 있는 방해꾼이 없었다면 부모님의 종용으로 마지못해서라도 혼사를 받아들였을지 모를 일이라고.

"대체 어떻게 홀렸길래 그렇게 합리적이고 계산 밝은 남자가 저런 여자랑……."

이제라도 저 여자를 설득해서 떨어져 나가게 하고 싶었다. 자신은 누구보다 유안을 사랑해 줄 자신이 있었다. 그런데 왜 저는 안 되고 저 여자인지. 비참한 기분을 어쩌질 못했다. 살면서 이런 식의 굴욕감을 받은 적은 처음이라 견디기가 어려웠다.

희정의 말을 들으며 수영은 아무 말도 하지 않았다. 서에 들어온 후 경찰이 묻는 것 외에 불필요한 다른 말은 하지 않았다. 수영은 의연한 척 있었지만 정말 이상하게도 이 순간엔 의연한 태도를 유지하는 것조차 부끄럽게 느껴졌다.

난동을 부리는 건 강희정이지만 이 안에 있는 사람들도 다 속으론 자신에게 손가락질할 것만 같았다. 재하조차 진상을 다 알지는 못할 테니 여기서 자신을 변호해 줄 수도 없었다. 그렇기에 수영은 홀로 이 시간을 참아내야 했다. 묵묵한 척하고 있지만 실은 어쩔 줄을 모르겠다. 그러고 싶지 않은데 자꾸만 권유안이 생각 났다. 그를 부르면 그는 어떻게 할까. 저를 지키기 위해 남 앞에서 자신과의 사이를 당당하게 밝혀 줄까. 그런 생각을 하니 서러움 이 울컥 치밀 것 같았다.

저렇게 희정이 눈물까지 빼며 피해자 모드로 나오고 있는데 약 혼자라고 소문을 다 내놓은 남자가 들이닥쳐서 자신의 편을 든다 한들, 자신과 그 남자 둘만 쌍으로 우스워질 가능성이 더 높았다. 권유안은 오늘 중요한 저녁 미팅이 있다고 했다. 그런 사람을 지금 이런 일로 불러서 곤란하게 만들 수도 없지 않은가.

수영은 지친 눈을 들었다. 재하가 종종 복잡한 눈빛으로 자신 을 안쓰럽게 바라보고 있었다. 오빠만은 나의 이런 처지를 모르길 바랐는데……. 그가 굳이 말을 하지 않아도 무슨 심정인지 다 꿰 뚫어 보였다. 더 보기가 어려워 수영은 그에게서 눈길을 돌렸다.

결국, 강희정은 사과 한마디 없이 뉘우치지 않는 상태이고 수영 은 그녀의 처벌을 원한다고 표현했다. 과연 이 정도 범죄로 공권 력이 그녀를 처벌하는 게 가능할지는 모르겠으나 합의 따윈 하 지 않을 것이다.

재하는 수영을 먼저 귀가 조치하도록 했다. 힘이 없는 그녀를 쉬 게 해야 할 것 같았다. 수영은 곤란한 눈빛으로 재하와 눈을 맞추 다가 이내 먼저 경찰서를 떠났다.

* * *

유안은 지선을 퇴근시키고 홀로 저녁에 있던 미팅에 참여했다. 6시부터 시작되었던 식사 겸 미팅은 생각보다 오래가지 않아 끝났고 유안은 밖으로 나와 그의 차에 올랐다. 시동을 건 그는 출발하기에 앞서 잠시 멈추어 있었다. 시계를 보니 아주 늦진 않은 시간이었다.

차수영은 지금쯤 집에서 쉬고 있을 시간이었다. 아무리 일찍 자도 벌써 잠들진 않았겠지. 저녁일정에 늦을 줄로만 알고 간다는 얘긴 하지 않았었지만, 마침 일찍 끝나서 시간을 벌었으니 이대로 자신의 집으로 돌아가기에도 허한 기분이 들었다. 들러서 얼굴이나 볼까 생각하며 핸드폰을 꺼내 전화를 걸었다. 하지만 수영은 받지 않았고 유안은 한참 만에 종료 버튼을 눌렀다.

몇 번을 다시 걸어 보아도 그녀는 받지 않았다. 응답이 없자 괜히 더 걱정되어서 유안은 곧장 차를 출발시켰다. 이상하게 불안한 마음이 들었다. 최근 차수영이 조금 달라진 것 같았다. 차 선물을 받은 날 제게 전화로 고맙다는 말을 전하던 때에도 좀 달랐다. 진실한 감사 표현을 하는 게 분명한 와중에도 이상하게 목소리가 좋지 않았다. 다음 날 아침 지선에게 무슨 일이 있었던 거냐고 물었지만 지선은 그저 안타까운 얼굴로 글쎄요, 왜 그럴까요 하고 말했을 뿐이었다.

그 후에도 왠지 마음에 계속 걸려서 전화나 메시지로 연락했었지만, 차수영은 더할 나위 없이 친절했다. 하지만 뭔가 그래서 더 묘한 기분이 들었다. 바빠져도 건강을 잘 살피라며 낭랑한 목소리로 걱정을 하질 않나, 주말엔 가족들과 충분히 시간을 보내라며 제 주변인들과의 관계까지 챙기질 않나. 그러면서도 그녀의 목소리는 계속 가라앉아 있었다. 사실 그래서 요 며칠간 계속 차수영에 대한 은근한 염려에 일도 손에 잘 잡히지 않았다. 그녀와의 관계는 어느 때보다도 부드러운데 이상하게 더 멀게 느껴지는 기분이었다. 꼭 이 관계가 머지않아 끝날 것 같은 기분, 혹은 그녀가 어느 날 홀연히 사라져 버릴 것 같은 기분이었다.

처음 본 날부터 위태로운 느낌의 여자였다. 그 여자에게 자신은 왠지 모를 안달을 했다. 그리고 지금은 그 위태로움이 절정에 이를 것 같았다. 어서 그녀가 있을 오피스텔로 가야겠다. 오늘은 꼭 얼굴을 보고 품에 안아야 안심이 될 것 같았다.

* * *

유안이 오피스텔에 들어왔을 때 내부는 온통 깜깜했다. 그가 발을 들이는 곳마다 센서로 인해 불이 켜졌다.

집에 없는 건가. 아니면 벌써 자나?

안방과 욕실마저 비어 있는 걸 확인한 유안은 수영이 집에 없다는 걸 깨달았다. 전화도 안 받고 집에도 없으니 더욱 기분이 이상했다. 살짝 불안하기도 하고. 우선 올 때까지 기다려 보기로 마음을 먹고 거실로 나왔다. 그런데 앉기 위해 막 소파로 다가갈 때였다. 갑자기 초인종이 울려서 다시 발길을 돌려야 했다.

기다리는 수영이 아닌 방문객에 김이 샌 그는 무심한 얼굴로 인터폰 모니터를 확인했다. 얼핏 생각하기론 택배가 온 건가 싶었다. 하지만 공동 현관에는 택배기사는 아닌 듯한 남자가 서 있었다.

"누구십니까?"

-경찰입니다.

"경찰이라고요?"

-네, 그렇습니다. 협조 부탁 좀 드려도 될까요?

순간 유안의 미간이 찡긋거렸다. 수영이 사는 집인데 경찰이 올 일이 무엇이 있단 말인가. 괜스레 더 염려가 되어서 우선 문 열림 버튼을 눌렀다. 잠시 후 현관문의 초인종이 다시 한번 울렸다. 유안은 직접 현관으로 다가갔다.

수영과 관련이 있는 걸까 봐 어쩐지 조심스러운 기분으로 문을 열었다. 그리고 눈앞에 서 있는 경찰을 보았을 때 유안은 사뭇 놀라고 말았다. 의외의 인물을 본 그의 눈꺼풀이 샐쭉 들려 올라갔다. 모니터 화면으로 언뜻 봤을 땐 잘 몰랐는데 이제 보니.

"차수영 씨 아는 오빠분이 아닙니까."

재하는 유안의 반응에 픽, 실소를 흘렸다. 그날은 자신을 보는 둥 마는 둥 수영에게만 말 시키던 인간이 기억력은 참으로 비상했다.

"경찰이셨어요?"

유안은 그때보다 한결 더 경계 어린 눈으로 그를 보며 물었다. 재하는 그보다 더 험한 눈으로 유안을 노려보며 대답했다.

"네, 경찰입니다."

수영이 먼저 귀가한 뒤 강희정의 뒷수습을 지켜보느라 늦게 나왔던 그는 수영에게 곧장 전화를 했었다. 그러나 차단 상태여서 수영과 연락이 안 되자 애가 탔고, 망설이다 그녀의 진술서에 있는 주소를 보고 찾아온 것이다.

벨을 누르자 수영이 아닌 이 인간이 응답해서 조금 당황했지만, 그럭저럭 임기응변으로 이 문 앞에 서기에 이르렀다. 하지만 이 깜깜하고도 야심한 밤에 막상 한집에서 나오는 이 남자를 보니 역시나 그녀와 깊은 관계일 수밖에 없다는 사실이 급격하게 와닿았다. 그게 실감 나자 재하는 표현할 수 없는 절망감에 빠져들고 있었다.

"수영이는 집에 있나요?"

어쨌든 지금은 수영에 대한 걱정이 앞섰으니 그녀의 얼굴을 먼저 봐야겠다.

"차수영 씨는 지금 집에 없는데요. 퇴근 이후 아직 들어오지 않은 것 같습니다."

험한 표정의 재하를 향해 유안이 느긋하게 대답했다. 유안은 모르는 경찰이 아니라 오히려 아는 자가 찾아왔으니 정말 수영의 신변에 문제가 있어서인 건 아닌 듯하여 조금은 안심을 하고 있었다. 그러나 그와는 달리 재하의 얼굴은 금세 수심으로 물들고 있었다. 집에도 없으면 어디에 있단 말인가.

"근데 정말 경찰은 맞아요?"

바지 주머니에 손을 꽂은 채 현관 밖 복도에 서 있던 권유안이 의심조로 나른하게 물어 왔다.

"어디 소속 누구실까요."

도발하는 듯한 유안의 태도에 재하는 울컥 울분이 솟구쳐서 눈을 치켜떴다. 안 그래도 싫은 놈이. 이 남자와 수영의 관계를 의심하기 시작한 이후로 얼마나 하고 싶지 않은 상상이 머릿속을 괴롭혀 왔던가. 자신의 오해이길 제발 바라며 고민을 하다 그녀를 만나 확인을 하려 했다.

마침 오늘 낮, 근방에 올 일이 있어서 일을 마친 후 수영을 찾아왔는데 어이없게도 그녀 본인이 아닌 제삼자 약혼녀의 입을 통해 이 남자와 수영의 관계에 대한 확답을 얻게 된 것이다. 수영이 상간녀 취급을 받는 현장을 목격하는 동시에 그토록 아니길 바라던 진실을 알게 되었으니 지금 재하는 제정신이 아니었다. 그가 눈만 부릅뜨고 쳐다보자 유안의 입이 다시 떨어졌다.

"뭐, 그건 어차피 핑계겠고. 아는 오빠로 찾아오신 거 같은데 왜 차수영이 사는 집을 찾아오신 건지 실례지만 여쭤 봐도 될까요?"

재하는 그의 질문에서 그가 아직 아무것도 모르고 있다는 걸 알 수 있었다. 울컥, 욕지거리가 튀어 나갈 것 같았다. 오늘 그 여자가 사람들 보는 데서 무슨 꼴을 당했는지 아무것도 모르는 듯 태연한 면상이라니. 그 빌어먹을 원인 제공자가 눈앞에 있었다. 이게 다 누구 때문인데.

보기도 아까워할 만큼 소중했던 여자가 그 망할 돈 때문에 이 남자의 손아귀에 잡혀 있었다. 모든 진실을 알게 된 후 이 인간의 얼굴을 눈앞에서 마주하자 더욱 미치겠는 건, 이놈의 손길이 그녀를 만지고 이놈의 가슴에 그녀가 안긴다는 거였다.

"아니면 뭐, 정말 경찰로서 찾아온 거예요? 설마 나한테 할 말이 있어서?"

그러나 노려보는 재하의 눈길에도 유안은 눈 하나 깜짝하지 않았다. 이내 유안이 한마디를 더 했을 때 재하는 더욱 속이 뒤집히고 말았다.

"뭐, 딱히 내가 차수영한테 나쁜 짓 한 것도 없는데."

유안은 농담처럼 가볍게 그 말을 던지곤 피식 웃어 보였다. 재하는 기가 차서 떨리는 손을 불끈 말아 쥐었다. 그러고는 유안을 향해 눈을 부릅뜨며 조용히 되물었다.

"그래요?"

그러자 유안은 별 미동 없이 고개를 살짝 기울이며 중얼거렸다.

"있나?"

"후우……."

재하는 미간을 잔뜩 구긴 채 한숨을 내쉬었다. 사람을 가지고 노는 데 능숙한 남자였다. 이런 식으로 수영이도 꾀어냈겠지. 그 알량한 돈으로. 으르렁대듯 깔린 목소리가 재하의 목을 긁고 나왔다.

"권유안 이사님……."

유안은 자신의 이름이 불리자 문득 눈을 번뜩였다. 그때 재하가 그를 죽일 듯이 마주 보며 격앙된 음성을 내뱉었다.

"너 일단 좀 맞자."

재하는 같은 남자가 봐도 반할 만하다고 감탄해 마지않던 번지르르한 그 얼굴에 주먹을 날렸다. 무방비한 상태에서 충격을 받은 유안은 몸이 크게 흔들렸다. 어이없는 듯 재하에게 눈을 치뜨는 그를 향해 두 번째 펀치가 날아왔다. 유안이 미처 중심을 다잡기도 전이라 두 번째에는 쓰러지고 말았다. 그를 향해 재하가 덤벼들어 멱살을 쥐었다. 복도는 순식간에 아수라장이 되었다.

"아니, 잠깐만."

그때 유안이 인상을 구기며 끼어들었다. 이상하다 싶을 만큼 침착한 목소리로.

"내가 아무리 주변에 적이 많다지만……. 왜 차수영 씨 아는 오빠한테까지 맞아야 합니까."

그는 화도 내지 않고 점잖게 따져 묻는 것이었다.

"이유나 좀 알고 맞읍시다."

그러자 유안을 쏘아보던 재하가 입을 열었다.

"강희정……."

그 이름이 튀어나오자 일순 유안의 눈이 날카롭게 빛났다.

"너 약혼녀 있는 새끼잖아."

재하의 얼굴은 고통스러운 듯 더욱 구겨져 갔다. 잠시 머뭇대던 그는 다시 힘겹게 입을 열었다.

"그러면……."

차마 내뱉고 싶지 않은 질문이 흘러나왔다.

"수영이는 뭔데?"

괴로운 듯 수영의 이름을 내뱉은 재하는 이를 악물며 물었다.

"네 노리개냐?"

"……."

"네 알량한 돈으로 그 여자를 가진 거야?"

유안은 멱살을 잡힌 채 재하를 가만히 응시했다. 부정하지 않는 그의 초연한 얼굴을 보며 재하는 서슬 퍼런 눈을 했다. 그의 멱살을 쥔 손이 부들부들 떨리고 있었다. 주체하지 못하는 분노로 타던 시선을 유안에게 꽂은 채 재하는 이어서 물었다.

"왜 하필 그 여자야……."

재하는 저도 모르게 눈가가 살짝 젖을 것만 같았다.

"말해 봐. 왜 하필 수영이냐고!"

손에 쥔 멱살을 흔들며 울부짖는 재하를 유안은 탁한 눈으로 응시했다.

"글쎄……."

마침내 유안의 입술이 열렸다.

"그냥……. 뭐랄까."

수영을 떠올리며 침음하던 유안은 입가를 비스듬히 올렸다. 웃는 낯이었던 거에 비해 그의 눈빛엔 묘하게도 복잡함이 가득했다.

"그런 생각이 들더라고."

이윽고 그가 대답을 내놓았다.

"이 빌어먹을 세상도…… 그 여자가 있으면 무섭지 않을 수 있겠다…… 그런 생각이 들었다고 해야 할까."

머나먼 우주에서 스스로를 하찮게 내려다보지 않아도 살 만하다 여겨지는 것이었다. 기억도 나지 않는 어린 시절부터 지속되던 우주의 미아 같은 고독이 어느 순간 옅어져 가고 있던 것이다. 혼자가 아니라는 기분. 그런 건 이런 기분이었다.

유안의 대답에 재하는 순식간에 사색이 되어 갔다. 눈이 휘둥그레진 재하는 권유안의 얼굴을 빤히 들여다보았다. 뭐야. 진심인 거야?

"안 돼."

망연자실한 재하가 중얼거렸다. 더한 혼돈에 눈앞이 캄캄했다. 크나큰 절망감에 젖어 무너져 내리듯 재하는 절규했다.

"그러지 마!"

그녀를 세상에 드러내지도 못하면서. 그녀의 인생에 평생 약속도 못 해 줄 거면서. 그녀를 행복하게 해 주지도 못할 거면서.

"너 같은 게 뭔데 감히 그 여자한테 위안을 얻어! 하던 대로 해!"

떳떳하지 않게 숨겨 둔 여자에게 진심까지 호소하면, 마음 약한 수영이는 이놈에게 인생을 통째로 종속당한 채 언제까지 기를 빨리고 살아야 하는 거야!

"약혼녀 관리도 똑바로 못 하는 주제에! 넌 수영이한테 고통만 줄 뿐이잖아!"

재하는 또다시 움켜쥔 주먹을 유안에게 내리꽂았다. 그런데 동시에 둔탁한 소리를 묻어 버리는 여자의 날카로운 비명이 들렸다. 두 남자의 시선이 동시에 소리의 진원지로 향했다. 이어진 건 처절하게 부르짖는 여자의 목소리였다.

"오빠!"

하얗게 질린 수영이 서 있었다. 그녀는 가방도 바닥에 내팽개친 채 그들을 향해 달려왔다.

"오빠, 왜 이래!"

수영은 거의 패닉 상태에 빠져 있었다. 권유안을 때리는 한재하의 모습이라니. 비스듬히 쓰러진 유안의 멱살을 잡은 재하에게 그녀는 정신없이 다가갔다. 그리고 허겁지겁 두 손으로 재하의 팔을 꾹 붙잡았다. 재하는 팔을 빼려 했지만, 수영은 죽기 살기로 잡고 놓지 않았다.

"오빠! 이러지 마! 이 사람이 누군지 알아?"

재하는 수영이 이놈 때문에 험한 일을 당하고도 혼비백산해선 역성만 들자 속이 탔다. 그는 폭발한 듯 고함을 쳤다.

"알아! 아니까! 너무 잘 아니까 이러는 거야! 내가 아니면 누가 이 새끼를 팰 수 있는데!"

수영은 창백해진 얼굴로 그를 보며 몸을 떨었다. 그런 그녀를 향해 재하는 참아지지 않는 울분을 버럭 터뜨렸다.

"수영아, 너는! 너는 오늘 이 새끼 약혼자한테 맞았잖아! 근데 왜 나는 이 새끼 패면 안 되는데!"

순간 유안의 동공이 덜컥 굳어졌다. 알지 못했던 이야기에 그의 얼굴이 서늘하게 얼었다.

"그게…… 무슨 말입니까?"

유안은 굳어진 눈으로 수영을 쳐다보며 물었고 수영은 말없이 그와 눈을 맞추었다. 그녀의 눈가가 금세 촉촉해지고 있었다. 재하는 놀라는 유안을 향해 눈을 부라리며 비아냥거렸다.

"권유안 이사님. 이제 네가 왜 처맞는지 아시겠습니까? 내가 너 새끼의 약혼녀를 때릴 수는 없었으니까!"

"……."

재하가 소리치는 와중에도 유안은 마치 죽은 듯이 가만히 수영만 바라보고 있었다.

"이 여자를 가지고 노는 너 같은 새끼나 길 한가운데서 이 여자를 폭행하는 네 약혼자나 이 여자를 함부로 대할 자격은 없어!"

재하는 강희정이 수영을 때리던 모습이 다시 떠올라 벌컥 분노가 치솟았다.

"니들 역겨운 갑질에 왜 수영이가 피해를 봐야 해!"

그는 수영에게 붙잡힌 손을 빼내 다시 유안에게 되돌려 주려고 했다.

"오빠!"

하지만 급기야 수영은 권유안을 감싸며 재하의 앞을 막았다. 적잖이 놀란 재하의 낯빛이 변했다. 권유안을 감싼 채 수영이 돌아보자 눈물이 가득한 그녀의 눈동자가 보였다. 그녀의 입술 밖으로는 간절한 목소리가 흘러나왔다.

"차라리 나를 때려, 오빠."

덜컥 재하는 눈동자를 떨었다. 믿을 수 없는 말에 간담이 서늘하게 내려앉았다.

"뭐?"

"오빠는 그냥 나를 원망해……."

아연실색하여 묻는 그에게 수영이 오열하며 호소했다. 그 모습을 본 재하는 충격에 어쩔 줄을 몰랐다.

"오빠한테 잘못한 건 나잖아, 응? 나, 받은 것도 많으면서, 오빠 버린 나쁜 여자잖아……."

재하는 당황한 얼굴로 수영을 뚫어지게 바라보았다. 이 여자가 이렇게 우는 모습을 본 적이 있었나. 아버지 공장이 위기를 맞았을 때도, 저와 헤어질 때도 이렇게까지 울진 않았었다.

"오빠, 미안해. 내가 잘못했어……."

연인이 아니던 시절까지 10년 가까이 그녀를 알아 왔지만 이런 모습은 처음 보는 것 같았다. 그녀는 왜 이렇게까지 처절한 것일까.

"수영아……."

재하가 허탈하게 그녀를 불렀다. 자신이 보고 있는 게 무슨 광경인지 눈을 믿을 수가 없었다. 보고도 믿고 싶지 않았다. 권유안이 아플까 봐 이러는 거야? 너를 힘들게 한 사람인데도 그게 그렇게 가슴 아픈 거야? 그래서 이렇게 온몸으로 감싸는 거야?

처음 그녀가 자신의 이런 뒤를 생각하지 않은 막무가내 행동을 말리고 들었을 땐 단순하게 생각했다. 이 남자가 대단한 지휘와 권력을 가진 자라서, 그를 다치게 한 자신에게 올 후환이 두려워 말리는 줄 알았다. 자신은 사실 두렵지 않았다. 그녀가 당한 것에 대한 보복을 이 남자에게 한 대가로 옷을 벗게 된다 한들 상관없었다. 그런데.

재하는 전의를 상실했다. 유안의 멱살을 쥐었던 그의 손에 스르륵 힘이 풀렸다. 그러자, 여전히 눈물이 그득한 수영의 눈에도 약간의 안도감이 비쳤다. 재하는 그녀에게 시선을 고정한 채 부스스 자리에서 일어섰다. 그는 제자리에 선 채 잠시 안타까운 눈으로 그녀를 내려다보다가 낮게 가라앉은 목소리로 말했다.

"나가서 얘기 좀 하자, 수영아."

수영은 눈앞에서 돌아서는 재하를 고개가 꺾여라 올려다보다가 자신이 감싸고 있던 유안에게 고개를 돌렸다. 유안은 매우 무거운 얼굴로 그녀를 보고 있었다. 한없이 어렵고 복잡한 눈길로 바라보던 수영은 그를 놓고 일어났다. 그리고 아마도 오늘이 정말 마지막이 될 것 같은 대화를 하기 위해 재하를 따라 나갔다.

수영은 재하와 건물 밖으로 나와 근처 소공원으로 갔다. 이 시간엔 사람이 많지 않았다.

"수영아."

가로등 불빛을 등진 재하의 얼굴에 음영이 깊었다.

"너, 그 남자에게 얼마 받았니."

까발려진 진실. 전 남자 친구가 뱉어내는 적나라한 질문. 수영의 눈빛이 서글픈 기색으로 물들었다.

"네가 그 남자에게 받은 돈, 내가 돌려줄 거야. 무슨 수를 써서라도. 그리고 그 남자에게서 널 빼낼 거야."

재하는 매우 초조해 보였지만 단호하게 말했다. 그에게서 비장한 의지가 보였다. 정말 무슨 짓이라도 할 거라고 믿어질 만큼. 그러나 수영은 그가 그럴수록 안타까울 뿐이었다.

"오빠, 미안해. 그런다고 해도 이제 내가 오빠에게 가지 않아."

"알아."

그러나 의외로 그의 대답은 선선했다.

"그래도 널 빼낼 거야. 네가 나 사랑하지 않아도 되니까."

"오빠!"

수영은 눈을 동그랗게 뜨고 그를 올려다보았다. 이 남자는 왜 이토록 산처럼 단단한 걸까. 난 이제 이 사람에게 더 줄 게 없는데.

"너에겐 이런 인생 안 어울려. 구차하게 속박되지 않고 자유롭게 살게 해 줄게."

하지만 재하는 한길뿐이었다. 그 말을 하는 중에도 한없이 쓸쓸한 얼굴을 하고선.

"오빠……. 제발 그러지 마."

미안해 어쩔 줄 모르던 수영이 가만한 목소리로 그를 말렸다. 그가 자신을 얼마나 사랑하는 줄 알고도 답은 정해져 있었다.

"나 이제 저 사람 못 버려……."

그 말을 내뱉는 찰나 재하의 눈이 희게 뜨였다.

"돈 문제로 얽혀서 구속된 것도 맞지만……. 나 자신도 지금은 저 사람 못 떠나."

"……."

기함한 재하의 얼굴에 한층 더 그늘이 드리워져 갔다.

"저 사람은 다 가진 것 같이 보여도 많이 불안한 사람이야."

수영은 그의 눈길을 회피하듯 시선을 돌렸다.

"결핍도 많고 상처도 많고 누군가가 필요한 사람이야."

내리뜬 눈동자를 정처 없이 움직이던 그녀는 부디 재하가 조금은 이해해주길 바라며 입술을 아름댔다.

"그런데 저 사람이 그렇다는 걸 아는 사람이 별로 없어. 저 사람의 상처가 얼마나 깊은지, 저 사람이 얼마나 고독한지……."

자신에게 모든 걸 다 바치려는 한재하의 순정 앞에서 다른 남자에게 남아야 할 이유를 읊어 주는 것은 힘겨운 일이었다.

"오빠는…… 강인한 사람이잖아."

이렇게 해서 재하가 설득이 되길 바랄 뿐이다. 이제 자신은 이 사람에게 과거일 수밖에 없었으니까.

"내가 없어도 결국엔 잘 지낼 수 있을 거야. 오빠는 그럴 거야."

이 굴레를 끊고 과거의 여자를 묻어야 이 사람 역시 언젠가 행복해질 수가 있는 것이다.

"난 저 사람 옆에 있어 줘야 할 것 같아."

수영은 목소리를 조금 떨었다. 권유안 옆에 있어야 할 명분을 어떻게든 토로했지만 그녀 역시 불안했다.

"수영아."

그러나 다 듣고 난 재하가 이윽고 뱉어낸 목소리는 좀 전과 달리 서늘했다.

"뭐가 그렇게 이유가 많니……. 저 남자를 떠나지 못할 이유를 왜 그렇게 열심히 말해."

수영을 바라보는 재하의 입가가 쓸쓸하게 올라갔다. 그녀는 어딘가 안절부절못하면서도 필사적이었다.

"너, 나한테 헤어지자고 할 땐 참 간단했잖아."

차분하게 토해 내는 재하의 목소리가 참으로 서글펐다.

"……."

수영은 놀란 얼굴로 그를 빤히 보았다.

"너희 집 사정 얘기 하나로 뒤도 돌아보지 않고 떠났잖아. 내 곁을 떠나지 못할 이유는 이렇게 많지가 않았던 거야?"

수영의 표정엔 매우 당황한 기색이 넘쳐나고 있었다. 말문이 막힌 그녀를 보며 재하는 한숨을 훅 내쉬었다. 수영의 이런 모습을 외면하고 싶은 듯 그는 잠시간 두 눈을 꾹 감았다.

"수영아."

그리고 다시 눈을 떴을 때 그는 정말이지 피하고 싶지 않은 진실과 억지로 맞섰다. 가장 하기 싫은 질문을 탄식처럼 내뱉어야 했다.

"너…… 저 남자 사랑해?"

수영의 하얀 얼굴이 삽시간에 아연한 빛으로 물들었다. 놀라다 못해 질겁한 표정이 되어 그녀는 재하를 바라보았다. 사랑이라고? 갑자기 사랑이라는 그 흔한 말이 머나먼 외계어 같았다. 동시에 가슴이 쿡 찔리는 통증이 느껴졌다. 왜 가슴이 아픈지 모르겠다. 사랑이라는 애틋한 단어 때문인지, 아니면 이제는 제게서 평생 사라진 줄 알았던 그 단어가 저와 권유안 사이에선 너무도 아득하기 때문인지.

"사랑하는 거야, 수영아."

대답하지 못하는 수영에게 재하가 대신 명확하게 진술했다. 그 말을 내뱉으며 스스로에게 생채기를 내서 재하는 아픈 얼굴을 하고 있었다.

"내가 너를 모를 리가 없잖아?"

수영은 그저 사랑을 하고 있었다. 그녀를 알량한 돈으로 꾀어내고 저에게서 기회를 채 간 남자와. 마치 제 여자를 채간 악당이라도 되는 듯 생각했던 남자가 지금 그녀의 사랑이었다. 수영이 그녀 자신보다도 더 소중하게 생각하는 남자.

"왜 내가 널 뺏지도 못하게 그 남자를 사랑하니……."

상실감이 가득한 눈으로 수영을 보며 재하가 말했다.

"왜 내가 널 응원도 못 할 남자를 만나니."

자신의 상처로 쓰라린 와중에도 그녀의 사랑에 대한 염려가 뒤섞였다. 그녀가 아프지 않고 행복할 수가 있을까? 그 남자 곁에서?

"네가 저 남자를 못 버리면, 저 남자도 널 안 버릴 거 같니?"

그 질문에 번쩍 날카롭게 베인 듯 수영이 눈을 추켜 떴다. 금세 그녀의 눈동자엔 두려움이 스며들어 있었다. 하지만 재하는 더는 자신이 할 수 있는 게 없다는 걸 인정할 수밖에 없었다. 싫지만 이젠 받아들여야 한다는 걸 깨달았다. 구해 주고 싶어도 그 남자 곁에 있겠다는데 어떡하겠는가. 이미 그녀의 인생에 한재하는 없었고 그저 그녀와 권유안 둘의 문제였다.

재하는 멍한 얼굴로 서 있는 수영을 물끄러미 바라보았다. 그가 한 말에 혼란스러운 건지 어쩌질 못하고 있는 모습이었다.

"잘 지내라……."

마지막을 고하는 인사를 하자 수영의 눈가에 빠르게 물기가 어렸다.

"오늘…… 정말 고마웠어, 오빠."

주춤거리던 그녀가 젖은 눈으로 올려다보며 말했다.

"그리고, 정말 미안해……."

좀처럼 떨어지지 않는 시선을 거두며 마침내 재하는 발길을 돌리려 했다. 그러나 문득 걸음을 멈칫한 그는 다시 수영을 깊은 눈동자로 바라보았다. 그는 두 손으로 수영의 얼굴을 조심스레 감싸더니 살짝 입술을 맞댔다가 떨어졌다. 그러고는 정말 돌아서 떠났다. 수영은 재하의 쓸쓸한 뒷모습을 한참이나 응시했다. 자꾸만 눈앞이 흐릿해져서 그녀는 한 번씩 눈가의 물기를 닦아 냈다. 오랫동안 고마웠고 끝내는 미안해진 사람. 저 뒷모습이 오랫동안 아프게 남을 것 같다.

* * *

수영이 올라가 보니 현관 앞 복도엔 권유안이 없었다. 다급하게 집 안으로 들어가보니 다행히 거실에 서 있는 유안의 모습이 보였다. 창밖을 보고 있던 그는 현관문 소리가 들리자 뒤를 돌아보았다.

"이사님……. 괜찮으세요?"

떨리는 목소리로 묻던 수영은 그에게 서둘러 다가갔다. 그를 보는 순간 왈칵, 수심이 두렵도록 덮쳤다. 아까 그가 맞던 모습이 잊히지 않았다. 이상할 정도로 무력하게 아무런 대응을 하지 않던 모습이었다.

복싱으로 단련된 남자라는 사실이 무색하게 그는 맞선 공격도, 심지어 방어도 하지 않았었다. 그렇다고 두려워하는 모습을 보인 것도 아니었다. 폭력에 익숙한 듯, 혹은 자책하여 자신의 처벌을 받아들이는 듯 무기력하게 맞는 모습이어서 더 가슴이 미어졌다. 유안의 앞에 선 수영은 그의 멍든 얼굴을 향해 달달 떨리는 손을 올렸다.

"빨리 병원에 가셔야……."

 하지만 그의 얼굴에 손이 닿기도 전에 턱 하고 유안에게 손목이 잡혔다. 마치 만지지 못하게 하는 듯이. 순간 수영은 당황했지만, 유안은 말없이 그녀의 손을 내려놓기만 했다. 그리고 그는 자신의 손을 올려 수영의 조금 붉어져 있던 왼뺨을 찬찬히 쓰다듬었다.

"많이 아팠어요?"

 쓰다듬는 그의 손길은 지나치게 다정하고 부드러웠다. 수영은 고개를 살짝 저었다.

"저는 괜찮습니다. 이사님이 더 아프시죠."

 지금도, 옛날에도.

 그때 유안이 수영의 몸을 끌어당겨 그의 가슴에 안았다. 그는 잠시 말없이 그녀를 제 품에 꾹 붙인 채 가만히 있었다.

"미안합니다. 나 때문에……."

 가까이서 귓전을 울리는 남자의 음성이 나직했다. 뒷머리를 쓰다듬는 커다란 손길도 부드러웠다.

"다시는 희정이가 차수영 씨한테 손대는 일 없도록 내가 잘 조치를 취할게요."

 수영은 유안의 품속에서 두 눈을 살며시 감았다. 그의 체온이 너무 따스해서 더 눈물이 삐져나올 것 같았다. 자칫하면 그의 앞에서 완전히 무너져 버릴 만큼. 그간의 모든 감정이 한꺼번에 북받쳐 오를 것 같았다. 서러움도 상처도 염려도.

'사랑하는 거야, 수영아.'

더럭 다시 떠오른 그 말에 가슴이 또 쿡 쑤셨다. 정말 그런 걸까. 처음부터 내가 두려웠던 건 이거였다. 내가 당신에게 빠져들까 봐 그게 가장 두려웠다. 돈과 속박보다 더 두려운 건 내 마음이었다. 당신이 나를 가지는 게 두려웠던 게 아니다. 내가 당신을 가질 수 없는 게 두려웠다.

"그런데 말입니다."

불현듯 유안이 말했다.

"차수영 씨 아는 오빠……."

수영은 감았던 두 눈을 반짝 떴다. 귀를 기울이고 있자 유안의 무겁게 가라앉은 목소리가 들렸다.

"아무래도 차수영 씨 전 남자 친구 같네요."

"……."

"전에 차수영 씨가 말한, 평생 그런 남자는 없을 거라던……. 그 남자."

처음부터 좀 이상하긴 했지만 아까 수영의 말에서 확실히 유안은 그들의 관계를 알 수 있었다. 그러자 그 남자가 아까 그랬던 이유도 완벽하게 이해됐다. 문득 자조적인 웃음이 흘러나왔다. 하긴 나라도 그랬겠다.

"과연 차수영 씨에게 목숨을 걸던데요."

그의 품에 안긴 채 수영은 곤란한 표정으로 눈을 깜빡였다.

"이제 지난 사이예요."

머뭇대다 중얼거린 그녀는 남자의 가슴속에서 빠져나와 그를 올려다보았다. 오늘 한재하의 모습이 유안에겐 퍽 인상적이었던 모양이다. 고개 든 그녀와 눈이 마주친 유안은 왜인지 픽 웃었지만 어딘가 모를 씁쓸한 미소였다.

"참 대단한 사랑이네요. 엄청난 전 남친을 뒀어요."

그의 목소리도 썩 허무했다.

"뭐……. 걱정하지는 마요. 그 대단한 전 남친, 해코지하진 않을 테니까. 나 좀 때렸다고 고소하고 그럴 생각은 없어요. 그 사람이 보기엔 내가 맞을 짓을 했겠지."

담담하게 말하고 있는데도 그는 명백하게 지쳐 보였다. 폭력은 그에게 큰 트라우마일 테니까. 수영은 말할 수 없는 안타까운 심정으로 그를 바라보았다. 그녀를 보고 있는 유안의 눈빛도 그녀 못지않게 복잡했다.

그에게도 오늘 일은 큰 일이었던 것이다. 그녀가 희정 때문에 겪은 일에 대한 자책감과 한재하의 행동, 그리고 아마도 다시금 건드렸을 트라우마, 그 모든 것들을 이유로 그 역시 여러 감정이 든 게 틀림없었다.

"근데……. 좀 꼴사나운 질투심은 드네요."

유안은 꽤 솔직한 말을 작게 읊조렸다. 그의 얼굴에는 옅은 웃음마저 지워져 있었다. 그는 내리뜬 눈으로 앞에 있는 여자를 가만히 보았다. 그의 말에 조금 놀란 듯 커다란 눈망울이 흔들리고 있었다.

"그러실 필요 없어요……."

난처해진 그녀가 읊조리자 유안은 다시 희미하게 입가를 올렸다. 차수영 전 남자 친구의 화려한 등장은 꽤 오래 잊히지 않을 장면이 될 것 같았다. 그런 대단한 사랑을 주는 남자만 보던 이 여자가 자신 같은 남자를 보며 숱한 환멸을 느꼈을지도 모르겠다.

이 와중에도 그 남자에게 맞은 얼굴이 욱신거렸다. 거의 20년 만인가. 누군가 저의 몸에 손을 댄 것이. 사실 굉장히 오랜만인데도 익숙한 통증처럼 느껴졌다. 유약하기 짝이 없던 어린 시절, 그때의 기억이 여전히 어제 같았다. 곱고 아름답던 그 손. 그 손은 빌어먹게도 참 따뜻했다. 그래서 더 끔찍했다.

"이사님. 병원부터 가요."

이 순간 애잔한 눈빛으로 자신을 올려다보고 있는 수영을 보며 유안은 생각했다. 혹시 이 여자도 자신에 대해 알고 있는 게 아닐까. 임 차장님과 몇 번 단둘이 만나더니 그분에게서 듣게 된 건 아닐까. 아까 전 남자 친구로부터 자신을 지키던 모습도 예사롭지 않았다. 차라리 자신을 때리라고 울먹이던 모습이라니. 아무리 그 남자를 말리고 들려 했다지만 그럼에도 너무 극단적인 모습이었다. 그건 결코 평범한 반응이 아니었던 것이다.

"됐습니다."

그가 병원 가기를 거절하자 그를 염려스럽게 바라보던 수영의 눈동자에 한결 더 짙어진 수심이 어리고 있었다. 유안은 손을 들어 그녀의 머리를 천천히 한 번 쓰다듬었다. 그리고는 느지막하게 발길을 돌려 현관을 향해 걸어갔다. 수영은 어디 가세요 하고 물으려다 그냥 두었다. 그 역시 마음이 혼잡하겠지.

현관문이 열리는 소리가 들렸고 이어서 탁, 하고 닫히는 소리가 들렸다. 그 후론 죽은 듯한 적막만이 내려앉았다. 수영은 바닥에 내리꽂힌 듯이 그대로 서 있었다. 뒤늦게 눈물이 고였다. 넓고 조용한 공간에 철저히 혼자가 되자 엉망이 된 감정들이 한꺼번에 뒤엉키며 솟구쳤다. 반짝이던 그녀의 눈물 한 방울이 대리석 바닥 위로 툭 하고 떨어졌다.

얼마의 시간이 지난 건지 모르겠다.

거실 소파에 우두커니 앉아 있던 수영은 곁에 둔 핸드폰의 화면을 밝히며 시간을 확인했다. 유안은 나간 지 한참이 지나도록 소식이 없었다. 고개를 든 수영은 소파 팔걸이에 걸쳐져 있는 그의 정장 재킷을 멍한 눈으로 보았다. 옷을 두고 나간 걸 보며 금방 다시 돌아올 줄로만 알았다.

그가 나간 뒤 혼자 남은 밤은 길고 길었다. 그 남자의 상한 얼굴. 그 얼굴은 아픔을 모르는 얼굴이었다. 그래서 마음이 아팠다. 흐려진 시야에도 자꾸만 그 남자의 얼굴이 또렷하게 차올랐다.

수영은 떨리는 손으로 전화기를 찾았다. 눈을 깜빡이자 부연 시야가 조금 걷히고 액정이 보였다. 남자의 번호를 찾았다. 거기에는 자신이 입력해 놓은 저장 명 석 자가 보였다. 수영의 눈동자가 잠시 그 세 글자에 머물렀다.

[미친놈.]

여전히 그게 그의 저장 명이었다. 처음엔 이사님이었다가 미친놈으로 고쳐 놓았었던 저만의 명칭. 한참을 바라보던 수영은 다시 손가락을 움직였다. 미친놈이라는 세 글자를 지우고 다시 한 번 저장 명을 수정했다.

[권유안.]

수정을 마친 엄지손가락이 그 남자의 이름 석 자 위를 천천히 스쳤다. 수영은 자신의 목소리로 작게 소리 내어 그 이름을 불러 보았다.

"권유안……."

그 이름은 부르기에도 입에 부드럽게 감기는 발음을 가지고 있었다. 그 남자의 성격은 부드러운 듯, 때론 부드러움과 거리가 먼 듯 아리송했지만, 그 이름은 묘하게 그와 어울렸다. 지금 보니 그의 이름이 참 좋았다. 하지만 비록 그 이름을 만지고 있어도, 그 이름을 입으로 불러도 그 이름은 어쩔 수 없이 까마득히 먼 이름이었다.

언젠가 대화 중에 그가 말한 적 있던, 그 멀고도 먼 우주처럼 그와 저 사이에는 수억 광년의 간극이 존재했다. 그 남자의 이름을 만져도, 아니, 그 남자를 만져도 그는 머나먼 사람이었다. 원래가 그런 사람인 것이다. 그런데 왜 이렇게 되어 버렸을까. 불과 몇 달 전까지만 해도 저는 그를 알지도 못했다. 그저 1년짜리 계약직을 부여잡고 정규직 전환이든 계약 연장이든, 어떻게든 살아남아 보려고 얼마나 필사적이었던가. 그랬었는데. 언제부터 그러지 않게 되었더라? 언제부터 그게 아닌 다른 것에 필사적이게 되었더라? 전화기 위 그의 이름을 쓰다듬던 수영은 이윽고 통화 패드를 눌렀다. 신호음은 오래도록 이어졌다. 그러나 예상대로 그는 받지 않았다.

불 꺼진 방에서 수영은 고개를 들어 커다란 창밖을 바라보았다. 늦은 밤이었는데도 서울의 야경은 밝았다. 도시의 광해에 가려 보이지는 않지만 무수한 별들이 분명 존재하고 있을 밤하늘을 막연히 바라보았다. 언젠가 유안이 그랬던 것처럼.

커다란 오피스텔이 오늘따라 더욱 넓게 느껴졌다. 그곳에서 홀로 수영은 가늠되지 않는 아득히 먼 별들이 숨어 있을 하늘 저편을 하염없이 바라보았다. 그리고 그 별들보다도 더 아득한 권유안을 기다렸다. JN에서의 정규직 전환까지 얼마 남지 않았던 어느 밤, 권유안을 만난 이래 가장 혼란했던 밤이었다.

* * *

씻고 나온 수영은 침대에 풀썩 널브러졌다. 잠이 올 리는 없었다. 유안이 끝내 다시 돌아오지 않았기 때문이다. 어느새 자정이 훌쩍 넘어 있었다. 그는 어디서 무얼 하고 있을까. 집으로 간 걸까. 집에 있는 거라면 차라리 다행인데 왠지 그게 아닌 것만 같았다. 불 꺼진 방 안은 고요했지만 한 여자의 염려로 가득 차 있었다. 눈을 뜨나 감으나 시야는 깜깜했지만 보이는 건 한 가지뿐이었다. 한 사람의 얼굴.

그때 갑자기 멀찍이 현관에서 들릴 듯 말 듯 미미한 소리가 났다. 눈을 반짝 뜬 수영은 누운 채로 귀를 쫑긋 세웠다. 잠시 후 달칵 안방 문이 조용히 열리는 소리가 났다. 수영은 울컥 차오르는 무언가와 함께 가슴이 터질 것 같았다.

남자는 그녀가 자는 줄 아는지 매우 조용하게 다가오는 듯했다. 한방에 있는데도 기척을 좀처럼 내지 않았다. 수영은 숨을 죽였다. 눈을 찡긋 감고 그가 어떻게 할지 가만히 기다렸다. 침대가 살며시 눌리는 게 느껴졌다. 남자가 천천히 올라오고 있었다. 그가 옆에 눕는다는 것을 느꼈을 때 그가 술을 마셨다는 걸 깨달았다. 그의 팔의 무게가 어깨에 느껴졌다. 그는 바싹 다가와 저를 안고 있었다. 남자의 부드러운 숨결이 코앞에서 느껴졌다.

"수영아……."

수영은 반짝 눈을 떴다. 잠들지 않았다는 걸 알고 부른 건지, 술김에 부른 건지 모르겠지만 그의 목소리는 분명 취해 있다. 그의 나지막한 목소리는 또다시 느른하게 중얼거렸다.

"너 없이는…… 난 아무것도 아니야……."

선득이던 심장이 뚝 떨어져 내렸다. 수영은 그 품속에서 눈을 동그랗게 떴다. 순식간에 눈시울이 뜨거워져 갔다. 자신의 귀를 믿을 수가 없었다.

"네 존재가 너무 무거워……."

금세 차오른 눈물이 방울방울 수영의 얼굴 위로 흩어졌다.

"내가 다 담을 수 없을 만큼……."

술김에 몽롱하게 읊조리는 그의 목소리가 오히려 어느 때보다도 또렷하게 귓가를 울렸다. 가슴이 듣고 있어서 그랬다. 그의 목소리가 한 음절 한 음절 가슴에 크게 박혀 들어왔다. 시리도록 슬픈 자백이었다. 눈물로 얼굴을 적시던 수영은 손을 올려 그의 어깨를 부둥켜안았다. 그를 다독이듯, 위로하듯 꼭 안았다.

그러자 문득 유안의 숨결이 수영에게 더 가까이 다가왔다. 어둠 속에서 유안은 그녀의 입술을 더듬더듬 찾았다. 암흑 속에서 빛을 찾듯 절실하게 입술을 찾아간 그는 천천히 부드러운 점막 속으로 파고들었다. 수영은 눈을 감고 그에게 입술을 열었다. 그러자 그가 더욱 깊게 들어오며 감겼다. 그는 그녀의 몸을 끌어안

고 있듯이 혀도 찾아 끌어안았다. 더 이상 아무 말이 없이도 입
맞춤으로 더 많은 소통을 하고 있었다. 밤이 깊도록 오랜 입맞춤
이 이어졌다.

16. 파문

아침에 일어났을 때 침대엔 권유안이 없었다. 아직 이른 시간이 었는데 언제 돌아간 건지 모르겠다. 주섬주섬 일어나 밤새 무음으로 해 두었던 핸드폰 화면을 밝혔다. 그 사이 유안이 남긴 메시지라도 있을까하여 확인한 것뿐인데 화면을 보는 순간 수영은 제 눈을 믿을 수가 없었다. 부재중 통화와 읽지 않은 메시지가 수십 건이었다. 그것도 한 사람에게서만 온 연락이 아니었다. 가족, 친구, 그리고 권유안.

부재중 목록을 올리며 보다 보니 어느 시간대까지는 권유안에

게 전화가 왔지만 그 후론 임지선 차장에게 전화가 왔었다. 어안
이 벙벙해진 수영은 왠지 모를 불안한 기분으로 메신저를 열었다.

[수영아, 너 괜찮아?]

[전화 왜 안 받아…….]

수영은 휘둥그레진 눈으로 목록 위 미리 보기에 쓰인 가족과
친구들의 글들을 훑어 나가다가 어느 한곳에서 시선을 멈췄다.

[혹시 모르니 오늘 집 밖으로 나오지 마요.]

권유안의 메시지였다. 부재중 통화도 그에게서 다섯 통이 와 있
었다. 그의 메시지를 열어 보니 다른 말은 없었다. 수영은 다급하
게 다른 사람들로부터 온 메시지들도 확인했다.

[수영아, 그거 너니?]

친구의 메시지였는데 미리 보기에서부터 가장 의아했던 내용이
었다. 수영은 저도 모르게 손이 떨렸다. 급히 그 채팅방에 들어가
앞 내용을 확인했다.

[지금 SNS에서 돌아다니는 영상 봤어?]

[수영아, 그거 너니?]

순간 처음 느끼는 공포감이 심장을 관통했다. 터질 듯 상승한 맥
박 수에 심장이 몸 밖으로 튀어 나갈 것 같았다. 수영은 덜덜 떨리
는 손으로 포털 사이트 애플리케이션을 열었다. 손이 너무 떨려서
마음대로 움직임을 제어할 수가 없을 정도였다.

실시간 검색어 순위엔 강희정이 1위로 등극하여 있었다. 이어
진 순위에 있던 다른 검색어들을 보며 수영은 더욱 간담이 서늘
해졌다.

[JN 건설 이사.]

[온강 회장.]

[권유안.]

이제는 너무나 친밀해져 버린 그 이름도 있었다. 이런 식으로 그의 이름을 보고 있으니 현실감이 없었다. 그 외에도 JN과 온강이라는 기업 이름이 들어간 검색어 등, 그들을 수식하는 단어들이 연관 검색어에 섞여 있었다.

문제의 영상을 찾는 것은 어려운 일이 아니었다. 이미 어제 새벽 누군가 한 명이 올린 후로 순식간에 일파만파 공유가 되었던 것이다. 하얗게 질려 있던 수영은 자신이 피사체가 되어 있는 그 영상을 재생했다. 목걸이를 줍는 장면부터 녹화가 되어 있었다. 그 후 강희정에게 머리채를 잡히고 구타를 당하는 자신의 모습이 생생했다.

그 장면까지 희정의 얼굴이 정면에 가깝게 나와 있었다. 그 부분까지의 자신은 뒷모습에 가까운 모습만이 찍혀 있었다. 하지만 이내 한재하가 끼어들어 그들을 말리고 상황 정리를 하는 과정에서 자신이 카메라가 있는 방향으로 몸을 돌리는 모습이 보였다.

누군가 멀리서 몰래 최대 확대를 해서 찍은 듯이 그다지 고화질은 아니었지만, 자신의 지인이라면 모두 자신이라는 걸 알아볼 만큼의 화질은 되었다. 그 영상의 댓글에서도 각종 커뮤니티의 게시 글에서도 심지어 기자가 쓴 기사에서마저도 온통 그 일에 대해 세상이 한창 떠들썩했다.

뉴스에서는 '폭행 논란. 막 나가는 재벌 3세'라는 자극적인 제목이 기사를 장식하고 있었다. 개인이 올린 커뮤니티나 블로그 등의 게시 글에는 '파이터 강희정 부사장', '와, 진짜 무섭네요' 등 충격을 금치 못하는 표현들이 제목으로 떠 있었다.

구글에서 검색해 보니 이미 영상이 지워지고 비어 있는 게시물들도 허다했다. 온강에서 열심히 지우고 있는 듯했지만 그 와중에도 공유하는 사람들이 끊이질 않았다. 솔직히 누구라도 보고자 하면 얼마든지 접근할 수 있는 수준이었다. 그중 아직 지워지지 않은 SNS의 영상 아래에 있는 댓글을 수영은 멍한 눈으로 응시했다.

[헐, 소름이다.]

[강희정 저번 인터뷰 봤을 땐 멋지다고 생각했는데⋯⋯.]

[요즘 몰상식한 재벌들 왜 이렇게 많나요.]

[뭐 재벌이라고 다 이러겠음?]

대체로 반응들이 비슷하다가 어느 순간 눈에 띄는 댓글 하나가 달렸고 그 이후로 흐름이 조금씩 달라지고 있었다.

[아⋯⋯ 나 저 자리에 있었는데⋯⋯. 말하는 내용을 들어 보니 저 여자가 강희정 남자랑 바람이 났다는 거 같아요.]

[그 남자 JN 회장 아들 아님?]

[그렇다고 사람을 무식하게 패면 쓰나.]

[난 전에 남친이 바람 피웠어서 강희정 심정 이해 간다.]

[인터뷰 보면서 선남선녀 재벌들의 연애라고 생각했는데 역시 정략결혼의 실체는 이거였구만.]

[권유안 왜 그랬어.]

[남자가 잘못했네.]

[저 여자도 쓰레기다. 왜 임자 있는 남자를 만나?]

수영이 우려했던 일이 벌어지고 있던 것이다.

[솔직히 그런 연놈들은 맞아도 싸다.]

[강희정도 불쌍하네.]

일부 여론은 강희정에 대한 동정론으로 흐르고 있었다. 대체 무슨 일이 벌어지고 있는 건지 눈앞이 캄캄했다. 정말 짧은 시간 새에 이미 돌이킬 수 없을 만큼 거대한 일이 터져 있었다. 그때 전화기가 울렸다. 엄마에게서 오는 전화였다. 수영은 정신 나간 사람처럼 전화기 액정을 내려다보다가 전화를 받았다.

"엄마……."

-수영아……. 너 그런 거였니?

떨면서 묻는 엄마의 목소리가 들렸다. 수영은 올 것이 왔다는 두려움에 눈앞이 새하얬다.

-미안하다, 우리 딸……. 엄마가 너무 멍청하게 사람을 믿어서……. 그런 생각을 왜 못 했을까. 내가 너무 힘들어서 제정신이 아니었나 봐.

엄마는 울고 있었다.

"아니에요, 엄마. 사람들이 떠드는 말 아무것도 믿지 말고, 그냥 아무것도 보지 마세요."

-그 남자가 너한테…….

차마 뒷말을 잇지 못하는 엄마에게 수영은 애써 침착하게 이야기하려 했다.

"그분 그렇게 나쁜 분 아니에요. 사정이 있으니까 나중에 말해 드릴게요."

-너 지금 어쩌고 있니. 엄마가 서울 올라갈까?

"아니요, 엄마……. 지금은 그냥 계세요. 사람들이랑 될 수 있으면 얘기하지 말고요. 나중에 일이 좀 수습되면 내가 청주 내려갈 테니까……. 아빠한테도 걱정 마시라고 전해 드리고요."

수영은 겨우 엄마를 진정시켜 전화를 끊었다.

"후……."

그 후엔 회사 사수에게 메시지를 보냈다. 우선 며칠 휴가 처리를 하기 위해서였다. 마침 그 역시 온라인 소식을 접하여 알고 있는 듯 다른 말은 묻지 않고 알았다고 했다.

전화기를 던져둔 수영은 두 손 안에 얼굴을 묻었다. 이런 일로 자신의 얼굴이 세상에 알려지고 말았다. 태어나서 이런 공포감은 처음이었다. 이제 누군가 자신의 신상 정보를 알아낼지도 모른다. 권유안은 어찌하고 있을까. JN 권 회장도 이미 다 알고 있겠지. 내가 이 나라에서 발붙이고 살 수 있을까?

"어떡하지……."

절로 흐느낌이 흘러나왔다. 모든 게 이미 끝나 있다는 걸 직감했다. 권유안과의 밀회도, 저에 대한 부모님의 신뢰도, JN에서의 정규직 전환도.

* * *

JN도 온강도 덜컥 뒤집혔다. 유안도 희정도 아침부터 각자의 부친에게 불려 가야 했다. 그중 가장 노발대발하던 사람은 당연히 강민식 회장이었다.

"이게 정말 너야?"

안 그래도 불같은 성격이었던 그는 딸이 찍힌 동영상을 보고 정신이 아찔했다.

"너 닮은 애 아니야?"

"아니라고 하면 믿으실 거예요?"

강 회장의 미간이 확 구겨졌다. 어찌 딸을 못 알아보겠는가. 아니라고 믿고 싶을 뿐.

"아니라고 우겨 보기라도 하지, 왜! 네가 지금 무슨 짓을 벌인 건지는 알아?"

"죄송해요, 아빠……."

평소에도 아버지를 무서워하던 희정은 중죄인처럼 고개를 푹 숙인 채 중얼거렸다.

"그놈한테 만나는 여자가 있었으면 그냥 약혼을 취소하면 그만이지, 세상 떠들썩하게 이게 대체 무슨 짓이야."

강 회장은 숨이 넘어갈 만큼 화를 이기지 못하고 있었다. 정략적 결혼을 하면서 애인이 따로 있는 경우를 왜 보지 못했겠는가. 가진 게 많은 것들이니 결혼하고도 연애를 따로 하는 인간들이 허다한데 말이다. 그러니 권유안이라는 그 녀석을 무작정 믿은 것은 아니었다. 희정의 말도 다 믿지 않았다. 애초에 비즈니스적 이유 없이 마냥 서로 좋아 이루어진 결혼이 아니지 않은가. 물론 금지옥엽 키운 딸아이니만큼 희정의 속을 썩이지 않을 남자를 원했다. 이래서 차라리 조금 만만해도 저와 딸에게 충성을 바칠 놈이 차라리 나았던 것이다.

JN 권 회장의 아들은 사위로 맞으면 득 될 것도 많아 보였지만 왠지 어려운 상대이기도 했다. 지금 이 순간에도 당장 가서 그 놈을 혼내고 싶은 마음이 굴뚝같았지만, 아직 섣불리 연락조차 하지 않고 있었다. 그놈이 먼저 희정에게 원인제공을 하여 벌어진 일이라 한들 희정이 난동을 부리는 바람에 그놈의 이미지까지 함께 실추되지 않았는가. 그것은 곧 기업에 타격이 갈 만한 수준의 추문이었던 것이다.

"사람들 다 보는 데서 대체 이게 무슨 망신이야!"

철없는 딸아이의 행동 때문에 온강과 JN이 둘 다 곤경에 처했으니 지금은 두 사람 자체의 문제보다 기업의 이미지 수습이 더 먼저였다.

"생각 없이 일 저지르기 전에 누군가가 너를 알아볼 거란 생각은 안 했던 거야?"

"원래 좋게 얘기하려고 했어요. 근데 막상 눈앞에서 보니까 피가 거꾸로 솟는 거 같아서……."

"그냥 권유안이 하나 조용히 차 버렸으면 될 일을, 왜 그 여자까지 찾아가서 추태를 부려!"

그러나 희정은 강 회장에게 다가와 애원하듯 그의 팔을 붙잡았다.

"죄송해요, 아빠. 근데 저는 그 사람이 포기가 안 돼요."

"뭐야? 포기 못 한다는 소리가 아직도 나와? 네가 포기 못 해도 이제 내가 그놈 싫다! 그런 놈이 뭐라고 아직도 그렇게 목을 매는 거야. 너만 바라보는 놈에게도 주기가 아까운데 왜 다른 여자 좋다는 놈에게 내가 내 딸을 줘!"

"아빠!"

아버지 팔에 매달리던 희정이 호소하듯 외쳤다.

"네가 포기 못 한다 한들 권 회장이 퍽이나 널 좋아하겠다! 네 입으로 그 집 아들내미 한심한 쓰레기라고 동네방네 떠들어 놓은 꼴이 되었는데!"

하지만 그녀가 아무리 매달려도 강 회장의 언성은 좀처럼 줄어들지를 않았다.

"네가 사람 때리고 추태 부리는 영상이 다 생생하게 찍혀 있는데, 권 회장이 그걸 안 봤을 거 같아? 그걸 보고 무슨 생각을 했겠냐. JN이 뭐가 아쉬워서 그런 성질머리를 가진 며느리를 들이고 싶어 하겠어?"

구구절절 맞는 아버지의 말을 부정할 수 없었지만 희정은 그 와중에도 조심스레 말을 꺼냈다.

"어차피 유안 오빠도 지금 이미지 안 좋아졌잖아요. 당분간은 오빠도 괜찮은 혼처에서 선 자리 들어오기는 어려울 거예요. 제가 권 회장님 만나서 잘 얘기해 볼게요."

"잘 얘기해보겠다구? 어디 가서 마음대로 안 되면 이번엔 권 회장 머리채도 잡지 그러냐?"

강 회장은 딸을 향해 한껏 눈을 흘기며 비꼬았다. 그러나 희정은 얼굴을 일그러뜨리며 울먹거리면서도 희망의 끈을 놓고 싶지가 않았다.

"제, 제가 유안 오빠의 어떠한 추문까지 다 받아들일 수 있다고 하면 권 회장님도 다시 생각해 주실지도 몰라요."

"네가 대체 왜 그 집에 자존심을 굽히고 들어가! 난 그런 거 절대 용납할 수 없으니까 꿈 깨!"

강 회장은 말도 안 되는 소리라며 길길이 뛰었다.

"지금 네 결혼이 문제 같아? 결혼이고 나발이고 회사 걱정이나

해, 이것아! 힘들게 올라간 자리에서 쫓겨나기 싫으면 당분간 얌
전히 근신이나 하고 있어!"

그제야 망연자실 아버지의 팔을 놓은 희정은 눈물을 쏟아 내
며 주저앉았다.

"결혼 날짜까지 잡고도 취소되는 일이 비일비재한 세상이야. 호
들갑 떨 거 없이 조용히 없었던 일로 하면 그만이야. 넌 포기해야
할 땐 물러서는 것도 좀 배워야 해."

희정은 그 말에 더 맞서지 못했다. 종종 꼰대 같다고 생각되어
듣고 싶지 않아 했던 아버지의 말들이 오늘따라 뾰족하게 가슴
에 박혔다.

사실 진작 알고 있던 걸 애써 부정하고 싶었는지도 모른다. 이미
돌이킬 수 없을 만큼 와 버렸다는 것을. 가질 수 없는 것을 너무
진득하게 붙잡고 있었다. 한때 저를 향해 다정하게 웃어 주던 그
의 미소가 이 순간 떠올랐다. 그 남자가 너무 좋아서, 그 남자를
독점하고 싶어서 부단히도 노력했는데. 그 노력마저도 이렇게 강
제로 차단되어 버렸다. 망연자실 상태의 희정은 하염없이 쏟아지
는 눈물을 주체할 수가 없었다. 그게 그렇게 큰 욕심이었나. 놓으
면 편해지는 걸까. 이제 다 끝나버린 건가.

* * *

권호찬 회장은 유안과 독대하기 위해 집 안 서재로 그를 불러
들였지만, 땅이 꺼지게 걱정하던 미경이 결국 따라 들어왔다. 아
내에게 최근 저지른 말실수 탓에 냉전 중이었던 터라 권 회장은

눈치를 보며 그녀를 내보내지도 못한 채 유안과 대화를 해야 했다. 그런데 유안에게 염려스러운 시선을 떼지 못하던 미경이 왜 그러는지 문득 그의 얼굴을 더욱 유심히 보았다. 그러더니 곧 깜짝 놀라 외쳤다.

"어머, 유안아, 너 근데 얼굴이 왜 이러니?"

미경이 다가와서 얼굴에 손을 대려 하자 유안은 조금 당황하여 얼굴을 슬쩍 돌렸다.

"다친 거야?"

"별거 아니에요."

지선이 아침에 메이크업으로 열심히 멍 자국을 가려 주었는데도 방 안이 밝아서인지 예리한 미경의 눈에는 이상해 보였던 모양이다. 그러자 권 회장도 눈이 휘둥그레져서는 아들의 얼굴을 살피고 들었다.

"너도 희정이한테 맞았냐?"

"그럴 리가요. 그냥 좀 부딪쳐서 그래요."

유안은 태연하게 얼버무리며 말을 돌렸다.

"전 괜찮으니까 걱정하지 마시고 하실 말씀 어서 하세요."

그러자 이런 상황에서 얼굴에 멍까지 달고 있는 아들을 답답하다는 듯 바라보던 권 회장이 한숨끝에 입을 열었다.

"그래서, 네놈은 이제 어쩔 생각이야."

"될 수 있으면 두 사람에게 피해가 덜 가도록 잘 처신해야죠."

"네가 어떻게?"

속이 타던 권 회장이 성마르게 물었다.

"저 하나만 한심해지면 되는 거죠."

"네가 왜?"

"진작 제 말을 존중해 주셨다면 이 지경이 되는 일도 없었을 거예요. 왜 희정이에게 헛된 희망을 품게 하셨어요."

"후우……"

권 회장은 연신 노기어린 한숨을 푹푹 내쉬었다. 아들이 입사한 지도 3년 가까이 되었고 이제야 안정적으로 자리를 잡은 듯했다. 지금까지는 사내에서의 그의 실적과 평도 좋았다. 그렇지만 오랜 시간을 지켜본 것은 아니었으므로 아직 온전한 신뢰를 받고 있다고는 볼 수 없었다. 더 두고 봐야 하는 게 당연했다. 지켜보는 눈이 한둘이 아닌데 이런 일이 터져 버리다니.

"지금 이 상황에서 너희가 정말 찢어지면 소문이 기정사실화 되지 않겠어? 그냥 그 여자에 대한 일은 희정이의 오해였다고 발표하고 결혼식을 그대로 진행하는 게 추문을 잠재울 수 있는 가장 나은 방법이 아닐까 싶다."

"아버진 그렇게 희정이가 좋으세요?"

급기야 유안이 회의적으로 묻자 권 회장은 난처한 듯 시선을 돌렸다. 물론 권 회장도 그에겐 딸처럼 싹싹하게 굴던 희정이 영상 속에서 보여준 반전 같은 모습에는 놀라움을 금치 못했었다. 물론 실망스럽고 우려가 되긴 하였으나 이 시점에서 서로의 기업에 누가 덜 되도록 빠른 수습을 하는 게 더 중요했다. 그러기 위해선 방금 던진 자신의 의견이 나쁘지 않은 선택지라는 생각도 해본 것이었다.

"그…… 같이 일하는 계약직 사원이라고?"

권 회장이 언급하는 누군가에 일순 유안의 눈빛이 날카롭게 빛났다.

"내 말대로 하는 편이 네가 그 아가씨에게 피해를 덜 주는 길이 아니겠니. 희정이가 직접 오해였다고 공식적으로 사과하면 언론은 곧 잠재워지겠지."

만난다는 여자를 보여 주지 않으려 하기에 대체 누구인지 궁금했었는데 이번 일이 터지면서 오늘 비서에게 전해 듣게 되었다.

"비즈니스보다 제 행복을 좀 더 생각해 볼 순 없으세요?"

그러나 이어진 유안의 뾰족한 질문에 권 회장은 조금 놀란 눈으로 아들을 쳐다보았다. 아들이 저에게 이런 말을 하는 건 처음이었다. 강 회장의 말문이 막히자 곁에서 침울한 얼굴로 듣고 있던 미경이 마침 끼어들었다.

"그래요, 여보. 희정인 인연이 아닌 거예요. 솔직히 당신도 젊을 때, 강민식 회장 그닥 좋아하진 않았다면서요. 그냥 우리랑 애초에 연이 닿을 집안이 아니었다고 생각해요."

착잡한 표정을 풀지 못하는 와중에도 미경은 조곤조곤 내뱉었다.

"물론 희정이가 유안이를 많이 좋아해서 우리한테 잘한 것도 많고, 저도 그 애가 어릴 적부터 외롭게 자란 것이 안쓰러워서 혼사 문제를 떠나 그냥 잘해 주려고 애쓰긴 했지만……."

희정이 어릴 적에 그녀의 모친이 집을 나갔는데 강 회장은 그녀를 찾지도 않고 딱히 재혼도 하지 않았다. 바쁜 강 회장이 딸과 시간을 많이 보낼 수 있었을 리 만무하고 사용인들의 손에 공주처럼 자라긴 했어도 외로웠을 게 분명했다. 그래서 미경은 그 애를 보면 유안을 보는 것 같아서 볼 때마다 친근하게 대해 주긴 했었다.

"근데 사실, 최근에 희정이에 대해 들리던 소문들이 그렇게 썩 좋지만은 않았어요."

안 그래도 미경은 유안의 결핍을 잘 알았기에 비슷한 결핍을 가진 희정과 과연 잘 살 수 있을까 의구심이 들기도 했던 터였다. 그런데 유안이 결혼 자체를 거부하니 더 말해봐야 무슨 소용이 있을까.

유안은 그 가운데서 홀로 침음하는 듯 깊게 가라앉은 눈동자를 하고 있었다. 그러나 이윽고 그는 다시 부모님 앞에서 입을 열었다.

"일이 이렇게 되기까지, 제 불찰도 있으니 제가 알아서 해결할게요. 너무 걱정들 마세요."

"뭘 어떻게 하겠다는 건진 몰라도, 그 계약직 아가씨는 내가 직접 얼굴 볼 일일랑 없게끔, 네가 알아서 잘 내보낼 거라 믿는다."

권 회장은 쌀쌀맞게 쏘아붙였고 유안은 그 말에는 대꾸 없이 뒤돌아서서 서재를 나왔다.

* * *

많은 곳에서 연락이 왔지만, 수영은 그 모든 것에 다 응답을 할 수는 없었다. 가족이나 절친한 친구와만 겨우 소통했을 뿐이었다. 그러나 연락이 올 때마다 누구에게 오는 것인지 확인은 할 수밖에 없었다. 권유안이 다시 연락을 할 수도 있었으니까.

멍한 표정의 수영은 전화기를 엎어 놓은 채 침대 위에 앉아있었다. 그때 마침 진동이 길게 울렸고 혹시나 하는 마음에 전화기를 뒤집어 보던 그녀는 흠칫 놀라고 말았다. 유안은 아니었지만 임지선 차장에게 오는 전화였다.

"예, 임 차장님."

잔뜩 긴장한 얼굴로 전화를 받았다.

-차수영 씨. 지금 집인가요?

"네, 집입니다."

-이사님이 지금 경황이 없어서 내가 연락하게 되었어요. 이해해 주세요.

"네, 그럼요."

초조하게 대꾸하는 수영에게 지선은 어쩐지 소리를 낮춘 듯한 목소리로 말했다.

-지금 내가 보내는 주소로 갈 수 있어요?

수영은 덜컥 마음이 불안해졌다. 기다리던 유안의 소식일 텐데 막상 올 것이 온 것처럼 두려워지는 것이었다.

"예, 알겠습니다."

내색하지 않으려 해도 체념한 듯한 목소리가 흘러나갔다.

-아무래도 대중교통보다는 차수영 씨가 직접 운전하고 오는 게 좋을 것 같네요. 혹시 모르니 내려올 때도 모자로 얼굴을 가릴 수 있으면 그렇게 해요. 물론 차수영 씨가 이사님이나 강 부사장님처럼 알려진 사람은 아니지만 그래도 조심해서 나쁠 건 없으니까요.

지선은 신중한 그녀의 성격답게 세심한 부분까지 챙겼다.

"네, 꼭 그렇게 하겠습니다."

-누군가 따라오는 것 같으면 멈추고 나한테 연락하고요.

"네. 차장님."

전화가 끊어진 지 얼마 안 되어 지선으로부터 한 메시지가 발송되었다. 그녀가 가야 할 주소는 서울에서 멀지 않은 경기도 어딘가에 있는 장소였다. 수영은 모자를 눌러 쓰고 도수 없는 안경까지 착용했다. 그 뒤 조심스레 내려가 지하 주차장에 세워 둔 미니 컨버터블에 올랐다. 그가 선물해 준 차가 이런 때에 유용하게 쓰이는 데에 씁쓸함을 느끼며 그녀는 차를 출발시켰다.

약 40분가량 달려 도착한 곳은 한적한 곳에 자리한 목조 주택이었다. 아마 별장으로 쓰이는 곳일 거라는 추측이 되었다.

그녀가 올 것을 알았는지 한 사용인이 정원을 가로질러 나와서 대문을 열어 주었다. 그의 안내에 따라 차고에 주차를 했다. 옆에는 이미 유안의 차가 주차되어 있었다. 그걸 보며 더욱 가슴이 떨렸다.

차에서 내린 수영은 사용인이 안내하는 대로 집 안으로 들어갔다. 사용인은 자못 엄숙한 얼굴로 그녀에게 조용히 말해 주었다.

"이사님은 2층 제일 안쪽 방에 계십니다."

"네, 감사합니다."

거기서부턴 수영 혼자서 걸어갔다. 그 덕에 더욱 그에게 가는 한 걸음 한 걸음이 무거웠다.

2층 제일 안쪽 방문을 열어 보니 햇살이 환하게 들이치고 있었다. 넓은 방 한가운데 자리한 소파에는 권유안이 앉아 있었다.

"멀리서 오느라 수고 많았어요. 사람들 눈 피해서 조용한 데서 보느라……. 와서 앉아요."

"네."

수영은 문을 닫고 와서 건너편 소파에 앉았다. 정면으로 보이는 권유안의 얼굴은 다소 숙연해 보였다. 평소와 달리 너무도 무거운 분위기의 그를 보며, 수영은 낯선 기분을 느꼈다. 예전 그 특유의 여유로운 표정으로 저를 빤히 보던 모습이 벌써부터 그리워질 것만 같았다. 이렇게 심각하고 곤란한 눈으로 저를 보는 그의 모습을 마주하는 건 어려운 일이었다. 그의 곤란해 하는 얼굴을 보고 싶지 않은 이유는 그가 지금 자신에게 미안해하고 있는 게 보였기 때문이다. 어떤 미안해지는 말을 하기 위해 이런 분위기를 내는 건지 거기에 대한 예감이 들어서 보고 싶지가 않은 거였다.

"저……. 퇴사하겠습니다. 그 부분은 염려하지 마세요."

곤란해 보이는 그에게 수영이 먼저 입을 열었다. 맥락없이 던져진 말을 듣던 유안의 미간이 미세하게 구겨졌다.

"꼭 그러지 않아도 돼요. 원한다면 다른 지사로 발령받는 것도 가능해요. 정규직 전환도 그대로 진행 가능합니다. 차수영 씨 부모님 사시는 곳과 가까운 대전에도 JN 건설 지사가 있고 계열사도 있어요."

그러나 수영은 그런 답을 하는 유안을 슬픈 눈으로 바라보았다.

"아니요, 괜찮습니다. 제가 나가야죠."

유안은 그녀를 더 설득할 수 없었다. 그 영상을 본 사람들이 보지 않은 사람들보다 더 많을 수도 있는데 갑자기 본사에서 신규 발령된 그녀를 보면 알아챌 수도 있는 일이었다. 어느 곳으로 가든 JN의 사원으로 있는 이상 그녀에 대한 소문이 전혀 닿지 않을 순 없을 것이다.

"미안해요, 나 때문에."

JN 안에서는 그녀가 좀 더 쉽게 특정될 게 뻔한 일이었다. 그건 그거대로 힘겨운 싸움이 될 것이므로 그녀에게 강요할 순 없었다.

"더는 차수영 씨에게 큰 피해가 가지 않도록 최대한 애써서 해결해 보겠습니다."

수영은 그가 무얼 어떻게 할 생각인지 답을 예측할 수가 없어 초조하게 물었다.

"어떻게…… 하실 생각인가요?"

유안은 잠시 수영을 우두커니 바라보았다. 긴장 속에 수영은 답을 기다렸고 마침내 그의 입술이 열렸다.

"차수영은 처음부터 나와 교제한 적이 없는 사람이야."

서늘하게 떨어진 말에 수영은 몸을 조금 떨었다. 비록 말만이었어도 순식간에 허전함이 몰아쳤다.

"오늘부터 차수영은 자유야."

그를 빤히 바라보던 수영의 눈가가 점차 붉어져 갔다. 자유라는 말이 이렇게 슬플 수도 있는 거였나. 계약으로서 저를 소유하던 남자가 끝내 자유를 선언해 주었다. 빚 때문에 자존심도 버리고 죽은 듯이 거래에 응했던 그날엔 언제 이런 날이 올지 상상조차 할 수 없었다.

수십억의 대가는 까마득하기만 했다. 그래서 이날을 실감하지 못했었다. 그래서 스스로를 잃지 않으려고 자긍심을 온전히 되찾는 날을 고대하려 애써야만 했다. 그런데 어느새 이렇게 되어 버렸을까. 그가 버려 주길 바란다고 아등바등 우기던 때가 언제였던가. 이제는 오히려 그때가 더 까마득해진 것만 같았다.

자유라는 말이 이렇게 슬펐던가. 언제고 이 말을 진정 염원했던 때가 있기는 했던가. 좋은 뜻의 단어인데 이상하게도 그 말에 가슴이 뜯길 것 같았다. 어젯밤만 해도 절절한 감정을 토로하고 뜨거운 입맞춤을 퍼붓던 남자였다. 그랬던 남자였는데. 어제 엿보았던 그의 마음에 지금도 감정이 북받쳐 오를 것만 같은데. 하룻밤 사이에 그와의 관계는 완전히 달라져 있었던 것이다.

전에는 다가갈 수 없었던 남자였다면 이제는 다가가선 안 되는 남자가 되어 있었다. 원래도 아득하게 멀었던 남자가 이제는 평생 닿을 수조차 없을 만큼 더욱 멀어져 버렸다. 평생 결혼은 안 하겠다는 남자. 애초에 그 남자와의 결혼은 바라지도 못했던 여자. 두 사람은 미래를 약속할 수 있는 사이는 아니었지만 아직 서로를 추구해 볼 시간 정도는 더 남아 있을 줄 알았다. 아직 서로를 더 알아보고 싶었고 질리도록 함께 있어 보고 싶었다.

"그리고 처음부터 미안했어. 내가 너한테 한번은 제대로 사과해야지. 처음부터 너를 내 인생에 끌어들이지 않았다면 이런 곤란한 일을 겪는 상황도 없었을 텐데."

그녀에게 자유를 선언하고 난 남자는 더욱 허전한 말들을 늘어놓았다.

"지금에 와서 조금 미련이 남는 게 있다면 너에게 그렇게밖에 다가가지 못했다는 거……. 생각해 보면 난 처음부터 진심이었는데."

진심. 진심이라는 표현은 곧 마음의 고백이었다. 저를 떠나는 날 처음으로 제게 고백의 말을 하는 남자라니.

"내가 조급했어. 그때는 그렇게 안 하면 너를 곁에 둘 방법이 없어서……. 그렇게라도 갖고 싶었어."

참고 참았던 눈물이 봇물이 터진 듯 급격하게 눈가에 차올랐다.

"벌써 저를 놓으시는 거예요? 제가 이사님에게 진 빚은요."

"전부 끝났어. 내가 말한 연애는 여기까지야. 넌 자유라고."

"그럼 돈으로 갚을래요."

그래야 그를 앞으로 더 볼 수 있을 것 같았다.

"처음부터 빚이라고 생각하고 준 게 아니었어. 받을 생각 없었는데 너를 묶어 둘 명분이 필요했을 뿐이야."

"그래도 갚을래요."

"그럼 나 때문에 네 인생이 이렇게 곤란해진 것에 대한 보상이라고 생각하든가."

하지만 그는 일말의 여지도 남기지 않았다.

"더는 나에게 묶여 있는 일 없을 테니까 너 하고 싶은 대로 살아."

정말 그녀를 철저하게 자유롭게 해 주는 것이었다.

"너한텐 나를 만났던 시간들이, 좋았을 게 없었던 시간 같아 미안하지만, 그래도 난 지금 이 상황에서도 너랑 함께 보낸 시간에 대해선 후회가 없어. 염치없지만 나한텐 중요한 시간이었던 것 같아."

시야에 보이는 그의 모습이 눈물로 흐릿해져 갔다. 가슴속이 한없이 저며 왔다.

"이기적인 말이지만…… 나한테 그 시간마저 없었다면 지금의 나는 더 끔찍했을 거야. 난 지금의 이 상황보다 너를 알기 전의 삶이 더 끔찍했으니까."

수영이 눈을 꾹 감자 눈물이 후두둑 떨어졌다. 백 번을 사랑한다고 말해 주는 것보다 더욱 그의 마음이 잘 보였다. 끝을 고하고 있는 이 순간에 어느 때보다도 가장 그의 진심이 잘 보였다. 예전부터 알려고 애썼더라면 그의 마음을 더 잘 알 수 있었을까. 내가 너무 알려고 하지 않았던 걸까.

아득하게 먼 남자와의 연애는 여기까지였다. 그 끝이 그의 진심 어린 고백이었으니 그걸로 만족해야 하는 걸까. 이제 그를 아는 모든 사람들이 차수영의 존재를 알게 되었다. 자신의 존재는 그에게 이미 마이너스가 되어 버렸다.

유안은 검은 심연처럼 고요한 눈으로 수영을 바라보았다. 수영은 그의 잠잠한 눈빛에서도 그의 고통을 보았다.

"당분간 사람들 사이에서 차수영 씨가 자주 회자될 수도 있어요."

그의 말은 또 평소처럼 담담한 어조로 돌아와 있었다.

"차수영 씨를 아는 사람 중에 누군가 먼저 흘린 건지는 몰라도 이미 차수영 씨 신상 정보나 나와의 관계를 추측한 글들이 퍼지고 있어요. 차수영 씨가 나랑 같은 회사에 다녀서 정보 노출에 더 쉬울 거예요."

수영은 예상하였던 터라 고개를 끄덕였다.

"이번 일 때문에 퇴사까지 하게 되어 유감이고 미안해요. 이 일로 차수영 씨가 많이 힘들지 않게 최대한 애쓸 거니까 당분간만 좀 견뎌 줘요."

"걱정하지 마세요."

눈물을 흘리는 와중에도 수영은 차분하게 대답했다. 꺼질 듯 가라앉아 있는 그녀의 모습에 유안의 시선이 한참이나 머물렀다. 그의 눈동자가 간혹 흔들렸다.

"그리고."

잠깐 침묵하던 그는 깊게 깔린 목소리로 다시 말을 뗐다.

"그런 일은 없도록 하겠지만 혹시라도 내가 취해서 찾아가거나 실수를 하게 되면 매정하게 쫓아내 줬으면 좋겠어요."

하염없이 눈물 흘리는 수영을 바라보며 그의 눈동자가 언뜻 떨렸다.

"이젠 차수영 씨는 자유니까 예전처럼 나를 무조건 받아 줄 필요는 없어요."

수영은 그가 자신처럼 울고 있지 않아도 그의 눈빛에 진득한 미련이 넘치고 있다는 걸 알 수 있었다. 두 사람은 한동안 서로의 모습을 새기듯 바라보았다. 한순간도 빠짐없이 담으려는 듯이.

"그럼 난 이만 이 일을 수습하러 가 봐야겠습니다."

이윽고 유안이 소파에서 일어났다. 수영은 고개가 꺾이도록 그를 올려다보며 그에게서 젖은 눈을 떼지 못했다.

유안은 곧 문을 향해 발을 옮겼다. 문을 잡은 그는 나가기 전 다시 한 번 수영을 돌아보았다. 그를 뚫어지게 바라보고 있는 여자의 서글픈 얼굴이 보였다.

"이렇게 만남이 짧을 줄 알았다면 더 많이 잘해 줄 걸 그랬네요. 처음부터 끝까지 미안한 마음뿐이야."

유안이 그답지 않게 중얼거렸다. 마지막 순간에 다다르니 못 해 준 게 많다는 생각뿐이었다.

망연한 눈으로 그를 응시하던 수영은 애써 울음을 삼켰다. 그녀는 이내 침착하게 가라앉힌 목소리로 서글픈 말을 전했다.

"미안해하지 마세요. 우린 연인이 아니었으니까요. 이사님은 저한테 항상 멀기만 한 사람이었어요."

결국 처음부터 예감했던 좁힐 수 없는 간극은 여기서 자신들을 멈추게 했다.

"연인은 서로 사랑하려고 애쓰지만, 제가 이사님을 만났던 시간들은 이사님을 사랑하지 않으려고 부단히 애쓰던 시간들이었어요."

유안은 수영의 마지막 말에 생각 많은 눈빛으로 그녀를 보았다.

"건강히 잘 지내요."

그러나 끝내 그는 마지막으로 친절하게 인사를 고했다.

* * *

희정은 불안한 표정으로 유안을 보았다. 도살장에 끌려온 짐승처럼 혹은 판결이 선고되기 직전의 죄수처럼 겁을 먹고 있었다. 당시엔 눈이 뒤집혀서 저질렀지만 갈수록 밀려드는 건 후회뿐이었다.

"오빠도 봤지? 그거……."

그가 꽤나 아끼는 듯한 여자에게 자신이 한 짓을 생생하게 녹화된 장면으로 보고 왔을 테니 그와 오래 눈을 마주치는 것조차 곤란했다.

"뭐 말하는 거야?"

유안은 생각보다 덤덤한 얼굴을 하고 있었지만, 어딘가 냉랭한 기운을 뿜고 있었다.

"그…… 떠돌아다니는 거……."

그녀는 맞은편에 앉은 유안의 입에서 떨어질 말이 무엇일지 초조하게 기다렸다.

"아, 그거……. 아니, 난 안 봤어."

희정은 화등잔만 해진 눈을 들었다.

"보면 너무 화날 거 같아서."

희정을 노려보며 유안은 엄한 얼굴로 내뱉었다. 자신의 트라우마 때문에도 폭력이 싫지만 차수영이 맞는 모습이라니.

"……."

그의 얼굴이 살벌해서 희정은 다시 눈을 내렸다. 저렇게 무서운 권유안은 처음 보았다.

"그래. 안 봤구나……. 잘했어."

희정은 도무지 그의 앞에서 사과의 말은 나오지 않았다. 오히려 그 여자에겐 발표문을 통해 어렵게나마 사과를 할 수 있어도 이 남자에게 그 여자와의 관계를 어렵게 만들어 미안하다는 말을 하기엔 정말 비참했기 때문이다.

"어쨌든 난 나대로 내 입장을 알릴 테니까 너는 너대로 네 할 일을 해."

유안이 담박하게 본론을 꺼내자 희정이 이마를 구기며 되물었다.

"그게 무슨 말이야?"

"이 일에 대해 진심으로 사과해. 차수영한테."

희정의 얼굴이 급격하게 어두워졌다. 현재 차수영은 합의를 하지 않겠다고 했으나 강 회장이 가진 힘으로 혐의를 벗어 볼 수 있

을까 막연하게 생각할 뿐이었다. 게다가 암암리에 처벌 없이 지나
갈 수 있다면 좋겠단 생각이었다.

"공식적으로 모든 게 너의 오해였다고, 그 여자는 나랑 아무 관
계없는 사람이었는데 네가 실수했다고 사과해."

희정은 더욱 서글픈 기분이 들었다. 비록 피해자지만 이 순간
그의 보호를 받고 있는 그 여자가 왠지 자신의 처지보다 나은 것
같았다. 자신의 잘못이 크긴 했지만 그래도 오해란 말엔 조금 억
울했다.

"솔직히…… 정말 내 오해는 아니잖아, 오빠."

희정은 전에 엿들은 이야기에 대해선 말하지 않았지만 알고 있
다는 듯이 말했다.

"무조건 네 오해인 거야. 그 여자랑 난 아무 사이도 아니야."

그러나 단호한 유안의 태도 앞에서 희정은 체념한 듯 더 반박하
지 않았다. 하긴, 이 상황에서 그게 뭐가 중요하겠는가.

"네가 그 여자의 오명을 네 입으로 직접 벗기고 사과를 하면 차
수영이 너랑 합의하도록 설득해 줄게."

희정은 그의 말에 잠시 침음에 잠겼다. 차수영은 자신의 처벌을
원하고 있었다.

"차수영도 아마 얼굴이 알려진 채 오명을 쓰고 사느니 오명을
벗고 합의를 해 주는 게 나을 거야. 그건 내가 설득할 수 있어."

유안이 확신에 찬 듯 자신 있게 말했다.

"합의 안 하면 내가 처벌을 받게 될 거 같아? 우리 아빠가 그대
로 두실까?"

"글쎄. 과연 어떠실까. 이번 일은 온 국민이 증인이잖아. 빼도 박

도 못하게 촬영이 다 되어 있는데 이대로 혐의를 벗어 버리면 여론이 더 볼만해지지 않을까?"

"······."

희정은 설핏 눈을 뜨며 그를 보았다.

"어차피 버텨 봤자 네가 더 얻을 건 없어. 지금 사람들은 너에게 실망도 많이 했지만 너에 대한 동정론도 일부 있는 상태야. 이제 곧 공식적으로 약혼자에게 버림받고 더욱 가련한 여자가 되겠지. 진심으로 뉘우치는 모습만 보이면 곧 잠잠해질 거야."

유안이 침착하게 뱉어내는 말들 앞에서 희정은 혼란한 눈동자를 굴리며 열심히 고민했다.

"이미 벌어진 과오에 대해 자존심 세울 필요 없잖아. 이 시점에서 온강과 너의 이미지 회복에 최선인 행동을 취해야지. 거기다 넌 합의도 할 수 있고."

유안은 급기야 희정의 결정을 채근하기 위해 한 가지 경고까지 해 두었다.

"만약 얼렁뚱땅 무혐의 만들 생각이라면 그만두는 게 좋을 거야. 그렇게 되면 그땐, 내가 어떻게든 그 비리를 세상에 이슈화해서 시끄럽게 만들 거니까. 차수영 편에 서서 끝까지 승소할 테니까. 내 말 외에 네가 처벌을 피할 길은 없을 거야. 범죄자 낙인 하나쯤 우스운 거라면 그냥 달고 살든지."

희정은 조용히 눈물을 떨어뜨렸다.

"희정아. 그동안 세상이 무서운 적이 없었지. 뭐가 너에게 유리한 언론 플레이인지 신중하게 생각하길 바란다."

희정은 어쩔 수 없이 그의 말대로 할 수밖에 없다는 생각이 들었다. 허탈한 눈물이 나왔다. 솔직히 자신의 자존심을 꺾고 사과문을 발표하는 것보다 이제 정말 권유안과 일말의 가능성도 없이 다 끝나 버렸다는 사실이 더 서글펐다. 그에게 다가갈 모든 길이 다 닫혔다는 것이 허무해졌다.

"너 예전엔 이렇게까지 감정적이지 않았잖아. 언제부터 이렇게 변했니."

유안은 조금 안타깝다는 듯이 말했다. 온강 입사 전의 희정은 좀 불안하긴 했어도 인간적인 면모가 많은 아이였다. 녹록지 않은 온강이라는 사회에서 지금의 자리에 올라서기까지 스스로 독해져야 했다는 건 이해했다. 그런데 최근 그녀의 여러 행보를 보면 이젠 분노를 조절하지 못하는 폭군이 되어 가는 듯했다. 안타깝게도 그녀의 경솔한 행동이 그간 불도저 같았던 스스로에게 브레이크를 걸게 된 셈이었다. 자의든 타의든 이제 자신이 뿌린 것을 자신이 거두어야 할 때였다.

"어릴 적 내가 나았다고? 그때 난 지금보다 더 약했어."

희정은 차라리 유안이 자신의 아버지가 그랬던 것처럼 불같이 화를 내 주는 게 낫다는 생각이 들었다. 안타깝다는 듯 말하는 게 더 싫었다.

"아니. 약하지 않았어. 이룬 건 지금보다 적었을지 몰라도 그때의 네 마음이 더 건강하고 행복해 보였어. 잘 생각해 봐. 지금 네 곁에 더 많은 사람이 있는 것 같지만 그중 너에게 진심을 보이는 사람들은 얼마나 될지. 예전에는 더 많은 사람들이 너를 좋아했어. 내가 봐도 인간 강희정은 그때가 더 매력적이었어."

"오빠는…… 그때도 나를 좋아하지 않았잖아."

"나 한 명의 마음이 그렇게 중요해?"

"나에겐 중요해."

힘없이 읊조리는 희정의 얼굴은 눈물범벅이 되어 있었다. 유안은 그녀의 말에 생각에 잠겼다가 조심스레 입을 뗐다.

"그 마음이 무엇인지는 나도 이제 잘 이해하지만……. 이제 나하나에 의해 네 감정 좌지우지되지 말고 그만 너를 있는 그대로 행복하게 해 줄 사람을 만났으면 좋겠다. 그게 나는 아닌 거야, 희정아."

희정은 눈물을 닦으며 고개를 들었다. 망설이던 그녀는 싫지만 궁금한 것을 물었다.

"차수영이 오빠에겐 그런 사람이야?"

"……."

하지만 유안은 끝내 그 질문에 대답하지 않았다. 자신의 할 말은 다 마친 건지 그는 자리에서 일어났다.

"네 입장 발표 기다릴게."

그때 돌아서는 유안의 뒤에다 대고 희정이 또 하나의 질문을 던졌다.

"내가 오빠랑 그 여자가 아무 사이도 아니었다고 공식적으로 발표해 버리면 오빤 정말 그 여자랑 아무 사이도 아니게 될텐데 그건 괜찮아?"

걸음을 우뚝 멈춘 유안이 고개를 돌려 희정을 보았다. 말갛게 그를 보던 희정은 그 답을 끝까지 기다릴 기세였다. 이제 권 회장이 차수영의 존재를 알았을 테니 둘 사이도 끝이겠지만 그래도 조금 궁금했다. 그래서 둘은 어찌 되는지.

"이미 끝났어."

그러나 유안은 딱딱한 대답 한마디만을 남기곤 돌아서 나가 버렸다.

* * *

다음 날 희정은 유안이 시키는 대로 사과문을 발표했다. 사과문을 통해 희정은 영상 속 그 여성분은 권유안 이사와 그런 관계가 아니었는데 자신의 오해로 비롯하여 생긴 해프닝이었다고, 그 일로 고통받은 피해자와 가족분들께 무엇보다 진심으로 머리 숙여 사과를 드리며 이 일로 자신에게 실망하셨을 모든 분들께도 죄송한 마음뿐이라고 전했다. 그리고 그녀가 먼저 발표하고 나자 그 내용이 제대로 되었는지 확인한 뒤에 유안 역시 입장을 발표했다.

그 영상 속 여자분은 자신이 혼자 좋아했던 같은 회사 사원이었을 뿐 특별한 사이는 아니다. 몇 번 대시했지만 거절당한 게 그분과 있던 일의 전부다. 같은 프로젝트를 진행하는 팀이라 외근과 미팅에서 종종 함께했었는데 그 과정에서 강희정 부사장의 오해를 사서 일어난 일 같다. 양가 부모님 사이에서 강희정 부사장과 혼담이 진행되었던 것은 사실이었지만 자신은 확신이 없던 상태였다. 그사이에 강 부사장이 자신과 부모님께 상의하지 않은 채 인터뷰에서 약혼을 언급하여 공식적으로 알려지게 되었다. 강 부사장과 양가 부모님들께는 죄송하지만, 솔직히 자신은 정략결혼에 의지가 생기지 않아 그 혼담을 무르고 싶어 했는데 그런 식으로 알려지게 되어 곤란한 상황이었다. 어찌 되었든 이렇게 해명을 드리게 되어 마음이 좋지 않고 강희정 부사장의 실수를 떠나서 파혼 소식은 자신 또한 유감이다. 자신 관련된 일 때문에 피해를 입은 여성분께도 너무 죄송하고 이번 일에 관련된 자로서 심려 끼치게 되어 죄송하다.

이런 내용으로 그의 입장 발표는 마무리되었다.

17. 그를 찾는 밤

입장이 발표되고 난 직후였다.

"저……. 이사님."

지선이 보기에도 곤란한 얼굴을 하고선 유안의 집무실을 찾았다. 심상찮은 분위기를 직감한 유안은 비서의 얼굴을 살피며 물었다.

"무슨 일이 있나요?"

"저 그게…… 부산 사모님께서 서울에 와 계십니다. 좀 전에 연락이 와서 이사님 만나 뵐 수 있냐고 여쭤 보시는데……."

지선은 당연히 유안의 눈빛이 변하는 걸 대번에 알아챘다. 가뜩이나 차수영과의 관계를 정리하고 심적으로 어려운 상황인데 하필 지금 이런 얘길 전하게 되어 마음이 좋지 않았다.

"안 그래도 이사님 힘드신데 이런 얘기 죄송하지만……."

  유안은 표정도 없이 지선을 똑바로 쳐다보며 그 말을 듣고 있었다.

"건강도 안 좋은데 힘들게 올라오셨다니까, 이번 한 번은 만나 주시는 게 어떨지 조심스레 여쭙고 싶네요."

  끝나지 않은 혼돈에 또 다른 혼돈의 추가였다. 유안은 낮은 한숨을 내쉬었지만 어쩔 수 없이 응했다.

"알겠습니다. 어디 머물고 계시는지 물어봐 주세요. 이따가 제가 찾아가겠다고."

"예, 알겠습니다."

  지선은 복합적인 감정이 서린 눈빛으로 그를 보며 대답했다. 그녀의 눈동자에 안도와 염려가 동시에 스쳤다.

* * *

  퇴근 후 유안은 곧장 친모가 머물고 있다는 호텔로 향했다. JN 계열의 호텔이 아닌 다른 곳이었다. 그녀는 이혼 이후 다시는 JN 계열의 호텔이나 리조트에 머물지 않았다고 한다.

  호텔에 도착하여 객실로 올라간 유안은 담담한 얼굴로 문 앞에 섰다. 대학생 때 미국에서 얼굴을 본 이후로 처음이었으니 약 7년 만의 재회였다. 문을 두드리자 생각보다 한참 뒤에 문이 달칵 열리는 소리가 들렸다. 열린 문 사이로 어머니의 얼굴이 드러났다. 들은 대로 수척해진 모습이었는데 그녀의 얼굴에 생각보다 더 많은 세월의 흔적이 내려앉아 있어서 조금은 놀라웠다.

유안은 그녀를 향해 고개를 꾸벅 숙여 알은체했다. 가현의 또렷해진 동공은 유안의 얼굴에 직선적으로 꽂혀 있었다. 그녀는 삼시 고개를 들고 멍하게 아들의 얼굴을 바라보더니 안으로 들어서머 입을 뗐다.

"들어와."

유안은 점잖게 발을 들였다. 스모킹 룸인지 미미하게 담배 향이 났다. 여전히 담배를 태우나 보다 생각했다.

앞서 걸음을 떼던 가현은 다시 그를 돌아보았다. 들어오는 아들을 보며 그녀는 문득 눈을 크게 떴다. 불빛 아래로 들어오자 파운데이션으로 적당히 가려 둔 그의 한쪽 뺨 위에 은근하게 멍 자국이 비치는 게 보였다. 유안 역시 그녀가 무엇을 보고 놀라는지 알 수 있었다. 하지만 그녀는 보통 사람들과 같은 반응은 하지 않았다. 스스로도 아들의 몸에 난 상처에 관해서는 걱정할 자격이 없다는 걸 아는지, 그저 면목이 없는 건지, 당황하기만 할 뿐 차마 아무것도 묻지 못하고 이내 고개를 돌렸다.

"밥은 먹었니? 룸서비스 시켜 줄까?"

그녀는 자연스레 다른 말을 꺼냈다.

"아니요, 괜찮습니다."

있던 밥 생각도 달아날 것 같았던 유안은 고민 없이 거절했다. 그 거절이 무려 7년 만에 그녀 앞에서 떼는 첫말이었다.

"그래. 그럼 그냥 앉자."

그녀는 식사 대신 차를 두 잔 가지고 와서 테이블 위에 두었다.

어머니와 마주 앉았지만, 유안은 묘하게 낯 뜨거운 모자의 상봉에 사실 대화의 의지가 별로 없었다. 그녀 역시 어색함을 감추지 못하는 듯했지만 눈이 마주치자 빙긋 웃었다.

"네가 정장 입은 거 처음 본다."

자신을 훑어보는 어머니의 흐뭇한 눈길을 느끼며 무덤덤하게 되물었다.

"그러신가요?"

"사진으로는 봤지만……. 실제론 처음 보는데 멋지네, 내 아들."

"……."

유안은 말문을 닫았다. 어느새 내 아들이라는 말은 새어머니인 미경에게서 훨씬 더 많이 들어 온 말이어서 이제 와 친모에게서 듣기엔 어색하기 짝이 없었다.

"너 지금 보니까 나를 많이 닮았다."

하지만 가현은 오랜만에 만난 아들에게서 좀처럼 눈을 떼지 못했다.

"전엔 네 아버지만 닮았다고 생각했는데 클수록 내 얼굴도 많이 보이네. 왜 몰랐을까……."

그런 말을 하는 그녀는 썩 쓸쓸해 보였다. 하지만 유안은 자신이 그녀를 닮았다는 말이 싫었다.

"사실 어릴 때도 남들은 그렇게 말하기도 했어요."

그런데도 그녀만 늘 넌 아빠랑 똑같다고 말했다.

"그랬니?"

가현은 조금 무안한 듯 되물었다. 그녀는 괜스레 차를 들어 입으로 가져갔다.

"호텔 오기 전에 아까……."

그리고 그녀는 왜인지 소녀 같은 미소를 걸며 다시 운을 뗐다.

"가평 별장에 들렀었어. 너랑 마지막으로 그 별장 갔을 때가 생각나더라. 혹시 기억나니?"

유안의 얼굴이 한결 더 딱딱하게 굳어졌다.

"기억나죠."

아들이 기억해 줘서 반가운지 가현은 옅게 미소를 지었다.

"지금 생각하니까 참 행복했던 추억이었어. 내가 직접 밥 지어서 너희들 먹이고……."

"행복했던 추억이라고요?"

그러나 유안은 반문했다. 별안간 실소가 터졌다. 역시 이 사람은 하나도 변하지 않았다. 또 딴소리였다. 7년 전 미국까지 아들을 찾아왔을 때도 내키지는 않았지만 억지로 그녀를 만나게 되었었다. 그때 유안은 그래도 그녀가 그렇게라도 지난날에 대한 과오를 사과하러 온 줄 알았다. 하지만 그때도 이 사람은 지난날의 끔찍한 일들에 대해선 일언반구조차 없었다. 마치 없었던 일처럼. 꼭 평범하게 사이좋은 모자가 오랜만에 재회하기라도 한 것처럼 감성적인 대화만 늘어놓고 갔던 것이다.

"그 별장에 갔을 때가…… 정말 행복해서 기억에 남으세요? 제가 기억난다니까 진심으로 기쁘신 거예요?"

유안은 정말이지 이런 얘기를 하고 싶지 않았다.

"제가 그 일을 어떤 이유로 기억하고 있는지나 아세요?"

기억하고 싶어서 기억나는 게 아니다.

"제 얼굴 숨기려고 그러신 거잖아요. 제 얼굴에 내셨던 멍 자국이요. 지금처럼……."

아들을 보던 가현의 눈동자가 순식간에 얼어붙었다. 그녀는 어쩔 줄을 몰라 눈만 깜빡였다.

"원래 아버지에게 들키지 않으려고 티 안 나는 데만 손대시다가, 그때는 제 얼굴에 멍을 만드셨잖아요. 점점 파랗게 부어오르기 시작하니까 부랴부랴 짐 싸서 저 데리고 별장으로 피해 계신 거잖아요."

가현의 안색이 하얗게 질렸다. 그녀는 당혹감을 금치 못하는 눈으로 아들만 빤히 보았다.

"별장지기 부부한테도 아이들과 오붓한 시간을 보내고 싶으니 나가 있으라고 전화로 말해 놓으시고. 고용인이 없으니까 할 수 없이 손수 밥해 먹이신 거고요. 제가 그걸 모를 줄 알았나요? 어머니가 자주 표현하셨던 대로 저는 어릴 때도 영악한 아이여서 눈치가 빨랐었네요."

날카롭게 쏟아 내는 아들의 말을 다 듣고 난 가현은 끝내 그의 시선을 피했다. 그녀는 두 눈을 좌우로 굴리면서 손가락만 꼼지락거렸다. 미화시켜 *끄집어내던* 기억을 유안이 팩트로 날려 버리자 그녀는 아무 말도 하지 못했다. 말을 하지 못하는 건지 안 하는 건지는 알 수 없었지만. 그녀가 자존심이 강하고 스스로가 불리하게 몰리는 걸 참지 못하는 성격인 건 어릴 적부터 알고 있었지만 그 기억을 미화하는 건 더 들어 줄 수가 없었다.

유안마저 입을 닫자 객실 안엔 무거운 침묵이 길게 이어졌다. 가현은 조용히 일어나 자신의 가방을 찾아 무언가를 뒤적거렸다. 다시 돌아선 그녀의 손엔 담배 케이스와 라이터가 들려 있었다. 아들과의 감성적인 재회가 실패하니 담배 생각이 나기라도 했는지 그녀는 재떨이를 챙겨 그와 떨어진 한구석으로 갔다. 그녀는 테라스 근처로 다가가 문을 살짝 열었다. 그러고는 문가에 비스듬히 기대어 서더니 담배에 불을 붙였다.

"몸도 안 좋다면서 담배를 피우세요?"

가만히 지켜보던 유안이 그녀의 뒤통수에다 대고 물었다. 연기를 내뿜던 가현은 흘끗 그를 돌아보았다.

"괜찮아. 어차피 곧 죽을 거라서."

선선하게 뱉는 말을 듣는 순간 유안의 낯이 아연한 빛으로 변했다. 가현은 다시 고개를 돌리며 연기를 뿜었다. 그녀의 뒷모습에서 떨어지지 않던 유안의 눈동자가 미세하게 떨렸다. 그녀는 여태껏 지병이 늘어서 몸이 안 좋다는 소식만을 전했을 뿐이었다.

곧 죽는다고? 유안의 미간이 슬쩍 구겨졌다. 쌀쌀맞은 아들 앞에서 엄살이라도 떠는 건 아닐까 잠시 그런 생각도 들었다.

"어디가 아프신데요……."

불안한 눈으로 그녀를 보던 유안이 조심스레 물었다.

"폐암이야."

가현은 그 대답 후 아무렇지도 않게 담배를 입으로 가져갔다.

"……."

"뭐, 내가 벌 받았나 보지."

그녀가 냉소적인 목소리로 읊조렸다.

"아들에게 못되게 굴어서."

그녀는 그 말을 하며 유안을 돌아보더니 한숨 소리를 내듯 허무하게 웃었다.

"병원에서 말한 시한대로라면 이제…… 두세 달 남았나."

유안은 한동안 말을 잇지 못했다. 어머니가 담배 한 대를 다 태울 때까지 계속 그녀를 응시할 뿐이었다.

"담배 말고……."

그리고 그녀가 재떨이에 꽁초를 비벼 끄고 테라스 문을 닫았을 때 유안이 다시 입을 뗐다.

"식사는 하셨나요? 저녁이요."

물끄러미 아들을 보던 가현은 쓸쓸한 미소를 입에 걸었다.

"왜 그러니. 죽는다니까 갑자기 챙기는 거야?"

유안은 복잡한 눈으로 그녀를 바라볼 뿐 뭐라고 대답을 하지 못했다. 자신도 왜 그녀에게 이런 걸 묻고 있는지 혼란스러웠다. 지금 이 순간에도 당연히 미운 사람이었고 평생 다시 못 봐도 상관없다고 생각했던 사람이었다. 아니, 정말 평생 안 보려고 했다. 그런데 이건 무슨 마음인지는 알 수가 없었다. 저를 낳아 준 생모가 이제 곧 이 세상에서 사라진다고 한다. 이상할 정도로 기분이 저 깊은 곳으로 곤두박질쳤다. 그 감정엔 좌절도 있었고 분노도 있었고 연민도 있었다.

"뭐, 그래도 오랜만에 아들 보러 서울 왔는데 밥 한 끼 정도는 같이해야지. 이 호텔 한식이 괜찮더라."

가현이 능청스럽게 웃었지만 그 미소는 한없이 구슬퍼 보였다. 이제 정말 그녀에게 남은 시간이 얼마일지는 아무도 알 수 없었다. 곧 꺼질 생명. 그 유한한 것이 곧 사그라든다는 것은 사람을 두렵도록 절망하게 만드는 것이었다.

그 시간이 지극히 짧을 것 같은 느낌 때문일까. 혼잡한 감정에 고꾸라졌으면서도 유안은 그날 그녀와 어색한 식사 시간을 함께 보냈다.

* * *

그 후로도 얼마간은 사람들이 그 일에 대해 떠들긴 했다. 임자 있는 남자와 바람난 내연녀 취급을 받던 수영은 갑자기 권 회장 아들의 열렬한 짝사랑을 받은 여자로 다시 보게 되어 이전과는 다른 종류의 관심을 받게 되었다. 지난달 강희정의 인터뷰 이후 권유안은 많은 여자들로부터 인기와 관심을 얻게 되었는데 그런 남자를 애타게 하고 거절해 버린 여자로 더 유명해져 있었다.

그러나 그녀에 대해 이전처럼 비방하는 여론은 잠잠해졌다. 권유안과 강희정 양쪽 모두가 희정의 오해였다고 같은 말을 하니 거기에 대해 의심을 하는 사람들은 별로 없었다. 좀 더 자극적인 가십을 원했던 대중들은 오해였다는 말에 다소 허무해졌는지 곧 그들에 대한 언급도 시들해졌다.

희정은 며칠 동안 집에서 자숙하다가 이내 회사로 복귀했다. 내년에 가능성이 높았던 다음 승진에 차질이 있을 거라는 의견들은 많았는데 거기에 대해선 그녀도 어쩔 수 없이 받아들였다. 그래도 그녀가 이룬 실적들이 훌륭해서 여전히 경영인으로서의 신뢰는 크게 떨어지지 않았다. 동영상이 퍼진 이후엔 사퇴까지 우려했었지만, 다행히 그렇게 극단적인 조치까진 가지 않고 약간의 징계를 받은 후 마무리되었다.

수영은 미리 지선을 통해 전달받은 대로 그들의 발표문이 나간 뒤 희정과 합의해 주었다. 그리고 전에 유안에게 말했던 대로 그녀는 자신의 의지로 퇴사하고 JN을 떠났다. 유안이 그녀를 짝사랑했다고 공식적으로 알려지는 바람에 JN의 임직원들은 한동안 거기에 대해 뒤에서 쑥덕거렸다. 특히 수영이 있던 TF에서는 같은 팀원들의 엄청난 안줏거리가 되었다.

권유안과도, JN과도 인연이 끊어진 수영은 오피스텔에서의 생활을 청산하기 위해 짐을 정리하고 있었다. 당분간 청주로 내려가 부모님과 지내면서 앞으로 무슨 일을 하며 살아갈지 고민해 볼 생각이었다. 구직 활동을 할 수도 있고 무언가를 배울 수도 있었다.

처음 이 오피스텔에 들어올 때만 해도 참 삭막하다 느꼈었는데 이제는 그와의 추억이 많은 잊지 못할 장소가 되어 있었다. 짐은 그렇게 많지 않아 자가용에 싣고서 직접 운전하여 내려가면 될 것 같았다. 어쩔 수 없이 쓸쓸한 손길로 짐을 분류하여 넣고 있는데 전화기가 울렸다. 예상치 못하게도 임지선 차장이었다.

"임 차장님."

-나 문 앞이에요. 문 좀 열어 줄래요?

수영은 후딱 나가서 문을 열었다. 문밖에는 지선이 주말에 어울리는 편한 옷차림을 한 채 서 있었다.

"짐 정리한다길래 도울 것 없나 와 봤어요."

"정말로 도와주실 만한 게 별로 없는데……. 신경 써 주셔서 감사합니다."

엊그제 그녀에게 이번 주말에 이 오피스텔에서 나가겠다는 말을 전하기 위해 연락을 했었다. 그 말을 기억하고 오늘 이렇게 찾아

올 줄은 몰랐다. 지선은 싱긋 웃으며 발을 들였다.

"핑계 김에 차수영 씨 얼굴 한 번 더 보려고 왔어요."

그 말에 수영도 아쉬워졌다. 이제 정말 유안과 그와 연관된 모든 존재와의 단절이 눈앞에 있었다. 집 안으로 들어온 지선은 커튼을 젖히는 것도 잊고 정리를 하던 수영을 보며 안타까운 마음이 들어 커튼부터 젖히고 창문을 열어 환기를 시켰다.

"오늘은 공기도 좋은데 왜 이러고 있어요."

수영은 씁쓸하게 웃기만 할 뿐이었다.

"그러네요."

지선의 도움을 받아 집 안 정리와 간단한 청소까지 마쳤다.

짐을 내리기 전 두 사람은 잠시 식탁에 앉아 시원한 주스를 마셨다. 수영은 아까부터 머뭇대다가 지선이 해 주지 않은 말을 결국엔 먼저 물어보았다.

"이사님은 잘 지내시나요?"

지선은 수영에게 퍽 애잔한 눈을 보냈다.

"그럭저럭 지내시는 거 같아요. 워낙 인생에 큰일들이 많았던 분이지만, 그때마다 늘 겉으론 의연하셨으니까요."

수영은 그 말이 더 마음 아팠다. 하지만 그녀는 더욱 아득해져 버린 그가 어찌 지내고 있을지 혼자서 그리는 것밖엔 할 수가 없었다. 이제 그는 먼발치에서조차 보기가 어려운 사람이 되었다. 원래 이것이 서로의 자리였다. 제자리로 돌아온 것뿐인데 왜 이렇게 중요한 것이 빠진 것 같을까. 꼭 인생 전체를 잃은 듯 막막했다. 원래 그가 없던 삶으로 다시 돌아와 살던 대로 사는 것이 이렇게나 어려운 것이었나.

"또 지금 부산 사모님, 그…… 전에 말했던 이사님 친모께서 폐암 투병 중이시라, 마음이 복잡하신 것 같아요."

지선이 울적한 얼굴로 뱉어 낸 말에 수영은 서늘하게 놀라 눈을 동그랗게 떴다.

"그분이 암이시라고요?"

"네, 최근에야 알게 되었는데 이미 전이가 되어서 이제 삶이 얼마 안 남으셨다고……."

말을 끝내지 못하던 지선의 눈동자가 한순간 촉촉해지는 듯했다. 수영의 얼굴도 금세 수심으로 물들었다.

수영은 전에 지선으로부터 유안의 어릴 적 이야기를 들은 이후 배우 정가현에 대해 찾아보았었다. 결혼 이후론 사람들 앞에 얼굴을 잘 보이지 않았던 그녀였기에 온라인상에 떠도는 사진들은 대부분 젊은 시절의 화보들이었다. 유안에게 한 짓을 상상할 수 없을 만큼 티 없이 빛나는 미소였다. 그녀를 보며 원망스럽기도 했고 무섭기도 했으며 한편으론 불쌍한 마음도 들었었다. 그때 본 사진 속에서 환하게 웃던 그녀의 얼굴이 순간 떠올랐다. 이제 그녀의 삶이 꺼져 간다니. 허무한 삶이었다.

"그런 일이 있으셨다니……. 너무 마음이 안 좋네요."

수영이 무거운 목소리로 말했다. 그 일로 인해 유안의 혼란할 마음을 생각하니 더욱 두려움이 밀려들었다. 아무리 깊은 애증으로 남아 있을 친모와의 관계지만 그 역시 마음이 어려울 게 당연했다.

"이사님이 걱정돼요. 이제 제가 할 수 있는 일도 없는데……."

한 번도 그에게서 직접 어머니 얘기를 들어 본 적이 없었다. 어릴 때나 지금이나 혼자서만 감내하고 있을 그의 심정을 생각하자 자못 가슴이 울렁거렸다.

"이제 우린 아무 사이도 아닌 게 되어 버렸어요."

수영이 읊조리자 지선은 애석한 눈으로 그녀를 보았다.

"시간이 지나면 정말 아무 사이도 아닌 것처럼 생각할 수 있을까요?"

수영은 힘없이 고개를 아래로 떨구었다. 고이는 눈물을 숨기기 위해서였다.

"일어났던 일들이 갑자기 전부 꿈같아요. 생각해 보면 원래도 아무 사이 아니었던 것 같네요."

안타까운 마음을 어쩌지 못하던 지선은 가만히 수영을 바라보았다. 그러다 신중하게 한마디의 말을 뗐다.

"제가 볼 땐…… 두 분은 이미 연인이었는데요."

수영은 고개를 들고 지선을 보았다. 수영의 젖은 눈과 마주치자 지선은 잔잔하게 미소를 지어 주었다. 수영은 그 말에 무언가 왈칵 북받쳐 오를 것 같았다. 슬프지만 그 말이 위로가 되기도 했다. 이제 세상은 그와 자신이 아무것도 아니라는데 적어도 한 사람은 그와 함께했던 시간을 특별하게 여겨 주고 있었다.

"우리 이사님 조금만 이해해 주세요. 차수영 씨는 아마 이사님이 처음부터 좀 이상한 분이라고 생각했겠지만……. 사랑받고 싶은데 그렇게라도 안 하면 차수영 씨 곁에 있을 방법이 없을 줄 알고 그러셨을 거예요."

"네. 이해해요."

"이사님이 다르게 다가갔다면, 과연 차수영 씨가 JN 회장님 외아들과의 연애를 감당하려 했으려나요."

아마 그 당시의 자신이라면 감당할 수 없었을 것이다. 솔직히 지금도 그걸 감당할 자신이 썩 있다곤 할 수 없었다. 그가 만약 다르게 다가왔다면 그의 만들어진 발표문 내용이 사실이 되었을지도 모른다. 부정하고 거절을 거듭하다 과연 어찌 되었을지는 알 수 없는 일이었다. 우습게도 처음엔 참으로 지독한 만남이었지만 그렇게 이상한 그 남자를 알아 가게 되었다. 볼수록 알고 싶어졌고 알 수밖에 없었던 남자. 이제 그 남자가 이토록 중요해졌는데 그는 곁에 없었다.

모든 짐을 싣고 차에 타기 전 지선과 마지막으로 인사를 나누었다. 지선은 못내 아쉬운지 말없이 두 팔로 수영을 안아 주었다. 한동안 세상의 시선에 위축되어 있던 수영은 모처럼 느끼는 사람의 온기가 따뜻했다. 수영은 손을 들어 그녀의 등을 함께 쓰다듬었다.

"어디서든 건투를 빌어요, 수영 씨."

"건강하세요, 차장님."

수영은 아쉬움을 이만 내려놓고 차에 올랐다. 손을 흔들며 끝까지 배웅하던 지선에게 고개를 꾸벅 숙이며 수영은 차를 움직였다. 오로지 차수영의 흔적만을 싣고서 권유안과의 마지막 연결 고리와 멀어져 갔다. 권유안과 함께했던 집을 두고 떠난다. 권유안과의 추억을 두고 떠난다. 권유안을 두고 떠난다.

이제 됐어, 다 끝났어. 그래, 난 자유야.

그렇게 자위하려 했다. 나는 괜찮아질 것이라고. 이제 다시는 그 묘한 표정에 몰두할 일도 없을 거고, 도대체가 예측할 수가 없는 그 행동이 무엇인지 알려고 하지도 않을 거야. 그 퇴폐적인 눈동자에 빠져들지 않으려고 허우적대는 짓도 안 하게 될 거야. 나를 보는 그 초조한 눈빛에 바보처럼 마음이 약해지는 일도 없을 거야. 그리고…… 무엇보다 그 미소를 그리워하는 일도 없을 거야.

수영은 그 모든 것을 털어 내려 안간힘을 쓰며 서울을 등졌다.

* * *

권 회장은 전처의 암 투병 소식, 그리고 아들을 만나러 서울에 다녀갔다는 소식을 지선을 통해 전해 듣고는 다시 부산에 내려갔다. 서울까지 와서도 자신을 만나지 않은 걸 보면 어지간히도 싫었던 모양이다. 그것도 이제 삶이 얼마 남지 않은 상황에서. 이제 언제 볼 수 있을지 모를 사람이었다. 그녀와의 골이 깊었던 모든 감정들도 이제는 부질없었다.

병원에 입원해 있던 가현의 모습은 마른 나무 같았다. 지난번처럼 문전박대할 힘조차 남아 있지 않았던 건지 그녀는 자신을 쫓아내지도 않고 쳐다만 보고 있었다. 간병인을 무르고 단둘만 남은 병실에서 그는 전처에게 다가갔다.

"가현아……"

조용한 눈길로 쳐다보기에 이름을 부르며 살며시 손을 잡았다. 하지만 그 순간 가현은 그의 손을 매섭게 뿌리쳤다. 잠시도 닿고 싶지 않은 듯이.

"놓고 얘기해."

그러고는 한 많은 눈빛으로 그를 노려보았다.

"내가 아무리 살날이 얼마 안 남았어도 권호찬 너는 안 보고 싶더라."

권 회장은 탁한 눈으로 그녀를 응시했다. 그는 이해한다는 듯 고개를 천천히 끄덕였다.

"내가 당신한테 미안한 게 많아."

비단 그녀가 아프기 때문에 이제 와 드는 마음은 아니다. 이혼 직후에도 그녀가 아들에게 한 짓에 대한 원망과 함께 수많은 통회의 감정 또한 자신을 괴롭혔다.

"한번은 와서 만나야 할 것 같았어."

가현은 쓸쓸하기 그지없는 눈으로 그를 한 번 쳐다보았을 뿐 아무런 대꾸도 하지 않았다.

"……."

힘없는 전처의 모습에 권 회장은 말할 수 없이 비통한 마음을 느꼈다. 이렇게 생명이 꺼져 가는 전처와 재회하게 되니 그간 무상했던 시간들이 한꺼번에 머릿속을 스쳐 갔다.

처음 이 여자를 보았던 순간이 떠올랐다. 다시없을 것같이 인상적인 순간이었다. 그렇게 첫눈에 반하고 운명처럼 마음에 담았고 정말이지 혹독했던 집안 반대를 무찌르고 세상 요란하게도 결혼에 성공했다. 세기의 로맨티스트 권호찬. 매체에서는 그렇게 떠들었다.

그때는 두려울 게 없을 줄 알았다. 이렇게 건조한 눈에 저에 대한 원망만을 담고 있는 정가현이 아니라 한 남자를 위해 어떤 장벽도 함께 뛰어넘을 수 있다던 사랑스러운 여자의 모습이 있었다. 어쩌다 이렇게 되어 버렸을까.

"이런 말 참 우습지만……. 만약 다시 시간을 되돌릴 수 있다면 그때처럼 내가 당신을 그렇게 힘들게 두진 않을 텐데……."

권 회장은 여태껏 한 번도 하지 않았던 말을 꺼냈다. 지금이 아니면 이런 솔직한 말을 할 기회가 없을 것만 같았다. 그러나 가현은 그를 노려본 채 굵은 눈물을 흘렸다. 그리고 그녀는 힘겹게 입을 뗐다.

"나는 그때로 돌아가면 너랑 결혼하지 않을 거야."

그녀의 뾰족한 시선을 받던 권 회장은 자책하듯 눈을 지그시 감았다.

"그랬다면 너와 나는 불행하지 않았겠지. 하린이와 유안이라는 불행의 씨앗도 태어나지 않았겠지."

"그래. 당신 말이 다 맞아. 우린 만나지 말았어야 하는 사람들이었어."

결국엔 둘 다 이기적이었고 서로가 서로를 감당하지 못했다. 전쟁 같은 결혼 생활을 끝낸 후 가현은 20년간 몇 명의 남자들과 연애를 했고 청혼도 여럿에게 받았지만, 그들 중 누구와도 결혼은 하지 않았다.

권 회장 역시 당시엔 지쳐서 재혼 생각이 없었지만, 2년간 버티다 부모님의 등쌀에 못 이겨 마지못해 미경과 맞선을 보았던 것이다. 마음을 비우고 만났던 미경과는 생각보다 대화가 잘 통해서 묘하게 잘 살 수 있을 것 같은 예감이 들었었다. 불같은 첫사랑과는 달랐지만, 지금껏 잘 살아왔고 저에겐 과분한 사람이라고 생각했다. 그래서 권 회장은 미경과 자신처럼 사는 세계가 같은 상대와의 안정적인 만남을 아들인 유안도 갖길 바라 왔던 것이다.

녀석이 결혼 자체를 부정해 버리니 속이 타고 있지만.

　두 사람은 침묵 속에 감정을 삭였다. 잠깐의 정적이 흐른 뒤 문득 권 회장은 아까부터 망설이고 있던 걸 물었다.

　"그런데…… 하린이는 잘 지내고 있는 거야?"

　"당신이 그런 걸 물어볼 자격이 있는 사람 같아?"

　하지만 가현이 쏘아붙였고 권 회장은 멈칫하더니 이내 한숨만 내쉬었다. 하린에게 자신은 나쁜 아비였다. 속상해서 그 애를 많이 안아 주지도 못했었다. 둘째로 태어난 유안은 자신이 바라던 모든 것을 가진 완벽한 아이였다. 자신이 생각해도 무척 편애하는 티가 났으니 아이가 보기엔 큰 상처였다는 걸 알고 있었다.

　"하린이는 미국에서 공부하다가, 내가 이렇게 되면서 지금은 한국에 들어와 있어."

　죄인처럼 고개를 숙인 권 회장에게 그래도 핏줄이니 소식이라도 전하기 위해 가현이 담담하게 말해 주었다.

　"매일 병문안 와서 한참 동안 나랑 같이 시간 보내 주는 건 딸하나뿐이야. 좀 전에도 다녀갔어."

　그 말에 권 회장의 눈빛이 하염없이 떨렸다.

　"그래? 좀 더 일찍 왔으면 얼굴도 볼 수 있었겠네."

　이제와 보고 싶다는 말을 하는 것도 염치없다는 걸 알고 있었다. 그래도 자식은 자식이었다. 그 애의 존재는 늘 가시처럼 아프게 박혀 있었고 절대 잊힐 수는 없었다.

　"가끔 하린이가 꿈에 나왔어. 미안함을 표현하고 싶었는지 꿈속에선 나랑 하린이 둘뿐이었는데 내가 아무래 잘해 줘도 그 애는 꿈속에서도 항상 내 눈치만 보고 있더라."

권 회장은 다소 괴로운 얼굴로 토로했다.

"하린이는 당신 없이도 잘만 지내니까 이제 와서 신경 쓸 필요는 없어."

가현은 하린에 대해 권 회장이 호의를 보이는 것도 새삼 불편해했다.

"당신은 유안이한테나 잘해."

동시에 그녀는 유안의 일로 권 회장에게 따지고 들었다.

"당신, 유안이한테 온강 회장 딸이랑 결혼하라고 강요했었어? 강민식이 싫어하더니 왜?"

권 회장은 회피하고 싶은 듯 눈길을 휙 돌리며 얼버무렸다.

"그 집 딸아이가 워낙 유안이를 좋아해서 그랬던 거야."

"난 그 소식 보면서 강민식 딸보다 당신한테 더 화가 났어. 설마 유안이한테 온강을 갖게 해 주고 싶었던 거야? 당신이랑 강 회장 죽고 나면 둘이서 뭐, 합병이라도 할 거 같아?"

가현은 힘없는 와중에도 실소를 터뜨렸다. 그러자 권 회장이 변명하듯이 내뱉었다.

"당신이랑 나, 그렇게 불같이 만나서 결혼했지만 결국 맞지 않았잖아."

"그래서, 사람은 끼리끼리 만나야 한다 이거야?"

가현이 비아냥대듯 반문했다. 권 회장은 침묵으로 대답을 대신했다.

"정신 차려. 권호찬 너는 어떻게 늙어서도 욕심이 끝이 없니. 그러다 나처럼 하늘이 부르면 그냥 다 놓고 가는 거야! 다 필요 없어!"

전처의 애잔한 호통질에 권 회장은 금세 안타까운 눈으로 그녀의 얼굴을 보았다.

"나는 이미 그 애와의 관계를 망쳤지만, 너까지 우리 아들 괴롭게 하지 마라, 제발……."

그것이 가현이 마지막으로 유안을 위해 권 회장에게 던졌던 충고였다.

* * *

청주에 내려오고 며칠째 수영은 별다른 일 없이 쉬기만 했다. 가족들은 궁금한 게 많은 듯 보였지만, 큰일을 겪은 그녀를 자극하지 않으려고 너무 많은 질문은 하지 않았다. 그녀가 먼저 말해 줄 때까지 기다리며 지금은 그저 그녀의 몸과 마음이 쉴 수 있도록 두었다.

수영은 그런 가족들의 태도에 그들이 보기에도 자신이 몹시 울적해 보인 것 같아 씁쓸하고도 미안한 생각이 들었다. 그러던 중 오늘은 갑자기 생각지도 못한 사람에게서 연락이 왔다. 저장도 하지 않았던 번호라 망설이다 받았는데 상대가 강희정이었다.

"여보세요?"

―나 강희정이에요, 차수영 씨.

"예?"

처음엔 그저 경계심뿐이었다. 그녀와 유안이 말을 맞추기 위해 오갔다는 내용은 지선을 통해 다 전달받았었다. 그래서 자신도 강희정과 합의를 하고 그녀의 처벌을 원치 않는다는 의사를 밝혔다. 그런데 대관절 무슨 일일까. 또 불안하게.

─내 전화가 갑작스럽죠? 다른 게 아니라……. 차수영 씨. 나랑 한번 만날 수 있어요?

강희정이 돌연 만나자는 말을?

"무슨 일이시죠?"

─차수영 씨 괜찮은 시간에 내가 청주로 내려갈게요. 해치는 거 아니니까 겁먹지 말고요.

무슨 일인지 모르겠으나 백수 생활 중인 자신을 만나러 직접 바쁜 몸을 이끌고 내려온다고 하니 수영은 일단 수락했다. 그랬더니 놀랍게도 희정은 그길로 바로 내려온다고 했다.

직접 혼자서 차를 끌고 내려온 희정은 수영의 집 앞에 차를 세웠다. 수영은 밖으로 나가 그녀와 마주했고 어색한 재회 속에서 희정이 먼저 말을 뗐다.

"합의해 줘서 고맙습니다. 그리고, 미안했어요."

"그 말씀 하려고 오셨어요?"

수영은 의심을 풀지 못한 채 신중하게 물었다. 좁은 골목길을 한 번 훑어본 희정은 작은 목소리로 말했다.

"혹시 조용히 둘이서 얘기할 만한 데는 없나요? 알다시피 우리 둘이 함께 잡힌 피사체가 꽤 유명해져서요."

그 말이 맞았기에 수영은 적합한 곳이 있나 곰곰이 생각했다. 둘이 앉아 밥이나 술을 마시기엔 어울리지 않고 수영은 그냥 집이 있는 건물 옥상으로 희정을 안내했다.

"내가…… 말이죠."

환하고 고급스러운 투피스 바지 정장을 입은 도시 미인이 낡은 건물의 누추한 옥상을 배경으로 서 있는 모습에 위화감이 제법 컸다. 희정은 조금 당황하는 듯했지만, 어찌 되었든 운을 뗐다.

"내가 원래 싸가지 없고 또라이는 맞는데, 내가 그쪽한테 손을 댄 건……."

희정이 불편한 이야기를 다시 꺼내자 수영은 이마를 멈칫 구겼다.

"그건 꼭 유안 오빠 때문이 아니라, 그쪽이 내 말을 무시해서 그런 거였어요."

그 말을 할 때만큼은 희정은 눈동자를 마주치지 못하며 쭈뼛댔다.

"하시고 싶은 말이 뭘까요."

수영이 민망한 듯 내뱉었다. 희정도 스스로가 부끄러운지 내내 어색한 표정이었다.

"궁색한 변명이지만, 그러니까. 그런 것만은 아니었다고……."

수영은 그러면 그런가 보다 하는 심정으로 고개를 끄덕이며 태연하게 물었다.

"그게 억울해서 만나러 오신 거예요?"

"뭐, 그 변명을 하러 온 건 아니지만…… 차수영 씨에게 그렇게 유치하게 기억되고 있는 것도 왠지 좀 싫고……. 아무튼 오늘 내가 온 건……."

변명을 마친 듯한 희정은 그제야 제대로 눈을 맞추며 본론을 꺼냈다.

"원래 내가 지고는 못 사는 성격이긴 한데…… 그렇게 온 국민이 다 알도록 차수영 씨 때리고 나니까 이상하게 기분이 찝찝했어요."

수영은 문득 눈동자를 또렷하게 뜨고 그녀를 응시했다.

"이건 뭐 이긴 것도 아니고, 진 것도 아니고……."

희정은 말처럼 찝찝한 표정으로 중얼거렸다. 그러나 그녀는 곧 각오한 듯 분명한 목소리로 엄청난 말을 내뱉었다.

"그래서 그냥 공평하게 나도 똑같이 맞으려고 왔어요."

"네?"

생각지도 못한 황당한 소리에 수영이 놀라서 되물었다. 그러나 희정은 농담이 아닌 듯 비장한 얼굴로 그녀를 마주 보고 있었다.

"내가 그랬던 것처럼 날 때려요."

수영은 대체 무슨 소리를 들은 건지 몰라 마른침을 삼켰다. 하지만 그녀가 잘못 들은 게 아니라는 듯 희정이 다시 한 번 말했다.

"나도 정말 이러는 거 치욕스럽지만 솔직히 차수영 씨 때문이라기 보단 권유안 때문에 이러는 거예요. 그 사람 앞에서 바닥 친 체면, 조금이나마 회복해보고 싶어서 이러는 거니까 그냥 해보라고요."

그러자 의구심을 거둔 수영은 이내 덤덤한 표정으로 바로 손바닥을 날렸다. 짝, 하고 차진 마찰음과 함께 희정의 얼굴이 한쪽으로 돌아갔다. 희정은 각오를 했음에도 막상 충격에 휩싸인 듯 입을 떡 벌리고 있었다. 그녀는 쓰라린 뺨에 손을 가져다 대며 말했다.

"하……. 내가 이렇게 세게 때렸다구?"

어이없어하는 희정을 보며 수영은 꽤 여유롭게 웃었다.

"부사장님. 누구한테 맞아 본 적 없으시죠? 그동안은 때리기만

하셨죠? 원래 때릴 때보다 맞을 때의 충격이 훨씬 크게 체감되는 거랍니다."

"하아……."

희정은 녹록지 않은 듯이 한숨을 쉬었다. 그러나 그녀는 다시 고개를 바르게 했다.

"알았어요. 마저 때리기나 해요."

"됐어요, 그만할래요."

하지만 그 말에 희정은 더 오기가 생기는 듯 물러서지 않았다.

"더 하라니까요?"

"싫어요. 솔직히 부사장님한테 맞을 때는 나도 같이 때리고 싶었는데, 막상 때려 보니까 사람을 때리는 감촉도 참 찜찜하고 싫네요. 누군가가 생각나기도 하고……."

수영은 말끝에서 눈을 내리깔며 금세 침울해진 어조로 중얼거렸다. 그러고는 희정을 때리느라 얼얼해진 제 손에 남아 있는 찜찜함을 닦아 내듯 다리에 문질렀다.

수영이 갑자기 슬픈 표정이 되어 그런 행동을 하자 희정은 의아해져선 그녀를 물끄러미 바라보았다.

"부사장님, 그거 아세요?"

눈을 들어 희정을 마주 본 수영은 문득 안타까운 표정을 했다. 그 누군가를 떠올리던 그녀는 낮춰진 목소리로 말해 주었다.

"이사님은…… 손찌검하는 사람 정말 싫어해요."

희정은 수영의 말에 더욱 민망한 듯 주춤거렸다. 그런 걸 누가 좋아하겠느냐마는 유안이 특히 그렇다는 건 그가 영상을 보지도 않았다는 걸 들었을 때 깨달았다.

"강희정 부사장님."

어쩔 줄 모르며 딴 데만 쳐다보던 희정을 보며 수영은 조금 머뭇대다 다시 입을 뗐다.

"정말 솔직히, 저는 강희정 부사장님이 너무 부럽습니다."

희정은 갑자기 그게 무슨 소린가 싶어 미간을 움찔거리며 수영을 보았다.

"능력도 많으신데 무엇보다 그 능력을 보여 줄 기회가 남들보다 훨씬 많잖아요. 저도 죽기 전에 그런 스케일의 사업 한번 해 보고 싶네요. 부러워요, 정말."

그 말이 거짓이 아닌 듯 수영의 눈빛에 부러움이 배어 있었다. 그녀는 아버지의 사업을 도울 때부터 사업 욕심이 많았다. 그런 면에서 어쩌면 희정과 겹치는 성향이 있는지도 모른다.

"분명 가진 게 많은 분이니 너그럽게 좀 살아 주셨으면 좋겠어요."

"지금 나한테 잔소리하는 거예요?"

희정이 피식 입가를 올리며 고개를 삐딱하게 기울였다. 그러나 수영은 싱긋 웃으며 차분하게 답했다.

"우리나라의 중요한 기업인이시잖아요. 온강의 사업과 개발이 국민들의 삶의 질에 기여하는 바가 많은 건 사실이니까요."

희정은 그 말을 받아들이는 듯 묵묵하게 수영을 바라보았다.

"그렇지만 국민의 선택 없이 온강이 자랄 수 있었을 리는 없죠. 가진 사람만이 갑인 세상인 것 같지만 어떻게 갑이 되었는지를 잊지 않으셨으면 좋겠어요. 국민 한 사람 한 사람이 크든 작든 온강의 고객일 테니까요. 그 사람들이 다 온강에게 갑이 되는 거잖아요.”

“차수영 씨한테 맞는 거보다 잔소리 듣는 게 더 자존심 상하네요.”

희정은 씁쓸하게 웃으며 구시렁댔다. 듣기 싫을 만큼 아는 얘기고 당연한 얘기를 아버지도 아닌, 저에게 아무것도 아닌 여자가 말하니까 더욱 체면이 구겨졌지만 어차피 맞으러 온 입장이니 오늘은 참고 들을 수밖에 없었다.

“뭐, 그래도 전 당분간 온강 물건은 안 살래요.”

하지만 반전처럼 수영이 배시시 웃으며 그렇게 말하자 희정은 눈썹을 샐쭉 올렸다.

“방금 아셨다시피 맞은 사람은 오랫동안 기분이 더러운 거거든요.”

오늘 직접 그걸 경험해 본 희정은 비로소 조금은 이해한다는 듯 부스스 한쪽 입가를 올렸다.

“그러겠네요……. 그러세요, 그럼.”

“저 원래 JN보다 온강을 더 선호해서 온강에 먼저 입사 지원도 했고, JN 입사 전엔 고객으로서도 온강 거를 더 자주 애용했는데, 이제는 온강 거만 보면 치가 떨리네요. 아파트도, 자동차도, 음식점도, 카페도 다 꼴도 보기 싫어!”

희정은 멍한 얼굴로 수영의 소소한 갑질을 보고만 있었다. 그래, 오늘은 네가 갑이다 하고 속으로 마지못해 생각하며 그녀는 고개를 끄덕이는 척했다. 처음 봤을 땐 권유안을 등에 업어서 기세등등한가 싶었는데 지금은 권유안이 곁에 없는데도 이러는 걸 보니, 이제는 그냥 아, 원래 얘 성격이 이렇구나 싶었다. 보통 내기는 아닌 것 같다. 권유안도 은근 쩔쩔맸던 건 아니었을까.

"유안 오빠랑은 끝난 거예요?"

불쑥 여과 없이 묻는 질문에 수영은 당황했지만 대답은 하지 않았다.

"……."

시무룩해진 수영의 얼굴을 가만히 보며 희정이 또 물었다.

"왜 헤어졌어요?"

"왜긴요……. 부사장님 덕분이잖아요."

수영은 힘없이 대꾸했다. 그러나 희정은 그 대답에 전부는 동의하지 못하는 듯 찡긋하는 표정을 보였다.

"나 때문에 왜 헤어져요? 그냥 만나면 되잖아요."

희정은 이해가 안 간다는 듯 참으로 쉽게 내뱉었다. 그리고 그 쉬운 말에 수영의 눈이 휘둥그레졌다. 벙해져 있는 수영을 향해 희정은 계속 거침없이 퍼부었다.

"권 회장님이 호락호락하지 않아서요? 그렇긴 한데 고작 그래서 안 만나는 거면 마음이 그거밖에 안 되는 거죠. 한심하기는……."

"……."

수영은 왜인지 말문이 막혀선 아무 반박을 하지 못했다.

"고작 이거밖에 안 되는 사이면서 왜 그렇게까지 내 청혼은 거부하는 거야, 권유안이……. 하여튼 이상한 놈이야. 나랑 권 회장님 눈 피해서 멜로드라마 찍을 땐 언제고……."

새삼 속상한 듯 희정은 허공을 보며 중얼거렸다. 그런 희정을 보며 수영은 크게 당황했다.

원하는 남자를 쟁취하기 위해 별의별 짓을 다 했던 강희정. 수

영은 눈앞에서 그런 그녀의 사고방식을 확인하며 이상하게 가슴
이 뛰었다. 그녀가 비록 권유안을 갖기 위해 막 나가는 과정이 있
긴 했어도 그렇게까지 저돌적일 수 있는 모습이 한편으론 인상적
이기도 했다.

강희정과의 이상한 만남은 그렇게 끝이 났지만, 서로에게 썩 의
미 없는 만남은 아니었다고 생각했다. 그리고 서로 다시 볼 일이
없을 줄 알았던 그들이 훗날 또다시 마주칠 일이 생길 줄은 누구
도 생각 못 하고 있었다.

* * *

한 주가 지난 또 다른 주말이었다. 권 회장은 유안과 함께 골프
모임에 와 있었다. 막 우드를 건네받은 권 회장은 전화기가 울려서
조금은 짜증 섞인 표정으로 전화기를 들었다. 그러나 지선에게서
온 전화라는 걸 확인한 그는 의아한 얼굴로 통화 버튼을 눌렀다.

"어쩐 일이야, 임 비서."

-회장님…….

들려오는 지선의 목소리가 어쩐지 좋지 않아 권 회장은 눈썹을
추켜올렸다.

-지금 부산 사모님께서…… 많이 위독하시답니다.

주춤 표정이 흔들리던 권 회장은 한 손에 들고 있던 우드를 다
시 직원에게 넘겼다.

-이사님께도 알려야 하는데 전화를 안 받으셔서……. 지금 함
께 골프장에 계십니까?

"옆에 있으니 내가 전해 줄게."

전화를 끊고 난 권 회장은 착잡한 얼굴로 아들을 보았다. 유안은 별 감흥 없는 얼굴로 샷을 날리고 있었다.

"유안아⋯⋯."

날이 흐렸다. 구름 많은 하늘 아래 이름이 불린 아들의 얼굴이 아버지에게로 향했다.

유안은 곧장 필드를 나와 집으로 향했다. 집에 도착한 뒤 서둘러 옷을 갈아입고 있을 때 지선이 집으로 왔다. 그와 함께 부산으로 내려가기 위해서였다.

심적으로 불안한 유안을 위해 지선이 헬기장까지 운전을 했다. 권 회장은 이미 도착해 있었다. 세 사람이 탑승하자 헬기는 빠르게 부산까지 날아갔다.

부산에 도착해 자동차를 타고 병원으로 달리는 동안 지선이 간병인과 마지막으로 통화했다. 사모님께선 힘은 없지만 아직 의식이 있으시다고 했다. 유안은 마른 눈으로 차창 밖을 보았다. 지난번 어머니의 모습이 어땠더라. 불과 열흘 전이었다. 전보다 야위긴 했어도 여전히 아름다웠고 힘이 없던 와중에도 묘한 생기가 돌았었다. 병색이 완연한 사람 같지 않아 이렇게 며칠 만에 고비가 찾아올 줄 몰랐다.

병원에 도착하자 비가 추적추적 내리고 있었다. 다들 말없이 엘리베이터에 올랐다. 병원으로 그녀를 만나러 오니 유안은 정말 그녀가 곧 떠날 중병 환자라는 사실이 크게 다가왔다. 조용한 1인용 중환자실로 권 회장이 앞장서서 들어갔다. 바로 뒤를 따르던 유안은 병실로 들어서자마자 불길한 공기를 읽었다.

가족들이 들어오는 건 신경 쓸 겨를도 없이 바삐 움직이는 의료진들이 안에 있었다. 의사는 환자를 들여다보고 있었고 간호사 한 명은 주사를 놓고 있었다. 우뚝 서 버린 유안은 그 가운데 누워 있는 어머니의 모습에 눈동자를 꽂았다. 산소 호흡기를 쓰고 눈을 감고 있는 그녀는 꼭 자는 듯했다. 놀란 건 권 회장과 지선도 마찬가지였다. 지선이 그들에게 불안한 목소리로 물었다.

"왜 그러죠?"

"쇼크예요."

그리고 그 대답이 끝나기가 무섭게 환자의 심장이 정지되었다. 심전계가 알리는 그녀의 사망에 일순 그 자리에 있던 모두가 얼어붙었다. 순식간에 무거워진 공기가 병실 안에 깔렸다. 그리고 의사는 숙연해진 얼굴로 곧 사망 시각을 선고했다. 간호사는 환자에게서 이제 필요 없어진 산소 호흡기를 조심스레 떼어 냈다.

지선은 손으로 입을 가리며 금세 울음을 터뜨렸다. 권 회장은 허탈하게 입을 벌렸다. 이내 의료진들이 병실을 비우게 되었다. 눈을 치뜬 유안은 더는 움직이지 않는 어머니를 향해 천천히 걸음을 옮겼다. 가까이 다가간 그는 허리를 굽히며 떨리는 양손으로 그녀의 어깨를 꾹 잡았다.

"누구 마음대로 죽어?"

그는 눈감은 어머니를 매섭게 노려보며 중얼거렸다.

"나한테 용서 구하고 죽어……."

공황에 빠진 듯 그는 조금 몸을 떨었다. 그러나 이미 듣지 못하는 자에게는 닿지 못할 허무한 분노일 뿐이었다. 울지도 못하는 유안을 대신하여 오열하던 지선이 재빨리 그 곁으로 다가왔다. 지선은 그의 팔을 잡으며 울먹였다.

"유안아……."

말리듯 그의 팔을 부드럽게 떼어 내며 지선은 그를 달랬다.

"엄마 가셨잖아……. 그냥 편히 보내 드리자, 응?"

어머니를 꾹 잡고 있던 손에 힘을 풀던 유안은 온몸에 힘이 한꺼번에 빠졌는지 침대 앞에 무너지듯 주저앉았다. 비탄에 젖은 그는 침대에 머리를 대고 한참 동안 움직이지 않았다. 권 회장도 좀처럼 믿기지 않는 듯 조심스레 가현에게 다가왔다. 그는 눈물 젖은 눈으로 한참 동안 전처를 바라보다가 손을 올려 그녀의 이마를 찬찬히 쓰다듬었다. 그때 문 앞에서 한 젊은 여자의 절규가 들렸다.

"엄마!"

병실 안 모두의 고개가 소리가 나는 쪽으로 돌아갔다. 하얗게 질려 있던 젊은 여자는 목발에 의지하여 절뚝이며 침상으로 다가왔다. 가현의 첫 아이 권하린이었다. 딸을 알아본 권 회장의 눈빛이 복잡하게 빛났다. 하린은 엄마를 붙잡고 한참이나 세상이 떠나가듯 통곡했다. 유안은 마른 눈으로 그녀를 바라보았다.

20년 만에 보게 된 장성한 누나는 좀 전에 세상을 떠난 어머니의 젊은 시절과 많이 닮아 보였다. 참으로 애통하기도 한 가족의 재회였다. 병실엔 한참이나 하린의 울음소리가 끊이질 않았다.

* * *

청주 집에서 가족과 함께 쉬고 있던 수영은 저녁 시간 즈음 지선으로부터 문자 한 통을 받았다. 그 문자를 보는 순간 그녀의 눈빛이 어둡게 짙어졌다. 유안의 친모 부고 소식. 내용을 확인하는 순간 심장이 멎을 것 같았다. 고개 숙인 수영의 눈가가 빠르게 촉촉해져 갔다.

수영은 가족들과 함께 있던 거실을 벗어나 방으로 들어왔다. 그녀는 불도 켜지 않고 벽에 기대앉았다. 이 시간 한 사람만이 아프게 그득 찼다. 그 생각뿐이었다. 그가 어떻게 하고 있을지가. 아무리 어릴 적에 두려운 존재였어도 그녀에 대한 감정이 어디 한 가지뿐이었겠는가. 가까운 핏줄이 세상에서 사라졌다. 그 상실감과 허전함을 그는 지금 어찌 감당하고 있을까. 그녀는 잠시간 망설였지만, 곧 결심하고는 전화기를 들었다. 메신저를 열어 그에게 보낼 메시지를 한 글자 한 글자 적을 때마다 가슴이 찔리는 듯했다.

[이사님…… 뭐라고 위로의 말씀을 드려야 할지 모르겠어요.]

그렇게 첫 메시지를 보내고 난 뒤에는 이어서 또 하나의 메시지를 보냈다.

[장례식장은 어디인가요?]

어디든 당장 달려갈 생각이었다. 연신 흐르는 눈물을 손등으로 훔치며 그의 답장을 기다렸다. 하지만 그가 금방 읽지 못하는 것 같아서 수영은 일어나 옷장 문을 열었다. 장례식장에 입고 갈 만한 단정하고 검은 옷이 무엇인지 고르기 위해서였다. 그런데 적절한 옷을 찾아내 막 꺼내려던 찰나 전화기가 짧게 울렸다. 수영은 초조한 눈으로 그의 답장이 와 있을 전화기 화면을 보았다.

[올 필요 없습니다.]

화면에서 멈춰 있던 수영의 눈동자가 속절없이 떨렸다.

[아니…… 오지 않았으면 좋겠어요.]

수영은 정지 화면처럼 굳은 채 그가 보낸 글자들만 가만히 들여다보고 있었다. 글자들이 떠 있는 액정 위로 툭, 하고 눈물 한 방울이 떨어졌다.

* * *

시대를 풍미했던 유명 배우 징가현의 사망 소식은 그날 하루 동안 각종 온라인 사이트들을 달구었다. 가현은 부모님이 모두 돌아가셨고 친척도 몇 없었다. 그녀의 장례는 하린이 가까운 부산에서 치르려 했으나 권 회장이 이 일은 자신에게 맡겨 달라며 부탁하곤 서울에 빈소를 마련했다. 권 회장은 친척들이 불편해할까 봐 그날 밤 자택으로 돌아갔다가 발인식 때 다시 왔다. 그리고 유안은 하린과 함께 장례를 모두 치르기까지 내내 묵묵하게 자리를 지켰다. 권 회장이 서울에 빈소를 마련한 덕에 많은 조문객들이 다녀갔다. JN의 여러 임직원들도 다녀갔고 가현의 지인 연예인들, 그리고 온강의 강희정도 다녀갔다.

장례식이 모두 끝난 건 월요일이었다. 유안은 다음 날이었던 화요일부터 바로 회사에 복귀했다.

"좀 더 쉬시지 그래요. 지금이라도 오늘 일정 취소할까요."

지선이 그를 염려스럽게 바라보며 권했지만 유안은 거절했다.

"괜찮습니다."

"몸도 많이 피곤하실 텐데⋯⋯."

"일 못 할 정도로 피곤한 것도 아닌데요, 뭐."

유안은 대수롭지 않게 내뱉곤 곧바로 PC 모니터로 눈을 내려 그날 일정부터 확인했다.

"하린 씨는 오늘 부산으로 내려가신대요. 당분간 거기서 지내시면서 부산 사모님 집도 정리한다고 하네요. 그다음에 미국으로 다시 들어가실 거라고……."

"그래요?"

장례식장에서 내내 얼굴을 봤지만 유안도, 권 회장도 하린과 별로 개인적인 대화는 하지 못했다. 장례를 위해 관련된 필요한 말들만 조금 오갔을 뿐이었다. 그럴 만한 사이도 분위기도 아니었다. 하린은 내내 그저 큰 슬픔에 빠져 있었을 뿐이다. 그녀에겐 어머니가 거의 유일한 가족이나 다름없는 관계였으니 서로를 많이 의지했을 것이다.

어릴 적 누나는 남동생을 부러워했고 자신은 누나를 부러워했다. 둘 사이는 나쁘지 않았으나 부모님이 너무도 극악의 상태로 헤어져서 그간 아무 연락도 하지 않았다.

"근데 이사님……. 차수영 씨는 빈소에 오지 말라고 하셨다면서요."

문득 지선이 어딘가 안타까운 목소리로 넌지시 물었다. 유안은 눈을 들어 지선을 보며 작게 한숨을 쉬었다.

"그랬죠……. 장례식 내내 가장 많이 생각났던 사람인데, 거기 있는 나를 그 사람한테 가장 보여 주기 싫기도 해서……."

그의 대답에 지선은 고개를 찬찬히 한 번 끄덕였다. 유안은 잠시 골몰히 생각에 잠겼다가 다시 업무에 집중하려 했다.

회사에서의 유안은 평소와 별다른 것 없이 지내는 듯했다. 커다란 폭풍이 그의 가족을 휩쓸고 지나갔지만, 어느새 그전과 같은 일상으로 돌아와 있었다. 그러던 중 얼마 후 가현의 변호사가 유안을 찾았다. 그런데 그가 하는 말을 듣곤 유안의 얼굴이 대번에 굳어졌다.

"사모님께서 가평 별장은 아드님인 이사님께 남기셨습니다."

유안은 순간 잘못 들은 게 아닌가 했다. 그 별장에서의 추억을 미화시켜 말하던 친모의 얼굴이 떠올랐다. 거기엔 자신과 둘만 갔던 것도 아니었고 하린도 함께였다. 이혼 후에도 그 별장은 어머니의 명의였고 아직 팔지도 않은 것을 보면 그녀가 하린과 종종 이용했을 거란 생각이 들었다. 그런데 왜 구태여 자신에게 그걸……. 꼭 추억을 강요당하는 기분이었다.

"그리고 이건 이사님에게 남기신 유서입니다."

그 말과 동시에 변호사는 봉투를 하나 꺼냈다. 그걸 보는 유안의 눈이 약간 크게 뜨였다. 생각지도 못한 유서의 존재에 적지 않게 놀란 유안은 그 봉투를 혼란한 눈빛으로 바라보았다.

그날 저녁 집으로 돌아온 유안은 오직 혼자만의 공간이 되자 그제야 소파에 앉아 봉투를 열어 보았다. 한 장짜리 종이에는 어머니의 친필로 된 유서가 쓰여 있었다. 왠지 조금 읽기가 망설여졌다. 어쩐지 반갑지 않은 순간이었다. 그러나 유안의 검고 짙은 눈동자는 이내 종이 위로 내려앉았다.

[내 아들 유안이에게.

몸에 힘이 더 없어지기 전에 너에게 하고 싶은 말을 이렇게 직접 적고 싶었다. 요즘엔 정말 내 몸의 기력이 얼마 남지 않았다는 걸 나 자신도 느끼고 있어.

그래도 며칠 전에 너 만나러 서울 갈 때는 신기하게 몸 상태가 많이 나아졌어. 마지막으로 네 얼굴 보라고 기적처럼 기회를 주신 게 아닌가 싶다.

사실은 그날 너에게 갔던 건 내가 죽기 전에 한 번은 꼭 사과하려고 간 거였단다. 그렇게 맘먹고 가 놓고 내가 너무 못나서 막상 내 말로 나오질 않았어.

그래도 네 얼굴 보고 너랑 밥도 먹고 해서 좋았다. 내가 오랜 시간 놓친 행복이 무엇인지 뼈저리게 느껴지던 시간이었어. 부산으로 돌아가는 길에 많은 눈물이 났다.

내 인생을 내가 망쳤어. 누구보다 내가 잘 아는 고통을 너에게 대물림하게 될 줄은 몰랐다.

준 건 상처밖에 없는 말뿐인 어미라 용서해 달라는 말은 차마 염치없어 못하겠고 너도 날 용서할 수 없겠지만 그래도 미안하다는 말만은 전하고 싶구나.

지난번에 만났을 때 다시 한 번 느꼈다. 어릴 적 일을 잊지 못하는 너를 보며 나의 과오가 너의 삶에 얼마나 깊은 상처를 남겼는지를. 부디 내가 준 상처가 네 행복의 발목을 잡는 일이 없기만을 간절히 바랄 뿐이야.

오랜 시간을 후회하며 보냈다. 시간을 되돌릴 수 있다면 얼마나 좋을까. 일어난 일을 묻을 수도 잊을 수도 없는데 나쁜 엄마는 곧 세상에서 사라지니 네 마음에서도 지워질 수만 있다면 좋겠구나.

아들아. 부디 행복해지거라. 아버지가 네 행복을 방해하면 아버지 말도 듣지 말고 네 맘대로 살아라.

인생은 짧고 모든 게 부질없으니 다른 걸 고민하지 말고 행복하

기 위해 고민해라. 지금 네 곁에 있어 주는 좋은 사람들과 부디 행복해지거라.]

읽기를 마친 유안은 편지를 들고 있던 팔을 내렸다. 그러고는 편지를 소파 테이블 위에 툭 던져두었다. 한참 동안 그 자리에 앉은 채 유안은 창밖의 밤 풍경을 응시했다. 어느 순간 시간을 확인한 그는 지선에게 전화를 걸었다.

* * *

요즘엔 종종 그런 생각을 했다. 산다는 게 무엇인지 모르겠다. 무얼 해도 집중이 되지 않았고 이미 오래전부터 식욕도 없었다. 답을 묘하게 피하고 있었지만, 곧 터질 것 같은 폭탄처럼 위태롭고 아슬아슬한 나날들이었다. 그러다 생각은 늘 제자리로 돌아와 버리곤 한다.

권유안은 어떻게 지내고 있을까.

장례식에도 못 오게 했던 그여서 큰일을 겪은 후 그의 모습을 한 번도 보지 못했다. 그 후에도 그가 어떻게 지내고 있을지 그 생각에만 사로잡혀 잠을 이루지 못했다. 이렇게 고민하느니 소식을 물어봐야겠다. 종일 고민하다 저녁이 되어서야 지선에게 메시지를 보냈다.

[임 차장님. 별일 없으신가요?]

퇴근해서 한가했는지 그녀가 바로 전화를 주었다.

"네, 임 차장님."

310

-수영 씨. 잘 지냈어요?

"하하⋯⋯. 저는, 저도 제가 어떻게 지내는지 잘 모르겠습니다. 차장님은 안녕하셨어요?"

-저도 그리 안녕하진 않은 상황이네요.

수영은 지선답지 않은 모처럼 무거운 대답에 더럭 겁이 났다.

"무슨 일 있으세요?"

-글쎄요. 무슨 일이 있는 건지 알 수나 있다면 좋겠는데 그게 아니라 더 어렵네요.

지선은 땅이 꺼져라 탄식하며 알 수 없는 말을 했다. 그게 무슨 말일까. 수영은 더욱 속이 탔다.

"왜⋯⋯ 그러시는데요?"

-우리 유안 이사님은 의연하게 어머니를 보내 드렸고 담담하게 일상에 복귀하셨지만⋯⋯.

역시 그의 이야기였다. 수영은 쥐 죽은 듯이 귀를 기울였다.

-이상하게 며칠 전에 어머니의 변호사를 만나서 유산 상속을 받고 나더니⋯⋯. 갑자기 회사로 돌아오지 않으셨어요. 별안간 그날 이후 한 주간의 모든 일정을 취소하고 휴가를 신청하셨는데, 정말 며칠이 지나도록 연락조차 닿지가 않네요.

일순 수영의 얼굴이 얼어붙었다. 불쑥 스치는 불길한 기분에 가슴이 싸늘하게 내려앉았다. 연락조차 닿지 않는다고?

-편히 쉬시라고 어지간하면 나도 연락드리지 않다가 그저께는 좀 급히 상의할 게 있어서 피치 못하게 연락을 했는데, 전화기가 아예 꺼져 있더라고요. 어제도, 오늘도.

앉아서 전화를 받던 수영은 벌떡 일어났다. 창백해진 그녀는 방안을 초조하게 서성이기 시작했다.

　－한남동 집 가사 도우미분에게도 연락해 봤는데 주중에 매일 청소하러 갔는데 한 번도 집에서 뵌 적이 없었대요. 음식이 하나도 줄어들지 않았고 집 안 모습도 다 그대로라는 거 보면 집이 아닌 곳에 계신 것 같아요.

　들을수록 오리무중이었다. 수영은 무슨 정신으로 듣고 있는 건지 모를 만큼 두려움을 느끼고 있었다.

　"상속받은 유산의 내용이 대체 뭐였길래……."

　거기에 의문을 품은 수영은 불안한 목소리로 읊조렸다.

　－그러니까요. 그걸 저도 모르겠습니다. 지금 회장님이랑 사모님도 걱정 많이 하고 계셔요.

　그 후 지선과 몇 마디의 대화를 더 주고받으며 염려를 나눴다. 지선이 아는 한에서 그가 갈 만한 곳에는 모두 연락을 넣어 알아봤지만, 그의 소식은 없었다고 한다.

　－아무튼, 소식 닿는 대로 또 연락 줄게요.

　"네……. 감사해요, 차장님."

　그렇게 지선과의 통화를 마친 수영은 두 눈을 어둡게 내리깔았다. 지금으로선 소용없는 짓이겠지만 혹시 몰라 유안에게 전화를 걸어 보았다. 그런데 전화기가 꺼져 있다는 ARS가 들릴 줄 알았는데 예상외로 신호음이 갔다. 덜컥 가슴이 두근거렸다. 기대하지 않았던 상황이어서 반가움과 안도감이 밀려들었다.

　임 차장님이 분명 꺼져 있었다고 했는데. 방금 켰나? 전화기를 다시 켠 것을 보니 아마도 권유안은 어딘가에서 무사하게 있는 것 같았다. 대체 어디서 무얼 하고 있는 걸까, 그는. 신호음이 오랫동안 울리도록 유안은 전화를 받지 않았다. 그래도 현재 그의 전화기가 꺼져 있지 않다는 걸 알게 된 수영은 메시지를 적었다.

[이사님.]

[어디 계신 거예요…….]

부디 그가 읽어 주길 바라며 연달아 전송을 눌렀다. 그늘이 드리워진 눈동자는 하염없이 화면만 바라보고 있었다. 그런데 그때 불현듯 그가 메시지를 읽었다. 흐릿했던 수영의 커다란 눈동자가 반짝 또렷하게 빛났다. 심장이 선득 떨렸다.

수영은 다시 휴대폰 자판 위에서 서둘러 손가락을 움직였다. 그가 읽어 주고 있다는 걸 아는 이 순간 하고 싶은 말을 솔직하게 전하고 싶었다.

[보고 싶어요.]

그러자 그 문구 역시 바로 또 읽혔다. 수영은 제어할 수 없는 긴장 속에 눈동자를 움직였다. 가슴이 정신없이 뛰었다. 그와 실시간을 공유하고 있다는 것만으로도 가슴이 터질 것 같았다. 수영은 그 순간을 붙잡고 싶은 사람처럼 한참 동안 화면을 바라보았다. 보고 있을수록 눈물이 날 것 같았다. 그때였다. 하단에서 메시지 하나가 쓱 떠올랐다. 마치 기적을 보는 듯 수영은 눈을 크게 뜨고 확인했다.

[경기도 가평군 설악면 사룡리…….]

왈칵, 폭풍 같은 눈물이 차올랐다. 그러나 눈물이 쏟아지는 동시에 입가가 올라갔다. 답장을 보낼 틈도 없었다. 곧바로 벌떡 일어나 차 키를 챙겨서 방 밖으로 뛰쳐나갔다.

"엄마, 저 중요한 일이 생겨서 어디 좀 다녀올게요."

"응? 어디 가는데?"

"좀 멀리 다녀올 거 같아요."

"뭐? 밖이 깜깜한데 멀리 어딜 가려고?"

"나중에 설명할게요. 오늘 못 들어와도 기다리지 마세요!"

어리둥절해진 엄마를 뒤로하고 수영은 집 밖으로 나갔다. 이젠 정말이지 한시도 지체할 수가 없었다.

골목길 가로등 아래 세워 둔 컨버터블에 올라 빠르게 시동을 걸었다. 길 찾기를 위해 주소를 찍으니 두 시간이 조금 넘게 걸린다는 정보가 나왔다. 평일 밤이라 차도 막히지 않았다. 여전히 그와의 미래는 한 치 앞도 내다볼 수 없었지만, 수영은 어느 때보다도 기분이 벅찼다.

'그냥 만나면 되잖아요.'

강희정의 그 말이 어느 때보다도 와 닿는 순간이었다. 사실 누구보다도 수영 스스로가 자신에게 하고 싶은 말이었다. 겁이 나서 애써 부정했지만, 어차피 처음부터 답은 정해져 있는 거였다. 이 순간 다른 모든 건 다 놓아 버리고 그저 그를 만나러 가고 싶었다.

두 시간이면 그를 만날 수 있다. 지금은 단지 그것만으로도 가슴이 뛰었다.

액셀러레이터를 밟자 세상에서 가장 설레는 드라이브가 시작되었다. 수영은 그 남자에게 속박되지 않은 오로지 자유로운 존재로 스스로 그를 만나러 갔다. 그가 나를 찾는 밤이 아니라 내가 그를 찾는 밤이다.

* * *

안내대로 달리니 강을 따라 밤 드라이브를 하게 되었다. 청평 호수에 다다라 조금 더 달리고 나니 목적지에 도착했다. 지금은 어두워서 잘 보이지 않았지만, 낮에는 뒤편으로 청평 호수가 보이는 별장 같았다. 3층짜리 별장의 정원은 은은한 불빛이 비추고 있었다.

뛰어온 것도 아닌데 가슴이 벅차서 숨이 찬 기분이 들었다. 커다란 집 안은 2층 창문 하나에서만 불빛이 새어 나오고 있었다. 커튼으로 가려져 있었지만 분명 저 안에 유안이 있을 것 같았다.

좀처럼 진정을 하지 못한 채 수영은 초인종을 눌렀다. 잠시 후 대문이 자동으로 철컥 열렸다. 수영은 안으로 들어가 잔디밭 위를 밟으며 걸어갔다. 엄청나게 큰 별장이었다. 성마른 걸음으로 현관으로 향하는 중에 1층 불이 켜지는 게 보였다. 현관 앞 계단 두 개를 올라가 우뚝 멈춘 수영은 세차게 뛰는 가슴 위에 손바닥을 댔다. 때마침 현관문이 덜컥 열렸다. 염려스러운 눈동자를 들어 올리는 순간 문틈이 활짝 벌어지며 권유안이 모습을 드러냈다.

한 손은 바지 주머니에 꽂은 채 한 손으로 문을 열고 있는 그의 모습이었다. 두 개의 시선이 허공에서 부딪혔다. 수영은 커다래진 눈으로 그를 올려다보았다. 정말 권유안이었다. 눈앞에서 그를 보고 있으면서도 왠지 꿈같았다. 히지민 그는 어쩐지 사늘한 눈동자로 그녀를 보고 있었다. 동영상 일이 터졌던 날, 마지막으로 그를 보았던 때가 떠올랐다. 서로와 이별한 날 그렇게 그녀를 매정하게 끊어 내던 유안이 눈앞에 있었다. 그는 이곳 주소를 제게 알려 주었는데도 여전히 자신을 반기는 얼굴은 아니었다.

"이사님……."

수영이 촉촉해진 목소리로 그를 불렀다. 유안은 대답 없이 그녀를 응시하기만 했다. 들어오라는 말조차 하지 않고. 마치 무슨 일로 자신을 찾았냐는 듯한 표정이었다. 그런 유안을 보며 수영은 초조해졌다. 그럼에도 끝없이 부풀어 오르는 가슴을 주체할 수가 없었다.

"저한테 이사님은, 풀리지 않는 어려운 문제와도 같은 사람이었어요."

수영은 이 순간 마치 무언가에 쫓기다 낭떠러지 앞에 다다른 것 같았다.

"전에는 제게 이사님 같은 사람이 없었어요. 그렇게 날 당황하게 했던 사람도 없었고, 그렇게 미웠던 사람도 없었고 그렇게 나를 화나게 했던 사람도 처음이었어요."

한 발만 더 내딛어도 추락해 버릴 것 같은 막다른 곳으로 몰려, 달리 나아갈 길도 없어진 듯 비로소 수영은 자신의 심정을 내뱉기 시작했다.

"이렇게 신경 쓰이는 사람도 없었고, 내가 이렇게까지 좋아했던 사람도 없었어요."

유안은 여전히 잠잠한 채로 그녀를 빤히 내려다보고 있었다. 그러나 수영은 꼭 오늘이 아니면 안 되는 것처럼 위태로운 모습으로 토로했다.

"나보다 나를 더 잘 아는 재하 오빠가 그랬어요……. 내가 이사님을 사랑하는 거래요."

일순 유안의 눈빛이 짙어졌고 한층 더 엄하게 뜬 눈동자가 그녀에게 내리꽂혔다. 그런 그의 모습을 보는 수영의 눈가에 물기가 어렸다.

"이사님한테 빠질까 봐 두려웠어요. 그런데 이사님을 사랑하지 않으려고 안간힘을 쓰던 그 순간에도 나는 이미 이사님을 사랑하고 있었던 거예요."

절벽 위에 선 듯 위태롭게 이어지던 고백 끝에서 눈물을 또르르 흘렸다. 유안의 잔뜩 굳어진 시선은 그녀에게 고정된 채 움직이지 않았다. 그는 미간을 미세하게 구기더니 마침내 처음으로 목소리를 들려주었다.

"너 이러다…… 내가 정말 너 안 놔주면 어떡할래."

그를 올려다보던 수영의 눈에서 눈물방울이 떨어졌다. 하지만 그녀는 젖은 눈으로 미소를 지었다. 더는 달아날 곳도 없는 그녀는 서글프게 웃고 있었다. 자신이 가야 할 곳은 이곳이었다. 여기가 자신의 마음이었다. 그가 있는 곳.

"놓지 마세요."

설핏 유안의 눈동자가 흔들렸다. 그러나 유안은 잠시 눈을 돌려 혹시 이 순간에도 누군가가 자신들을 보고 있는 건 아닌지 별장 밖으로 시선을 한 번 돌렸다. 그러다 다시 수영을 내려다보며 말했다.

"너 오늘 여기 들어오면…… 진짜 못 나간다."

돌연 두 손을 뻗은 수영은 한 손으론 그의 머리를 감싸고 다른 손으론 그의 셔츠의 목깃을 잡아 제게로 휙 끌어당기며 발뒤꿈치를 들었다. 그의 입술을 덮치며 키스로 그 대답을 대신했다. 뭉클하게 닿은 입술에서 그리웠던 감촉이 밀려들었다. 오랜만에 그의 향에 코끝이 잠식당하는 순간 힘센 팔이 그녀의 허리에 감겼다.

유안의 입술이 움직였다. 뭉클한 입술이 그녀의 입술을 삼켰다. 그는 입술을 떼지 않은 채 한 팔로 수영의 허리를 당기며 집 안으로 끌어들였다. 문손잡이를 잡고 있던 그의 다른 손은 문을 닫아 버렸다. 수영의 등이 닫힌 문에 닿았다. 애타는 입술은 쉬이 떨어지지 않았다.

"아직 늦지 않았어. 지금 나가지 않으면 넌 이제 못 나가."

"영영 못 나가도 좋아."

"차수영, 정말이야?"

"나, 이사님 안아 주러 왔어요. 제발 혼자 있지 마세요."

수영을 빤히 보던 유안은 수영의 경이로운 고백들에 두 팔로 그녀를 더 강하게 끌어당겼다. 수영은 덥석 그에 품에 안긴 채 눈을 감았다. 아, 얼마나 다행인지 모른다. 이 품을 다시 만나서. 갑자기 모든 것을 놓고 사라진 그가 힘없이 절망하고 있을까 봐 두려웠는데 이렇게 저를 안아 줄 힘이 남아 있어서 얼마나 다행인지.

수영은 두 팔을 올려 그의 목을 꼭 감싸 안았다. 그러자 유안은 그녀의 두 다리를 들어 올려 그의 허리에 감았다. 수영은 유안에게 매달린 채 그에게 입 맞췄고 유안은 그대로 키스를 하며 침실로 걸어갔다.

이내 침대 위에 수영을 내려놓은 유안은 위에서 그녀를 내려다보았다. 한 여자의 솔직하고 맑은 눈망울이 그를 바로 응시하고 있었다. 유안도 그녀와 고요히 눈을 맞췄다. 갑자기 들이닥친 난관에 힘겨워졌을지언정 그녀가 원래 밝게 자란 사람이라는 건 그녀의 투명함만 보아도 알 수 있었다. 계약직 시절 극적으로 보여 주던 처절함까지 그녀가 살고자 아등바등 애쓰던 흔적들이었다.

누구보다도 위태로웠지만, 누구보다도 살아 있는 것 같았다. 그런 그녀를 구했다. 하지만 오히려 그녀는 자신의 곁에서 죽어 가는 것 같았다. 그래서 그녀를 놓아주었었다.

"내 삶이 어땠는지 알잖아. 전에는 어땠는지, 앞으로는 어떠할지……."

유안은 수영의 옆 머리칼을 손가락으로 부드럽게 쓰다듬으며 나지막하게 읊조렸다.

"여긴 뭐 하러 왔어. 내가 널 어떻게 보냈는데……."

그는 조금 혼란스러운 눈빛을 하고 있었다. 하지만 수영은 의지를 무를 생각이 없는 듯이 그의 목을 더욱 꼭 감싸 안으며 그 귓가에 대고 가느다랗게 속삭였다.

"안아 줘요……."

설핏 유안이 눈꺼풀을 올렸다. 그의 열감어린 눈동자는 그를 애타게 바라보는 여자의 하얀 얼굴을 뚫어지게 응시했다.

"날 혼자 두지 마요."

곧 그녀의 농염한 입술 위로 격정적인 입맞춤이 내려앉았다. 자중함을 벗어던진 날것 그대로의 격정이 휘몰아쳤다. 짙게 얽히고 설키던 키스 중에 유안의 손이 다급하게 수영의 티셔츠 속으로 들어와 허리의 맨살을 만졌다. 그는 참지 못한 듯 두 손으로 그녀의 티셔츠를 북 찢어 버렸다. 수영이 당황하는 사이 유안은 그녀의 속옷을 들어 올리고 있었다. 오랜만에 보는 아름다운 언덕. 유안은 망설임 없이 입술을 곧장 내려 희고 고운 젖무덤 위를 눌렀다.

"훗……."

그에게 유린되고 있는 살결에서 야릇한 소리가 났다. 한참 귀를 자극하던 야한 소리는 도도록한 정점 끝에서 잠깐 멈추었다. 살짝 떨어뜨린 입술이 닿을 듯 말 듯 머무른 채 그는 다분히 격앙된 어조로 낮게 읊조렸다.

"하…… 네가 정말 필요해……."

남자의 흥분이 그득하게 묻어나는 목소리였다. 몸의 소통 중에 하던 그 고백은 더욱 찌르르한 자극을 주었다.

"저도 이사님이 필요해요."

수영은 한 손을 들어 그의 머리칼을 정성스레 쓰다듬으며 그의 말에 화답했다.

"이사님만 필요해요……."

유안은 수영의 대구에 언뜻 눈동자를 올려 그녀를 보았다. 애무에 젖은 흥분의 꽃이 그녀의 양쪽 볼에 붉게 피어 있었다.

"이제 이사님이 빠진 삶은 하나도 행복하지 않아요."

관능적인 표정으로 그런 고백을 들려주는 차수영은 이제껏 경험하지 못한 달콤함을 주는 것이었다.

"너를 통째로 삼킬 거야……."

유안은 말을 마치자마자 앞에 있던 수영의 말캉한 젖가슴을 삼켰다. 수영의 자지러지는 목소리가 절로 터져 나왔다.

"아!"

오늘이 오기 전까지만 해도 상처와 애증과 슬픔의 기억으로 가득했던 이 별장의 기억이 어느새 차수영과의 새로운 추억으로 덧입혀지고 있었다. 그녀와의 달콤하고 애틋한 추억이었다. 자신의 곁에서 불행할까 봐 보내 주었던 여자였는데 그녀가 돌아왔다. 이 여자가 제 곁에서 행복하다면 다시는 놓지 못할 것이다.

이후 수영과 하나가 된 유안은 그녀의 몸속에서 수없이 무너졌다. 차수영. 자신에게 마음을 표현해 준 여자. 그녀에게 이제 제대로 사랑받고 있다는 것을 통감할 수 있었다. 그 기분은 이 세상 무엇보다 황홀한 것이었다. 자신을 안아 준 그녀의 마음도, 제 밑에서 우는 그녀의 신음 소리도, 모든 게 다 황홀했다.

　"차수영. 정말 나 감당할 자신 있어?"

　헐벗은 수영의 목덜미와 어깨에 입을 맞추며 유안이 나직하게 물었다. 수영은 간지러운지 고개를 움츠리며 속삭였다.

　"자신 있어서 감당하는 게 아니라 사랑해서 감당하는 거예요."

　유안은 수영을 지그시 내려다보며 잠시 그녀의 뽀얀 뺨을 손바닥으로 어루만졌다. 그 대답이 충분했던 그는 다시금 그녀의 다리 사이에서 격렬하게 허리를 움직였다.

　"아응! 아!"

　그 리듬에 따라 신음하던 수영은 극한 쾌감 탓에 흐느낌에 가까운 목소리로 토로하였다.

　"흐웃, 사랑해요! 알, 알고 있죠?"

　가느다란 비음의 교성 속에 젖은 그녀의 고백도 미치게 사랑스러웠다.

　"알아."

　오늘 이 순간은 평생 잊지 못할 기억으로 남을 것 같았다.

　"넌 처음부터 나한테 사랑이었어."

　뜨거운 재회의 행각 속에서 삶의 혼돈도, 두려움도 모두 희미해져 갔다. 유안은 이제껏 본 중에 가장 사랑스러운 모습의 수영을 여러 번 안고 또 안았다. 밤이 깊도록 서로에 대한 갈증이 끝나질 않았다.

그에게 이 별장과 애증을 남기고 세상을 떠난 어머니의 유언이 문득 가슴 언저리에 시리게 맴돌았다.

[행복하기 위해 고민해라.]

이 별장에 홀로 며칠간 갇혀 있던 시간은 혼돈에 갇힌 시간이었다. 그런데 이 여자가 돌아와 줌으로써 이제 그 혼돈이 끝이 났다. 그녀가 품에 안겨 오는 순간 드디어 모든 것이 명쾌해졌다. 비록 그간 불완전한 삶이었지만 남은 삶은 오로지 이 여자와 행복하기 위해 고민하고 싶어졌다. 쉽지 않은 순간도 오겠지만 그 또한 견딜 수 있을 것만 같았다. 혼자가 아니니까. 차수영이 함께 고민해 줄 테니까. 그녀에게 많은 사랑을 줄 것이고 또 그녀로부터 많은 사랑을 받겠지. 서로 조금 돌아왔지만 이제야 심연처럼 깊고 우주처럼 아득했던 외로움도 사라진 것 같았다. 지독한 고독이 끝이 나고 이제 정말 사랑이 시작되었다.

-fin.-

나를 찾는 밤
The nights he comes to me

에필로그

별장에서의 밤이 깊었다. 별장 지붕 위에도, 호수 위에도, 나무 위에도 검은 하늘 아래 고요가 내려앉았다. 오로지 별장 안 침대 위에서만 격한 축제가 벌어지고 있었다. 마음과 몸이 일치된 섹스는 굉장한 열성을 불러일으켰다. 그렇게 한 번 불타오른 열성은 좀처럼 식지 않았다.

　"아아! 아앗!"

　두 손으로 침대 헤드를 붙잡은 채 골반을 들고 있던 수영은 쉴 새 없이 교성을 터뜨렸다. 뒤에서 끝없이 밀려드는 단단한 감각에 온몸이 찌릿찌릿했다. 그는 연신 무자비하게 쳐들어왔다.

　"아흑! 이사님! 이러다 죽을 것 같아요!"

　또다시 절정에 오른 수영은 다리를 달달 떨었다. 유안은 그를 감싸며 전율하는 그녀의 뜨거운 몸속에 잠식당하여 밭은 숨을 내쉬었다.

　"하……."

이제껏 보지 못한 세상이 펼쳐져 있는 것 같았다. 그녀의 마음도 몸도 델 듯이 뜨거웠다. 덮쳐 오는 혼미한 황홀감에 미간을 살짝 구기던 유안은 거친 호흡과 함께 뱉어 냈다.

"죽으면 안 되지. 앞으로 많이 사랑해야 하는데……."

빠르고 과격하게 흔들리던 두 몸이 멈추었다. 끊임없이 그녀를 몰아붙이던 유안은 그대로 마지막 몸짓을 했다.

그날 수영은 처음으로 유안과 함께 욕실에 들어가게 되었다. 욕실에는 커다란 월풀이 있었다. 수영은 유안의 탄탄한 가슴에 등을 기댄 채 뽀글뽀글 올라오는 물거품들을 바라보았다. 이렇게 말없이 그에게 안겨만 있어도 행복했다. 꿈이 아닐까 생각될 만큼.

아까 집에서 그의 답장을 받기 전까진 세상이 잿빛이었는데 단 몇 시간 만에 세상에 없을 감격에 젖어 있게 되었다. 믿을 수가 없을 만큼.

장난스레 거품을 만지던 수영은 새삼 그의 얼굴이 보고 싶어 뒤를 돌아보았다. 그녀를 안고 있던 유안의 잠잠한 얼굴이 올려다보였다. 유안은 눈이 마주치자 몰두하듯 그녀를 내려다보더니 곧장 입을 맞춰 왔다. 녹을 것 같은 감미로운 키스의 감촉이 꿈이 아니라는 것을 말해 주었다. 너무도 생생하고 저릿한 감각을 주었으니까. 수영은 몸을 조금 틀어 그의 가슴에 얼굴을 기댔다. 그러자 유안은 손을 들어 그녀의 머리를 살살 어루만졌다.

"그런데 여긴 어디예요?"

수영이 뒤늦게 물었다.

"별장이에요?"

"……."

유안이 금방 답이 없자 수영은 고개를 들어 그를 보았다. 그의 얼굴에는 예상치 못한 그늘이 무겁게 드리워져 있어 수영은 선 득 놀랐다.

"돌아가신 친어머니가 나한테 물려준 유산이에요."

그의 대답을 듣고 난 수영의 눈빛에는 한층 더 놀란 기색이 스 쳤다. 지선이 말했던 이야기가 이제야 설명이 되었다. 친모의 유 산을 상속받은 이후 사라졌다는 그가 바로 여기에 있었던 거였 다. 근심 어린 얼굴로 유안을 올려다보던 수영은 다시 고개를 숙 이고 그의 가슴에 얼굴을 댔다. 그때 유안이 담담한 어조로 아연 할 말을 내뱉었다.

"내 얼굴의 멍 자국을 숨기려고 날 데려왔던 곳이죠."

더럭 수영의 눈동자가 얼어붙었다. 그의 품에 머리를 기댄 채 수 영은 그대로 꼼짝도 할 수가 없었다. 금세 시큰해진 눈가에 눈물 이 차올랐다. 눈물방울이 흐르자 그녀가 얼굴을 붙이고 있던 유 안의 가슴에까지 눈물이 닿았다. 비수로 찌르는 통증이 차라리 덜 아플 것 같았다. 수영은 손을 올려 눈물을 닦았다.

"나는 그 사람이……."

그때 문득 유안의 무거운 목소리가 귓가에 닿았다.

"죽었어도…… 용서가 안 돼."

짙은 어둠이 내리깔린 목소리에는 지우지 못한 애증이 여전히 서려 있었다.

가만히 그 말을 듣고 있던 수영은 천천히 고개를 끄덕였다. 그 가 친모에 관해 직접 이런 말을 그녀에게 한 건 처음이었다. 직접 그에게 듣게 된 그의 심정은 지선에게 그의 이야기를 전해 들었을 때와는 비교도 되지 않을 만큼 아프게 다가왔다. 그에게 남겨진 상흔이 얼마나 깊은지 느껴졌다. 몸의 멍 자국이 다 지워지도록 그 가슴에 남은 흉터는 사라질 수가 없었다.

"용서하지 마세요."

해 줄 수 있는 말이 하나밖에 없어서 그저 나직하게 전했다.

"용서…… 하지 않아도 돼요."

과거의 상처도, 혈육에 대한 부담감도, 용서해야 한다는 의무감도 모두 다 내려놓기를.

수영은 그의 가슴에 가만히 손바닥을 올렸다. 맨 살결 아래 그의 심장이 가까웠다. 펄떡이는 심장 위를 느릿하게 만지작거리며 그녀가 속삭였다.

"어떻게 해도 괜찮아요."

나는 이제 당신의 모든 것을 사랑할 거예요. 당신의 가슴속 아주 깊은 곳에 있는 어둠마저도.

유안은 말없이 수영의 어깨를 안고서 그녀의 이마 위에 살며시 입술을 댔다.

* * *

챙, 하고 얇은 글라스가 부딪치는 소리가 호텔 룸을 울렸다. 와인을 한 모금 머금자 향긋함이 입 안 가득 차올랐다. 만족스레 미소짓던 수영은 눈앞의 근사한 남자를 향해 잔잔하게 말을 뗐다.

"다사다난한 한 해였네요."

크리스마스이브의 밤이었다. 두 사람은 예쁜 바다가 보이는 전망 좋은 호텔에서 둘만의 시간을 보내고 있었다. 23, 24일이 주말이었고 크리스마스가 월요일이어서 마침 연휴였다. 유안은 수영과 시간을 보내기 위해 가을부터 그 연휴의 스케줄을 몽땅 비워 뒀다.

"정말 올해는 그러네요. 나한테도 가장 파란만장했던 한 해였네요. 무엇보다 차수영도 만났고."

차수영과의 만남, 친모와의 재회와 연이어진 사별, 희정과의 정혼과 파혼, 언론에의 노출까지. 참으로 변화무쌍한 한 해였다. 그 중 가장 큰 의미가 있는 사건은 고민할 것도 없이 차수영과의 만남이었다.

겨울이 끝날 즈음 처음 그녀를 보았고 봄과 여름, 두 계절을 내내 그녀와 함께했다. 그리고 그 여름의 끝자락, 원치 않는 이별을 겪어야 했다. 오래가지 않아 서로가 얼마나 필요한지를 깨닫고 서늘한 바람이 불기 시작할 무렵 다시 함께하여 그 가을도 외롭지 않게 보냈다. 이제 마른 나뭇가지에 하얀 눈이 소복이 쌓인 겨울을 함께 맞게 되었다. 낮에는 눈꽃나무들로 덮여 있는 설산의 경치를 보고 왔다. 새하얗고 아름다운 절경을 수영의 곁에서 바라보며 그는 생각했다. 태어나서 이렇게 따뜻한 겨울은 처음이라고.

"올해는 이사님을 만났으니까 나의 스물일곱은 내 인생에서 가장 중요했던 한 해였어요. 가장 소중했던 한 해였고요."

솔직한 표현을 내뱉으며 수영은 조금 수줍은 듯 미소 지었다.

"내가 하고 싶은 말을 그대로 해 주네요. 고마워요."

유안이 능청스레 말하자 수영은 작게 웃음을 터뜨렸다. 올해는 정말 끝까지 많은 일이 있었다. 그리고 수영은 유안이 원하는 대로 그의 한남동 자택에 들어와 살게 되었다. 그로써 고등학교 졸업 이후 누구와도 함께 살아 본 적이 없던 유안이 처음으로 자의로 한집에 누군가를 들이게 되었다.

수영의 가족들은 그녀와 유안과의 관계를 알게 되었다. 그의 집안에서 반대할 게 예상되니 딸이 순탄하지 못한 사랑을 하는 것에 대해 염려가 많았지만 워낙 수영이 자신의 선택에 대해 의지가 단호해서 그녀를 말리지 못했다.

수영의 아버지는 손해 배상금으로 받은 수억으로 다시 소소하게 개인 사업을 시작하게 되었다. 거기엔 수영도 함께였다. 유안이 그 소식을 알고 투자자로서 함께해 준 덕에 생각만큼 힘들지 않게 창업을 했다. 이제 시작 단계였지만 이전과 같은 업계여서 동향을 잘 파악할 수 있었고 시행착오도 그리 많지 않았다.

유안이 권하여 공장은 서울 근교에 터를 잡았다. 청주에서 일하면 수영을 자주 못 볼까 봐 그랬던 것이다. 자연스레 가족들의 거주지도 그곳과 멀지 않은 곳에 얻게 되어 청주에서 이사를 오게 되었다.

권 회장은 아직 그들의 관계를 모르고 있었다. 그러나 미경이 얼마 전 유안에게 넌지시 수영의 소식을 묻는 바람에 유안은 그녀에게만 솔직히 말했다고 한다. 그래서 유안과 가까운 사람 중엔 미경과 지선만이 알고 있었다.

"내년에는 부디 아빠 일이 무탈하게 잘 풀려서 안정적으로 자리를 잡았으면 좋겠어요. 큰 욕심 없이 거기까지만 바라게요. 우선은 그게 제 새해 계획이에요."

수영은 한 해를 보내며 또 다가올 새해에 대한 계획을 언급했다.

"그렇군요."

진지하게 듣던 유안이 눈을 맞추며 대꾸했다. 그런데 이어서 돌연 그가 매우 놀라운 말을 내뱉었다.

"난 내년에는 차수영이랑 결혼을 할 생각이야."

수영은 꼴깍 와인을 급히 삼키고 말았다. 그는 그녀가 계획을 말할 때보다도 훨씬 더 태연한 어조로 그런 말을 내뱉은 것이었다.

"네?"

"물론, 차수영 씨가 허락한다면. 싫으면 강요하진 않아요."

"이사님……."

수영은 믿어지지 않을 만큼 신기해서 멍한 얼굴로 그를 불렀다. 앉아 있는데도 마치 새처럼 하늘을 날고 있는 것 같았다. 가슴이 붕 떠서는 꿈처럼 두근거리는 것이었다.

"프러포즈해 줘서 고마운데 결혼은 할 수 있어야 하는 거죠."

물론 그와의 결혼이 와 닿는 것은 아니었다. 그가 먼저 언급했음에도 불구하고 그만큼 그와의 결혼은 현실에서 이루기가 어려운 꿈같은 이야기였으니까. 그럼에도, 본래 결혼이란 없을 거라던 그의 인생 계획이 변경되었으니, 그는 자신과 평생 함께하고 싶다는 진심을 보여 주고 있는 것이다. 그것만으로도 기분은 끝없이 두둥실 떠오르고 있었다.

"결혼 그냥 하면 되죠."

유안은 또 대수롭지 않다는 듯 내뱉었다. 그러자 약간은 염려스러운 얼굴을 하던 수영은 고개를 살짝 기울이며 그의 얼굴을 살폈다.

그럴 수가 있을까? 자꾸 확신에 차서 말하니 자신은 더 들뜰 수밖에 없는데. 그는 뭘 믿고 이런 말을 하는 것일까.

"이사님. 저는 결혼은 해도 좋고 안 해도 좋아요. 어차피 어떻게 해도 같이 있을 거니까요. 괜히 저 때문에 가족들 사이에서 이사님이 힘들어지지 않았으면 좋겠어요."

그러나 그 말을 뗄 때의 수영은 조금은 쓸쓸한 표정을 했다.

"나 역시 그래요. 다른 것보다 차수영 씨가 우리 가족들 때문에 힘들어지는 건 원치 않습니다."

그러나 무얼 믿고 그러는지 유안은 꽤나 안정적인 얼굴을 하고 있었다. 수영은 그의 말이 조금 의아했다. 그렇다면 그는 어떻게 결혼을 하겠다는 말인가.

"우선, 다음 달쯤에 새해 인사 겸 우리 부모님 같이 찾아뵈어요."

급기야 구체적인 계획이 언급되었다. 금세 수영의 얼굴에서 웃음이 지워졌고 대신 심각한 낯빛이 내려앉았다.

"그렇게 빨리요?"

"늦출 이유가 있나요?"

그는 진심인가? 단지 막연하게 하는 말이 아니라 당장에 실행할 구체적인 계획을 가지고 있었다는 건가. 막상 부모님을 뵙자고 하자 수영은 불안하기도 했다. 지금 그와 더할 나위 없이 좋은데 혹여 이 평화가 또 깨지게 되면 어쩌나. 갑자기 초조해지는 것이었다.

수영은 와인 잔을 테이블 위에 천천히 내려놓았다. 바로 대답이 나오지 않았던 그녀는 고민하느라 잠시 일어나 창가로 다가갔다. 밖이 깜깜해서 보이진 않았지만 바다가 있는 저편 어딘가를 하염없이 바라보았다. 골몰히 고민하던 수영은 서서히 그 눈을 내리깔았다. 물론 이젠 누구에게 어떤 방해를 어떻게 받더라도 자신은 꼭 그의 곁에 있겠다는 생각이었다. 하지만 한편으론 아직 아무런 방해를 받고 싶지 않기도 했다. 아직은 다른 심각한 주변은 잊고 좀 더 그와 이대로 있으면 안 되는 건가 하는 생각이 들었던 것이다. 그때 유안이 뒤에서 다가왔다. 수영이 고개를 드니 그가 바싹 가까이서 눈을 맞추었다. 그는 이내 그의 생각을 들려주려는 듯 입을 뗐다.

"그냥 이대로 지내는 것도 좋지만 점점 그런 기분이 들었어요."

커다란 눈을 올려뜨던 수영은 그의 말에 귀를 쫑긋 세웠다.

"누구 앞에서든 당당하게 말하고 싶은 기분. 내가 차수영이랑 함께하고 있다는 얘기를요."

담박하게 털어놓는 진심이었다.

"물론 차수영 씨도 어디 가서 그렇게 당당하게 말해 줬으면 좋겠고."

이에 그를 응시하고 있던 수영의 눈동자가 점점 촉촉해지기 시작했다.

"그런 생각을 하다 보니 지금 우리 상황에서 가장 확실하게 당당해지는 건 역시 결혼이더라고요."

그래서 그가 결혼을 말한 거였구나. 그가 남들처럼 결혼을 자연스레 받아들이는 남자가 아니었기에 더욱 이런 말들이 뭉클하게 다가왔다. 그가 다른 이유 때문이 아닌 자신을 위해 마음이 바뀌었기에 그만큼 그의 마음이 귀하게 여겨졌다.

"이 상태로 당당하게 밝혀도 되긴 하지만, 이렇게 우리가 계속 결혼을 안 한 채 함께 살고 있으면 아무래도 저 커플이 결혼까지는 못 했구나, 하고 생각하는 사람들이 분명 있겠죠. 그렇게 남들이 오지랖 넓게 차수영 씨를 안쓰럽게 생각하게 될 것도 싫고요."

수영은 자신도 모르는 사이 그가 이런 고민들을 하고 있었다는 사실에 사뭇 가슴이 시큰했다.

"고마워요, 이사님. 이사님이 이렇게 생각해 주는 것만으로도 이미 이사님과 결혼한 것처럼 행복해요. 설령 우리가 결혼에 성공하지 못한다고 해도 이미 마음을 다 받은 것처럼 생각할 거예요. 그러니까 이사님이 만약 너무 힘들……."

"결혼, 꼭 할 거예요. 내가 차수영이랑 결혼하지 않을 가능성은 차수영이 내 프러포즈를 거절하는 경우 외엔 없어요."

유안은 실로 단호했다. 그의 견고한 눈빛을 보던 수영의 눈가에서 눈물이 또르르 떨어졌다.

"……"

깊은 눈길로 눈을 맞추던 그의 손이 수영에게 다가왔다. 그녀가 뺨 위로 흘린 눈물을 그의 손이 쓰다듬고 있었다.

"할 거죠? 결혼……."

눈가가 붉어진 수영은 그제야 이끌리듯 고개를 끄덕였다.

"나를 믿어 봐요."

유안은 흔들리지 않는 잔잔한 눈으로 그녀를 보며 말했다. 나직한 저음에 담긴 그의 의지가 강하게 다가왔다. 수영은 그에게 신뢰의 눈빛을 보내며 입가를 곱게 올렸다.

"어쨌든, 그건 해 바뀌면 추진하고요, 오늘은 오늘을 즐겨야죠."

유안은 말을 끝내자마자 그들이 서 있던 창가의 커튼을 틈 없이 닫았다. 아무도 볼 수 없는 밀실이 된 방 안에서 유안은 한 걸음 더 수영에게 다가갔다.

"이제 복잡한 생각은 그만하고 우리는 우리만의 크리스마스 전야를 뜨겁게 달구어 봅시다."

눈물을 멈춘 수영이 작게 소리 내어 웃자 유안은 그녀의 허리에 한쪽 팔을 감아 왔다. 가까이 몸을 붙여 오던 그는 서서히 손을 올려 수영의 얼굴을 어루만졌다.

커다란 눈망울을 내려다보며 보드라운 볼을 엄지로 쓸자 그녀도 묵묵히 그를 응시했다. 그녀의 갈색 눈망울은 조금 촉촉해져 있어서 더욱 투명해 보였다. 유안의 엄지손가락은 이내 수영의 입술로 내려가 윗입술과 아랫입술을 찬찬히 어루만졌다. 부들부들한 감촉이 그의 손끝의 말초 신경에 닿고 있었다. 그의 손이 내려갔고 손이 떨어지고 난 그 자리에는 곧 그의 입술이 포개졌다. 엄지 대신 그의 입술이 그녀의 입술을 어루만졌다. 더 정성스럽게. 더 정성스러워서 더 야하기도 했다.

수영 역시 손보다 훨씬 부드러운 그의 입술이 닿자 뭉클하게 차오르는 크림 같은 자극에 저절로 눈이 감겼다. 감각적인 키스가 온몸을 점령해 갔다. 그의 프러포즈를 받고 감격한 이후여서 그의 스킨십도 더 애틋하고 소중했다. 그의 입술과 그의 손길에서도 저의 대한 그의 애정이 느껴졌다. 아련한 듯 아쉬운 듯한 연말 특유의 분위기 탓일까. 크리스마스이브 날 밤의 키스는 한층 더 감상적인 기분에 젖어 들게 했다. 입맞춤이 잠시 멈추자 유안은 갑자기 몸을 굽히더니 그녀를 어깨에 들춰 메며 일어섰다. 놀란 수영이 짧은 비명을 토해 냈다.

"악!"

공중에 들린 채 이동하던 그녀의 몸은 금세 침대 위로 내려졌다. 거꾸로 쏠리느라 헝클어진 머리칼이 그녀의 얼굴 위로 몇 가닥 흐드러져 있었다. 유안의 눈동자엔 그 모습이 퍽도 섹시하게 비쳤다.

"이렇게 낯선 방에서 섹스하는 것도 괜찮네요."

유안은 낮게 읊조리며 수영의 몸을 뒤로 돌렸다. 성마른 손으로 검정 니트를 올리자 그녀의 매끈한 등이 보였다. 유안은 조급했던 손길과는 정반대로 느릿하게 척추골 위에 입술을 내렸다. 등 위로 보이는 속옷을 풀고는 자잘하게 입을 맞추며 올라갔다.

납작 엎드려진 채 얼굴을 시트 위에 붙이고 있던 수영은 상기된 얼굴로 눈을 깜박였다. 등 위에서 머무는 유안의 서둘지 않는 섬세한 키스에 등골이 서늘하게 자극되었다. 입술로는 애무하며 따뜻한 그의 손바닥으로는 찬찬히 등을 쓰다듬자 매우 로맨틱한 기분이 들기도 했다.

"같이 살기 전엔 이 정도일 줄 몰랐는데……."

문득 수영이 중얼거렸다.

"뭐가요?"

유안은 그녀의 허리 아래로 손을 넣어 그녀의 바지 단추를 풀며 물었다.

"이렇게 자주 하게 될 줄은 몰랐어요. 예전 그 오피스텔에서 며칠에 한 번 만날 때보다 더 뜨거워진 거 같아요."

"그때는 내가 자중해서 그 정도였던 거니까. 차수영이 날 안 좋아할까 봐 작작 들이댔던 거라서."

"아아……. 그랬구나. 그랬던 줄 지금 알았네요. 근데 그때도 결
코 적지는 않았는…… 아앗!"

불쑥, 다리 사이 은밀한 곳에 기다란 손가락이 들이닥치자 수영
은 말을 마치지 못하고 교성을 내질렀다.

오늘은 서로와 평생 함께하기로 결혼을 약속한 날이었다. 그렇
기에 서로가 더 가깝고 친밀하게 느껴지는 밤이었다. 벅찬 감회
로 부푼 감정은 서로에 대해 더 뜨거운 흥분을 불러일으켰다. 사
랑하는 만큼 서로에게 닿고 싶고 닿고 싶은 만큼 열망은 컸다. 끝
없이 식지 않는 둘의 몸과 마음이 하나로 뒤엉켜 들었다. 들뜬 연
말의 밤, 낯선 방에서의 밤은 유독 넘치는 흥분으로 뜨거웠다.

* * *

해가 바뀌었고 유안과 함께 본가를 방문하기로 한 날이 다가왔
다. 아직 권 회장은 이 자리에 수영이 함께하게 될 거라는 걸 알
지 못하고 있었다. 유안이 다시 수영을 만나고 있다는 사실조차도
알지 못했으니까. 오늘 만남의 목적 역시 미경만이 알고 있었다.

"안녕하세요, 회장님."

처음 거실에서 유안과 함께 들어오는 수영을 마주했을 때 권 회
장은 어안이 벙벙한 듯 그녀의 얼굴만 빤히 보았다. 그러다 곧 그
의 눈이 휘둥그레지며 기시감이 그 눈빛을 스쳤다.

"처음 뵙겠습니다. 차수영이라고 합니다."

그녀는 예비 며느리보다는 회사 직원에 가까운 말투로 첫인사
를 건넸다. 다니던 회사의 총수였으니 아직은 그런 태도가 더 자

336

연스럽게 나왔던 건지도 모른다. 수영이 그녀를 소개하는 순간 확실히 그녀를 알아본 듯 권 회장의 얼굴에 당혹감이 밀려왔다. 그는 인사도 받지 않고 말없이 고개를 휙 돌려 유안의 얼굴만 바라보았다.

"어머, 어서 와요. 수영 씨."

마침 그때 거실로 나오던 미경이 눈치껏 얼른 나섰다.

"우리 어머니셔요."

유안이 소개하자 수영은 그녀에게도 고개를 꾸벅 숙였다.

"안녕하세요, 사모님."

미경은 풍성하게 웃으며 다가와 수영의 손을 꼭 붙잡았다.

"드디어 이렇게 만나 보네요. 전부터 꼭 만나 보고 싶었어요."

"저도요, 사모님."

권 회장 보란 듯이 반겨 주는 미경을 보며 수영은 고마움과 안도감을 느꼈다. 하지만 너무도 상반된 부부의 반응이 큰 부담감으로 다가오기도 했다.

"이리 와서 앉아요."

미경은 조금 얼어 있던 수영의 손을 친히 이끌며 소파에 앉게 했다. 뒤따른 유안이 수영 옆에 앉았고 미경은 맞은편에 앉아 있던 권 회장의 옆자리에 앉았다. 권 회장 혼자서만 누가 봐도 심기 불편한 기색을 내비치고 있었다. 그는 유안 대신 미경에게 원망스러운 어조로 물었다.

"당신도 알고 있었어요? 오늘이 이런 자리라는 거?"

"아 참, 내가 당신한테 말 안 했던가요? 오늘 두 사람 같이 인사 드리러 오는 거였는데."

미경은 천연덕스럽게 넘겼지만, 권 회장의 얼굴은 더욱 굳어 지기만 했다. 그때 사용인이 다과를 내왔고 미경이 상냥하게 권했다.

"차 좀 들어요."

수영의 앞에도 예쁘고 가냘픈 꽃무늬 잔이 놓였다.

"감사합니다."

그러나 정말 이 분위기에서 차를 마시는 사람은 미경밖에 없었다. 권 회장은 계속 어이가 없다는 듯 유안만 쏘아보고 있었다. 유안은 그런 아버지의 시선을 피하지 않고 담담하게 마주 보았다. 어차피 예상했던 바였으니 그저 자신의 용건을 꺼냈다.

"단도직입적으로 말씀드릴게요. 저희 결혼하려고요."

"뭐?"

권 회장은 벌컥 눈을 부릅떴다. 할 말이 있어서 찾아뵙겠다는 말만 전해 놓고는 이렇게 예고에 없던 불청객을 데려온 것도 모자라 이게 지금 무슨 말이란 말인가.

"결혼? 지금 그 허락받겠다고 온 거야?"

곧바로 권 회장의 언성이 높아졌다. 그는 가만히 앉아 있는데도 숨이 거칠었다.

"언제는 결혼 같은 거 안 하겠다더니."

"생각이 바뀌었어요."

성내는 권 회장에게 유안은 어려운 기색 없이 대답했다. 가뜩이나 좌불안석이던 수영은 부자간의 대화 속에서 난처하기 그지없었다. 씩씩대던 권 회장은 그제야 수영에게 눈길을 주었다.

"차수영 씨라고 했나요."

"예, 회장님."

수영은 눈을 들어 권 회장을 어렵사리 마주 보았다.

"나는 차수영 씨한테 어떤 안 좋은 감정도 없습니다. 그러니까 내 얘기 오해 말고 들어요."

권 회장은 애써 화를 누르며 차분한 어조로 말을 꺼냈다. 유안이 요지부동이었으니 수영과 대화를 시도하려는 듯 보였다.

"JN 직원이었으니까 차수영 씨의 평판에 대해선, 나도 이전에 물어봐서 대충 들은 바가 있어요. 성실하고 똑똑하고 일 잘하고, 거기다 겉보기에도 매력 있고 예쁘기까지 하고……. 유안이가 좋아할 만하니 좋아하는 거겠지요. 우리가 평범한 집이었으면 흔쾌히 반겼을 만큼 괜찮은 아가씨라는 것도 알겠어요. 하지만……."

권 회장이 자근자근 늘어놓는 말들에 수영은 점점 곤란함을 느끼며 눈동자를 내리깔았다.

"알다시피 우리에겐 결혼이 그렇게 간단한 문제가 아닙니다. 좀더 신중해야 해요."

그러나 권 회장이 거기까지 말했을 때 유안이 끼어들었다.

"충분히 신중하게 고민하고 내린 결정이에요. 제 비혼 의지를 무를 만큼요."

그러자 권 회장은 버럭 험악해진 눈동자로 아들을 쳐다보았다.

"회장님께서 보시기에 제가 많이 부족한 거 이해합니다."

그때 수영이 권 회장이 자신에게 했던 말에 대응하기 위해 신중하게 입술을 열었다.

"그렇지만 제가 가진 것 중 어느 누구보다도 큰 게 있다면 그건 제 마음입니다. 제가 이사님을 사랑하는 마음은 누구보다도 크다고 자신할 수 있습니다."

수영의 목소리는 고요했지만, 그 말을 할 때만큼은 힘이 있었다. 그만큼 진심이었기에 그랬다.

"저도 사람이고 자존심이 있기에 솔직히 이 남자가 아니었다면 이렇게 저를 거절하시는 분 앞에 더 앉아 있을 이유가 없었을 겁니다. 진즉에 이 자리를 박차고 나갔을지도 모릅니다."

권 회장의 눈이 조금 크게 뜨이는 게 보였다. 수영도 그의 입장에서 자신이 방금 한 말이 조금은 맹랑할 수 있다는 걸 알지만 그만큼 진솔하게 말하고 싶었다.

"이렇게 용기 내어 찾아뵙고 이 자리를 견디면서 이런 말을 할 수 있는 이유는, 그 정도로 제가 권유안이라는 남자를 사랑하기 때문입니다. 저는 그저 제 남은 삶에 걸쳐 이사님을 행복하게 해주고 싶어요. 그러기 위해서 목숨을 걸고 사랑할 것입니다."

조곤조곤, 그러나 강하게 속마음을 털어 내는 수영을 권 회장은 똑바로 바라보았다. 압도될 만큼 강렬한 고백이긴 하지만 그는 거기에 설득되고 싶지 않은 것처럼 눈을 돌렸다.

옆에 앉은 수영이 애쓰는 모습을 내려다보던 유안은 그녀의 손을 살짝 포개 쥐었다. 많이 긴장하고 있었는지 손 안에서 움찔 떠는 게 느껴졌다. 두렵고 힘겨운 와중에도 자신에 대한 마음을 고백해 준 그녀에게 말할 수 없는 고마움을 느꼈다. 이거면 됐다 싶었다. 이제 제 삶에서 이보다 더 가치 있는 순간은 없을 것이다.

미경은 수영의 말에 감격해 손으로 눈가를 찍어 내는 모습을 보였다. 하지만 그 옆에 있던 권 회장은 그럴수록 불쾌한 표정을 나타내고 있었다.

"세상 뜬 네 엄마 생각해 봐라."

그가 한숨을 내쉬며 불쑥 아들에게 그 이야기를 꺼내자 유안의 낯빛이 굳어졌다.

"젊은 시절 설렘 하나 보고 선택한 인생이 불행해질 수도 있다는 거 모르겠어? 나도 다 한때 겪어 봐서 이런 말도 할 수 있는 거다. 오죽하면 내가 이 자리에서 이런 얘기까지 끄집어내겠냐⋯⋯."

"그분은 그분이고 이 사람은 이 사람이에요. 아버지만 우리를 믿어 주시면 이 사람은 다른 건 잘 극복해 나갈 사람이에요."

아들이 거침없이 호소했지만, 권 회장은 자신만 믿어 주면 된다는 말에 더욱 언짢아했다.

둘 사이에서 수영도 미경도 어찌할 줄을 모르고 있었지만, 한 번은 부딪쳐야 할 문제였기에 말릴 수도 없었다.

"난 허락할 수 없다."

그러나 끝내 권 회장이 그 한마디로 못을 박았다.

"왜 오늘 처음 보는 네 애인 앞에서 내가 이렇게까지 말하게 만드는 거야."

권 회장은 수영의 면전에 대고 거절하는 것이 못내 찜찜한 듯이 중얼거렸다. 그러나 유안 역시 한마디도 물러서지 않고 맞받아쳤다.

"허락받으러 온 거 아니에요. 전해 드리러 온 겁니다."

단호하기 짝이 없는 아들의 말에 권 회장의 얼굴이 노기로 붉어졌다.

"제가 결혼이란 걸 한다면 여기 있는 차수영이랑 하는 줄 아세요. 차수영 아니면 결혼할 일 따위는 평생 없을 거예요. 제가 미혼인 게 싫으면 이 여자를 며느리로 받아들이셔야 할 거예요."

"나가라."

서슬 퍼런 눈빛으로 아들을 노려보며 권 회장이 명령했다. 그 순간 수영은 눈을 질끈 감았다가 떴다. 미경은 놀라서 남편을 향해 고개를 휙 돌렸다.

"여보……."

"너 같은 아들 필요 없다. 네 멋대로 살 거면 내 아들 아니야."

권 회장은 더는 참지 않고 있는 대로 격분을 드러내고 말았다.

"나가라. 내 집에서도, 회사에서도."

"여보! 그런 말 하지 마세요!"

미경이 급기야 엉덩이를 들썩이며 그를 향해 돌아앉았다. 그러나 유안은 견고한 자세로 아버지를 똑바로 바라볼 뿐이었다. 싸늘해진 분위기 속에서도 유안은 놀랍도록 표정에 변화가 없었다.

"네놈이 안 나가면 내 힘으로라도 네 책상 뺄 거니까, 그게 싫으면 너 스스로 나가라."

아버지는 끝내 아들과의 전쟁을 선포했다. 수영과 미경은 아연실색했지만, 유안은 이내 고개를 느리게 끄덕였다.

"나가자."

"이사님……."

미련 없이 일어서는 유안을 당황한 눈으로 올려다보며 수영이 말리듯 작게 그를 불렀다.

"나가라는데 뭐 하러 더 있어."

하지만 얼굴을 굳힌 유안은 수영의 손을 잡아 일으키며 말했다. 수영은 난감한 얼굴로 권 회장 내외를 한 번 바라보았지만 나가자고 이끄는 유안을 따라 걸음을 옮길 수밖에 없었다.

돌아보지도 않고 현관문 밖으로 나가는 유안을 따라 집 밖으로 나갔다. 그런데 그때 뒤에서 다시 문이 열렸다.

"유안아!"

미경이 서둘러 따라 나오며 유안을 불렀다. 잔디밭을 걸어 나가던 두 사람이 뒤를 돌아보자 미경이 눈물을 글썽이며 계단을 내려오고 있었다.

"어떡할 거니?"

그녀는 두 손으로 유안의 한 손을 부여잡으며 울먹거렸다.

"아버지 말씀대로 눈앞에서 완전히 사라져 드리려고요."

"유안아……."

유안은 미경의 마음을 알기에 안타까웠지만, 그의 결심은 변함없었다. 곧 그는 선선하게 제 의지를 밝혔다.

"JN 이사직 사임할 거예요."

청천벽력 같은 선고였다. 수영도 미경도 사색이 되고 말았다.

"이사님!"

수영이 거의 울상이 되어 외쳤다. 미경도 아연하여 입을 떡 벌리더니 이내 침착하게 그를 말리고 들었다.

"유안아! 그, 그러지 말고 나중에 다시 설득해 보자. 오늘은 워낙 갑작스러웠잖아."

"애당초 수영이 같이 온다는 거 미리 말씀 안 드린 이유, 잘 아시잖아요. 만나 보려고 해야 말이죠."

"그렇다고 아버지와 연을 끊으려는 거니? 오늘은 그냥 돌아가고, 좀 지나서 다시 얘기 꺼내 보자. 나도 열심히 설득해 볼게,

응?"

그러나 아무리 미경이 호소해도 유안은 그저 엄한 목소리로 거침없이 내뱉을 뿐이었다.

"저 그런 지리멸렬한 과정 겪으면서 수영이 힘들게 하고 싶지 않아요, 어머니."

그 말에 수영은 하얗게 놀라 그를 올려다보았다. 견고한 그의 모습을 담은 눈동자가 눈물로 촉촉해지기 시작했다. 어떻게든 결혼을 하겠다던 그의 단호한 이야기가 이런 의미였을까. 아버지도 버리겠다는?

"아버지가 오늘 생각해보겠다고만 말씀하셨어도 저도 이렇게까지 할 맘은 없었어요."

미경은 허탈하게 두 사람을 바라보았지만, 유안을 말릴 방법도 없었다. 그녀는 잡고 있던 유안의 손을 살짝 놓고는 대신 수영의 손을 잡았다.

"그래요. 힘들면 안 되죠. 지치지 말고 유안이 곁에 계속 있어 줘요."

"네……. 걱정하지 마세요."

수영은 물기로 반짝이는 눈으로 미경을 내려다보며 고개를 끄덕였다. 미경은 아릿한 표정을 숨기지 못하고 유안에게 시선을 돌렸다.

"나랑은 꼭 연락하고 지내야 해, 알았지?"

"네, 어머니."

* * *

유안은 정말 JN 이사직에서 사임했다.

"수영 씨 탓이 아니에요. 어차피 언젠가 내 결혼 문제로 아버지랑 이렇게 되었을 만했어요. 내가 미혼으로 있는 이상 분명히 또 맞선 후보들 들이밀며 결혼을 설득하셨겠죠. 쉽게 포기하지 않으실 분이에요."

유안이 수영을 달래듯 말했다. 하지만 생각보다도 너무나 태연한 유안에 비해 수영은 한없이 착잡했다.

"뭐가 그렇게 걱정이에요. 나 사임한다고 해서요? 내 능력, 차수영 능력. 그러면 됐지. 언제 어디서든 배 터지게 먹고살게 해 줄 테니까 아무 염려 하지 마요."

"그런 게 문제가 아니고요. 나 때문에 아버님도 잃고 JN도 잃고……. 이사님이 잃으신 게 너무 크잖아요."

"원래 나에겐 어릴 적부터 두 가지 인생 계획이 있었어요. JN의 경영권을 갖는 인생과 그렇지 않은 인생."

유안에게 그런 말은 처음 듣는 거여서 수영은 의아해졌다.

"아버지와 워낙 안 맞아서 은연중에 독립이라는 가능성도 함께 열어 두고 살았어요. 지금이 바로 그 플랜 B가 된 거죠."

수영은 문득 호기심이 들었다. 어느새 자신의 울적했던 얼굴이 조금은 펴진 것도 모르고 그녀가 물었다.

"그 플랜 B가 뭔데요?"

"내 기업을 갖는 거죠."

수영은 말없이 그를 보며 골몰히 침음했다.

"왜요, 걱정돼요?"

"괜찮을까요? 모든 걸 처음부터 시작해야 하는데……."

"뭐가 걱정인데요. 설마 내 돈 걱정해요? 내 자산 한 번도 물어 본 적 없잖아요."

유안은 유독 여유로운 미소를 보이며 말했다.

"우리 아버지는 종종 내 생일 선물로 주식을 주셨어요."

그런데 그 말을 듣자 수영은 문득 드는 생각이 있었다.

"그럼 스스로 이사직 내려놓기 전에 싸워 보시지 그랬어요."

"뭐, 그래 볼 수도 있었죠. 어머니도 그렇게 말씀하셨고요. 설령 해임 안이 논의되어도 어머니 지분도 상당하니까 아버지에게 반대표를 던져 보시겠다는 거였죠."

어머니의 말이 공감되었기에 수영은 더욱 의아해졌다.

"근데 왜 사임을……."

회사 입장에서야 그가 잘못한 것도 없었으니 반드시 해임 안이 가결된다는 법도 없었다. 그런데 그는 왜 싸워 보지도 않았던 것일까.

"싸우기가 싫어서요. 차수영 힘들게 하기 싫다니까."

유안은 그저 시원스레 답할 뿐이었다. 그러자 돌연 수영은 눈꺼풀을 크게 들어 올렸다.

"중간에서 곤란하잖아요. 앞으로는 그런 곤란한 거 없이 맘 편하게 좀 살아 봅시다."

묵직하고도 애틋한 말을 아무렇지도 않게 던져 놓고 유안은 싱긋 미소지었다. 그는 빙글빙글 웃더니 능글맞은 말투로 연이어 말했다.

"네가 그랬잖아. 목숨 걸고 날 사랑해 준다며. 그런 엄청난 고백도 받았는데 이쯤이야."

수영은 그가 벌이려는 실로 엄청난 일의 원인이 자신에게 있다는 사실에 부담감을 영 내려놓기가 어려웠지만, 이제는 묵묵히 그를 지켜볼 수밖에 없었다.

"우선 내 지분은 그대로 두려고 해요."

이어서 유안이 진지하게 말했고 수영은 고개를 끄덕였다.

"네. 그게 좋겠어요."

그건 그녀도 동의했다.

"선대 회장님이었던 우리 할아버지가 나를 좀 예뻐하셔서 나한테 떨어진 유산이 좀 있어요. 그거 외에도 그동안 부모님에게 증여받은 것들, 부동산, JN 임직원으로서의 수입, 그리고 지분. 여기까지가 부모님이 예상할 수 있는 내 자산이죠."

유안은 그 말끝에 왜인지 입가를 씩 올렸다.

"내가 어떻게, 또 얼마나 증식해 왔는지는 그분들도 모르세요."

이렇게 얘기를 들어도 사실 수영도 그게 얼마일지 쉽게 상상이 가지는 않았다. 그가 예전에 자신의 빚을 청산해 주기 위해 그의 개인 돈 30억 정도는 쉽게 쓰는 것을 보았을 때도 이미 딴 세상 사람 같았지만. 지금은 같이 살고 있고 이제 곧 결혼도 하게 될 사이인데도 여전히 이런 얘기를 들을 때면 생소했다.

"배터지게 먹고살 수 있다는 건 알겠어요. 그래서 어떻게 하실 생각이에요?"

"먼저 하던 일부터 해야죠."

수영이 조금 염려스러운 듯 물었지만, 유안은 망설임 없이 대답했다.

"우선 내가 원하는 사람들, 더 좋은 조건으로 스카우트해 봐야죠. 유 실장이 그 첫 번째가 될 거예요."

"아, 유 실장님."

수영은 반색이 넘치는 미소를 띠었다. 과연 그럴 만한 후보였다.

"임 차장님은요?"

그러고 보니 첫 번째로 스카우트할 대상이 임 차장이 아닌 것이 의아하여 수영이 물었다.

"우리 임 비서 누나는 진즉 애기가 끝났고요."

"하하…… 그러셨군요."

"내가 사임하기 전부터 나와 당연히 운명을 함께하겠다고 했던 분이에요."

"제가 새삼스러운 걸 물었네요."

수영은 흐뭇한 기분이 들어서 너스레를 떨었다. 아직 아무것도 시작한 것이 없었고 여전히 염려는 많았지만 그래도 이런 이야기를 나누다 보니 어느새 마음의 무거웠던 부담감들이 조금씩 덜어졌다. 그만큼 유안은 불안한 기색이 없었고 의욕과 여유가 넘쳤기 때문이다.

"그래요……. 이사님은 잘하실 거예요. 같이 일해 본 제가 알아요."

"차수영 씨도 잘할 거잖아요. 나도 같이 일해 본 사람으로서 알아요."

유안이 그렇게 말하자 눈을 동그래진 수영은 그 말이 의미하는 바를 찾으려 했다.

"차수영 씨는 나랑 같이 일 안 할 거예요?"

유안이 빤히 보며 묻자 수영은 끝내 웃음을 터뜨렸다. 역시 그런 거였다.

"예비 장인어른께는 죄송하지만 이제 차수영은 내 옆에 두고 일해야겠어요."

"아, 네네, 그래야죠."

어느새 그늘이 지워진 얼굴로 수영이 환하게 호응했다. 어차피 유안이 건설 사업을 하게 되는 이상 아빠의 회사는 협력 업체가 될 수도 있겠지. 유안은 무슨 생각을 하는지 물끄러미 수영을 바라보다가 잠시 후 진중한 어조로 말을 뗐다.

"우리 아버지 문제에 관해선 마음이 조금 편해지겠지만 대신 한동안 많이 바쁠 거예요."

"그러게요. 벌써부터 바빠지는 기분이네요."

"평소에 해 보고 싶은 사업 있었어요?"

유안이 묻자 수영은 해사하게 웃었다. 이제껏 없던 종류의 설렘을 느꼈기 때문이다.

"그럼요. 뭐부터 해 볼까요. 이제 정말 신중해야겠네요."

수영은 눈을 반짝반짝 빛내며 말했다. 그런 모습을 가만히 보던 유안이 조용히 입가를 말아 올렸다.

"먼저, 상호부터 정해 볼까요."

"이사님의 플랜 B에 상호까진 없었나 봐요."

"그랬죠. 그리고 이제 나도 네 이사님 아니야."

"아……. 그렇죠."

수영은 커다란 눈을 깜빡였다. 지금까지 그녀에겐 이사님이 아닌 적이 없던 남자.

"유안 씨……."

수줍지만 그를 이름으로 불러 보았다. 그 순간 가슴이 생각 이상으로 두근거렸다. 이름이 불리자 인상적이었는지, 유안도 진지한 얼굴로 눈을 맞추었다. 처음 해 보는 호칭이 조금은 어색해서 수영은 발그레 웃었다. 유안이 같이 미소 짓자 수영은 가까이 다가가 그의 허리에 두 팔을 감으며 그 가슴에 기댔다. 화답하듯 유안은 한 손을 들어 그녀의 머리를 품에 꾹 안았다.

* * *

그들의 기업명은 C&K가 되었고 예상대로 정말 미친 듯이 바쁜 하루하루를 보냈다. 요즘엔 한집에 들어와 살기를 잘했다는 생각이 드는 나날들이었다. 매일 밤늦게 퇴근하고 주말도 없이 일해야 하는 바람에 오로지 집에 있을 때만 오붓하게 둘만의 시간을 보낼 수 있었다.

건설을 주력으로 시작된 그들의 기업은 여러 사업이 초기 단계에 있었다. 유통업, 요식업 등 주로 유안의 경영 경험이 있는 업계가 대부분이었다. 최근에는 수영이 관심 있게 보았던 한 사업체를 인수하게 되었다. 그 사업은 수영이 담당하여 활발하게 진행 중이었다.

그들의 동향은 그야말로 뜨거운 감자였다. JN을 떠난 권유안의 CEO로서의 행보는 권 회장을 포함한 그를 아는 모든 사람들이 주목하고 있었다. 개중엔 그와의 거래를 하게 된 경우도 있었다.

유안의 집무실에 똑똑, 노크 소리가 울렸고 잠시 후 문이 열

350

렸다.

"대표님."

이제는 C&K의 비서실장으로서 여전히 유안을 보좌하고 있는 지선이 들어왔다.

"대표님을 꼭 만나 뵈어야 한다는 분이 계십니다."

"그래요? 누가요?"

영문을 모르는 유안이 묻자 지선은 왜인지 입을 씩 올리며 웃었다.

"아주 중요한 투자자가 되실 분 같아요."

다음 날 그 중요한 인물은 유안의 사무실을 방문했다. 유안은 그제야 모든 상황을 이해하게 되었다.

"안녕?"

왜인지 지선이 알려 주지 않았던 그 인물의 등장에 유안은 적지 않게 놀라 픽 웃고 말았다. 반갑게 웃고 있는 하린을 보며 유안은 자리에서 일어나 그 사람을 반기며 다가갔다.

"누나였어? 놀랍네."

하린은 꽤 즐거워 보이는 얼굴로 환하게 웃었다.

"많이 놀랐어?"

"놀래 주려던 생각이었다면 성공했어."

"그래? 뿌듯하네."

모친상 중에 재회했던 누나는 우는 모습 아니면 울다 지친 모습뿐이었다. 이렇게 웃는 얼굴은 어릴 적 이후론 처음 보는 것 같았다. 이제 조금 추스른 건가.

"우선 앉자."

유안은 집무실 안 소파로 안내했고 하린은 목발을 한쪽에 겹쳐
두고 소파에 앉았다.

"너, 아버지 떠났다며?"

그녀는 시원스레 그 일부터 물었다.

"생각보다 소문 빠르네. 누나까지 알 정도면."

"아빠한테 들었어."

순간 유안의 표정이 주춤했다. 매우 의외인 말이었다.

"아버지랑 왕래하고 지내는 거야?"

"응."

아버지와 하린이 가까워진다는 건 생각지도 못한 부분이었다.
그래서 유안은 조금 신기한 기분이 들었다.

"잘됐네. 이제 나는 그 집을 떠났으니 이번엔 누나가 다시 들어
가서 그 집 딸내미 노릇 하든지."

"그럴까?"

유안이 농담처럼 던지자 하린이 싱긋 웃으며 능청을 떨었다. 유
안은 잔잔한 미소를 입에 걸며 밝아진 누나의 모습을 빤히 보았
다. 자신이 빠진 부녀간의 재회. 비록 셋이 함께하지 못하고 있어
서 웃지 못할 상황이지만 그래도 다행이었다. 이제는 더욱 외로워
졌을 하린이 아닌가. 딸을 끔찍이도 아끼던 어머니의 부재는 어쩌
면 세상을 잃은 듯한 상실감일 것이다.

그가 여덟 살 무렵에 정원에서 놀다가 엿보게 된 광경이 있었다.
누나가 불편한 다리로 몇 안 되는 계단을 내려오다 넘어져서 고
꾸라지자 조금 떨어진 곳에서 보던 엄마가 비명을 지르며 달려왔
다. 살이 찢어졌는지 누나의 머리에선 새빨간 피가 흘렀다. 기겁

을 하고 다가온 엄마는 하린을 안고 오열했다.

'어, 어떡해! 우리 아가 어떡해!'

열 살 난 누나는 의젓하게 울지 않았는데 엄마가 펑펑 울고 있었다.

'왜 너에게 이런 시련을 주신 거니……. 하늘이 원망스럽다.'

그녀는 정말 괴로운 듯이 얼굴을 일그러뜨리며 꺽꺽 울었다. 하지만 이 기억이 오랫동안 남은 이유는 그녀가 그 뒤에 생각 없이 내뱉은 어떤 말 때문이었다.

'너 말고 유안이가 아픈 게 낫지…….'

숨어서 몰래 보고 있었는데 하필 그때 누나와 눈이 마주쳤었다. 하지만 누나는 모른 척했고 엄마는 그길로 그녀를 병원에 데려갔다.

어린 마음에 원래도 알고 있었지만, 그때는 정말 엄마가 얼마나 누나를 사랑하는지 뼈저리게 느낄 수 있었다. 누나도 그때의 순간을 과연 기억할지는 모른다. 아마 평생 그런 걸 물어볼 일은 없겠지. 엄마의 사랑만을 몰아서 받은 누나와 엄마 외의 모든 가족들의 사랑을 받은 동생. 누구의 상처가 더 컸었는지는 알 수 없었고 이제는 다 무의미했다. 이제는 자신도, 누나도 그 상흔이 희미해진 것 같았으니까.

"근데 그전에 말이지."

문득 하린이 말했다. 누나의 얼굴에는 어머니와 닮은 미소가 걸려 있었다.

"함께하자, 동생아."

유안의 입가에 서서히 호선이 그려졌다.

"장차 권하린 씨가 나와 차수영에 이어 우리 C&K의 대주주 중 한 분이 되시는 건가요."

친모는 별장 외의 모든 유산을 하린에게 상속했다. 아버지가 이혼 당시 꽤 넉넉한 재산을 넘겼었는데 그 후 그녀가 고향이었던 부산으로 돌아가 시작한 개인 사업도 꽤 성공적이었다. 그렇게 JN 지분과 이혼 시 받은 재산 외에도 사업, 부동산 투자 등으로 재산이 불어나 하린이 넘겨받을 때는 이혼 당시 어머니의 자산과 비교하면 수배가 늘어나 있었다. 그리고 그걸 가진 하린이 C&K에 투자하러 찾아왔다.

"참, 인사해야지."

유안은 곧장 키폰으로 어딘가에 전화를 걸었다.

"지금 내 집무실로 올 수 있어요? 소개해 줄 사람이 있어요."

하린은 기대에 찬 눈빛으로 그가 상대와 통화하는 모습을 지켜보았다.

"와 보면 알아요."

즐거운 듯 내뱉던 유안은 전화를 끊었고 그 모습을 보며 하린이 흡족한 듯 눈을 반짝였다.

"네 피앙세?"

"어."

"진짜 궁금하다."

바로 옆 사무실에 있던 수영은 금방 유안의 집무실로 들어왔다. 낯선 사람을 발견한 그녀는 멈칫 시선을 멈추었다.

"아, 소개해 주실 분이!"

수영은 곧 환하게 웃으며 꾸벅 고개를 숙였다.

"처음 뵈어요. 차수영입니다."

손님이 누구인지는 바로 알아볼 수 있었다. 배우 정가현과 많이 닮아 있는 얼굴과 목발만 보아도 알 수 있었다.

"반가워요. 만나 보고 싶었어요."

하린도 하얀 치아를 드러내며 활짝 웃었다. 생각지도 못한 하린과의 첫 만남에 수영의 표정은 상기되어 있었다.

"저도 정말 만나 뵙고 싶었어요. 오신다는 소식도 못 들었었는데, 이렇게 반가운 만남을 갑작스럽게 갖게 되었네요."

수영은 다가가 소파에 앉으며 반색을 표했고 그녀의 말에 유안이 설명했다.

"나도 몰랐어요. 나도 방금 누나가 여기 들어오고 나서야 알게 된 거야."

"아……. 혹시 그럼 임지선 실장님이 말씀하셨던 그 손님이?"

"맞아요. 내가 서프라이즈하고 싶다고 말하지 말랬어요."

하린이 대신 대답했다. 그녀는 이렇게 유안 커플을 놀래는 맛이 제법 즐거운지 싱글벙글 웃고 있었다.

"세상에……. 누구실지 너무너무 궁금했는데 이제야 의문이 풀렸네요."

"누나가 나보다 착하니까 혹시라도 무서워하지 마요. 아버지도 버리고 온 내가 하는 말이니까 진짜야."

"걱정은요, 무슨."

수영이 하린을 편하게 대했으면 해서 유안이 능청스레 내뱉었지만, 수영은 여유롭게 웃을 뿐이었다.

커플의 대화를 물끄러미 바라보던 하린은 묘한 만족감에 혼자서 웃었다. 그녀는 오늘 처음 만난 수영을 진지한 눈으로 바라보고 있었다. 같은 여자가 봐도 눈에 띌 만큼 아름다운 여자였다. 기본적으로 성격이 시원스럽고 밝아 보였지만 차분한 기품도 함께 느껴졌다. 회갈색빛이 감도는 밝은 바지 정장이 그녀의 늘씬한 몸에 잘 어울렸는데 9푼 길이의 바지 아래엔 흰색 천으로 된 단화를 신고 있었다. 단정한 정장과 캐주얼이 믹스된 스타일이 매우 잘 어울린다고 생각하면서도 그녀의 편한 운동화를 보며 그만큼 바쁜 날을 보내고 있구나 싶기도 했다. 오늘 처음 만나서 잘 알 수는 없었지만, 동생과 함께 사업을 잘해 나갈 것 같은 느낌이었다.

"미국에 계셨다고 알고 있었는데 언제 들어오신 거예요?"

"미국에서 공부 끝내고 이번에 아예 귀국했어요. 말 나온 김에……."

하린은 무슨 말을 하려는지 문득 유안을 쳐다보았다.

"나 이제 백수인데 입사 지원해도 될까요, 권 대표님?"

"아버지 회사 안 들어가고?"

유안은 말로는 그렇게 물었지만 이미 환영하는 듯한 표정이었다.

"응……. 안 그래도 아빠도 말씀하셨는데, JN은 아직 무섭네."

유안은 조용히 고개를 끄덕였다. 하긴, 그곳엔 하린을 무시했던 친척들도 있었으니 그녀로선 그럴 수도 있었다.

"아버지 속상하시겠네."

유안이 중얼거리자 하린은 왜인지 쿡쿡 웃었다.

"괜찮아. 그래도 자주 만나고 있어. 오늘도 전화해 주셔서 통화했어."

"그래? 전화하면 무슨 얘기 하는데?"

"그냥, 진짜 별 얘긴 안 하셔. 밥 먹었냐는 둥, 언제 올 거냐는 둥……. 워낙 무뚝뚝하시잖아."

"그건 그래."

알 만하다는 듯 유안은 피식 웃으며 고개를 끄덕였다. 그러고는 하린에게 손을 내밀었다.

"그러면 권하린 씨는 C&K에 입사하세요."

하린은 실로 오랜만에 동생의 손을 잡았다. 어릴 땐 자신의 손보다 작았는데 이제는 커다란 손에 자신의 손이 파묻혔다.

"집에 가면 이력서부터 써야겠네."

"입사하고 나서 바쁘다고 나 원망하면 안 됩니다."

하린은 자신을 반겨 주는 두 사람을 보며 20년 전부터 떨어져 살던 동생과 한배를 타기로 마음먹기까지 고민한 시간이 무색하게 느껴졌다.

엄마가 이혼할 때는 자신의 충격도 너무 커서 유안과 서먹해져 버렸다. 그녀 역시 엄마가 동생에게 그런 고통을 주고 있는 줄은 몰랐던 것이다. 너무나 크고 삭막했던 집에서는 어린 동생의 고통을 쉽게 알아채는 사람이 없었다. 본채와 조금 떨어진 별채에서 어린 동생에게 가혹한 일이 벌어지고 있었던 줄은 집안이 벌컥 뒤집히고 나서야 모두가 알게 된 것이다.

자신에겐 천사 같던 엄마가 동생에게 그랬다는 걸 믿을 수가 없었다. 한편으론 동생에게 미안했고 한편으론 자신 역시 충격을 기억하고 싶지 않아서 더 그와 연락하지 않았다. 이제 와 다가가면 동생이 저를 반겨 줄 수 있을까, 비정상적일 정도로 엄마의 애정을 독차지한 누나가 밉지는 않을까, 그런 생각에 망설이다 용기 내어 찾아왔다.

"환영합니다."

곁에서 듣던 수영도 잔잔한 미소로 받아 주었다.

"저희에게 투자하기로 결정하기까지 쉽지 않으셨을 텐데 정말 감사드려요."

"임 실장님이랑 안부 주고받고 있었거든요. 그러다 유안이 근황을 듣기로는, 마침 사업 자금 문제로 투자자들을 찾고 있다고 해서 나라도 힘을 실어 줄 기회다 싶었어요."

"너무 감사드려요. 이 감사한 마음을 어떻게 표현해야 할 지……."

수영은 촉촉해진 눈으로 하린을 바라보며 절실한 감사를 전했다. 유안이 자신 때문에 아버지를 떠나 마음 한편이 늘 불편했는데 대신 그 일이 누나가 도우러 온 계기가 되어 남매가 함께하게 되었으니 참으로 아이러니였다.

* * *

얼마 전에는 새로 지은 사옥으로 이전하게 되었다. 그 사옥의 건축 디자인은 파베르 루이즈에게 의뢰했다. 처음 유안과 스페인 출장에 갔을 때 상대 업체 담당자 루카스와 화기애애하게 언급했던 그 스페인 디자이너였다. 젊은 아티스트의 세련된 감각으로 아름다운 하나의 예술 작품이 완공되었을 때 수영은 감격을 금치 못했다. 처음으로 갖게 된 C&K의 단독 건물이기도 했으니 더욱 그랬다.

"거기 앉아 있으니까 더 예쁘네요."

유안이 성큼성큼 발을 들였다.

"차 본부장님."

새로운 사옥에는 수영의 단독 집무실도 마련되었다.

"여기서 보니까 더 섹시하고요."

유안은 수영의 책상으로 다가와 허리를 조금 굽히며 속삭였다. 수영은 온기 어린 눈빛으로 그를 반겼다.

그녀의 책상 위에 한쪽 다리를 걸치고 앉은 유안은 손끝으로 차수영 이름 석 자가 적힌 투명한 명패를 쓰다듬더니 그녀를 향해 씩 웃었다. 그를 따라 싱긋 웃던 수영은 턱을 괴며 중얼거렸다.

"제 집무실이 생기니까 좋긴 하네요. 조금은 쓸쓸할지도 모르겠지만, 곧 익숙해져야겠죠."

회사가 성장할수록 그녀의 어깨도 무거워졌다. 유안이 삶에서 느껴 왔을 중압감을 진정 이해할 수 있는 시간들이었다. 지금은 그와 모든 것들을 나눠서 지고 있었다. 이제 하나의 삶이었으니까. 그를 더 잘 이해할 수 있게 되어서 다행이라고 여겨지는 나날들이었다.

"그러고 보니 이제 우리에게 은밀한 공간이 하나 더 늘었네요."

유안은 수영의 집무실을 둘러보며 음흉한 미소를 지었다.

"네?"

"우리 차 본부장의 집무실에선…… 여러 가지로 중대한 일들이 많이 이루어지게 될 것 같아요."

그 말을 하며 유안은 손을 뻗어 수영의 뺨을 만졌다. 수영은 어이가 없다는 듯 그에게 지레 경고했다.

"말도 안 되는 궁리라면 하지 마세요. 권 대표님."

"왜 말이 안 됩니까. 사업가라면 좀 대범해야 하지 않겠습니까."

"그렇긴 하네요."

수영은 이내 졌다는 듯 배시시 웃고 말았다.

"점심 뭐 먹을까요?"

자리를 대충 정돈하고 일어서며 그녀가 말했다. 왜인지 그 질문에 유안은 그녀에게 다가오며 대답했다.

"원래 일식을 생각했는데 메뉴를 바꿔야겠어요. 아래층 샌드위치로."

"왜요?"

"빠르고 간편한 메뉴는 우리에게 좀 더 대범해질 수 있는 시간을 줄 수 있으니까요."

이미 유안은 수영에게 팔을 감아 오고 있었다.

"네에?"

유안은 어이없이 웃고 있는 수영의 허리를 안은 채 창가로 다가갔다.

"진심이에요?"

눈이 동그래진 수영은 정색하며 그를 보았다.

"오 비서 들어오면 어쩌려고 이래요."

"오 비서 방금 나 들어올 때 나가는 거 봤어요. 오 비서가 밥을 마시지 않는 이상 어떻게 그렇게 빨리 먹나요?"

유안은 연신 태연하게 미소 짓기만 할 뿐이었다.

"빨리 먹을 수도 있죠! 오 비서도 아래층 샌드위치 먹을 수도 있고요."

"차 본부장 허락 없이 이 방 들어올 수 있는 사람은 나밖에 없잖아요. 그리고 들어올 때 문 잠갔어요."

"예? 문은 또 언제……. 그리고 왜 창가예요?"

어느새 창틀에 등이 닿을 듯 말 듯 서게 된 수영이 물었다. 유안은 말없이 커튼을 잡아 그들의 뒤로 휙 넘겼다. 순식간에 그들은 커튼 뒤에 숨겨지게 되었다.

아늑한 천 아래 유안과 단둘이 갇히게 된 수영은 어느새 말문을 잃고 그를 고요하게 바라보았다. 밝은 한낮에 커튼 속에 숨으니 묘한 분위기가 연출되었다. 숨바꼭질하는 아이처럼 장난을 하려고 숨어들었지만 문제는 그들이 하려는 장난은 어른의 장난이라는 것이었다. 사내에서 남몰래 금지된 장난을 하려는 이 짓궂은 남자를 어쩌면 좋을까.

피할 곳 없이 창가로 몰린 그녀의 앞엔 커다란 남자가 버티고 서 있었다. 남자의 두 팔이 수영의 양옆을 지나 창틀을 잡자 수영은 완전히 옴짝달싹하지 못하게 되었다. 입가에 요사스러운 미소를 걸며 더 가까이 다가온 남자는 고개를 틀며 입을 맞춰 왔다. 이리도 야릇함이 물씬해진 가운데 수영은 눈을 지그시 감고 그의 키스를 받았다. 대화가 멎어 조용해진 공간은 젖은 키스로만 가득 채워졌다. 금세 가슴이 뛰고 기분이 몽롱해지기 시작했다. 고개를 다시 든 유안은 곧장 그녀가 몸을 돌리도록 이끌었다. 시간이 없었으니 더 지체할 수 없었다.

"정말 여기서요?"

"밖이 더 밝아서 보일 일은 없어요."

"그렇긴 한데⋯⋯."

"창틀 아래로만 벗으면 덜 부끄러울 거예요."

유안은 그 말대로 창틀 아래로 보이는 수영의 스커트를 올렸다. 수영은 그냥 입을 다물었다. 그게 과연 덜 부끄러운 건지 더 부끄러운 건지는 모르겠지만. 그런 생각을 하는 중에 스타킹과 팬티가 내려가고 맨살이 드러났다. 허전해진 엉덩이 위로 유안의 따뜻한 입술이 닿았다. 부드러운 입술과 혀가 스쳐 간 살결에 미묘하게 간지러운 흥분이 몰렸다. 수영은 창틀을 두 손으로 단단히 잡고 자세를 고정했다. 이미 자신도 이 금지된 장난이 하고 싶어졌다. 점잖은 장소였는데도 그를 원했다. 그녀의 둔부 위에 입을 맞추던 유안은 이내 두 손으로 가운데 틈을 벌리며 축축해진 점막 속을 세로로 핥아 올렸다.

"아응⋯⋯."

그렇게 수영의 집무실이 생긴 직후였던 그날, 그 기념으로 기어코 대범한 짓을 하고 말았다.

* * *

얼마 후 희정과의 예상치 못한 조우를 하게 된 건 어느 입찰을 위한 사업 설명회에서였다.

"어? 여기서 만나게 될 줄은 몰랐네요."

퍽 놀란 모습의 희정이 알은체를 해 왔다. 수영도 희정을 만날지는 예상하지 못해서 눈이 동그래졌다.

"부사장님⋯⋯. 오랜만입니다."

수영은 그녀와 같은 장소에서 만나게 된 상황이 다소 부담스러웠다. 남들 눈에는 두 사람이 한 그림 안에 잡히는 상황이 재미난 가십거리가 될 테니 좀 당황스러웠던 것이다.

그 동영상 파문이 일단락되어 잠잠해졌던 권유안의 러브 스토리도 올해 들어 유안이 JN을 나가 C&K의 창업주가 되면서 다시 수면 위로 떠올랐다. 권유안의 짝사랑녀로 알려졌던 여성이 결국 그와 함께 일하고 있었으니 누구나 쉽게 추정할 수 있는 스캔들이었다. 권 회장과의 불화를 두고 여자에 대한 집안 반대로 인해 갈라섰다는 일명 '카더라'가 돌았는데 솔직히 그게 들어맞는 사실이었으니까. 수영으로선 사업을 하며 만나게 되는 사람들의 시선이 못내 부담스러울 때가 있었다.

"그러게요, 오랜만이네요. 벌써 1년 만인가요."

청주에서 그녀를 만난 가을 이후 어느새 또 다른 가을이 되어 있었다. 어차피 피할 수는 없는 만남이었으니 수영은 당당하고자 했다. 눈앞에 있는 강희정 역시 남들 눈 따위는 신경도 안 쓰고 자신에게 알은체하고 있으니 말이다.

"온강이 참석할 거란 건 알았지만 부사장님이 오실 줄은 몰랐네요."

곧 여유를 되찾은 수영이 옅은 미소를 입에 걸며 말했다.

"나야말로 차수영 씨가 올 줄은 몰랐어요. C&K가 여기 덤빌 줄이야."

여전히 거침없고 재수 없는 모습이었다. 하지만 틀린 말도 아니라 수영은 픽 웃어 버렸다.

"그렇게 생각하실 만하죠. 그래도 뭐든, 끝까지 가 봐야 아는 것 아니겠어요?"

"그래요, 한번 해 봐요. 새우가 고래를 이길 수 있는지 한번 지켜볼게요."

"온강이 고래는 맞지만 그렇다고 저희를 새우에 비교하다니 너무하시네요."

은근히 자존심이 상한 수영은 허탈한 웃음이 나왔다. 그러자 희정이 나직하게 웃더니 나름 그녀만의 깐깐한 칭찬을 늘어놓았다.

"그래도 뭐……. 여기까지의 성장세도 박수 쳐 줄 만은 해요. 차수영 씨의 활약도 소문으로 잘 듣고 있고요. 이런 사업 설명회에서 나를 만났다는 거 자체가 차수영 씨에겐 대단한 거죠."

"맞네요. 예전엔 부사장님을 부럽다고 말했던 저였으니까요."

어느새 그날의 대화도 아련한 기억이 되어 버렸다. 희정도 그 말을 기억한다는 듯 피식 웃으며 고개를 끄덕였다.

"유안 오빠는 잘 지내죠?"

희정이 뒤늦게 그에 대해 물어 왔고 수영은 그녀 앞에서 무어라 답할지를 고르다 무난하게 대꾸해 주었다.

"늘 바쁘시죠, 권 대표님은."

"어차피 둘이 다시 만날 거였으면서 왜 그렇게들 야단법석은……."

그때도 한심하다고 비꼬던 희정은 이번에도 삐딱하게 웃었다. 역시나 뒤끝이 상당한 사람이었다.

"그러게요……."

그녀의 말은 틀린 게 없었기에 수영이 조금 민망한 듯 소탈하게 웃었다. 그런데 희정은 어쩐지 더 할 말이 있는 듯한 얼굴로 수영을 바라보았다. 그러더니 짧은 한숨을 쉬며 조금 달라진 목소리로 말했다.

"나, 다음 달에 결혼해요."

"아, 정말요?"

전혀 예상치 못한 소식에 수영은 깜짝 놀라 되물었다.

"제가 소식에 늦었나 봐요."

주위에 소문조차 전혀 없어서 정말 처음 듣는 얘기였다.

"아니요. 이번엔 소문내지 않고 진행했어요. 알다시피 한번 소문냈다가 내가 크게 혼났잖아요. 이제 막 청첩장 돌리기 시작했어요."

"그런 경사가 있으셨네요. 축하드립니다."

왠지 조심스러웠던 수영은 차분하게 축하를 전했다.

"결국, 우리 강 회장님이 원했던 대로 착하고 마음대로 할 수 있는 데릴사위를 얻으셨어요. 아버지의 권유로 시작하긴 했지만, 나를 많이 좋아해 주는 남자는 맞는 거 같아요. 내 성격, 내 과거에 있었던 스캔들 다 알고도 잘 받아 주니까요."

희정은 수영이 이제껏 본 중에 가장 부드러운 표정으로 그 말을 들려주었다. 열성적으로 말하고 있지는 않아도 그녀가 진실된 관계를 시작했음이 느껴졌다.

"여기서 우연히 만난 덕분에 이렇게 직접 좋은 소식도 전해 들었네요. 결혼식 잘 치르시고 행복하세요."

"행복할 수 있을까요? 뭐 이제 내가 하기 나름이겠죠."

그걸 누구보다도 희정 자신이 잘 알고 있는 것 같았다. 다른 것에는 당당한 그녀가 자신의 행복에 대해선 조금 위축되어 보였다.

"왠지 행복하실 거 같은 예감이 듭니다."

수영은 결혼 소식을 전하던 희정의 표정만 봐도 그럴 거라고 생각하며 말했다. 희정은 어쩐지 평화로운 미소를 샐쭉 보이며 그 대답을 대신했다.

"이제 들어가 봐야겠네요. 곧 시작할 것 같아요."

"그래요, 이만 갑시다. 차 본부장."

두 사람은 설명회가 있을 홀을 향해 천천히 걸음을 옮겼다.

"근데요……."

걸음을 걷던 중 희정이 불쑥 입을 뗐다.

"아직도 온강 불매해요?"

시큰둥하게 던지는 질문에 수영은 어이가 없어서 작게 웃음을 터뜨렸다. 그녀는 곧 태연하게 답해 주었다.

"아, 어제 드디어 커피 한 잔 사 먹었습니다."

* * *

권 회장은 아들의 소식을 모르려야 모를 수가 없었다. 그만큼 C&K의 상승세가 무섭도록 빨랐기 때문에 주위에서 다들 떠들어 댔다. 더구나 하린도 유안과 함께 일하고 있었으니 이렇게 가끔 그녀가 방문할 때면 C&K의 사정을 속속들이 듣게 되는 것이었다.

자식 한 놈이 떠났지만 하나가 돌아왔으니 다행인가. 아들놈 때문에 속상한 나날들이지만 요샌 하린을 만나는 일이 그에겐 큰 위안이 되었다. 아쉽게도 딸아이는 C&K의 부사장으로 유안과 함께 일하고 있지만 말이다.

오늘도 경치 좋은 곳에서 딸과 점심을 먹기로 한 날이었다. 레스토랑 건물 앞에는 새빨간 단풍나무가 어여쁘게 심긴 정원이 있었다. 두 사람은 천천히 잔디를 지나 음식점으로 들어가려 했다. 무심코 계단을 한 칸 오르던 권 회장은 금세 걸음을 멈추고 딸을 살폈다.

"올라올 수 있겠어?"

"그럼요. 이 정도야."

"부축해줄까?"

또 무심하게 혼자 갈 뻔했다. 계단은 돌로 되어 있었는데 높이가 꽤 높고 굴곡이 제법 심했다. 조심스레 한 발을 떼는 하린을 보던 권 회장은 대뜸 그녀 앞에서 몸을 낮추었다.

"업혀라."

"네?"

뚝뚝하게 내뱉는 아버지의 말에 하린은 당황하여 그의 등짝만 바라보았다.

"아빠……. 저 괜찮아요. 혼자 올라갈 수 있어요."

"알아. 그래도 업혀."

"천천히 올라가면 되는데……."

"그냥 한번 업어 주고 싶어서 그런다. 내가 더 늙기 전에."

하지만 그는 비키지 않았다. 어릴 때도 업어 주지 않았던 아버지가 이러니까 너무 어색했지만 하린은 더 거절할 수가 없었다. 어쩌면 어린 시절의 딸에게 무심했던 스스로가 못내 아쉬워서 이러는 걸까 하는 생각도 들었다.

"그럼 무거워도 견디셔야 해요."

하린은 목발을 한 손에 모아 잡으며 짓궂게 농담을 건넸다.

"아직은 너 하나 업을 힘은 충분해."

의기양양한 아버지의 말에 하린은 배시시 웃으며 그의 등에 업혔다.

"무겁죠?"

"응, 생각보다 무겁네."

"어우, 너무 솔직하신 거 아니에요?"

"무거워서 좋아. 너 엄마 떠나보내고 한동안은 밥도 잘 못 먹고 살도 많이 빠졌다면서. 이제는 잘 먹고 무거워졌으니 다행이지, 뭐."

"⋯⋯."

하린은 아버지 말에서 마음을 느끼곤 눈시울을 조금 붉혔다. 처음 업혀 보는 아빠의 등은 넓고 듬직했다.

권 회장은 눈을 들어 양고기 스테이크를 썰고 있는 하린을 바라보았다.

"음식 맛은 어때?"

"맛있어요."

권 회장이 담박하게 물었지만 하린은 활짝 웃으며 대답해 주었다. 그러자 권 회장은 이내 만족스러운 표정을 지었다.

"내 입에도 괜찮다."

메인 요리를 끝내고 디저트를 먹을 때쯤 하린은 조금 머뭇거렸다. 아까부터 망설이던 말이 입 안에서 맴돌았다.

"있잖아요, 아빠."

입 안에 있던 음식을 삼킨 하린은 냅킨으로 입술을 닦으며 약간은 심각한 어조로 말을 뗐다. 딸의 부름에 권 회장은 눈을 들어 그녀를 보았다.

"제가 일을 하면서 보니까……."

하린의 달싹이던 입술에서 망설이던 말이 나갔다.

"유안이는 정말 탁월한 경영인이에요, 아빠."

권 회장의 얼굴이 별안간 차갑게 굳었다.

"옆에서 보면 무서울 정도예요."

아버지의 표정이 엄해지자 하린은 더욱 애가 타서 어찌할 바를 몰랐다. 그래도 어떻게든 부자간의 불화를 중재해 보고 싶었다.

"아시잖아요. JN은 유안이를 놓치면 안 돼요, 아빠."

그런데 엄하게 튕겨 낼 줄 알았던 권 회장이 의외로 딸의 말에 동조했다.

"그래……. 그걸 왜 모르겠니."

권 회장은 누구보다도 착잡한 표정으로 한숨을 내쉬었다. 그러고는 앞에 있는 냉수를 벌컥벌컥 들이켰다. 하린은 마음이 안타까워서 무언가 더 말하고 싶었지만, 입술만 오물거리다 말았다. 아버지가 얼마나 유안을 사랑했는지는 그녀 역시 서운할 정도로 잘 알고 있었으니 말이다.

"다 먹었니? 오늘은 내가 좀 두통이 있어서 이만 들어가 쉬어야겠다."

권 회장은 그답지 않게 힘이 없었다.

"네, 이만 가요, 아빠."

* * *

"네, 어머니."

오랜만에 미경에게서 온 전화를 받았다. 요즘엔 왜인지 연락이 뜸하시더니 거의 3주 만이었다.

－어, 유안아……. 어떻게 지내니?

예사롭게 안부를 묻는 미경의 목소리는 늘 그렇듯 차분했다. 밤이라서 그런지 조금 더 가라앉아 있는 듯도 했다.

"저흰 여전히 정신없죠. 바쁘다는 핑계로 연락도 자주 못 드려서 죄송해요. 맨날 밤까지 일하느라, 끝나면 어머니 주무실 시간이더라고요."

－그래, 괜찮아. 이해해.

"별일은 없으시고요?"

습관처럼 묻는 말이었는데 잠깐의 침묵 뒤 이어진 건 대답이 아니라 짧은 한숨 소리였다.

－회장님이 너한테 말하지 말랬는데, 사실…….

설핏 유안의 눈이 들려 올라갔다. 어머니의 목소리가 평소보다 좀 힘이 없더니 무슨 일이 있는 것일까.

－유안아. 아버지 다음 주에 수술 받으셔.

"……."

갑작스러운 소식에 가장 먼저 밀려든 기분은 불안함이었다.

"수술이요? 무슨 수술인데요."

유안은 무거운 목소리로 조심스레 물었다.

－너무 걱정은 하지 마. 뇌수술인데 양성 종양 같대. 그래도 크기

가 커서 개두 수술이야. 정확히 양성인지 악성인지는 수술하고 조직 검사해 봐야 안다는데…….

이 불안함은 육친에 대한 본능적인 걱정이었다. 유안은 기가 막혀서 화가 날 지경이었다.

"……그런데 아버지는 그걸 숨기려고 하셨다고요?"

—미안하다. 네 아버지도 참, 그놈의 자존심인지 뭔지……. 아무리 그래도 아들이 이런 소식을 뉴스 기사로 보게 하는 건 아니지 싶어서 내가 이제라도 연락했다.

걱정되는 만큼 배신감도 컸다. 아들 아니라고 내쫓더니 정말 아들 취급도 안 하시는 건가.

—요즘 들어 자꾸 밤마다 두통이 심하다고 하시더니 혹이 빠르게 자라고 있었나 봐. 다음 주 월요일에 입원하셔. 수술은 수요일이고, 안 교수님이 집도하실 거야.

유안은 입을 다문 채 묵묵히 미경의 말만 듣고 있었다. 미경은 제법 침착했지만 그녀의 목소리는 근심을 채 숨기지는 못하고 있었다.

—위치가 좋지 않아서 어려운 수술이라고 하더라. 잘못하면 후유증으로 시력 장애가 올 수도 있다고…….

일순 유안의 미간이 찡긋했다. 친모가 세상을 뜬 지도 얼마 되지 않는데 아버지의 이런 소식은 정말이지 아직 듣고 싶지 않았다.

—유안아……. 우리 권 회장님 요즘 아프셔서 그런지, 전보다 마음 많이 약해지셨다.

미경은 숙연하게 듣고만 있는 유안에게 차분하게 호소했다.

—그러니까 한번 찾아뵙는 게 어떻겠니. 자식 이기는 부모 없다

고 하잖아, 응?

* * *

　월요일 오후 권 회장의 병실 분위기는 영 착잡하게 내려앉아 있었다.

　"회장님."

　침상에 쓸쓸히 앉아 있던 권 회장은 아내의 심각한 목소리에 고개를 돌렸다. 그녀가 딱딱하게 '회장님'이라고 부를 땐 무언가 진지하게 할 말이 있을 때였다.

　"회장님은 만약 저와 제 집안이, 가지고 있는 모든 걸 다 잃는다면 저를 내치실 건가요?"

　"갑자기 그게 무슨 소리예요……."

　권 회장은 몸이 좋지 않아 힘없이 물었다.

　"다시 질문할게요. 당신은 내가 빈털터리였다면 애초에 날 거들떠보지도 않았겠죠?"

　"그럴 리가 없잖아요. 왜 그런 소리를……."

　권 회장은 갑자기 미경이 왜 이러는지 몰랐다. 자신이 요즘 기분 상하게 한 일이 있었나 괜히 돌아보기까지 했다.

　"그냥 그런 생각을 해 보니까 참 외로워지네요. 권호찬 씨 당신이 첫사랑에 실패하고 사람이 더 합리적여진 건 알겠지만 결국 그래서 날 만났다는 생각을 하면 쓸쓸해지는 거죠. 난 당신이랑 유안이가 가진 게 없었어도 함께했을 텐데……."

　권 회장은 미경의 말에 안절부절못했다. 마음이 좋지 않았던 그는 곤란한 눈으로 미경을 보며 말했다.

"그런 말 듣는 거 마음 아픕니다……. 당신이 모든 걸 잃는다고 내가 당신을 버릴 리가 없잖아요."

"그 말을 믿어도 되나요, 회장님."

달래듯 말해 보았는데도 아내는 어쩐지 시큰둥할 뿐이었다.

"당연하죠."

권 회장은 안타까운 표정을 하고선 대꾸했다. 미경과의 만남의 계기가 어떠했든 이젠 그녀 없는 삶은 상상할 수 없었다. 필요에 의한 정략혼이었어도 20년을 넘게 함께한 삶 속에서 그는 미경에게 정신적으로 많은 위로와 위안을 얻었고 또 그만큼 그녀를 의지해 왔다.

"그럼 유안이랑 수영이의 마음도 좀 이해해 보려고 노력하세요."

별안간 권 회장의 눈이 커졌다. 수술을 앞둔 자신에게 왜 아내가 이렇게 까칠한 태도를 보이나 했더니 결국 이 이야기를 하기 위한 밑밥이었다.

"당신과 내 마음이 중요하듯 걔들도 서로 진지한데 언제까지 고집 피우실 거예요."

"그 애들은 아직 어리잖아요. 두고 봐야 아는 거죠."

"어려도 걔들 인생이에요. 혹여 실패한다 해도 그 후회도 그 애들 몫이고요."

떨떠름한 표정으로 한숨을 내쉬던 권 회장은 미경의 말에 더 대답하지 않았다.

* * *

유안은 수영과 함께 JN 계열의 병원에 방문했다. VIP 병실 앞에
선 유안은 수영의 손을 맞잡고는 얌전히 문을 열었다. 권 회장은
침대 위에 있었고 미경은 근처 소파에 앉아 있었다.

"유안이 왔니?"

반겨 주는 미경 너머로 권 회장의 놀란 얼굴이 눈에 들어왔다.
유안은 느린 걸음으로 병실 안으로 발을 들였다. 수영도 조심스레
그 뒤를 따랐다. 또 노발대발할 줄로만 알았던 아버지는 예상외
로 잠잠했다. 유안은 그에게 더 가까이 다가갔다.

"아버지……"

권 회장은 자신을 부르며 다가오는 유안을 바라보다가 미경에게
시선을 돌렸다. 자연스레 반색을 표하는 미경의 모습을 보며 또
자신만 빼고 약속한 자리라는 걸 깨달았다.

"저를 내쫓았으면 오래오래 건강하셔야죠, 이게 뭐예요, 아버
지."

무겁지 않게 건네는 듯한 말의 내용과 달리 아들의 눈빛은 심
란했다.

이상하게 그 눈을 보자 화도 나지 않았다. 권 회장이 말도 없이
멀뚱하게 앉아 있기만 하자 그를 살피던 미경이 그 기회를 삼아
또 설득하려 애썼다.

"이제 그만 유안이 좀 받으세요, 여보."

오랜만에 이렇게 아들 내외와 한자리에 있으니 미경은 감회가
새로웠다. 제발 권 회장이 이 소중함을 받아들이길 간절히 바
랐다.

"당신도 수술 예약하고 온 날 그런 말 했었잖아요. 이렇게 몸

아플 때 그놈이라도 회사에 있다면 든든했을 텐데……. 안 그래
요?"

미경이 물었지만 권 회장은 듣기가 민망해서 시선을 돌려 버렸
다. 그날엔 혼잣말로 중얼거리듯 한탄을 했는데 미경이 아무 말
이 없어서 못 들은 줄 알았더니. 그걸 또 이렇게 기억하고 돌려주
고 있는 것이었다.

"그야 회사가 걱정되어서 해 본 말이지……."

권 회장이 구시렁댔다. 물론 자신이 했던 그 말은 사실이었다. 몸
이 아파 모든 걸 뒤로하고 이렇게 병원행을 하니 무엇보다 회사가
걱정이었다. 한편으론 어려운 수술을 앞두고 있자니 자신의 안위
에 대한 걱정과 함께 가현의 말이 와 닿기도 했다.

사람은 누구나 죽고 자신의 삶이 얼마나 남았는지를 알 수가 없
는데 언제까지 아들의 얼굴을 안 보고 살 수 있을까. 막상 이렇게
유안을 보니 생각보다 아들에 대한 자신의 원망도 많이 희미해져
있음을 느꼈다. 아들의 뒤에는 염려스러운 얼굴로 자신을 바라보
고 서 있는 여자가 보였다. 아들의 여자였다.

"회장님. 다시 찾아뵙게 되었습니다. 유안 씨가 많이 걱정하고
있으니까 꼭 수술 잘 받으셔야 합니다."

그녀가 진정 걱정 어린 눈으로 자신을 보며 말하는 건 알 수 있
었다. 사실 그녀가 처음 집에 찾아온 날 아들에 대한 마음을 표현
했던 순간이 좀처럼 잊히지 않았고 그 이후로도 계속 그를 괴롭
혔었다. 아들의 모든 것을 받아들이기로 한 여자였으니 이런 모
진 시아비마저 받아 주는 것일까. 이런 감정을 가지다 보니 문득
자신도 좀 늙었구나 싶었다.

"별거 아니니 걱정들 안 해도 된다."

권 회장이 수영을 향해 대꾸했다. 무뚝뚝한 목소리였지만 날카롭진 않았다. 내심 긴장하고 있던 수영은 그런 시부를 보며 눈을 깜빡였다.

"너도 유안이랑 일하느라 바쁘다면서……. 수고가 많다."

전에 그의 자택에서 만났을 때는 수영에게 낯선 객을 대하듯 존대를 하던 권 회장이 오늘은 자식에게 하듯 편한 말투로 대하는 것이었다.

"수영이 없었으면 지금 같은 성과도 없었을 거예요."

조금 유해진 분위기 속에서 아들이 끼어들었고 권 회장은 공연히 시선을 돌리며 구시렁댔다.

"팔불출 같은 놈……."

권 회장은 끝내 자식을 이기진 못했다. 그는 결국 못 이기는 척 그들과 약간의 대화를 나누게 되었다.

* * *

며칠 뒤 다행히 수술은 무사히 끝나게 되었고 수술 직후 권 회장이 중환자로 치료를 받고 있을 때에도 유안과 수영은 면회를 왔다. 그리고 이틀 후 권 회장이 좀 더 회복을 했을 무렵 두 사람은 또다시 그를 찾아왔다. 이번에는 지선도 함께였다. 그날은 같은 시각에 마침 하린도 병문안을 와 있었다.

"어, 왔어?"

하린과 미경은 세 사람의 방문을 반겨 주었고 권 회장은 며칠 전보다도 더 힘없는 모습으로 누워서 그들이 들어오는 모습을 쳐다보았다.

"수술 잘 마치셔서 너무 다행이에요, 회장님."

수영이 먼저 차분하게 웃으며 말문을 열었고 유안이 뒤를 이었다.

"컨디션은 좀 어떠세요, 아버지. 수술 시간이 예정보다 길어졌다면서요."

"뭐, 생각보다 상태는 괜찮은 것 같아."

권 회장은 며칠 전 대화했을 때보다도 한결 더 유해진 눈빛으로 아들을 보고 있었다.

"그보다 너희들에게 할 말이 있다."

돌연 진지하게 입을 떼는 권 회장을 보며 유안과 수영은 동시에 긴장하여 그를 주목했다. 곁에 있던 지선만 뭔가 아는 듯이 그들이 모르게 생긋 웃고 있었다.

"내가 생각해 봤는데……."

누워 있던 권 회장은 천천히 몸을 일으켜 앉았다. 그는 조금은 엄숙해진 얼굴로 아들 커플을 바라보다가 곧 침착한 목소리로 내뱉었다.

"나 퇴원하고 회복하는 대로 너희들 결혼식부터 올리는 게 좋을 것 같다."

아무렇지도 않게 계획을 말하는 권 회장을 보며 모두가 귀를 의심했다. 일순 심각한 정적이 흘렀다. 수영은 어쩐지 쉬이 웃지 못했다. 눈가를 적시던 그녀의 얼굴을 살핀 유안이 살며시 손을 잡아 오자 그제야 그녀도 그를 보며 미소를 지었다.

원체 성격이 매우 급했던 권 회장은 아들과의 화해도 속전속결이었다. 실은 그는 입원해 있는 동안에도 근근이 지선과 통화하며 그녀의 중재를 통해 이런저런 계획을 세워 보고 있던 거였다.

* * *

권 회장이 수술을 받은 지 일마 지나지 않았을 때 유안은 JN 본사에 재입사했다. 약 1년 만의 귀환이었다. 유안은 C&K의 사장자리를 수영에게 맡겼고 본인은 JN 그룹 전략 기획 본부의 상무이사가 되었다. 그 후 C&K를 JN에서 인수했다. 브랜드 이미지와가치가 좋게 평가되어 C&K는 이름을 그대로 가지고 가게 되었고 사옥도 그곳에 그대로 남게 되었다.

권 회장도 건강을 회복하여 최근에 회사로 복귀하였다. 예전만큼 완벽하게 건강하지는 않아서 한동안 그는 회사 일로 무리는 하지 않았다. 그는 이전처럼 오랜 시간 회사에 머물지 않았으므로 그의 몫까지 유안과 다른 임원들이 바쁜 시간을 보내야 했다. 하지만 그가 다시 건강한 CEO로서 전처럼 활발한 경영에 참여하기까지 오래 걸리지는 않았다. 권 회장의 건강은 평소에 가깝게 호전되었고 그제야 드디어 유안과 수영이 결혼식을 준비할수 있었다.

그전까지 식을 올리지 않고 살던 수영과 유안은 권 회장이 원하는 대로 JN 계열의 호텔에서 결혼식을 올렸다. 각종 정·재계 유명인사들이 참여한 가운데 이루어진 결혼식은 인사하느라 바쁜 시간이었다. 하지만 그런 와중에도 단아한 웨딩드레스를 입은 수영의 고혹적인 모습에 유안은 종종 그녀를 홀린 듯 응시했다. 벌써 두 번째 드레스였다. 본식 때의 수영은 화려한 드레스로 온 시선을 사로잡았고 본식이 끝난 후엔 피로연을 위한 조금 더 심플하고 슬림한 라인의 드레스를 입고 있었다.

"유안 씨가 자꾸 날 쳐다보니까 사람들은 유안 씨를 쳐다봐요."

"그래요? 더 많이 쳐다보게 만들까요?"

유안은 수영의 대꾸를 듣기도 전에 고개를 숙여 그녀의 이마에 키스했다. 과연 사람들은 그들의 애정 행각을 보고는 웃거나 좀 더 쑥덕거렸다. 본의 아니게 더욱 주목을 받아 볼이 발그레해진 수영은 못 말린다는 듯 잔잔히 웃기만 했다. 그 날 더 많은 주목을 받고 화제가 된 건 유안이 아닌 수영이었다. 그녀의 모습은 누가 보기에도 아름답고 행복에 젖은 신부였다.

"이제 우리 정말 부부네요."

수영이 어느 순간 벅찬 듯 중얼거렸다. 그간 함께했던 모든 시간들을 떠올리니 권유안에게 이런 말을 하고 있다는 게 새삼 신기했다. 그와의 결혼식이 꼭 꿈같았다.

"그래요. 정말 부부네요."

유안 역시 수영의 말에 감회가 새로워 그녀의 얼굴 위에서 눈동자를 가만히 멈추었다. 사색적인 눈빛으로 그녀를 보던 그는 이내 입가를 살포시 올렸다.

"고마워요. 내 아내가 되어줘서."

평생 내 곁에 있기로 약속해줘서.

눈부시게 새하얗고 어여쁜 신부의 모습으로 온 세상 앞에서 그녀가 혼약하던 순간은 평생 잊을 수 없는 기억이 될 것이다.

* * *

　정신없는 하루를 보낸 두 사람은 신혼여행을 떠난 뒤에야 고요한 휴식을 취할 수 있었다.

　여행지는 남태평양의 어느 조용한 섬이었다. 한국인이 비교적 적어서 그들을 알아보는 사람들도 적었기에 편한 시간을 보내기 적격인 곳이었다. 도시를 떠난 두 사람은 오로지 휴양만을 즐기고 있었다. 그 휴양에는 둘만의 뜨거운 시간도 다수 포함되어 있었다. 낮이고 밤이고 하고 싶으면 했다. 바쁜 일상을 뒤로하고 오직 둘에게만 탐닉하는 시간이었다.

　은은한 스탠드 하나만이 켜진 방 안에서 유안은 누워 있는 수영에게 느리게 입을 맞추고 있었다. 입술이 떨어지고 눈을 뜬 두 사람은 고요한 눈길로 서로를 응시했다.

　"혹시 말이야……."

　유안은 수영의 머리칼을 만지작거리며 전부터 묻고 싶던 말을 꺼냈다.

　"우리 사이에 아기가 있었으면 좋겠어요?"

　생각지도 못한 질문에 수영의 눈꺼풀이 들려 올라갔다. 바로 답하지 못하던 그녀의 눈동자가 반짝거렸다. 언젠가 그가 했던 말이 가슴에 박혀서 수영은 먼저 자녀 계획에 관한 얘기를 꺼내 본 적이 없었다.

　'나 같은 게 또 이 세상에 있다고 생각하면 너무 끔찍하거든.'

　그에게 강요하고 싶지 않았다. 지금 이대로도 충분히 좋았으니까. 금방 대답하지 못하는 수영을 보며 유안이 다시 입을 뗐다.

380

"지금은 우리가 너무 바빠서 당장은 어렵겠지만, C&K가 안정되고 나서 나중에라도……. 혹시 우리에게 자녀가 있길 바라는지 물어보고 싶었어요."

수영은 그를 존중하기 위해 미련을 갖지 않다 보니 솔직히 자신도 아기 생각은 진지하게 해 보질 않았었다. 그러나 아기를 원하냐는 질문에 대해 솔직한 답을 하자면.

"나야 아기도 갖고 싶죠."

물론 자신의 답은 하나였다.

"언젠가 꼭 유안 씨 닮은 아기 낳고 싶어요."

수영은 상상만으로도 좋은지 눈을 접어 흐뭇하게 웃었다.

"난 유안 씨 닮은 아기가 이 세상에 또 있었으면 좋겠어요."

그 말에 유안의 표정이 잠깐 멈추었다. 그러나 금세 그의 입가도 씩 올라갔다. 자신의 얼굴을 빤히 보는 수영의 얼굴이 환했다. 저를 닮은 아기를 떠올리기라도 하는 듯이 말이다. 행복한 상상을 하는 듯 보이던 그녀가 이내 조그맣게 읊조렸다.

"분명히 아주 사랑스러울 거예요."

사실 예전의 유안은 아기를 원치 않았던 이유가 몇 가지가 있었다. 그 이유 중엔 자신의 친모가 겪었던 트라우마를 아들에게 대물림했던 것도 있었다. 그가 복싱을 취미로 삼았던 이유 중엔 혹시라도 내재되었을지 모를 자신의 분노를 스포츠로써 분출하려고 했기 때문이었다. 그런데 언제부터였는지 이제는 그런 걱정도 희미해지는 것 같았다. 가슴속에 생생하게 박혀 들어 있던 칼날 같던 미움도, 분노도 어느새 옅게 흩어져 가는 듯했다. 그러자 요즘 들어서는 그런 생각도 들기 시작했다. 차수영과의 아기가 있어도 괜찮지 않을까 하는. 아니, 솔직히 괜찮은 정도가 아니라 꽤 사랑스러울 것 같은 상상이었다.

"유안 씨는 좋은 아빠가 될 거예요."

남편을 바라보는 수영의 눈빛엔 투명한 신뢰가 담겨 있었다. 유안은 그녀의 깊은 눈동자를 바라보며 침묵하다가 한참 만에 다정하게 입을 열었다.

"고마워요, 그렇게 대답해 줘서."

"나도 고마워요. 물어봐 줘서. 솔직히 생각도 못 하고 있었어요."

유안의 입가에 느릿한 미소가 걸렸다. 자신을 닮은 2세를 꿈꾸는 차수영을 보며 무엇보다 좋은 건, 그녀가 얼마나 자신을 사랑하는지가 느껴지기 때문이었다. 솔직히 자녀의 유무보다 더 중요한 건 그거였다. 그녀로부터 사랑을 받고 또 그녀에게 사랑을 줄 수 있다는 것. 그게 가장 중요했다. 그런 상대와 함께 하는 한순간 한순간이 무엇보다도 가장 소중하게 다가왔다.

"그럼 언젠가 우리 차 대표님이 원하는 시기가 오면 우리도 자녀 계획을 해 보도록 하죠."

수영은 가슴이 뛰어서 말없이 웃었다. 그가 이런 말을 하는 날이 와서 얼마나 다행인지. 그것도 생각보다 빠르게 말이다. 그의 마음이 빠르게 치유되어 간다는 증거였다. 감격스러웠던 수영은 손을 들어 유안의 뺨을 정성스레 어루만졌다. 유안도 손을 올려 제 뺨 위에 올려진 수영의 손을 부드럽게 잡았다.

잠시 수영을 바라보던 그는 잡고 있던 그녀의 가느다란 손을 내려 침대 위로 눌렀다. 두 손가락이 서로 얽히며 입술이 부딪혔고 또다시 진한 키스가 시작되었다. 두 사람의 행위는 조금 전보다도 훨씬 더 뜨거워져 있었다. 그러다 잠깐 입술을 뗀 유안이 나직하게 속삭였다. 그는 몸이 뜨거워질 때면 늘 그렇듯, 지금도 스킨십을 하며 유독 더 솔직한 고백을 털어놓았다.

"만약 차수영이 지금 내 곁에 없었다면 난 아직도 불행했을 거예요."

한때는 곁에 두고도 갖지 못할까 봐 초조했던 여자. 그토록 가지려고 전전긍긍했던 여자. 이제 그녀는 정말 자신의 여자가 되었다.

"그동안은 잿빛 같던 이 빌어먹을 세상이 이제야 아름다워 보이니까."

이제는 차수영이 들어와 있는 세상이었다.

"내가 차수영의 세상에서 살고 있어서 정말 다행이에요."

유안을 물끄러미 바라보던 수영은 눈시울을 서서히 붉혔다. 이런 행복감이 또 있을까. 어제 모두의 앞에서 공식적으로 이 남자는 저의 남편이 되었다. 이제는 남편의 이름으로 이런 아름다운 고백을 들려주고 있었다.

"저도 그래요."

수영이 눈물로 반짝이는 눈동자로 그를 바라보며 응답했다.

"헤어져 있을 때 느꼈어요. 다른 모든 걱정이 없어졌어도 유안 씨를 잃으니까 나는 불행한 사람이더라고요."

서로가 아니면 안 되는 삶. 둘은 서로에게 치유이자 필요였다.

유난히 벅찬 감흥에 젖은 수영의 눈가로 유안의 손가락이 다가와 눈물을 찬찬히 닦아주었다. 그의 손가락 위에서는 혼약을 의미하는 반지가 빛나고 있었다. 수영은 촉촉한 눈동자로 그를 응시하다가 예쁘게 웃었다.

"차수영."

"네."

"오늘도 왜 이렇게 예쁘지……."

달뜬 얼굴로 그를 보는 수영의 커다란 눈망울이 환희로 빛나고 있었다. 유안은 그녀의 귓가로 다가가 다디단 음성으로 속삭였다.

"오늘도 내가 많이 사랑합니다."